鲁迅著译编年全集

王世家 止庵 编

人民出版社

鲁迅著译编年全集

贰

目　录

一九一〇

八月

十一月

十二月

一九一一

一月

二月

三月

一九一二

一九一四

一九一五

一九一六

一九一〇

八月

十五日

致 许寿裳

季黻君监：手毕自杭州来，始知北行，令仆益寂。协和未识安在？闻其消息不？嗟乎！今年秋故人分散尽矣，仆无所之，惟杜海生理府校，属教天物之学，已允其请，所入甚微，不足自养，靡可骋力，姑庇足于是尔。前校长蒋姓，去如脱兔，海生检其文件，则凡关于教务者，竟无片楮，即时间表亦复无有，君试思天下有如此学校不？仆意此必范蔼农所毁，以窘来者耳。斯人状如地总能如是也。北京风物何如？暇希见告。致文漱信，亦希勿忘。他处有可容足者不？仆不愿居越中也，留以年杪为度。入秋顿凉，幸自摄卫。

　　　　　　　　　　　　　仆树　　上　七月十一日
今至杭为起孟寄月费，因寄此书。留二三日，便回里矣。

　　　　　　　　　　　　　　　　　　　树又及

3

十一月

十五日

致 许寿裳

季黻君监:不审何日曾获手书,娄欲作答而忘居址,逮邵明之归,乃始询得。顾校中又复有事,不遑暇矣。今兹略闲,率写数语。君之近状,闻诸邵蔡两君,早得梗概。凡事已往,可不必言;来日正长,希冀在是。译学馆学生程度何若?厥目之坚,犹南方不?君之讲学,过于渊深,若欲与此辈周旋,后宜力改。中国今日冀以学术干世,难也。仆自子英任校长后,暂为监学,少所建树,而学生亦尚相安。五六日前,乃复因考大哄:盖学生咸谓此次试验,虽有学宪之命,实乃出于杜海生之运动,爰有斯举,心尚可原杜君太用手段,学生不服,亦非无故。今已下令全体解散,去其谋主,若胁从者,则许复归。计尚有百余人,十八日可以开校。此次荡涤,邪秽略尽,厥后倘有能者治理,可望复兴。学生于仆,尚无间言;顾身为屠伯,为受斥者设身处地思之,不能无恻然。颇拟决去府校,而尚无可之之地也。起孟在日本,厥状犹前,来书常存问及君,又译 Jokai 所为小说,约已及半。仆荒落殆尽,手不触书,惟搜采植物,不殊曩日,又翻类书,荟集古逸书数种,此非求学,以代醇酒妇人者也。欲言者似多,而欲写则又无有,故止于此,容后更谭。倘有暇,甚望与我简毕。

弟树　顿首　十月十四日

十二月

二十一日

致 许寿裳

季黻君监：三四十日以前曾奉尺牍，意其已氏左右。木瓜之役，倏忽匝岁，别亦良久，甚以为怀。故乡已雨雪，近稍就晶，而风雨如磐，未肯霁也。府校迩来大致粗定，藐躬穷奇，所至颠沛，一遭于杭，两遇于越，夫岂天而既厌周德，将不令我索立于华夏邪？然据中以言，则此次风涛，别有由绪，学生之哄，不无可原。我辈之挤加纳于清风，责三矢于牛人，亦复如此。今年时光已如水逝，可不更言及。明年子英极欲力加治理，促之中兴。内既坚实，则外界之九千九百九十九种恶口，当亦如秋风一吹，青蝇绝响；即犹未已，而心不愧怍，亦可告无罪于ペスタロッチ先生矣。惟奠大山川，必巨斧凿，老夫臣树人学殖荒落，不克独胜此负荷，故特驰书，乞临此校，开拓越学，俾其曼衍，至于无疆，则学子之幸，奚可言议。武林师校杨星耜为教长，曩曾一面，呼署称冤，如堕阿鼻；顾此府校，乃不如彼师校之难，百余学生，亦尚从令，独有外界，时能射人，然可不顾，苟余情之洵芳，固无惧于憔悴也。希君惠然肯来，则残腊未尽，犹能良觌，当为一述吾越学界中鱼龙曼衍之戏。倘能先赐德音，犹所说豫大庆。闻北方多风沙，诸惟珍重，言不尽思，再属珍重而已。

仆树人　上　十一月二十日

一九二一

一月

二日

致 许寿裳

季茀君监:得十一月望简毕,甚以说释。闻北方土地多淖潒,而越中亦迷阳遍地,不可以行。明年以后,子英欲设二监学,分治内外。发电以后,更令仆作函招致。顾速君来越,意所不欲。然以自为监学,不得显语,则聊作数言而不坚切。此函意已先达左右。仆归里以来,经二大涛,幸不颠陨,顾防守功战,心力颇瘁。今事已了,正可整治,而子英渐已孤行其意。至于明年,恐或莫可收拾。于是仆亦决言不治明年之事。惟此监学一职,未得继者,甚以为难。与子英共事,助之往往可气,舍之又复可怜,左右思惟,不知所可。君倘来此,当亦如斯。惟仆于子英谊亦朋友,故前不驰书相阻,今既谢绝,可明告矣。越中理事,难于杭州。技俩奇觚,鬼蜮退舍。近读史数册,见会稽往往出奇士,今何不然?甚可悼叹!上自士大夫,下至台隶,居心卑险,不可施救,神赫斯怒,湮以洪水可也。无趾之书,已译有法人某之《比较文章史》,又有 Mechinicoff 之《人性论》,余均未详。君书咸存起孟处,价亦月拂不懈,力尚能及,可不必寄与也。吾乡书肆,几于绝无古书,中国文章,其将殒落。闻北京琉璃厂颇有典籍,想当如是,曾一览否?李长吉诗集除王琦注本外,当有别本,北京可能蒐得。如有而直不昂,希为致一二种。倘见协和,望代存问,旧友云散，恨何可言？君此后与俅男语或通讯时，宜少慭，彼喜昭告于人，以鸣得意。斯人与夁头同在以斧斯之之迻者也。此地已寒，北京当更甚。校课竣后，尚希以简毕来。仆治校事约须廿四五方了，假时当有暇作闲话也。

仆树　顿首　十二月初二日

二月

六日

致 许寿裳

季黻君左右：过年又已十日，今年是亥岁。观云当内姜，且月获五十金已上矣。去年得朱君遏先书，来集《小学答问》刊资，今附上。仆拟如前约，君将如何，希示。若与直接问讯，则可致书于嘉兴南门内徐家埭，或嘉兴中学堂。今年仍无所之，子英令续任，因诺暂理，然不受约书，图可随时追遁。文薮谅终无复书，别处更无方术。君今年奚适？久不得消息，甚念甚念，假时希以书来。敬祝

曼福

树人　上言　正月八日

三月

七日

致 许寿裳

　　季黻君监:得手书如见故人,甚以为喜。复知去年所奉书不达左右,则颇恨邮局,彼辈坚目人,不知置仆书于何地矣。师范收入意当菲薄,然教习却不可不为,对付今人只得如此对付古人或亦只得如此。燮和之事已定否?倘与相见,希为言,仆颇念之。卖田之举去年已实行,资亦早罄,迄方析分公田,仆之所得拟即献诸善人,事一成当即为代付刊资也。绍兴府校教员,今年颇聘得数人,刘楫先亦在是,杭州师校学生则有祝颖,沈养之,薛丛青,叶联芳,是数人于学术颇可以立,然大氐憧憧往来吴越间,不识何作。今遂无一存者,仅余俞乾三,宋琳二子,以今年来未播迁耳。起孟来书,谓尚欲略习法文,仆拟即速之返,缘法文不能变米肉也,使二年前而作此语,当自击,然今兹思想转变实已如是,颇自闵叹也。俅南善扬人短与在东京时大不同矣,君若与书札往来,宜留意。此事似已奉闻,或尚未,均已忘却,故更以告。越中棘地不可居,倘得北行,意当较善乎?敬承曼福。

　　　　　　　　　　　　　　　　周树人 上 二月初七日

十八日

辛亥游录（一）

三月十八日，晴。出稽山门可六七里，至于禹祠。老藓缘墙，败槁布地，二三农人坐阶石上。折而右，为会稽山足。行里许，转左，达一小山。山不甚高，松杉骈立，束木棘衣。更上则束木亦渐少，仅见卉草，皆常品，获得二种。及巅，乃见绝壁起于足下，不可以进，伏瞰之，满被古苔，蒙茸如裘，中杂小华，五六成簇者可数十，积广约一丈。掇其近者，皆一叶一华，叶碧而华紫，世称一叶兰；名叶以数，名华以类也。微雨忽集，有樵人来，切问何作，庄语不能解，乃绐之曰："求药。"更问："何用？"曰："可以长生。""长生乌可以药得？"曰："此吾之所以求耳。"遂同循山腰横径以降，凡山之纵径，升易而降难，则其腰必生横径，人不期而用之，介然成路，不荒秽焉。

原载1912年2月《越社丛刊》第1辑。借署会稽周建人乔峰。

初未收集。

本月

《洛阳花木记》抄校本题注

以明抄《说郛》原本校，此在第廿六卷，注云一卷，全抄，宋周叙。

未另发表。据手稿编入。

题目系编者所拟。

《金漳兰谱》抄校本题注

以明抄《说郛》校,原注云一卷,全。

未另发表。据手稿编入。

题目系编者所拟。

《桐谱》抄校本题注

见明抄《说郛》原本卷廿五,注云一卷,全抄,又陈翥下注云:号铜陵逸民字子翔。

未另发表。据手稿编入。

题目系编者所拟。

《竹谱》抄校本题注

明抄《说郛》原本中此篇在卷六十六,注多省略,又不云何人撰。

未另发表。据手稿编入。

题目系编者所拟。

《洛阳牡丹记》抄校本题注

即《洛阳花木记》之一篇。

未另发表。据手稿编入。

题目系编者所拟。

四月

十二日

致 许寿裳

季巿君监：得三月二日手毕，发读忻慰。月入八十，居北京自不易易，倘别有兼事，斯有济耳。协和自暌隔后，仅来一书，言离甚病，并令赓译质学，义不可却，已寄两帖，而信息遂杳，今乃知已移入陆军小学，大可欢喜。此不特面朱可退，即其旋行之疾，亦必已矣。越校甚不易治，人人心中存一界或，诸嵊为甚，山会则颇坦然，此殆气禀有别。希冀既亡，居此何事。三四月中，决去此校，拟杜门数日，为协和译书，至完乃走日本，速启孟偕返，此事了后，当在夏杪，比秋恐又家食，今年下半年，尚希随时为仆留意也。《小学答问》刊资已寄去，计十五圆，与仆相等，闻板已刻成，然方寄日本自斠，故未印墨。此款今可不必见还，近方售尽土地，尚有数文在手。倘一思将来，足以寒心，顾仆颇能自遏其思，俾勿深入，读《恨赋》未终而鼾声作，法豪将为我师矣。迩又拟立一社，集资刊越先正著述，次第流布，已得同志数人，亦是蚊子负山之业，然此蚊不自量力之勇，亦尚可嘉。若得成立，当更以闻。北京琉璃厂肆有异书不？时欲入夏，幸力自摄。

仆树　上　三月十四日

并希时通消息，信可寄舍间或绍城塔子桥僧立小学堂周乔峰。

二十日

致 许寿裳

季黻君监:不数日前曾奉一函,意已先尘左右。昨得手札,属治心学,敬悉一是。今年更得兼任,至为欢忻。以微事相委,本亦当效绵力,顾境遇所迫,尚有不能已于言者。仆今年在校,卒卒鲜暇,事皆贫末猥杂,足浊脑海,然以饭故,不能立时绝去,思之所及,辄起叹喟;与去年在师校时,课事而外更无余事者,有如天渊。而协和忽以书来,命赓前译,且须五月中告成,已诺之矣。然执笔必在夜十时以后,所余尚二百余叶,未知如何始克告竣,惟糊涂译去,更不思惟以乱心曲矣。若无此事,心学固可执笔,今兹则颇无奈何,可不秋季再行应命?然亦希别择简洁之本,自加删存,指定孰则应留,孰则应去。若以是巨册令仆妄加存薙,则素不治心学,殊无所措其手足,有如业骑之人,操楫而涉汇洋,纵出全力,亦当不达彼岸也。如何?希昭察之。复试又在即,故友当又渐渐相聚,闻杭州师校欲请君主讲,有无消息?诺不?此承
曼福。

仆树 顿首 三月二十二日

七月

三十一日

致 许寿裳

季茀君监：两月前乘间东行，居半月而返，不访一友，亦不一游览，厪一看丸善所陈书，咸非故有，所欲得者极多，遂索性不购一书。闭居越中，与新颢气久不相接，未二载遽成村人，不足自悲悼耶。比返后又半月，始得手示，自日本辗转而至。属购之书已不可致，惟杂志少许及无趾之书，则已持归，可一小箧，余数册未出，已函使直寄北京。又昨得遁先书并《小学答问》一大缚，君应得十五部，因即以一册邮上，其它暂存仆所，如何处置，尚俟来命遁先云刻资共百五十金，印三百部计五十金，奉先生一百部，其二百则分与出资者，计一金适得一部云。越中学事，惟从横家乃大得法，不才如仆，例当沙汰。中学事难财绌，子英方力辞，仆亦决拟不就，而家食既难，它处又无可设法，京华人才多于鲫鱼，自不可入，仆颇欲在它处得一地位，虽远无害，有机会时，尚希代为图之。协和自四月以来即无消息，其近状如何，亦乞示及。写利初愈，不能多作书，余待后述。倘有暇，尚祈以尺书见投。此颂

曼福。

树人 上 闰六月初六日

起孟及ノブ子已返越，即此问候，稍后数日当以书相谭。

又及

八月

十七日

辛亥游录(二)

八月十七日晨,以舟趣新步,昙而雨,亭午乃至,距东门可四十里也。泊沥海关前,关与沥海所隔江相对,离堤不一二十武,海在望中。沿堤有木,其叶如桑,其华五出,筒状而薄赤,有微香,碎之则臭,殆海州常山类欤?水滨有小蟹,大如榆荚。有小鱼,前鳍如足,恃以跃,海人谓之跳鱼。过午一时,潮乃自远海来,白作一线。已而益近,群舟动荡。倏及目前,高可四尺,中央如雪,近岸者挟泥而黄。有翁喟然曰:"黑哉潮头!"言已四顾。盖越俗以为观涛而见黑者有咎。然涛必挟泥,泥必不白,翁盖诅观者耳。观者得咎,于翁无利,而翁竟诅之矣。潮过雨霁,游步近郊,爰见芦荡中杂野菰,方作紫色华,劚得数本,芦叶伤肤,颇不易致。又得其大者一,欲移植之,然野菰托生芦根,一旦返土壤,不能自为养,必弗活矣。

原载 1912 年 2 月《越社丛刊》第 1 辑。借署会稽周建人乔峰。

初未收集。

十一月

本月

致 张琴孙

琴孙先生左右:

迳启者,比者华土光复,共和之治可致,地方自治,为之首涂。诸君子责在辅化,董理维持,实焉攸赖,其任甚重。仆等不敏,未足与语治。惟臆测所及,或有足备省察者,敢不一陈之乎?

侧惟共和之事,重在自治,而治之良否,则以公民程度为差。故国民教育,实其本柢。上论学术,未可求全于凡众。今之所急,惟在能造成人民,为国柱石,即小学及通俗之教育是也。今绍城学校略具,问学之士,不患无所适从。独小学寥落无几,此甚所惑也。曩闻有建立区学之议,当由自治局主持其事,顾亦迟迟未闻后命。诸君子经营乡国,在务其远者大者,或未暇及此。顾教育一端,甚关国民前途。故区区之事,亦未可缓。

城区小学,合官私所立,虽有十数。而会稽二区独阙。二区之地,广袤数里,儿童待学者,为数不少。昔日小学,仅有僧立第一及第二两校,容纳之数,不过百人,久不足于用。今复以经费支拙,后先停闭。从此区中仅存家塾,更无小学,非特学年儿童,无地入学,即旧日生徒亦将星散,任其荒嬉;有愿续学者,惟有复入私塾,或不辞远道,寄学他处而已。以国民义务之小学,昔者制既不完,今又并不完者而无之,至于使人欲自就学而无方,是非有司及区人之责耶?

仆等世居二区，僧立校又昔由建人将事，故深不乐见区中学事，陵夷至此。所幸议会方开，硕士慎簻，因此不辞冒昧，陈其悃愊。倘见省览，希即首先提议，组织区学，简任高明，速日开学。造福地方，至非浅鲜，此仆等所深有望于诸君子者也。

　　专此披陈，聊备采择，诸惟朗鉴不宣。

周 树 人　顿首　十一月〇〇日
建

　　原载 1912 年 1 月 19 日《越铎日报》。

怀 旧

吾家门外有青桐一株,高可三十尺,每岁实如繁星,儿童掷石落桐子,往往飞入书窗中,时或正击吾案,一石入,吾师秃先生辄走出斥之。桐叶径大盈尺,受夏日微瘁,得夜气而苏,如人舒其掌。家之阍人王叟,时汲水沃地去暑热,或掇破几椅,持烟筒,与李妪谈故事,每月落参横,仅见烟斗中一星火,而谈犹弗止。

彼辈纳晚凉时,秃先生正教予属对,题曰:"红花。"予对:"青铜。"则挥曰:"平仄弗调。"令退。时予已九龄,不识平仄为何物,而秃先生亦不言,则姑退。思久弗属,渐展掌拍吾股使发大声如扑蚊,冀秃先生知吾苦,而先生仍弗理;久之久之,始作摇曳声曰:"来。"余健进。便书绿草二字曰:"红平声,花平声,绿入声,草上声。去矣。"余弗遑听,跃而出。秃先生复作摇曳声曰:"勿跳。"余则弗跳而出。

予出,复不敢戏桐下,初亦尝扳王翁膝,令道山家故事。而秃先生必继至,作厉色曰:"孺子勿恶作剧!食事既耶?盍归就尔夜课矣。"稍迁,次日便以界尺击吾首曰:"汝作剧何恶,读书何笨哉?"我秃先生盖以书斋为报仇地者,遂渐弗去。况明日复非清明端午中秋,予又何乐?设清晨能得小恙,映午而愈者,可借此作半日休息亦佳;否则,秃先生病耳,死尤善。弗病弗死,吾明日又上学读《论语》矣。

明日,秃先生果又按吾《论语》,头摇摇然释字义矣。先生又近视,故唇几触书,作欲啮状。人常咎吾顽,谓读不半卷,篇页便大零落;不知此咻咻然之鼻息,日吹拂是,纸能弗破烂,字能弗漫漶耶!予纵极顽,亦何至此极耶!秃先生曰:"孔夫子说,我到六十便耳顺;耳是耳朵。到七十便从心所欲,不逾这个矩了。……"余都不之解,字为鼻影所遮,余亦不之见,但见《论语》之上,载先生秃头,烂然有光,可照我面目;特颇模糊臃肿,远不如后圃古池之明晰耳。

先生讲书久,战其膝,又大点其头,似自有深趣。予则大不耐,盖头光虽奇,久观亦自厌倦,势胡能久。

"仰圣先生!仰圣先生!"幸门外突作怪声,如见窘而呼救者。

"耀宗兄耶?……进可耳。"先生止《论语》不讲,举其头,出而启门,且作礼。

予初殊弗解先生何心,敬耀宗竟至是。耀宗金氏,居左邻,拥巨资;而敝衣破履,日日食菜,面黄肿如秋茄,即王翁亦弗之礼。尝曰:"彼自蓄多金耳!不以一文见赠,何礼为?"故翁爱予而对耀宗特傲,耀宗亦弗恤,且聪慧不如王翁,每听谈故事,多不解,唯唯而已。李媪亦谓,彼人自幼至长,但居父母膝下如囚人,不出而交际,故识语殊聊聊。如语及米,则竟曰米,不可别粳糯;语及鱼,则竟曰鱼,不可分鲂鲤。否则不解,须加注几百句,而注中又多不解语,须更用疏,疏又有难词,则终不解而止,因不好与谈。惟秃先生特优遇,王翁等甚讶之。予亦私揣其故,知耀宗曾以二十一岁无子,急蓄妾三人,而秃先生亦云以不孝有三,无后为大,故尝投三十一金,购如夫人一,则优礼之故,自因耀宗纯孝。王翁虽贤,学终不及先生,不测高深,亦无足怪;盖即予亦经覃思多日,始得其故者。

"先生,闻今朝消息耶?"

"消息?……未之闻,……甚消息耶?"

"长毛且至矣!"

"长毛!……哈哈,安有是者。……"

耀宗所谓长毛,即仰圣先生所谓发逆;而王翁亦谓之长毛,且云,时正三十岁。今王翁已越七十,距四十余年矣,即吾亦知无是。

"顾消息得自何墟三大人，云不日且至矣。……"

"三大人耶？……则得自府尊者矣。是亦不可不防。"先生之仰三大人也，甚于圣，遂失色绕案而踱。

"云可八百人，我已遣底下人复至何墟探听。问究以何日来。……"

"八百？……然安有是，哦，殆山贼或近地之赤巾党耳。"

秃先生智慧胜，立悟非是。不知耀宗固不论山贼海盗白帽赤巾，皆谓之长毛；故秃先生所言，耀宗亦弗解。

"来时当须备饭。我家厅事小，拟借张睢阳庙庭飨其半。彼辈既得饭，其出示安民耶？"耀宗禀性鲁，而箪食壶浆以迎王师之术，则有家训。王翁曾言其父尝遇长毛，伏地乞命，叩额赤肿如鹅，得弗杀，为之治庖侑食，因获殊宠，得多金。逮长毛败，以术逃归，渐为富室，居芜市云。时欲以一饭博安民，殊不如乃父智。

"此种乱人，运必弗长，试搜尽《纲鉴易知录》，岂见有成者？……特特亦间不无成功者。饭之，亦可也。虽然，耀宗兄！足下切勿自列名，委诸地甲可耳。"

"然！先生能为书顺民二字乎？"

"且勿且勿，此种事殊弗宜急，万一竟来，书之未晚。且耀宗兄！尚有一事奉告，此种人之怒，固不可撄，然亦不可太与亲近。昔发逆反时，户贴顺民字样者，间亦无效；贼退后，又窘于官军，故此事须待贼薄芜市时再议。惟尊眷却宜早避，特不必过远耳。"

"良是良是，我且告张睢阳庙道人去耳。"

耀宗似解非解，大感佩而去。人谓遍搜芜市，当以我秃先生为第一智者，语良不诬。先生能处任何时世，而使己身无几微之痏，故虽自盘古开辟天地后，代有战争杀伐治乱兴衰，而仰圣先生一家，独不殉难而亡，亦未从贼而死，绵绵至今，犹巍然拥皋比为予顽弟子讲七十而从心所欲不逾矩。若由今日天演家言之，或曰由宗祖之遗传；顾自我言之，则非从读书得来，必不有是。非然，则我与王翁李媪，岂独不受遗传，而思虑之密，不如此也。

耀宗既去，秃先生亦止书不讲，状颇愁苦，云将返其家，令予废读。予大喜，跃出桐树下，虽夏日炙吾头，亦弗恤，意桐下为我领地，独此一时矣。少顷，见秃先生急去，挟衣一大缚。先生往日，惟遇令节或年暮一归，归必持《八铭塾钞》数卷；今则全帙俨然在案，但携破箧中衣履去耳。

予窥道上，人多于蚁阵，而人人悉函惧意，惘然而行。手多有挟持，或徒其手，王翁语予，盖图逃难者耳。中多何墟人，来奔芜市；而芜市居民，则争走何墟。王翁自云前经患难，止吾家勿仓皇。李媪亦至金氏问讯，云仆犹弗归，独见众如夫人，方检脂粉芗泽纨扇罗衣之属，纳行箧中。此富家姨太太，似视逃难亦如春游，不可废口红眉黛者。予不暇问长毛事，自扑青蝇诱蚁出，践杀之，又舀水灌其穴，以窘蚁禹。未几见日脚遽去木末，李媪呼予饭。予殊弗解今日何短，若在平日，则此时正苦思属对，看秃先生作倦面也。饭已，李媪挈予出。王翁亦已出而纳凉，弗改常度。惟环而立者极多，张其口如睹鬼怪，月光娟娟，照见众齿，历落如排朽琼，王翁吸烟，语甚缓。

"……当时，此家门者，为赵五叔，性极憨。主人闻长毛来，令逃，则曰：'主人去，此家虚，我不留守，不将为贼占耶？'……"

"唉，蠢哉！……"李媪斗作怪叫，力斥先贤之非。

"而司爨之吴妪亦弗去，其人盖七十余矣，日日伏厨下不敢出。数日以来，但闻人行声，犬吠声，入耳惨不可状。既而人行犬吠亦绝，阴森如处冥中。一日远远闻有大队步声，经墙外而去。少顷少顷，突有数十长毛入厨下，持刀牵吴妪出，语格磔不甚可辨，似曰：'老妇！尔主人安在？趣将钱来！'吴妪拜曰：'大王，主人逃矣。老妇饿已数日，且乞大王食我，安有钱奉大王。'一长毛笑曰：'若欲食耶？当食汝。'斗以一圆物掷吴妪怀中，血模糊不可视，则赵五叔头也……"

"啊，吴妪不几吓杀耶？"李媪又大惊叫，众目亦益睁，口亦益张。

"盖长毛叩门，赵五叔坚不启，斥曰：'主人弗在，若辈强欲入盗耳。'长……"

"将得真消息来耶？……"则秃先生归矣。予大窘，然察其颜色，颇不似前时严厉，因亦弗逃。思倘长毛来，能以秃先生头掷李媪怀中者，余可日日灌蚁穴，弗读《论语》矣。

"未也。…… 长毛遂毁门，赵五叔亦走出，见状大惊，而长毛……"

"仰圣先生！我底下人返矣。"耀宗竭全力作大声，进且语。

"如何？"秃先生亦问且出，睁其近眼，逾于余常见之大。余人亦竞向耀宗。

"三大人云长毛者谎，实不过难民数十人，过何墟耳。所谓难民，盖犹常来我家乞食者。"耀宗虑人不解难民二字，因尽其所知，为作界说，而界说只一句。

"哈哈！难民耶！……呵……"秃先生大笑，似自嘲前此仓皇之愚，且嗤难民之不足惧。众亦笑，则见秃先生笑，故助笑耳。

众既得三大人确消息，一哄而散，耀宗亦自归，桐下顿寂，仅留王翁辈四五人。秃先生踱良久，云："又须归慰其家人，以斗。此后每日必去打宝，何墟三大人，不即因此发财者耶。"

"打宝何也？"余又惑。

"唔，打宝打宝，……凡我村人穷追，长毛必投金银珠宝少许，令村人争拾，可以缓追。余曾得一明珠，大如戎菽，方在惊喜，牛二突以棍击吾脑，夺珠去；不然纵不及三大人，亦可作富家翁矣。彼三大人之父何狗保，亦即以是时归何墟，见有打大辫子之小长毛，伏其家破柜中。……"

"啊！雨矣，归休乎。"李媪见雨，便生归心。

"否否，且住。"余殊弗愿，大类读小说者，见作惊人之笔后，继以欲知后事如何且听下回分解；则偏欲急看下回，非尽全卷不止，而李媪似不然。

“咦！归休耳，明日晏起，又要吃先生界尺矣。”

雨益大，打窗前芭蕉巨叶，如蟹爬沙，余就枕上听之，渐不闻。

“啊！先生！我下次用功矣。……”

“啊！甚事？梦耶？……我之噩梦，亦为汝吓破矣。……梦耶？何梦？”李媪趋就余榻，拍余背者屡。

“梦耳！……无之。……媪何梦？”

“梦长毛耳！……明日当为汝言，今夜将半，睡矣，睡矣。”

原载 1913 年 4 月 25 日《小说月报》第 4 卷第 1 号。借

署周逴(周作人)。

初未收集。

一九一三

一月

三日

《越铎》出世辞[*]

于越故称无敌于天下,海岳精液,善生俊异,后先络驿,展其殊才;其民复存大禹卓苦勤劳之风,同勾践坚确慷慨之志,力作治生,绰然足以自理。世俗递降,精气播迁,则渐专实利而轻思理,乐安谧而远武术,鸷夷乘之,爰忽颠陨,全发之士,系踵蹈渊,而黄神啸吟,民不再振。辫发胡服之虏,旐裘引弓之民,翔步于无余之旧疆者盖二百余年矣。已而思士笃生,上通帝旨,转轮之说,弥沦大区,国士桓桓,则首举义旗于鄂。诸出响应,涛起风从,华夏故物,光复太半,东南大府,亦赫然归其主人。越人于是得三大自由,以更生于越,索虏则负无量罪恶,以底于亡。民气彭张,天日腾笑,孰善赞颂,庶猗伟之声,将充宙合矣。顾专制久长,鼎镬为政,以聚敛穷其膏髓,以禁令制其讥平,瘠弱槁枯,为日滋永,桎梏顿解,卷挈尚多,民声寂寥,群志幽闷,岂以为匹夫无与于天下,尚如戴朔北之虏也。共和之治,人仔于肩,同为主人,有殊台隶。前此罪恶,既咸以归索虏,索虏不克负荷,俱以陨落矣。继自今而天下兴亡,庶人有责,使更不同力合作,为华土谋,复见瘠弱槁枯,一如往日,则番番良士,其又将谁咎耶?是故侪伦则念之矣,独立战始,且垂七旬,智者竭虑,勇士效命,而吾侪庶士,坐观其成,傥不尽一得之愚,殆自放于国民之外。爰立斯报,就商同胞,举文宣意,希冀治化。纾自由之言议,尽个人之天

31

权,促共和之进行,尺政治之得失,发社会之蒙覆,振勇毅之精神。灌输真知,扬表方物,凡有知是,贡其颛愚,力小愿宏,企于改进。不欲守口,任华土更归寂寞,复自负无量罪恶,以续前尘;庶几闻者戒勉,收效毫厘,而吾人公民之责,亦借以尽其什一。猗此于越,故称无敌于天下,鸷夷纵虐,民生槁枯,今者解除,义当兴作,用报古先哲人征营治理之业。唯专制永长,昭苏非易,况复神驰白水,孰眷旧乡,返顾高丘,正哀无女。呜呼,此《越铎》之所由作也!

原载 1912 年 1 月 3 日《越铎日报》创刊号。署名黄棘。初未收集。

十六日

军界痛言[*]

军人之资格所以最高尚者,以其有破敌保国之责任也。是故尝胆卧薪,枕戈待旦,军人之自诫当何如! 马革裹尸,斩将搴旗,军人之自期当何如!

今也吾绍之军人,其自待为何如乎? 成群闲游者有之,互相斗殴者有之,宿娼寻欢者有之,捉赌私罚者有之。身膺军国民之重任,而演无聊赖之恶剧,其因纪律不肃训练不善之故乎? 抑以莽奴根性教诲难施之故乎? 以此资格而充北伐,吾为中华民国前途危!

树曰:稂莠不除,则嘉苗不兴,司教练之责者,何不去此害群之马,而求诚挚沌洁之兵士,以成完全义勇之军队。

且也同以此北伐为宗旨,而一设社于东关镇,一设社于斗鸡场,一设社于第五中校,各自筹费,各自招兵,同居绍兴,而势同散沙,不能联络一气,此又树所不解者也。

原载 1912 年 1 月 16 日《越铎日报》第 14 号"自由言论"栏。署名树。

初未收集。

二月

十九日

周豫才告白[*]

仆已辞去山会师范学校校长。校内诸事业于本月十三日由学务科派科员朱君幼溪至校交代清楚。凡关于该校事务，以后均希向民事署学务科接洽，仆不更负责任。此白。

原载 1912 年 2 月 19 日《越铎日报》广告栏。

初未收集。

本月

《古小说钩沉》序[*]

小说者，班固以为"出于稗官"，"闾里小知者之所及，亦使缀而不忘，如或一言可采，此亦刍荛狂夫之议"。是则稗官职志，将同古"采诗之官，王者所以观风俗知得失"矣。顾其条最诸子，判列十家，复以为"可观者九"，而小说不与；所录十五家，今又散失。惟《大戴礼》引有青史氏之记，《庄子》举宋钘之言，孤文断句，更不能推见其旨。去古既远，流裔弥繁，然论者尚墨守故言，此其持萌芽以度柯叶乎！余少喜披览古说，或见诮敖，则取证类书，偶会逸文，辄亦写出。虽丛残多失次第，而涯略故在。大共贳语支言，史官末学，神鬼精物，数术波流；真人福地，神仙之中驷，幽验冥征，释氏之下乘。人间小书，致远恐泥，而洪笔晚起，此其权舆。况乃录自里巷，为国人所白心；出于造作，则思士之结想。心行曼衍，自生此品，其在文林，有如舜华，足以丽尔文明，点缀幽独，盖不第为广视听之具而止。然论者尚墨守故言。惜此旧籍，弥益零落，又虑后此闲暇者鲜，爰更比缉，并校定昔人集本，合得如干种，名曰《古小说钩沉》。归魂故书，即以自求说释，而为谈大道者言，乃曰：稗官职志，将同古"采诗之官，王者所以观风俗知得失"矣。

原载 1912 年 2 月《越社丛刊》第 1 辑。借署起孟（周作人）。

初未收集。

四月

九日

姚辑本《谢氏后汉书补逸》抄录说明

《谢氏后汉书补逸》五卷　何梦华藏书　钱唐丁氏善本书室藏书　今在江南图书馆

钱唐姚之骃辑，后学孙志祖增订。前有嘉庆七年萧山汪辉祖序云，"案吴淑进注《事类赋》状在淳化时，已称谢书遗逸。王应麟《困学记闻》云：谢承，父婴，为尚书侍郎。原注：谢承《后汉书》，见《文选》注。是谢书在宋时已无传本。康熙间，姚氏之骃撰《后汉书考逸》，中有谢书四卷；孙颐谷先生重加纂集，凡姚采者一一著其出处，误者正，略者补，复以范书参订同异，其未采者别为续辑一卷。证引精博，可谓伟平功臣矣。"又归安严元照序云，"谢书于忠义隐逸，蒐罗最备，不以名位为限，其所以发潜德幽光者，蔚宗不及也。"又有之骃原序。是书为梦华钞本，有"钱唐何元锡字敬祉号梦华又号蜷隐"，又"布衣暖菜根香读书滋味长"两印。

壬子四月，假江南图书馆藏本写出，初五日起，初九日讫，凡五日。

　　　　未另发表。据手稿编入。
　　　　初未收集。

五月

五日

日记 上午十一时舟抵天津。下午三时半车发,途中弥望黄土,间有草木,无可观览。约七时抵北京,宿长发店。夜至山会邑馆访许铭伯先生,得《越中先贤祠目》一册。

六日

日记 上午移入山会邑馆。坐骡车赴教育部,即归。予二弟信。夜卧未半小时即见蜡虫三四十,乃卧卓上以避之。

七日

日记 夜饮于广和居。长班为易床板,始得睡。

八日

日记 致二弟信,凡三纸,恐或遗失,遂以快信去。下午得二弟信,二日发。夜饮于致美斋,国亲作主。

九日

日记 夜小雨。微觉发热,似冒寒也。

十日

日记 晨九时至下午四时半至教育部视事,枯坐终日,极无聊赖。国亲移去。

十一日

日记 上午得二弟,信子,三弟信,五日发。午就胡梓方寓午餐。夕董恂士来,张协和亦至,食于广和居。董君宿于邑馆,以卓卧之。

十二日

日记 星期休息。晨协和来。午前何燮侯来,午后去。下午与季茀,诗荃,协和至琉璃厂,历观古书肆,购傅氏《纂[籑]喜庐丛书》一部七本,五元八角。寄二弟信。

十三日

日记 午阅报载绍兴于十日兵乱,十一犹未平,不测诚妄,愁绝,欲发电询之,终不果行。夕与季茀访燮和于海昌会馆。

十四日

日记 晨以快信寄二弟,询越事诚妄。

十五日

日记 上午得范爱农信,九日自杭州发。

十六日

日记 下午蒯若木来。夕蔡国青来,饭后去。

十七日

日记 大雨。宣武门左近积水没胫,行人极少,予与季市往返共一骡车。

十八日

日记 晴。下午吴一斋来。董恂士,张协和来,与季市俱至广和居,蔡国亲已先在,遂共饭。夜恂士宿季市处。

十九日

日记 与恂士,季市游万生园,又与季市同游陶然亭,其地有造象,刻梵文,寺僧云辽时物,不知诚否。苦望二弟信不得。夜得范爱农信,十三自杭州发。

二十日

日记 晨得宋子佩信,十二自越发。上午得童鹏超信,十三自越发,谬极。

二十一日

日记 上午顾石臣至部来访,谢不见。晚散步宣武门外,以铜元十枚得二花卉册,一梅,一夫渠,题云恽冰绘,恐假托也。

二十二日

日记 晚顾石臣来,纠缠不已,良久始去。

二十三日

日记 晨寄范爱农,宋子佩信。下午得二弟信,十四日发,云望日往申迎羽太兄弟。又得三弟信,云二弟妇于十六日下午七时二十分娩一男子,大小均极安好,可喜,其信十七日发。晚寄二弟信。

二十四日

日记 梅君光羲贻佛教会第一,二次报告各一册。

二十五日

日记　下午至琉璃厂购《李太白集》一部四册,二元;《观无量寿佛经》一册,三角一分二;《中国名画》第十五集一册,一元五角。

二十六日

日记　星期休息。下午同季市,诗荃至观音寺街青云阁啜茗,又游琉璃厂书肆及西河沿劝工场。

二十七日

日记　得二弟信,二十一日发。

二十八日

日记　晨寄二弟及其夫人信。晚谷青来。

二十九日

日记　无事。

三十日

日记　得津帖六十元。晚游琉璃厂,购《史略》一部两册,八角;《李龙眠白描九歌图》一帖十二枚,六角四分;《罗两峰鬼趣图》一部两册,两元五角六分。

三十一日

日记　下午寄二弟信。晚得二弟,三弟信,廿六日发。夕谷清招饮于广和居,季市亦在坐。

六月

一日

日记　下午寄二弟,三弟信。晚同恂士,铭伯,季市饮于广和居。

二日

日记　星期休息。午后铭伯,季市,诗荃同游万生园。张协和,游观庆来,不值。

三日

日记　夜腹痛。收二十七八日《民兴日报》各一分。

四日

日记　得范爱农信,三十日杭州发。

五日

日记　下午寄二弟信。晚雨有雷,少顷霁。

六日

日记　下午雨。得二弟信,三十日发。夜补绘《於越三不朽图》阙叶三枚。

补绘《於越三不朽图》阙页附记

於越有明三不朽图赞

古剑老人之甥陈仲谋刻

乾隆乙卯皋邨余氏重刻

嘉庆庚辰松山朱氏补刻

光绪戊子山阴陈氏重刻

陈氏本有序如次：

古剑老人原序，许景仁序，陈仲谋序，余烜序，朱文然跋，陈绵序，傅鼎乾跋。家藏本缺四页，今依陈本补。

未另发表。据手稿编入。

题目系编者所拟。

七日

日记 阴。得升叔信，二日九江发。收初一日《民兴日报》一分。得杜海生信。

八日

日记 晚访杨莘士于吴兴会馆。国亲来。收五月卅一日《民兴报》一分。

九日

日记 晨商生契衡来。上午至青云阁理发。午后赴琉璃厂购《四印斋校刻词三种》一部四册，一元；善化童氏刻本《沈下贤集》一部二册，二元五角；《畿辅丛书》本《李卫公会昌一品集》一部六本，二元。得二弟信，三日杭州发。收初二，三《民兴报》各一分。夜大雷雨。

十日

日记 晨寄二弟信。寄杜海生信。上午得三弟信，初四日发。

收四日《民兴日报》一分。午后与齐君宗颐赴天津,寓其族人家。夕赴广和楼考察新剧,则以天阴停演,遂至丹桂园观旧剧。

十一日

日记 上午至日租界加藤洋行购领结一,六角五分;革履一,五元四角。午后赴天乐园观旧剧。夜仍至广和楼观新剧,仅一出,曰《江北水灾记》,勇可嘉而识与技均不足,余皆旧剧,以童子为之,观者仅一百卅余人。

十二日

日记 晚自天津返北京。微雨。得二弟及信子信,并六日发。收五日《民兴报》一分。

十三日

日记 晚小雨。饮于广和居,国亲为主,同席者铭伯,季市及俞英崖。收六七日《民兴日报》各一分,有《童话研究》,起孟作也。

十四日

日记 晨寄三弟及二弟妇信。午后与梅君光羲,吴[胡]君玉揩赴天坛及先农坛,审其地可作公园不。收八日《民兴报》一分。

十五日

日记 午寄二弟信。下午得二弟及三弟信,并九日发。收九日《民兴日报》一分。

十六日

日记 星期休息。上午赴青云阁购袜子,日伞,牙粉等共二元六角；又赴琉璃厂购《龚半千画册》一本，八角；陈仁子《文选补遗》，阮刻《列女传》各一部，共六元。下午寄二弟及三弟信。晚协和，谷青来谈。

十七日

　日记　收十日，十一日《民兴报》各一分。大热。

十八日

　日记　晨头痛，与齐寿山闲话良久始愈。晚雷雨。

十九日

　日记　旧端午节。收十二日《民兴报》一分。夜铭伯，季市招我饮酒。

二十日

　日记　收十三日《民兴日报》一分。

二十一日

　日记　下午四时至五时赴夏期讲演会演说《美术略论》，听者约三十人，中途退去者五六人。收十四日《民兴日报》一分。收共和党事务所信。

二十二日

　日记　得二弟信，十五日绍兴发。又得升叔信，十六日九江发。收十五，十六日《民兴日报》各一分。蔡总长元培于昨日辞职。收共和党证及徽识。

二十三日

日记　星期休息。上午寄三弟信,内附与二弟信一小函。下午董恂士来谈,晚饮于广和居,铭伯亦去,季市为主。收十七,十八日《民兴日报》各一分。

二十四日

日记　无事。

二十五日

日记　雨,傍午霁。午后视察国子监及学宫,见古铜器十事及石鼓,文多剥落,其一曾剜以为臼。中国人之于古物,大率尔尔。

二十六日

日记　上午太学守者持来石鼓文拓本十枚,元潘迪《音训》二枚,是新拓者,我以银一元两角五分易之。下午得二弟信,二十一日杭州发,内附《童话研究》草稿四枚。收十九,二十日《民兴日报》各一分。收全浙公会信,内《全浙公会章程草案》四纸,发起者孙宝瑚,汪立元,王潜,李升培,王葵,王亮等,皆不相识,未知其人如何,拟置不报。

二十七日

日记　下午假《庚子日记》二册读之,文不雅驯,又多讹夺,皆记拳匪事,其举止思想直无以异于斐澳野人。齐君宗颐及其友某君云皆身历,几及于难,因为陈述,为之瞿然,某君不知其名氏,似是专门司司员也。收二十一日《民兴日报》一分。

二十八日

日记　午后小雨,旋止。四时赴夏期讲演会述《美术略论》,至五时已。收三弟信,二十二日发。收二十二日《民兴报》一分。晚复雨,旋止。

二十九日

日记 晨寄二弟信。又寄三弟信。收本月津帖六十元。下午至直隶官书局购《雅雨堂丛书》一部二十册,十五元;《京畿金石考》一部二册,八角。得二弟妇信附芳子信一纸,二十三日发。收二十三日《民兴报》一分。夜饮少许酒。

三十日

日记 星期休息。上午谢西园来,云居香炉营头条谢宅,商生契衡亦至,饭于广和居,午后并去。收二十四日《民兴报》一分。

七月

一日

日记 部改上午七时半至十一时半为理事时间。得二弟信,六月二十六日杭州发。收六月二十五日《民兴日报》一分。

二日

日记 蔡总长第二次辞职。收协和还金五元。收二十六日《民兴报》一分。

三日

日记 下午与季市浴于观音寺街之升平园,甚适。至琉璃厂购明袁氏本《世说新语》一部四册,二元八角,尚不十分刓弊,惜纸劣耳;又《草堂诗馀》一册,二角,似是《词学丛书》残本也。

四日

日记 上午寄二弟信。午得陈子英信,二十七日绍兴发。又得三弟信并《近世地理》一册,二十八日绍兴发。收廿七,廿八日《民兴报》各一分。

五日

日记 大雨。下午四时赴讲演会,讲员均乞假,听者亦无一人,遂返。寄三弟信,内附与二弟妇及芳子信一小函。得二弟信,三十日发。夜又大雷雨。

六日

　　日记　雨。晨寄二弟信。午得三弟信,二十九日发。收二十九日《民兴日报》一分。晚与季市同饮于广和居。

七日

　　日记　星期休息。晨得刘楫先信,初一日上虞发。午得二弟信,初一日发。收六月卅,七月一日《民兴日报》各一分。午后协和,谷青来。夜雨。

八日

　　日记　雨。上午得上海通俗教育会信并《通俗教育研究录》一册。

九日

　　日记　晴。下午收二日,三日《民兴日报》各一分。临时教育会议开始。夜小雨。

十日

　　日记　晴,热。上午九时至十时诣夏期讲习会述《美术略论》,听者约二十余人。午前赴东交民巷日本邮局寄东京羽太家信并日银十圆。下午与季市访蔡子民于其寓,不值。夜小雨。

十一日

　　日记　寄三弟信,内附与二弟信一小函,又与二弟妇笺一枚。收小包一,内 P. Gauguin: *Noa Noa*, W. Wundt: *Einführung in die Psychologie* 各一册,六月二十七日绍兴发。夜读皋庚所著书,以为甚美;此外典籍之涉及印象宗者,亦渴欲见之。夜收初四日《民兴日报》一分。夜大雨。

十二日

日记 晴。下午得二弟信,五日发。又得三弟信,六日发。晚收五日,六日《民兴日报》各一分。夜雨。闻临时教育会议竟删美育,此种豚犬,可怜可怜!

十三日

日记 雨。无事。

十四日

日记 晴。星期休息。晨寄二弟及三弟信。上午张协和,杨莘士来。收初七日《民兴日报》一分。下午偕铭伯,季市饮于广和居,甚醉。夜又收初八日《民兴日报》一分。

十五日

日记 上午至教育会傍听少顷。下午部员为蔡总长开会送别,不赴。收初九日《民兴日报》一分。

十六日

日记 晨收本月分津帖六十元。收初十日《民兴日报》一分。夜雨。

十七日

日记 雨。教育部次长范源濂代理总长。上午九时至十时在夏期讲[演]会述《美术略论》,初止一人,终乃得十人,是日讲毕。傍午晴。下午谢西园来谈,假去十圆。晚饮于季市之室。

十八日

日记　上午收十一日《民兴日报》一分。下午大热,动雷。

十九日

日记　晨得二弟信,十二日绍兴发,云范爱农以十日水死。悲夫悲夫,君子无终,越之不幸也,于是何几仲辈为群大蠹。午收十二,十三日《民兴日报》各一分。下午与季市访蔡子民不遇,遂至董恂士家,与钱稻孙谈至晚才返。

二十日

日记　上午寄二弟信。又寄陈子英信。收十四日《民兴报》一分。下午赴青云阁购日用什物,又至瑠璃厂购《黄子久秋山无尽图卷》一册,五角;《梦窗词》一册,四角;《老学庵笔记》二册,八角。晚杨莘士,钱稻孙来,遂同饮于广和居,季市亦往。夜大雨。

二十一日

日记　阴。星期休息。上午雨。胡孟乐来。杜海生来。下午大雨。蔡谷青来。晚得二弟及三弟信,十五日发。又收十五日《民兴报》一分。

二十二日

日记　大雨,遂不赴部。晚饮于陈公猛家,为蔡子民饯别也,此外为蔡谷青,俞英厓,王叔眉,季市及余,肴膳皆素。夜作均言三章,哀范君也,录存于此:

风雨飘摇日,余怀范爱农。华颠萎寥落,白眼看鸡虫。
世味秋荼苦,人间直道穷。奈何三月别,竟尔失畸躬!
海草国门碧,多年老异乡。狐狸方去穴,桃偶已登场。
故里寒云恶,炎天凛夜长。独沉清泠水,能否涤愁肠?
把酒论当世,先生小酒人。大圜犹茗苧,微醉自沉沦。

此别成终古,从兹绝绪言。故人云散尽,我亦等轻尘!

二十三日

日记 雨。天气颇寒。上午收十七日《民兴日报》一分。下午杜海生来。俞英厓以吴镇及王铎画山水见视。

哀范君三章

风雨飘摇日,余怀范爱农。
华颠萎寥落,白眼看鸡虫。
世味秋荼苦,人间直道穷。
奈何三月别,遽尔失畸躬!

海草国门碧,多年老异乡。
狐狸方去穴,桃偶尽登场。
故里彤云恶,炎天凛夜长。
独沉清冽水,能否洗愁肠?

把酒论当世,先生小酒人。
大圜犹酩酊,微醉自沉沦。
此别成终古,从兹绝绪言。
故人云散尽,我亦等轻尘!

原载 1912 年 8 月 21 日《民兴日报》。署名黄棘。初未收集。

致 周作人

我于爱农之死，为之不怡累日，至今未能释然。昨忽成诗三章，随手写之，而忽将鸡虫做人，真是奇绝妙绝，辟历一声，速死豸之大狼狈矣。今录上，希大鉴定家鉴定，如不恶，乃可登诸《民兴》也。天下虽未必仰望已久，然我亦岂能已于言乎。二十三日，树又言。

据手稿编入。系残简。

此信正张佚。此简前录写《哀范君三章》修订稿，参见上文。

二十四日

日记　阴。上午得羽太家信，十七日东京发。收夏期讲演会车马费十元。收十六，十八日《民兴日报》各一分。午后微雨。

二十五日

日记　阴。下午寄二弟信内附与三弟笺一枚。钱稻孙来。

二十六日

日记　晴。闻教育部总长为范源廉。下午谢西园来。得二弟信，二十日发。收二十日《民兴日报》一分。俞英厓，王叔眉两君来。

二十七日

日记　上午寄二弟信。午得二弟及三弟信，二十一日发。收二十一日《民兴报》一分。晚与季市赴谷青寓，爕和亦在，少顷大雨，饭后归，道上积潦二寸许，而月已在天。

二十八日

日记　星期休息。晨稻孙来,午饭于广和居,季茀,莘士在坐。饭后赴吴兴馆,夜又饭于便宜坊。收十九日《民兴日报》一分。雨。

二十九日

日记　阴。无事。夜雨。闻董恂士为教育部次长。

三十日

日记　晴。午后收二十二及二十三日《民兴日报》各一分。下午赴中国通俗教育研究会,傍晚乃散。此会即在教育部假地设之,虽称中国,实乃吴人所为,那有好事! 晚恂士来,饭于季市之室。

三十一日

日记　晴,午后雨。本部开谈话会,总次长演说。下午收二十四,二十五日《民兴日报》各一分。傍晚晴。

八月

一日

日记　午后稻孙来,在季巿之室,遂同往琉离厂,购《埤雅》一部四本,二元,似明刻也。晚饮于广和居,颇醉。

二日

日记　午前得二弟信,二十七日发,有哀范爱农诗,云:"天下无独行,举世成委靡。皓皓范夫子,生此叔季时。傲骨遭俗嫉,屡被蟛蜞欺。侘傺尽一世,毕生清水湄。今闻此人死,令我心伤悲。扰扰使君辈,长生亦尔为!"收廿七日《民兴日报》一分。午后寄二弟信。录汪文台辑本《谢沈后汉书》一卷毕。又收廿六日《民兴报》一分。晚杨莘士招饮于广和居,同席者章演群,钱稻孙,许季黻。夜风微雨。

三日

日记　雨,上午晴。无事。

四日

日记　晴。星期休息。上午收廿八日《民兴日报》一分。午后钱稻孙,杜海生来。晚蒯若木来。

五日

日记　上午冯汉叔至部见访。午收二十九日《民兴日报》一分。下午赴部听教育会议员说各地教育状况,而到者止浙江二人。晚雨有风。

六日

日记　雨。伍博纯来，劝入通俗教育研究会甚力，却之不得，遂允之。收卅日《民兴日报》一分。

七日

日记　晴。上午冯汉叔至部见访。午归寓途中车仆堕地，左手右膝微伤。见北京报载初五日电云，绍兴分府卫兵毁越铎报馆。收七月卅一日，八月一日《民兴日报》各一分。晚得二弟所寄小包，内复氏《美术与国民教育》一册，福氏《美术论》一册，均德文，一日付邮。

八日

日记　上午得二弟信，二日发。下午寄二弟信。钱稻孙来。

九日

日记　晨得谢西园信并还银十圆。午后张燮和来，同季市饮酒少许。夜雨。

十日

日记　阴，午后雨。晚小饮于季市之室。

十一日

日记　雨。星期休息。午后杜海生来。下午杨莘士，钱稻孙来。晚收二弟所寄德文思氏《近世造形美术》一册，初五日付邮。

十二日

日记　晴。数日前患咳，疑是气管病，上午就池田医院诊之，云无妨，惟神经衰弱所当理耳；与水药粉药各二日分，价一元二角，又初诊费二元。下午得二弟及三弟信，初六日发。半夜后邻客以闽音高谈，猎猎如犬相啮，不得安睡。

十三日

日记　阴。上午寄二弟及三弟信。

十四日

日记　晴。上午至池田医院就诊。午后同季市至廊房头条劝工场饮茗，余又理发，复至土地祠神州国光社购《南雷馀集》一册，《天游阁集》一册，共一元二角。夜饮于季市之室，食蒲陶，鲅鱼，杏仁。得二弟所寄小包二，内《域外小说集》第一第二各五册，初八日付邮，余初二函索，将以贻人者也。

十五日

日记　以《或外小说》贻董恂士，钱稻孙。午后张协和来。晚写汪文台辑本《谢承后汉书》八卷毕。阅赵蕤《长短经》，内引虞世南史论，录之。

关于汪辑本《谢承后汉书》

谢承《后汉书》八卷，谢沈《后汉书》一卷，黟人汪文台南士辑，并在《七家〈后汉书〉》中。有太平崔国榜序，其略云："康熙中，钱唐姚鲁斯辑《东观汉记》以下诸家书为补逸，颇沿明儒陋习，不详所自，遗

56

陋滋多。孙颐谷侍御曾据其本为谢承书补正,未有成书。近甘泉黄右原比部亦有辑本,视姚氏差详,终不赅备。黟汪先生南士,绩学敦行,著书等身,以稽古余力,重为蒐补。先生之友汤君伯玕,称先生旧藏姚本,随见条记,丹黄殆徧。复虑未尽,以属弟子汪学惇,学惇续有增益。学惇殁后,藏书尽售于人,汤君复见此本,已多脱落。亟手录一过,以还先生之子锡藩。锡藩奉椝书,客江右,同岁生会稽赵扢夰从锡藩叚钞,余因得见是书。扢夰言:先生所据《北堂书钞》,乃朱氏潜采堂本,题曰《大唐类要》者也,归钱唐汪氏振绮堂。辛酉乱后,汪氏藏书尽散。浙中尚有写本,为孙氏冶城山馆物,后归陈兰邻大令家,近亦鬻诸他氏,远在闽中,无从叚阅,异日得之,当可续补数十条"云。岁壬子夏八月叚教育部所藏《七家后汉书》写出,初二日始,十五日毕。

未另发表。据手稿编入。

初未收集。

十六日

日记 阴。自本日起以上午九时至下午四时半为办公时间,此为部令破旧定规则者也。午大雨,下午晴。得二弟所寄 V. van Gogh:*Briefe* 一册,十日付邮。夜饮于季市之室。

十七日

日记 晴。上午往池田医院就诊,云已校可,且戒勿饮酒。假得《续谈助》二册阅之。

十八日

日记 星期休息。午得二弟信,十二日发。下午寄二弟信。

十九日

日记　下午谢西园来，未遇，见其留刺。旧历七夕，晚铭伯治酒招饮。

二十日

日记　上午同司长并本部同事四人往图书馆阅敦煌石室所得唐人写经，又见宋元刻本不少。阅毕偕齐寿山游十刹海，饭于集贤楼，下午四时始回寓。

二十一日

日记　午后蔡国青来。得冯汉叔名刺，知上午来访。

二十二日

日记　晨见教育部任命名氏，余为佥事。上午寄蔡国青信。晚钱稻孙来，同季市饮于广和居，每人均出资一元。归时见月色甚美，骤游于街。

二十三日

日记　得二弟信，十六日发。晚钱稻孙来，因同至琉璃［厂］购纸，又至神州国光社购《古学汇刊》第一编一部两册，价一元五分。夜胃痛。

二十四日

日记　上午寄二弟信。午后赴钱稻孙寓。

二十五日

日记　星期休息。上午许诗荃，商契衡来。午后钱稻孙来，同

58

往琉璃厂,又赴十刹海饮茗,旁晚归寓。

二十六日

日记 阴,雷。午后雨一陈即霁。晚寄二弟信。

二十七日

日记 晴。下午往钱稻孙寓,又同至余寓,即去。晚协和来。夜半风雨大雷。

二十八日

日记 晴。与稻孙,季市同拟国徽告成,以交范总长,一为十二章,一为旗鉴,并简章二,共四图。下午得二弟信,内附二弟妇及三弟信,二十二日发。收二十一及二十二日《民兴日报》一分,盖停版以后至是始复出,余及启孟之哀范爱农诗皆在焉。晚稻孙来,大饮于季市之室。

致国务院国徽拟图说明书

谨按西国国徽,由来甚久,其勾萌在个人,而曼衍以赅一国。昔者希腊武人,蒙盾赴战,自择所好,作绘于盾,以示区别。降至罗马,相承不绝。迨十字军兴,聚列国之士而成师,惧其杂糅不可辨析,则各以一队长官之盾徽为识,由此张大,用于一家,更进而用于一族,更进而用于一国。故权舆之象,率为名氏,表个人也;或为十字,重宗教也。及为国徽,亦依史实,因是仍多十字,或摹盾形,复作衮冕旗帜之属,以为藻饰。虽有新造之国,初制徽识,每不能出其环中,盖文献限之矣。今中华民国,已定嘉禾为国徽,而图象简质,宜求辅佐,俾足以方驾他徽,无虑朴素。惟历史殊特,异乎欧西,彼所尚者,此不能用。自应远据前史,更立新图,碻有本柢,庶几有当。考诸载籍,源之古者,莫如龙。然已横受抵排,不容作绘。更思其次,则有十二章。上见于《书》,其源亦远。汉唐以来,说经者曰:日月星辰,取其照临也;山,取其镇也;龙,取其变也;华虫,取其文也;宗彝,取其孝也;藻,取其洁也;火,取其明也;粉米,取其养也;黼,取其断也;黻,取其辨也。美德之最,莫不赅备。今即从其说,相度其宜,会合错综,拟为中华民国徽识。作绘之法,为嘉禾在于中,是为中心。嘉禾之状,取诸汉"五瑞图"石刻。干者,所以拟盾也。干后为黼,上缀粉米。黼上为日,其下为山。然因山作真形,虑无所置,则结缪成篆文,而以黻充其隙际。黼之左右,为龙与华虫,各持宗彝。龙复有火丽其身,月属于角。华虫则其咮衔藻,其首戴星。凡此造作改为,皆所以求合度而图调和。国徽大体,似已略具。(如下图)复作五穗嘉禾简徽一枚,(图略)于不求繁缛时用之。又曲线式双穗嘉禾简徽一枚,(图略)于笺纸之属用之。倘更得深于绘事者,别施采色,令其象更美且优,则庶几可以表华国之令德,而弘施于天下已。

拟国徽图

案元图龙及华虫尾皆内向,作曲褱式,后经国务院会议,外交部主改为尾向外张如今图。

原载 1913 年 2 月《教育部编纂处月刊》第 1 卷第 1 册
"文牍录要"栏。未署名。
初未收集。

二十九日

日记　上午致伍博纯信。下午收二十三日《民兴报》一分。晚稻孙,协和来。

三十日

日记　阴。下午收本月俸百二十五元,半俸也。夜半雨。

三十一日

日记　晴。上午寄二弟及二弟妇并三弟信。下午收廿五日《民兴日报》一分。晚董恂士招饮于致美斋,同席者汤哲存,夏穗卿,何燮侯,张协和,钱稻孙,许季黻。

九月

一日

日记 星期休息。晨得二弟信,二十六日发。收二十六日《民兴日报》一分。上午与季市就稻孙寓坐少顷,同至什刹海,已寥落无行人,盖已过阴历七月望矣。午饭于四牌楼之同和居,甚不可口。下午至青云阁购什物二三种,又赴琉璃厂有正书局购《中国名画》第一至第十集共十册,计银十二圆,佐以一木匣,不计值也。

二日

日记 雨。无事。夜书致东京信两通,翻画册一过,甚适。

三日

日记 阴。上午至交民巷日本邮局寄羽太氏信并银二十圆,又寄相模屋信并银三十圆,季市附寄银十圆。下午晴。收二十七八日《民兴报》各一分。以一小包寄家,内摩菰二十两,刺夹六具,狗皮膏六枚。

四日

日记 上午以一小包寄家,内桃,杏,频果脯及蜜枣四种。晚稻孙来,遂同饮于广和居,铭伯,季市亦去。夜寄二弟及三弟信,而函后题初五日发。

五日

日记 上午同司长及数同事赴国子监,历览一过后受午饭,饭后偕稻孙步至什刹海饮茗,又步至杨家园子买蒲陶,即在棚下啖之,迨回邑馆已五时三十分。收廿九及三十日《民兴日报》各一分。夜吴君秉成来。

六日

日记　阴。上午赴本部职员会,仅有范总长演说,其词甚怪。午后赴大学专门课程讨论会,议美术学校课程。下午稻孙来,晚饮于季黻之室。收卅一日《民兴报》一分。

七日

日记　雨。下午赴钱稻孙寓。晚见李梦周于季市处。

八日

日记　阴。星期休息。上午同季市往留黎厂,在直隶官书局购《式训堂丛书》初二集一部三十二册,价六元五角,会微雨,遂归。收九月一日《民兴报》一分。午后晴。翻《式训堂丛书》,此书为会稽章氏所刻,而其版今归吴人朱记荣,此本即朱所重印,且取数种入其《槐庐丛书》,近复移易次第,称《校经山房丛书》,而章氏之名以没。记荣本书估,其厄古籍,正犹张元济之于新籍也。读《拜经楼题跋》,知所藏《秋思草堂集》即近时印行之《庄氏史案》,盖吴氏藏书有入商务印书馆者矣。下午雨一陈即霁。晚稻孙招饮于便宜坊,坐中有季市与汪曙霞及其兄。

《式训堂丛书目录》题注

会稽章贞编,光绪间刻本,后吴县朱记荣得其版,没章氏名,改题《校经山房丛书》。

未另发表。据手稿编入。
题目系编者所拟。

九日

日记 晴，下午风。得二弟信，二日发。收二日，三日《民兴报》各一分。

十日

日记 晨寄二弟信。下午得二弟信，四日发。收四日《民兴日报》一分。

十一日

日记 下午收八月廿四日《民兴报》一分。晚胡孟乐招饮于南味斋，盖举子之庆也，同席共九人，张，童，陶^{均不知其字}，俞伯英，许季茀，陈公猛，杨莘士及我。

十二日

日记 下午与同事杂谈清末赀事。晚收初五日《民兴日报》一分。制被一枚，银五元。

十三日

日记 阴。晨寄二弟信。下午小雨。收六日，七日《民兴报》各一分。晚稻孙来，并招季市饮于广和居。风颇大。

十四日

日记　晴。午收本月半俸百二十五元。浣旧被，工三百。

十五日

日记　星期休息。上午往青云阁购日用什物，共三元；又至留黎厂购《开元占经》一部二十四册，三元；《蒋南沙画册》一册，一元二角。得二弟信附二弟妇及三弟笺，八日发。收八日《民兴报》一分。

十六日

日记　上午得羽太家信，九日东京发。收九日《民兴报》一分。微不适，似是伤风。

十七日

日记　上午寄二弟信附与二弟妇并三弟信。收十日《民兴日报》一分。

十八日

日记　上午寄羽太家信附与福子笺一枚。上午得相模屋书店葉书。下午得二弟并三弟信，十二日发。收十一日《民兴日报》一分。晚寄二弟信。夜邻室有闽客大哗。

十九日

日记　晚稻孙至，与铭伯，季市同饮于广和居。收十二日《民兴报》一分。

二十日

日记　阴，下午雨。收二弟所寄《绥山画传》一册，十四日付邮。

收十三,十四日《民兴报》各一分。夜雨不已。邻室又来闽客,至夜半犹大嗥如野犬,出而叱之,少戢。

二十一日

日记　晴,风。晨寄二弟信。季市搜清殿试策,得先祖父卷,见归。晚寿洙邻,钱稻孙来。

二十二日

日记　晴,风。星期休息。上午收十五日《民兴日报》一分。下午自《全唐诗》录出虞[世]南诗一卷。

二十三日

日记　下午收十七,十八日《民兴日报》各一分。

二十四日

日记　午后同稻孙至留黎厂购《述学》二册,八角;《拜经楼丛书》七种八册,三元。得二弟信,十六日发。收十六日《民兴日报》一分,又拾九日者又一分。晚袁文薮来。蒋抑卮来。

二十五日

日记　阴历中秋也。下午钱稻孙来。收二十日《民兴日报》一分。晚铭伯,季市招饮,谈至十时返室。见圆月寒光皎然,如故乡焉,未知吾家仍以月饼祀之不。

二十六日

日记　阴。晨寄二弟信。下午收廿一日《民兴报》一分。晚张协和来。七时三十分观月食,约十分之一,人家多击铜盘以救之。

此为南方所无，似较北人稍慧，然实非是，南人爱情漓尽，即月真为天狗所食，亦更不欲拯之，非妄信已涤尽也。

二十七日

日记　晴。下午收二十二日《民兴报》一分。得二弟所寄小包，内全家写真一枚，又二弟妇抱丰丸写真一枚，我之旧写真三枚，袜子两双，德文《植物采集法》一册，十四日付邮。晚饮于劝业场上之小有天，董恂士，钱稻孙，许季黻在坐，肴皆闽式，不甚适口，有所谓红糟者亦不美也。

二十八日

日记　下午风。得二弟信，二十三日发。晚钱稻孙来。宋汲仁来，宋名守荣，吴兴人，似是本部录事也。

二十九日

日记　星期休息。上午张协和来，即去。寄二弟及二弟妇信。下午钱稻孙来，又同游劝工陈列所一周，即就所中澄乐园饮茗而归。蒋抑卮来。收二十四日《民兴日报》一分。

三十日

日记　上午致江叔海信，又致蒋抑卮信，为之介绍阅图书馆所藏秘笈也。收二十五日《民兴日报》一分。晚得宋紫佩信，廿五日发。

十月

一日

日记 晨寄二弟信。又寄宋子佩信。前与稻孙往留黎厂,见小字本《艺文类聚》一部,稻孙争购去,今忽愿归我,因还原价九圆受之。此书虽刻版不佳,又多讹夺,然有何义门印,又是明板,亦尚可臧也。下午寄相模屋书店信。得二弟及三弟信,廿六日发。

二日

日记 晚稻孙来,又同铭伯,季市饮于广和居。

三日

日记 无事。

四日

日记 风挟沙而昦,日光作桂黄色。下午钱稻孙来。季天复来,季字自求,起孟同学也。

五日

日记 雨,冷,午后雨止而风,益冷。

六日

日记 晴,风。星期休息。上午钱稻孙来,又同季市至骡马市小骨董店,见旧书数架,是徐树铭故物而其子所鬻者,予购得《经典释文考证》一部,价止二元,惜已着水;又见蔡子民呈徐白摺,楷书,称受业,其面有评语云:"牛鬼蛇神,虫书鸟篆",为季市以二角银易去。人事之迁变,不亦异哉!午后访季自求,寿洙邻。下午往留黎厂购笺纸并订印名刺,又购《敦煌石室真迹录》一部,银一两。晚寄二弟,二弟妇及三弟信。得二弟信,内有《童话研究》改定稿半篇,十月一日发。

七日

日记 无事。以《域外小说集》两册赠戴螺舲,托张协和持去。晚邻闽又噪。

八日

日记 捐北通州兵祸救济金一元。

九日

日记 午后风。无事。

十日

日记 国庆日休息。上午同许铭伯,季市,诗荃,诗苓至留黎厂观共和纪念会 ,但有数彩坊,而人多如蚁子,不可久驻,遂出。予取名刺,并以二元购《前后汉纪》一部而归。晚饮于广和居,同席五人,如往留黎厂者。今日特冷。钞补《经典释文》两叶。

十一日

日记 微雨即晴。晨得二弟信并《童话研究》半篇,五日发。上午寄二弟信。

十二日

日记 晴。下午寄二弟信。晚得二弟所寄小包二,内《古小说拘沈》草稿,越人所著书草稿等十册,『支那絵画小史』一册,七日付邮。又得二弟信附安兑然卮言二篇,七日发。钞补《史略》一叶。夜腹忽大痛良久,殊不知其何故。

十三日

日记　阴。星期休息。腹仍微痛。终日订书,计成《史略》二册,《经典释文》六册。

十四日

日记　雨。晚丁《经典释文》四册,全部成。夜大风。

十五日

日记　晴,风。上午寄二弟小包两个:甲,《拜经楼丛书》八册,《草堂诗余》一册;乙,《齐物论释》,《梦窗词》,《南雷馀集》,《天游阁诗集》,《实斋信摭》各一册,《实斋札记》二册。午后收本月半俸百二十五元。得二弟及三弟信,十日发。访游观庆于龙泉寺,不值。晚寿洙邻来,并招饮于广和居。

十六日

日记　晴。晚补写《北堂书钞》一叶。

十七日

日记　晨张协和代我购得狐腿裘料一袭,价卅元,自持来。上午寄二弟及三弟信。下午至劝工场理发。晚季自求来谈,以《或外小说集》第一二册赠之。

十八日

日记　阴。上午得相模屋书店邮片,十二日发。

十九日

日记　晴。梅撷云赠《佛学丛报》第一号一册。晚许铭伯招饮于杏花春，同坐者有陈姓上虞人，忘其字，及俞月湖，胡孟乐，张协和，许季市。

二十日

日记　风。星期休息。上午往留黎厂购《汗简笺正》一部，三元；《北梦琐言》一部，四角；《读画录》，《印人传》合刻一部，一元。午后昙。晚得二弟信附《希腊拟曲》二篇，十五日发。

二十一日

日记　昙。上午得阮立夫信，十六日九江发。下午微雪。晚书估持旧书来售，不成。

二十二日

日记　昙。上午寄二弟信并银五十元。下午微雪。晚同许铭伯，季市，诗苓饮于广和居。

二十三日

日记　晴。无事。

二十四日

日记　雨。晚得二弟信，十九日发。收十九日《民兴日报》一分。捐贫儿院银一圆。

二十五日

日记　晴。上午代季市寄相模屋信。戴螺舲见恽冰画，定为伪作。晚收二十日《民兴日报》一分。

二十六日

日记 阴。上午寄二弟信。下午同季市,协和至小市,拟买皮衣不得,复赴大栅阑,亦不成,遂至青云阁饮茗,遇范亦陈,予购布三元。又至留黎厂购《郑板桥道情墨迹》一册,三角;《舒铁云手札》一册,四角;《中国名画》第十六集一册,一元五角。归寓已晚。收二十一日《民兴日报》一分。夜修钉《述学》两册,至一时方毕。

二十七日

日记 晴。星期休息。午后张协和来。下午钱稻孙来。本馆祀先贤,到者才十余人,祀毕食茶果。夜微风,已而稍大,窗前枣叶蘋蘋乱落如雨。

二十八日

日记 风,昙,午后晴。收廿三日《民兴报》一分。

二十九日

日记 晴。上午得俞乾三函,二十三日上虞发。晚收二十四日《民兴日报》一分。蔡国亲来。

三十日

日记 阴,午后雨。得沈商耆信,二十五日上海发。得天觉报社信,二十四日绍兴发,内出版露布一枚,征文广告一枚,宋子佩列名。夜风见月。

三十一日

日记 晴。上午得二弟并三弟信,二十五日发。收二十五日《民兴日报》一分。下午收二十六日《民兴报》一分。

十一月

一日

日记 晴。上午寄二弟及三弟信,附银圆及状面拟稿各一枚。

二日

日记 上午得袁总统委任状。下午赴留黎厂购《秋波小影册子》一册,四角;《眉庵集》二册,八角;《济南田氏丛书》二十八册,四元;《说文释例》十册,三元;《邵亭诗钞》并《遗诗》二册,一元,又购粗本《雅雨堂丛书》一部二十八册,四元。晚钱稻孙来。收二十七,二十八日《民兴日报》各一分。

三日

日记 星期休息。午后往青云阁买拭牙粉一盒。收二十九日《民兴日报》一分。下午至晚均补写《雅雨堂丛书》阙叶,凡得六枚,至十一时方止。夜风。收《平报》一分,是送阅者。

四日

日记 晴,风。晚杨莘士介绍衣工吴姓者来,付裁令制,并先与银一元。得二弟信,三十日发。收本日《平报》一分。

五日

日记 晴,大风。冷甚水冻,入夜尤甚。

六日

日记 上午寄二弟信。晚王伟人,钱稻孙来,并同季市饭于广和居。

七日

日记　大风,甚冷。上午收补十月分俸银九十五元。晚陈仲书来。得陈子英信,一日发。收卅及卅一日《民兴报》各一分,二日《天觉报》第二号一分。

八日

日记　阴。下午赴观音寺街购御寒衣冒等物,共十五元。寄沈商耆上海信。是日易竹帘以布幔,又购一小白泥炉,炽炭少许置室中,时时看之,颇忘旅人之苦。夜风。

九日

日记　晴。晨得二弟信,三日发。收三日《天觉》及《民报》各一分。上午复陈子英信,又复阮立夫函。下午往西升平园浴。赴留黎厂买纸,并托清秘阁买林琴南画册一叶,付银四元四角,约半月后取。晚邀铭伯,季市饮于广和居,买一鱼食之。收十月卅日及本月四日《民兴日报》各一分。夜作书两通,啖梨三枚,甚甘。夜半腹痛。

十日

日记　星期休息。上午季自求,刘历青来。午后寄二弟信。又寄相模屋信。下午至夜补写《雅雨堂丛书》五叶。饮姜汁以治胃痛,竟小愈。

十一日

日记　夏揖颜来,不遇。夜补写《雅雨堂丛书》两叶。

十二日

日记 付温处水灾振捐二元,钱稻孙经手。晚收六日《天觉报》一分。夜补写《雅雨堂丛书》中《大戴礼》目录后语阙叶凡二枚,全书补完。

十三日

日记 付上海共和女学校捐款一元,顾子言经手。常君赠《中国学报》第一期一册。晚得二弟信并附二弟妇,芳子及三弟笺,八日发。收七日《天觉报》一分。夜风。

十四日

日记 上午寄二弟《中国学报》第一期一册。午后清秘阁持林琴南画来,亦不甚佳。

十五日

日记 上午寄二弟并二弟妇信,附与芳子及三弟笺各一枚。

十六日

日记 午后收本月俸银二百二十元。往看夏司长,索其寓居不得。往留黎厂购《董香光山水册》一册,一元二角;《大涤子山水册》一册,一元;《石谷晚年拟古册》一册,八角。过敛家坑海昌会馆看张协和,不值。蒋百器来过,不值。晚得二弟并二弟妇信,十一日发(5)。收十日,十一日《天觉报》各一分。

十七日

日记 阴。星期休息。上午谢西园来。寄二弟信并银五十元(五),以双挂号去。陈公侠来。钱稻孙来。许铭伯将赴天津,往别之。午后赴留黎厂神州国光社购《唐风图》,《金冬心花果册》各一册,共银三元九角。又往文明书局购元《阎仲彬惠山复隐图》,《沈石田灵隐山图》,《文征明潇湘八景册》,《龚半千山水册》,《梅瞿山黄山胜迹图册》,《马扶曦花鸟草虫册》,《马江香花卉草虫册》,《戴文节仿古山水册》,《王小某[梅]人物册》各一册,又倪云林山水,恽南田水仙,仇十洲麻姑,华秋岳鹦鹉画片各一枚,共银八元三角二分。晚钱稻孙又来。收十二日《天觉报》一分。

十八日

日记　晴,风。上午得许季上信,十四日奉天发。

十九日

日记　晚收十三,十四日《天觉报》各一分

二十日

日记　上午得齐寿山,戴芦舲,许季上自奉天来函,午后复之。

二十一日

日记　午后赴打磨厂保商银行易日本币。赴东交民巷日本邮局寄羽太家信并日银五十元,又寄相模屋书店信并日银五十元,附季市书款十元。下午闻国亲疡生于髀,与季市同往看之。晚收十六日《天觉报》一分。

二十二日

日记　下午收十七日《天觉报》一分。寄二弟信(六)。夜腹痛。

二十三日

日记　午后商契衡来。下午腹痛,造姜汁饮服之。晚得二弟所寄书三包,计《小说拘沈》草稿一迭,J. Meier-Graeve:*Vincent van Gogh* 一册,《或外小说》第一第二集各五册,并十八日发。夜风。院中南向二小舍,旧为闽客所居者,已虚,拟移居之,因令工糊壁,一日而竣,予工资三元五角。

二十四日

日记 星期休息。上午得二弟信,十七日发(6)。收十八日《天觉报》一分。季市为购得《古学汇刊》第二编来,计二册,价一元又六分。午后昙,有雪意。下午以一小箧邮寄二弟,箧内计《中国名画》第一至第十三集共十三册,又《黄子久秋山无尽图卷》,王孤云《圣迹图》,《徐青藤水墨花卉卷》,《陈章侯人物册》,《龚半千细笔山水册》,《金冬心花果册》均一册,又《越中先贤祠目序例》一册,补写《北堂书钞》阙叶一叶,以挂号去,邮资八角。晚缝人持衬衫及罩袍来。收十九日《天觉报》一分。

二十五日

日记 晴。以《或外小说集》第一第二册赠夏穗卿先生。晚收二十日《天觉日报》一分。

二十六日

日记 上午寄二弟信(七)。晚收二十一日《天觉报》一分。

二十七日

日记 昙,午后晲。晚得二弟,二弟妇及三弟信,二十二日发。收二十二日《天觉报》一分。

二十八日

日记 上午相模屋书屋寄来『国歌集』两册,价共二角九分,即交沈商耆。下午移入院中南向小舍。晚收二十三日《天觉报》一分。

二十九日

日记 昙,冷。晚收二十四日《天觉报》一分。夜微雪。

三十日

日记 昙,午后晴。下午赴劝业场为二弟觅复活祭日赠高医士之品,遂购景泰窑磁瓶一双,文采为双龙云物及花叶,皆中国古式,价银五元。自二十七日起修缮《埤雅》,至今日下午丁毕,凡四册。晚收二十五日《天觉报》一分。夜风。购木匣并布,切作小包。

十二月

一日

日记 风而日光甚美。星期休息。午寄二弟,二弟妇并三弟信(八)。张协和来。下午寄二弟一小包,内花瓶一双。至南通州会馆访季自求,以《或外小说》两册托其转遗刘雳青。而季自求则以《大隋开府仪同三司龙山公墓志铭》一枚,《大秦景教流行中国碑》暨碑额碑侧共四枚见赠。晚得二弟信,二十六日发(8)。收二十六日《天觉报》一分。

二日

日记 晴。上午得许季上奉天来信。晚王伟忱来。夜腹微痛。

三日

日记 上午寄二弟信(九)。收《通俗教育研究录》第三期一册。晚收二十八日《天觉报》一分。

四日

日记 午后收陈焕章著《孔教论》一本,上海寄。晚收二十九日《天觉报》一分。

五日

日记 午后得相模屋书店两葉书,并二十九日发。赴池田医院乞药,云气管支及胃均有疾,余良,付初诊费二元,药资一元二角。晚收三十日《天觉报》一分。是日始晚餐啜粥。

六日

日记　昙,午后日光小见。觉胃痛渐平,但颇无力。晚得二弟信,初一日发(9)。夜大风。

七日

日记　晴,风。上午得东京羽太家信,一日发。寄相模屋信。赴池田医院付药资一元二角。下午往留黎厂购《顾西眉画册》一册,八角;《说文古籀疏证》一部四册,一元五角。收初二日《天觉报》一分。

八日

日记　星期休息。卧至十二时。午后寄二弟信(十),又《古学汇刊》第一,二编共四册。收三日《天觉报》一分。

九日

日记　无事。

十日

日记　午前赴医院,而池田适出诊,因买原药归,资一元四角。

十一日

日记　晚得二弟信,六日发(10)。午后二时服写利药十粒,至十时半验。

十二日

日记　上午许季上,戴芦舲,齐寿山自奉天调核清宫古物归,携来目录十余册,皆磁铜及书画之属;又摄景十二枚,内有李成《仙山楼阁图》,极工致;又有崔白刻丝《一路荣华图》,为鹭鸶及夫容,底本似佳而写片不善。午后与许季上等访夏司长于兵部洼寓所,留约一小时。

十三日

日记　上午寄二弟信(十一)。

十四日

日记　午后收二年历书一册。下午赴留黎厂购《王无功集》一册,五角;《景德镇陶录》一部四册,乙元;《戴文节销寒画课》一帖十枚,六角四分;《费晓楼士女画册》一册,八角。收地学协会信。许季上来。游允白来,以《或外小说集》二册赠之。有人寄《女子师范风潮闻见记》一册来。

十五日

日记　星期休息。上午常毅箴以书来招观剧,未赴。午后得二弟信,十一日发(11)。

十六日

日记　上午豫支本月俸一百元。游允白索《或外小说》,更以二部赠之。

十七日

日记　夜游允白来言乞假事。

十八日

日记　上午寄二弟及三弟信,附家用百元,《函夏考文苑议》一小册(十二)。午后与数同事游小市。下午收十四日《越铎报》一分。晚蒯若木来。

十九日

日记 大雪终日。午后同夏司长赴图书馆,途中冷甚。晚食山药作饭。

二十日

日记 晴。下午往廊房头条劝业场理发。

二十一日

日记 晨微雪即止。午后赴青云阁,购履一两,价二元二角。又往留黎厂购问经堂本《商子》一本,二元;《梦溪笔谈》一部四册,二元;又觅得《晚笑堂画传》一部,甚恶,亦以七角银购致之,以供临习。下午得二弟信,十六日发(12),又二弟妇暨丰丸摄景一枚,同日发。收十六日《越铎》一分。晚烹两鸡并面食之,以为晚食。夜风。

二十二日

日记 晴。星期休息。旧历冬至也,季市云。闻许铭伯昨自天津归,午后往看之。同季市赴贤良寺见章先生,坐少顷。往正蒙书局看陈仲书,不值。赴浴室。又赴瑞蚨祥买斗篷一袭,银十六元;手衣一具,银一元。晚回寓,知季天复午后见过,留字而去。收十七日《越铎日报》一分。

二十三日

日记 上午寄二弟信(十三)。得相模屋书店葉書并审美书院出版书目一册,均十六日发。

二十四日

日记 无事。

二十五日

日记 下午得二弟信,二十日发,又邮片一枚,二十一日发(13)。收十五,十九,二十日《越铎报》一分。晚此间商务印书馆分馆忽送《新字典》一册至寓,殊莫测其用意。夜雨雪。

二十六日

日记 积雪厚尺余,仍下不止。晨赴铁师子胡同总统府同教育部员见袁总统,见毕述关于教育之意见可百余语,少顷出。向午雪霁,有日光。

二十七日

日记 晴。上午收支剩本月俸百二十元,假季市七十,协和二十。

二十八日

日记 上午寄二弟信并《希腊拟曲》译稿一帖(十四)。午后招张协和,许季市同至瑞蚨祥购马卦一件,共银二十元八角。赴留黎厂购《中国学报》第二期一册,四角,报中殊无善文,但以其有《越缦日记》,故买存之;又购胡敬撰刻《南薰殿图象考》,《国朝院画录》,《西清札记》三种合刻一部四册,三元,闻此版已归书肆云。夜胃小痛。

二十九日

日记 星期休息。午后收二十四,二十五日《越铎日报》各一分。夜风。

三十日

日记 上午寄二弟《中国学报》第二期一册。夜铭伯以火腿一方见贻。

三十一日

日记 午后同季市至观音寺街购齿磨一，镜一，宁蒙糖一，共银二元。又共啜茗于青云阁，食虾仁面合。晚铭伯招饮，季市及俞毓吴在坐，肴质而旨，有乡味也，谈良久归。

壬子北行以后书帐

齐物论释一册　〇·三〇　四月二十八日

鬼灶拓本一枚　〇·八〇

於越先贤象传二册　三·〇〇

高士传并图二册　三·〇〇

宋元本书目三种四册　二·〇〇　四月二十九日

百华诗笺谱二册　四·二〇

实斋信摭一册　〇·三六

实斋乙卯及丙辰札记二册　〇·七二

陈章侯人物册一册　〇·七二

中国名画第十一至十三集三册　三·六〇　　　　　一八·七〇〇

於越先贤祠目序例一册　许铭伯先生所与

徐青藤水墨画卷一册　一·〇〇　五月八日

王孤云圣迹图一册　一·二〇

纂喜庐丛书七册　五·八〇　五月十二日

李太白集四册　二·〇〇　五月二十五日

观无量寿佛经图赞一册　〇·三一二

中国名画第十五集一册　一·五〇

仿宋本史略二册　〇·八〇　五月三十日

李龙眠九歌图十二枚　〇·六四

罗两峰鬼趣图二册　二·五六　　　　　　　　　　　　　一五·八一二

四印斋校刊词三种四册　一·〇〇　六月九日

沈下贤文集二册　二·五〇

会昌一品集六册　二·〇〇

龚半千细笔画册一册　〇·八〇　六月十六日

阮刻顾恺之画列女传四册　四·〇〇

陈仁子文选补遗十二册　二·〇〇

石鼓文并音训拓本十二枚　一·二五　六月二十六日

雅雨堂丛书二十册　一五·〇〇　六月二十九日

孙星衍京畿金石考二册　〇·八〇　　　　　　　　　　二八·三五〇

明袁氏刻本世说新语四册　二·八〇　七月三日

草堂诗余一册　〇·二〇

老学庵笔记二册　〇·八〇　七月二十日

梦窗词一册　〇·四〇

黄子久秋山无尽图卷一册　〇·五〇　　　　　　　　　四·七〇〇

埤雅四册　四·〇〇　八月一日

南雷馀集一册　〇·六〇　八月十四日

天游阁诗集一册　〇·六〇

古学汇刊二册　一·〇五　八月二十三日　　　　　　　六·二五〇

中国名画第一至第十集十册　一二·〇〇　九月一日

式训堂丛书初二集三十二册　六·五〇　九月八日

蒋南沙华鸟草虫册一册　一·二〇　九月十五日

大唐开元占经二十四册　三·〇〇

述学二册　〇·八〇　九月二十四日

拜经楼丛书七种八册　三·〇〇　　　　　　　　　　　　二六·五〇〇

明刻小字本艺文类聚十册　九·〇〇　十月一日

敦煌石室真迹录二册　一·三五　十月六日

经典释文考证十册　二·〇〇

荀悦前汉纪袁宏后汉记合刻十六册　二·〇〇　十月十日

汗简笺正四册　三·〇〇　十月二十日

北梦琐言二册　〇·四〇

读画录印人传合刻二册　一·〇〇

郑板桥道情词墨迹一册　〇·三〇　十月二十六日

舒铁云王仲瞿往来手札墨迹一册　〇·四〇

中国名画第十六集一册　一·五〇　　　　　　　　　　二〇·九五〇

秋波小影册子一册　〇·四〇　十乙月二日

眉庵集二册　〇·八〇

济南田氏丛书二十八册　四·〇〇

说文释例十册　三·〇〇

邵亭诗钞并遗诗二册　一·〇〇

雅雨堂丛书二十八册　四·〇〇

中国学报第一期一册　常君国宪赠　十一月十三日

董香光山水册一册　一·二〇　十一月十六日

大涤子山水册一册　一·〇〇

王石谷晚年拟古册一册　〇·八〇

金冬心花果册一册　一·四〇　十一月十七日

唐风图一册　二·五〇

阎仲彬惠山复隐图一册　〇·二四

沈石田灵隐山图一册　一·一二

文征明潇湘八景册一册　〇·六四

龚半千山水册一册　〇·九六

梅瞿山黄山胜迹图册一册　一·四四

马扶曦花鸟草虫册一册　○‧九六

马江香花卉草虫册一册　○‧七二

戴文节仿古山水册一册　○‧九六

王小梅人物册一册　○‧九六

倪云林山水一枚　○‧○八

恽南田水仙一枚　○‧○八

仇十洲麻姑仙图一枚　○‧○八

华秋岳鹦鹉图一枚　○‧○八

古学汇刊第二编二册　一‧○六　十一月二十四日　　二九‧四八○

大隋开府仪同三司龙山公墓志铭拓本一枚　季君自求赠
十二月一日

大秦景教流行中国碑并碑额碑侧拓本共四枚　同上

顾西眉画册一册　○‧八○　十二月七日

说文古籀疏证四册　一‧五○

王无功集一册　○‧五○　十二月十四日

景德镇陶录四册　一‧○○

戴文节销寒画课一帖十枚　○‧六四

费晓楼仕女册一册　○‧八○

问经堂校刻本商子一册　二‧○○　十二月二十一日

梦溪笔谈四册　二‧○○

中国学报第二期一册　○‧四○　十二月二十八日

南薰殿图象考院画录西清札记三种合刻四册　三‧○○

一二‧六四○

总计一六四‧三八二○

　　审自五月至年莫，凡八月间而购书百六十余元，然无善本。京师视古籍为骨董，唯大力者能致之耳。今人处世不必读书，而我辈复无购书之力，尚复月掷二十余金，收拾破书数册以自怡说，亦可笑叹人也。华国元年十二月三十一日灯下记之。

一九一三

一月

一日

日记　晴,暖。上午得二弟信,去年十二月二十六日发(14)。午后同季市游先农坛,但人多耳。回看杨仲和,未遇。夜以汪氏,孙氏两辑本《谢承书》相校,尽一卷。

二日

日记　上午杨仲和来。午后寄二弟信(一)。同季市访协和于海昌馆,坐一小时。赴留黎厂循览书画骨董肆,无所获。常毅箴来过,未见。

三日

日记　午后有周大封来访,自云居笄头山,父名庆榕,与我家为同族。晚铭伯来别,云明日晨复赴天津。夜风。

四日

日记　上午赴部,有集会,设茗酒果食,董次长演说。午后得阮立夫九江来信。晚间得二弟所寄《事类赋》一部,去年十二月二十六日发。晚留黎厂肆持旧书来阅,并无佳本,有尤袤《全唐诗话》及孙涛《续编》一部,共八册,尚直翻捡,因以五金买之。

五日

日记　星期休息。午后协和来贷金二十,季市招出游,遂同赴前门内临记洋行购茶食二种,又合买饼饵果糖付协和,以贻其孺子。

赴青云阁饮茗,将晚回邑馆。

六日

日记 昙,甚冷。晚首重鼻窒似感冒,蒙被卧良久,顿愈,仍起阅书。

七日

日记 昙。上午寄二弟信(二)。下午雨霰。晚得二弟信,去年十二月三十日发(15)。

汪辑本《谢承后汉书》校记

元年十二月十一日,以胡克家本《文选》校一过。十二日,以《开元占经》及《六帖》校一过。十三日,以明刻小字本《艺文类聚》校一过。十四日,以《初学记》校一过。十五日,以《御览》校一过。十六至十九日,以范晔书校一过。二十至二十三日,以《三国志》校一过。二十四至二十七日,以《北堂书钞》校一过。二十八至三十一日,以孙校本校一过。元年一月四日至七日,以《事类赋》注校一过。

未另发表。据手稿编入。

初未收集。

八日

日记 晴。天气转温。晚得二弟信,一月四日发(1)。

九日

日记 晴,午后昙。步至小市看所列地摊,无所可买。

十日

日记 上午寄二弟信(三)。夜风。

十一日

日记 晴。下午许季上忽欲入清宫之门以望南海子,遂相约驰往,然终为守监所阻不得进,季上乃往西长安街,予则至前门内西美居买饼饵一元而归。

十二日

日记 晴,风。上午蔡国卿来。午后得二弟及三弟信,八日发(2)。往南通州馆访季天复,坐半小时。下午往官书局购《寒山诗》一本,一元;《樊南文集补编》一部四本,三元;又阅旧书肆,得《水经注汇校》一部十六本,刻甚草率,而价止一元。晚得二弟寄小包二,内德文《卢那画传》一册,珂纳柳思《有形美术要义》一册,日文『小供之画』一册,并六日发。

十三日

日记 午后得江叔海信,即复之。收五日《越铎报》,有孙德卿写真,与徐伯荪,陶焕卿等遗象相杂厕,可笑,然近人之妄亦可怖也。

十四日

日记 无事。

十五日

日记 晨微雪,如絮缀寒柯上,视之极美。上午晛。寄二弟并三弟信（四）。

十六日

日记 晴。上午得羽太母信，十六日发。

十七日

日记 上午寄羽太家信。寄二弟《开元占经》一部，分作两包。午后见游允白自汉寿县来信。下午得初六至初十日《越铎报》各一分。

十八日

日记 午后往留黎厂书肆，见寄售敦煌石室所出唐人写经四卷，墨色如新，纸亦不甚渝敝，殆是罗叔蕴辈从学部窃出者，每卷索五十金，看毕还之。购《功顺堂丛书》一部二十四本，四元，书不甚佳，而内有《西清笔记》、《泾林杂记》、《广阳杂记》等可读。晚收十一，十二日《越铎报》各一分。

十九日

日记 日曜休息。季市烹一鹜招我午饭，诗荃亦在。晚得二弟及二弟妇信（3），又葉书一，均十三日发。收十三至十五日《越铎》各一分。夜风。

二十日

日记 昙。上午微雪即霁。寄二弟并二弟妇信（五）。

二十一日

日记 昙。晨微雪即止。一日无事。

94

二十二日

日记　晴,风。下午得二弟信,十七日发(4)。收十六至十八日《越铎》各一分。

二十三日

日记　晴。晚夏揖颜来访,计不见已近十年。

二十四日

日记　雪而时见日光。上午寄二弟信(六)。晚雪止,夜复降,已而月出。

二十五日

日记　微雪。晨忽有人突入室中,自称姓吕,余姚人,意在乞资,严词拒之。午后雪止,有日光。收十九日《越铎报》一分。晚得二弟所寄写书纸五帖计五百枚,十九日付邮。

二十六日

日记　晴。日曜休息。午后收二十及二十一日《越铎报》各一分。晚得二弟及三弟信并三弟所作《茶店闲话》四则,二十二日发(5)。收廿二日《越铎》一分,又廿一,廿二日《警铎》各一分。夜得二弟所寄《山越工作所标本目录》一册,二十二日发。

二十七日

日记　午后收本月俸二百二十元。晚阮和孙来访,并偕一客姓曾,是寿洙邻亲戚云。

二十八日

日记　晴,风。上午钱稻孙到部,云前日抵京,以石刻贯休作

《十六应真象》相赠,石刻于清乾隆时在圣因寺,今为朱瑞所毁。张稼庭至部来访。午后往西河沿交通银行以纸币易银元。协和返资二十,季市七十。夜大风。

二十九日

日记　晴。上午寄二弟及三弟信,附家用五十元,书籍费二十元(七)。往交民巷日本邮局寄与相模屋信,托其购书,并银三十元,又季市书款十元。下午往烂缦胡同寿洙邻寓访阮和孙,坐少顷。收二十三至二十五日《越铎日报》各一分。

三十日

日记　无事。

三十一日

日记　晴,微风。上午寄陈子英信。

二月

一日

日记 午后往留黎厂书肆购《十七史》不成。晚收廿六日《越铎》一分。

二日

日记 星期休息。上午得二弟信附《贺新年篇》一纸,为《天觉报》作者,二十七日发(6)。王君懋熔来谈,午刻去。午后许季上来,同往留黎厂阅书,购《尔雅翼》一部六册,一元;又购北邙所出明器五具,银六元,凡人一、豕一、羊一、鹜一,又独角人面兽身物一,有翼,不知何名。晚收廿七,廿八《越铎》各一分,又廿八日《警铎》一分。

自绘明器略图题识(一)

二月二日所得北邙土偶略图

鸭一,黄土制,高一寸。

猪啰一,亦土制,外搽青色,长二寸。叫三声而有威仪,妙极,妙极。

羊一,白土制,高二寸。

人一,黄土制,高二寸,其帽之后面为⚎,不知何等样人。

莫名其妙之物一,亦土制,曾搽过红色,今已剥落。独角有翼,高约一尺,疑所以辟邪者,如现在之泰山石敢当及瓦将军也。与此相类者尚甚多,有首如龙者,有羊身一角(无须)者,均不知何用。

此须翘起如洋鬼子，亦奇。今已与我对面而坐于桌上矣。

此公样子讨厌，不必示别人也。

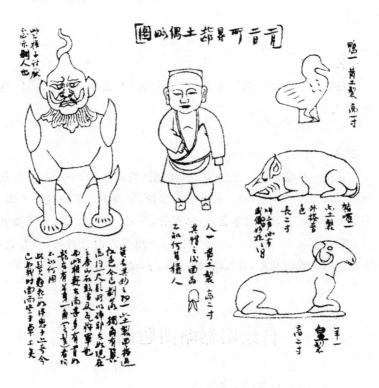

未另发表。据手迹编入。

初未收集。

三日

日记 上午寄二弟信（八）。下午同季市，季上往留黎厂，又购明
器二事：女子立象一，碓一，共一元半。

自绘明器略图题识（二）

　　偶人象一，圆领披风而小袖，其裙之襞积系红色颜料所绘，尚可辨，高约八寸，其眉目经我描而略增美。

　　陶制什器一，上加黄色釉，据云碓也。然仅作俯视图之形，而不能动。与此仿佛者，傅阿三店中尚有之，长约二寸。此一突起，似即以丁住捣杵之物，用以表其下尚有捣杵者也。

　　此处以足踏之。

　　以上二种，二月三日在琉璃厂购之，价共一圆半。

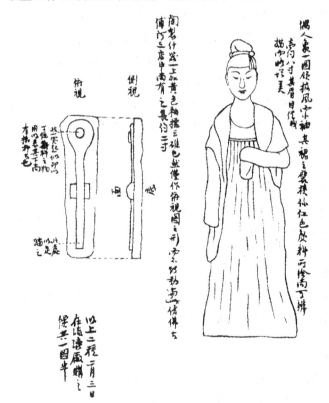

四日

日记 昙。早上夏揖颜来访。下午收二十九日《越铎》一分。夜大风。

五日

日记 晴,风。晨得二弟信,三十一日发(7)。午后同齐寿山往小市,因风无一地摊,遂归。过一骨董肆,见有胆瓶,作豇豆色,虽微瑕而尚可玩,云是道光窑,因以一元得之。范总长辞职而代以海军总长刘冠雄,下午到部演说少顷,不知所云。赴临记洋行购饼饵,饴糖共三元。晚收二弟所寄《无机化学》译稿三册,三十一日发,为诗荃所欲假观者,即交季市,托转赠之。收三十一日及一日《越铎》各一分,又三十日《越铎》及《警铎》各一分。收李鸿梁信。季市招饮,有蒸鸯,火腿。

六日

日记 晴。旧历元旦也。午后即散部,往琉璃厂,诸店悉闭,仅有玩具摊不少,买数事而归。

七日

日记 上午寄二弟信(九)。午后风。下午寿洙邻,曾丽润,阮和孙来访,坐少顷,同赴南味斋夕餐。

八日

日记 晴,风。上午赴部,车夫误躐地上所置橡皮水管,有似巡警者及常服者三数人突来乱击之,季世人性都如野狗,可叹!午后赴留黎厂买得朱长文《墨池编》一部六册,附朱象贤《印典》二册,十元;又《陶庵梦忆》一部四册,一元,此为王文诰所编,刻于桂林,虽单行本,然疑与《粤雅堂丛书》本同也。下午往看季市,则惘惘如欲睡,即出。晚谷青来,假去二十元。

九日

日记 晴。上午得二弟信并葉书一,均五日发(8)。收二日《越铎》一分。星期休息日也。午后赴琉璃厂,途中遇杨仲和,导余游花〔火〕神庙,列肆甚多,均售古玩,间有书画,然大抵新品及伪品耳,览一周别去。视旧书肆,至宏道堂买得《湖海楼丛书》一部二十二册,七元;《佩文斋书画谱》一部三十二册,二十元。其主人程姓,年已五十余,自云索价高者,总因欲多赢几文之故,亦诚言也,又云官局书颇备,此事利薄,侪辈多不愿为,而我为之。夜风。

十日

日记 晴,风。夜季市贻火腿一块。

十一日

日记 上午复李鸿梁信。

十二日

日记 统一纪念日,休假。上午得陈子英信,五日发。收八日《越铎》一分。午后寄二弟信(十)。赴厂甸阅所陈书画。买《画征录》一部二册,三角;《神州大观》第一集一册,一元六角半,此即《神州国光集》所改,而楮墨较佳,册子亦较大,拟自此册起,联续买之。

十三日

日记 昙。下午有美国人海端生者来部,与次长谈至六时方去,同坐甚倦。

十四日

日记 晴。夕蔡谷青来。夜大风。胃小痛。

十五日

日记 大风。上午得二弟并三弟信,九日发(9)。前乞戴芦舲画山水一幅,今日持来;又包蝶仙作山水一枚,乃转乞所得者,晴窗披览,方佛见故乡矣。午后同戴芦舲游厂甸及花[火]神庙。教育部简作读音统一会会员,下午有茗谈会,不赴。常毅箴欲得商务馆《新字典》,即以所有者贻之。晚收初九日《越铎日报》一分。

十六日

日记 晴。星期休息。上午收十至十二日《越铎报》各一分。午后杜亚泉来。下午陈子英,张协和,季自求来。晚招子英,协和饮于广和居。收二弟所寄《或外小说集》第一第二各五册,十二日付邮。

十七日

日记 上午寄二弟及三弟信(十一)。午后同沈商耆赴图书馆访江叔海,问交代日期。

十八日

日记 晨得夏揖颜信,云将南旋,赴部途中遇之,折回邑馆,赠以《或外小说》第一,二各二册。下午同沈商耆往夏司长寓,方饮酒,遂同饮少许;复游花[火]神庙,历览众肆,盘桓至晚方归。夕得相模屋书店叶书,十一日发。

十九日

日记　上午常毅箴赠《中国学报》第三期一册。下午得二弟信，十四日发(10)。收十三至十五日《越铎日报》各一分。夜风。

二十日

日记　晴，午后昙。退部赴劝业场理发，又买不倒翁两个，拟以贻二弟。赴花〔火〕神庙览一切摊肆，购得《欧〔瓯〕钵罗室书画过目考》一部四册，价一元；又至厂甸一游，寥落已甚。晚得相模屋书店葉書，十二日发。

二十一日

日记　昙。大风。晚寄二弟《中国学报》第三期一册。

二十二日

日记　晴，风。上午收十六日《越铎报》一分。寄二弟信（十二）。陈象明母丧，致奠仪一金。下午朱迪先，马幼舆，陈子英来谈，至晚幼舆先去，遂邀迪先，子英饭于广和居。

二十三日

日记　晴。星期休息。午后收十七至十九日《越铎》各一分。午后季自求、刘立青来，立青为作山水一幅，是蜀中山，缭以烟云，历二时许始成，题云：十年不见起孟，作画一张寄之。晚同饭于广和居。得二弟信，十八日发(11)。

二十四日

日记　午后得相模屋所寄小包二个，内『筆耕園』一册，三十五圆；『正倉院誌』一册，七十钱；《陈白阳花鸟真迹》一册，一圆，并十二日发。夜风。

二十五日

日记 上午收王造周自开封来信,问子英寓处,即复之。午后寄相模屋信。夜风。

二十六日

日记 晨子英之仆池叔钧来。午收到本月俸银二百四十元。午后收二十至二十三日《越铎报》各一分。收二弟所寄格子纸三帖共五百枚,二十日发。戴芦舲来看『笔耕園』,以为甚佳,晚同往广和居饮。夜胃小痛,多饮故也。

二十七日

日记 晨杨仲和来。上午寄二弟信并本月家用五十元(三)。午后同徐[齐]寿山,许季上游小市。下午季市遣人来取去《或外小说集》第一二各一册,云袁文薮欲之。

二十八日

日记 晴,风。无事。

本月

儗播布美术意见书[*]

一　何为美术

美术为词,中国古所不道,此之所用,译自英之爱忒(art or fine

art）。爰忒云者，原出希腊，其谊为艺，是有九神，先民所祈，以冀工巧之具足，亦犹华土工师，无不有崇祀拜祷矣。顾在今兹，则词中函有美丽之意，凡是者不当以美术称。

希腊之民，以美术著于世，然其造作，初无研肄，仅凭直觉之力，以判别天物美恶，惟其为觉敏，故所成就者神。盖凡有人类，能具二性：一曰受，二曰作。受者譬如曙日出海，瑶草作华，若非白痴，莫不领会感动；既有领会感动，则一二才士，能使再现，以成新品，是谓之作。故作者出于思，倘其无思，即无美术。然所见天物，非必圆满，华或槁谢，林或荒秽，再现之际，当加改造，俾其得宜，是曰美化，倘其无是，亦非美术。故美术者，有三要素：一曰天物，二曰思理，三曰美化。缘美术必有此三要素，故与他物之界域极严。刻玉之状为叶，髹漆之色乱金，似矣，而不得谓之美术。象齿方寸，文字千万，核桃一丸，台榭数重，精矣，而不得谓之美术。几案可以弛张，什器轻于携取，便于用矣，而不得谓之美术。太古之遗物，绝域之奇器，罕矣，而非必为美术。重碧大赤，陆离斑驳，以其戟刺，夺人目精，艳矣，而非必为美术，此尤不可不辨者也。

二　美术之类别

由前之言，可知美术云者，即用思理以美化天物之谓。苟合于此，则无间外状若何，咸得谓之美术；如雕塑，绘画，文章，建筑，音乐皆是也。区分之法，始于希腊柏拉图，其类凡二：

（甲）静美术　（乙）动美术

柏氏以雕塑，绘画为静，音乐，文章为动，事属草创，为说不完。后有法人跋多区分为三，德人黑智尔承之。

（甲）目之美术　（乙）耳之美术

（丙）心之美术

属于目者为绘画雕塑，属于耳者为音乐，属于心者为文章，其说之不能具是，无异前古。近时英人珂尔文以为区别之术，可得三种，今具述于次；凡有美术，均可取其一以分隶之。

（一）（甲）形之美术　（乙）声之美术

美术有可见可触者，如绘画，雕塑，建筑，是为形美；有不可见不可触者，如音乐，文章，是为音美。顾中国文章之美，乃为形声二者，是又非此例所能赅括也。

（二）（甲）摹拟美术　（乙）独造美术

美术有拟象天物者，为雕刻，绘画，诗歌；有独造者，为建筑，音乐。此二者虽间亦微涉天物，而繁复朕会，几于脱离。

（三）（甲）致用美术　（乙）非致用美术

美术之中，涉于实用者，厥惟建筑。他如雕刻，绘画，文章，音乐，皆与实用无所系属者也。

三　美术之目的与致用

言美术之目的者，为说至繁。而要以与人享乐为臬极，惟于利用有无，有所牴牾。主美者以为美术目的，即在美术，其于他事，更无关系。诚言目的，此其正解。然主用者则以为美术必有利于世，傥其不尔，即不足存。顾实则美术诚谛，固在发扬真美，以娱人情，比其见利致用，乃不期之成果。沾沾于用，甚嫌执持，惟以颇合于今日国人之公意，故从而略述之如次：

一　美术可以表见文化　凡有美术，皆足以征表一时及一族之思惟，故亦即国魂之现象；若精神递变，美术辄从之以转移。此诸品物，长留人世，故虽武功文教，与时间同其灰灭，而赖有美术为之保存，俾在方来，有所考见。他若盛典佚事，胜地名人，亦往往以美术之力，得以永住。

一　美术可以辅翼道德　美术之目的，虽与道德不尽符，然其力足以渊邃人之性情，崇高人之好尚，亦可辅道德以为治。物质文明,日益曼衍,人情因亦日趣于肤浅;今以此优美而崇大之,则高洁之情独存,邪秽之念不作,不待惩劝而国乂安。

一 美术可以救援经济 方物见斥,外品流行,中国经济,遂以困匮。然品物材质,诸国所同,其差异者,独在造作。美术弘布,作品自胜,陈诸市肆,足越殊方,尔后金资,不虞外溢。故徒言崇尚国货者末,而发挥美术,实其本根。

四 播布美术之方

美术之用,大者既得三事,而本有之目的,又在与人以享乐,则实践此目的之方术,自必在于播布。播布云者,谓不更幽秘,而传诸人间,使与国人耳目接,以发美术之真谛,起国人之美感,更以冀美术家之出世也。兹拟应行之事如次:

一 建设事业

美术馆 当就政府所在地,立中央美术馆,为光复记念,次更及诸地方。建筑之法,宜广征专家意见,会集图案,择其善者,或即以旧有著名之建筑充之。所列物品,为中国旧时国有之美术品。

美术展览会 建筑之法如上。以陈列私人所藏,或美术家新造之品。

剧场 建筑之法如上。其所演宜用中国新剧,或翻译外国著名新剧,更不参用古法;复以图书陈说大略,使观者咸喻其意。若中国旧剧,宜别有剧场,不与新剧混淆。

奏乐堂 当就公园或公地,设立奏乐之处,定日演奏新乐,不更参以旧乐;惟必先以小书说明,俾听者咸能领会。

文艺会 当招致文人学士,设立集会,审国人所为文艺,择其优者加以奖励,并助之流布。且决定域外著名图籍若干,译为华文,布之国内。

一 保存事业

著名之建筑　伽蓝宫殿，古者多以宗教或帝王之威力，令国人成之；故时世既迁，不能更见，所当保存，无令毁坏。其他若史上著名之地，或名人故居，祠宇，坟墓等，亦当令地方议定，施以爱护，或加修饰，为国人观瞻游步之所。

碑碣　椎拓既多，日就漫漶，当申禁令，俾得长存。

壁画及造像　梵刹及神祠中有之，间或出于名手。近时假破除迷信为名，任意毁坏，当考核作手，指定保存。

林野　当审察各地优美林野，加以保护，禁绝剪伐；或相度地势，辟为公园。其美丽之动植物亦然。

一　研究事业

古乐　当立中国古乐研究会，令勿中绝，并择其善者，布之国中。

国民文术　当立国民文术研究会，以理各地歌谣，俚谚，传说，童话等；详其意谊，辨其特性，又发挥而光大之，并以辅翼教育。

原载 1913 年 2 月《教育部编纂处月刊》第 1 卷第 1 册。

署名周树人。

初未收集。

三月

一日

日记 晴。晨得二弟信,二十三日发(12)。收二十三日《越铎》一分。午同戴芦舲,齐寿山饭于四海春。午后同季市赴升平园浴。往留黎厂购《六艺纲目》一部二册,八角;《法苑珠林》一部四十八册,十一元;《初学记》一部十六册,二元二角。晚季市宴友于玉楼春,为之作陪,同席者朱迪先,芷青,沈尹默,陈子英,王维忱,钱稻孙,戴芦舲。协和,谷青各还款二十元。

二日

日记 昙。星期休息。上午游允白来,云昨自沪返,以《姚惜抱尺牍》一部见赠。收二十四至二十六日《越铎日报》各一分。午后陈子英来。戴芦舲,朱逷先,沈尹默来。子英云已移居延寿寺街花枝胡同,晚同往视之,饮酒一巨碗而归。夜得二弟所寄德文《鬼怪奇觚图》一册,二十五日付邮。返子英旧欠款二百元。夜大饮茗,以饮酒多也,后当谨之。

三日

日记 下午归途遇子英,逷先,幼舆,遂同至逷先寓小坐,并观其所买书。

四日

日记 上午寄二弟信(十四)。下午子英来,晚并同季市饭于广和居,夜十时去。

五日

日记　晴,大风。午后同戴芦舲往胡梓方家,观其所集书画,皆近人作也。下午得二弟并三弟信,二十八日发(13)。收廿七至一日《越铎报》各一分。夜大风。写谢承《后汉书》始。

六日

日记　晴。上午季市往日本邮局,托其寄相模屋书店信并银二十圆。下午同沈商耆往夏司长家。晚子英来,即去。

七日

日记　午后同沈商耆赴图书馆商交代事务。

八日

日记　上午寄二弟及三弟信(十五),午后往留黎厂买得《白华绛跗阁诗集》一部二册,价五角。晚得宋紫佩来信,一日绍兴发。收二日《越铎日报》一分。

九日

日记　星期休息。上午得二弟信,三日发(14)。午后收三日,四日《越铎报》各一分。下午子英在季市处,往谈,见张卓卿来,晚同饭于广和居。收二弟所寄德文《近世画人传》二册,三日付邮。

十日

日记　下午朱遏先,马幼舆来。

十一日

日记　昙,午后晴。下午往留黎厂买《古学汇刊》第三期一部两册,一元五分。

十二日

日记　晴。午后赴读音统一会,意在赞助以旧文为音符者,迨表决后竟得多数。下午得二弟信(15)并西冷[泠]印社书目一册,并六日发。收六至八日《越铎报》各一分。夜子英来,少坐而去。

十三日

日记　昙。上午寄二弟信(十六)并《埤雅》一部四册,《尔雅翼》一部六册,缘三弟欲定中国植物之名,欲得参稽,以书来索,故付之也。晚李君来。

十四日

日记　晴。午后林式言至部来访,并访协和。夜谷青来。

十五日

日记　同戴芦舲至海天春午餐。午后收九日《越铎》一分。

十六日

日记　星期休息。午后收十至十二日《越铎》各一分。得钱中季书,与季市合一函。下午整理书籍,已满两架,置此何事,殊自笑叹也。晚得二弟信,十一日发(16)。夜风。

十七日

日记　昙。午后赴读音统一会,三时退。晚王惕如来谈,赠藏文历书一册。

十八日

日记　昙。上午寄二弟信（十七）。晚子英在季市处，往谈。夜颇觉不适，似受凉。

十九日

日记　昙，风。上午得二弟信，十五日发（17）。头痛身热，就池田诊，云但胃弱及神经亢奋耳，付诊及药资三元二角。午后同夏司长，戴芦舲往图书馆。收十三至十五日《越铎》各一分。夜大风。

二十日

日记　晴，风。疾未愈，在寓养息。下午子英，稻孙皆见过视疾，孙稻［稻孙］夜方去。

二十一日

日记　晴。病颇减，仍不往署。午后得稻孙函并贻卤瓜壹瓶。

二十二日

日记　昙。疾大减，赴部。上午沈尹默，朱遏先见访，未遇。午往池田医院取药，付资一元二角。午后得何燮侯信。得相模屋书店叶书，十三日发。收十六日《越铎》一分。看月食。

二十三日

日记　晴。星期休息。午前寄二弟信（十八）。收十七至十九日《越铎报》各一分。下午许季上来谈。得二弟并三弟信，十九日发（18）。

二十四日

日记　晴，大风。懒不赴部。午后谢西园来。晚何燮侯招饮于

112

厚德福,同席马幼舆,陈于盦,王幼山,王叔梅,蔡谷青,许季市,略涉麻溪坝事。

二十五日

日记 晴,风。无事。

二十六日

日记 上午赴池田医院。下午收本月俸二百四十元。同夏司长,胡绥之赴瑠琉[璃]厂买土偶不成,我自买小灶一枚,铜圆三十。游书肆,买《十七史》一部二十八函,三十元;《邵亭知见传本书目》一部十本,十四元。晚稻孙来,同季市饮于广和居。收廿一,廿二日《越铎》各一分。

二十七日

日记 昙。午后赴西河沿交通银行以纸币易银。又赴东交民巷日本邮局寄羽太家信并银二十五元,又寄相模屋书店信并银四十五元,又代季市寄十五元。夜风。写谢承《后汉书》毕,共六卷,约十余万字。

谢承《后汉书》序

《隋书》《经籍志》:《后汉书》一百三十卷,无帝纪,吴武陵太守谢承撰。《唐书》《艺文志》同,又《录》一卷。《旧唐志》三十卷。承字伟平,山阴人,博学洽闻,尝所知见,终身不忘;拜五官郎中,稍迁长沙东部都尉,武陵太守。见《吴志》《妃嫔传》并注。《后汉书》宋时已不传,故王应麟《困学纪闻》自《文选》注转引之。吴淑进注《事类赋》在淳化时,亦言谢书遗逸。清初阳曲傅山乃云其家旧藏明刻本,以校《曹全碑》,无不合,然他人无得见者。惟钱塘姚之骃辑本四卷,在《后汉书补逸》中,虽不著出处,难称审密,而确为谢书。其后仁和孙志祖,黟汪文台又各有订补本,遗文稍备,顾颇杂入范晔书,不复分别。今一一校正,厘为六卷,先四卷略依范书纪传次第,后二卷则凡名氏偶见范书或所不载者,并写入之。案《隋志》录《后汉书》八家,谢书最先,草创之功,足以称纪。而今日逸文,乃仅藉范晔书,《三国志》注及唐宋类书以存。注家务取不同之说,以备异闻。而类书所引,又多损益字句,或转写讹异,至不可通,故后贤病其荒率,时有驳难。亦就闻见所及,最其要约,次之本文之后,以便省览云。

未另发表。据手稿编入。

初未收集。

谢承《后汉书》考

侯康《补三国艺文志三·正史类》:谢承后汉书一百三十卷(无帝纪。[承]字伟平吴武陵太守),承事见《吴志·妃嫔传》及注引《会稽典录》。《匡谬正俗》卷五云云(已见辑本)。《史通·书志篇》云:百官舆服,谢拾孟坚之遗。《烦省篇》云:谢承尤悉江左京洛事,缺于三吴。《杂说下》云:谢承汉书,偏党吴越。又云:姜诗赵壹身止计吏而谢书有传。傅山曰:谢承书某家有之永乐间扬州刊本,初,郃阳《曹全碑》出,曾以谢书考证,多所裨益,大胜范书,以寇乱亡失,惜哉。姚之骃曰:谢伟平书所载忠义名卿及通贤逸士,其芳言懿矩,半为范书所遗。康案:谢书自晁陈马氏以来,俱不著录,傅青主所言扬州刊本,当亦如姚氏辑本之类耳。姚本阙漏尚多,近有胡□□□□辑本,未见。洪亮吉曰:谢承书最有名,又最先出,而其纰缪非一端,试举一二言之：范史《周嘉传》高祖父燕曰：我本王之后正公玄孙。注引谢承书曰云云，今考云云（案已散入辑本水条之下，今不复录）。又《三国志·陶谦传》：广陵太守琅邪赵昱徐方，名士也，注引承书曰"昱迁广陵太守"至"见害"，今考云云。又承又云："谦初壁昱别驾从事"至"吴范宣旨"云云，考云云。他如《范史·隗嚣传》，更始执金吾卿晔注引承书云云，前汉既无南乡之名，又《胡广传》注引承书"李咸以灵帝"至"为太尉"，今考云云。是承书于邑里官爵，皆率意妄书。其他好为异说，以贻误后人者，又比比也。康案：此条于谢书力加讥弹，然迁固著史，尚多舛误，不能摘其一二事，遽毁全书。又况谢书久亡，他书转引，不免鲁鱼之讹，尤未可以是定谢范二家优劣也。姚之骃谓谢书极博，蔚宗过为删除，其说甚当，盖谢之胜范在此，而其不及范之精严亦即在此矣。

孙志祖《读书脞录三》：谢承《后汉书》已久佚，阳曲傅徵君自言其家有此书，为永乐时雕本，恐妄也。全谢山先生云：即果有之，亦伪书而已。志祖案：《隋书·经籍志》云：谢承后汉书一百三十卷，无帝纪，则谢书无本纪也。《北堂书钞》引封告事云：出《谢承后汉书·风教传》，则谢书有《风教传》也。《太平御览》引腊日祭祀事云：出谢书《东夷传》，则谢书有《东夷传》也。《史通·书志篇》云：百官舆服，谢拾孟坚之遗训，则谢书有《百官舆服志》也。《杂说篇》云：姜诗赵壹身止计吏，而谢书有传，则谢书有《姜诗赵壹传》也（《范书》姜诗事载其妻《庞氏传》中）。又《论赞篇》云：谢承曰：诠与诸史不同，则谢书《易论赞》而为诠也。又《杂说篇》云：谢承汉书偏党吴越。《烦省篇》云：谢承尤悉江左京洛事，缺于三吴，盖伟平为孙吴贵戚，容有偏私也。世有作伪者当以此数事证之。乡先辈姚荃园之骃撰《后汉书补逸》中有谢书。予憾其阙略，广为蒐辑，得五卷，视姚本几倍之矣。

未另发表。据手稿编入。
初未收集。

二十八日

日记　晴。上午寄二弟及三弟信（十九），附本月家用五十元。夜写定谢沈《后汉书》一卷。

谢沈《后汉书》序

《隋志》：《后汉书》八十五卷。本一百二十二卷，晋祠部郎谢沈撰。《唐志》：一百二卷，又《汉书外传》十卷。《晋书》《谢沈传》：沈字行思，会稽山阴人。郡命为主簿，功曹，察孝廉，太尉郗鉴辟，并不就。会稽内史何充引为参军，以母老去职。平西将军庾亮命为功曹，征北将军蔡谟牒为参军，皆不就。康帝即位，以太学博士征，以母忧去职。服阕，除尚书度支郎。何充庾冰并称沈有史才，迁著作郎，撰《晋书》三十余卷。会卒，年五十二。沈先著《后汉书》百卷及《毛诗》，《汉书外传》，所著述及诗赋文论皆行于世，其才学在虞预之右。案《隋志》无《外传》者，或疑本在《后汉书》百二十二卷中，《唐志》乃复析出之，然据本传当为别书，今无遗文，不复可考。惟《后汉书》尚存十余条，辄缀辑为一卷。

　　　　未另发表。据手稿编入。
　　　　初未收集。

二十九日

日记　晴，小风。上午赴池田医院诊并取药，付值一元二角。午后往前门内临记洋行买牙粉，肥皂及饼饵等。晚收二十三日《越铎》一分。夜写定虞预《晋书》集本。

三十日

日记 昙。星期休息。上午王懋熔来访,尚卧未见。午后子英来。下午得二弟信,二十四日发(19)。收二十四至二十六日《越铎报》各一分。收二弟所寄《小学答问》五册,《沈下贤集》抄本二册,乌丝阑纸三帖,并二十四日付邮。晚紫佩到京,至邑馆。

三十一日

日记 上午得吕联元自新昌来信。收《通俗教育研究录》第六期一册。午后同夏司长及戴螺舲往全浙会馆,视其戏台及附近房屋可作儿童艺术展览会会场不。下午寄二弟信并买书钱五元(二十)。夜写虞预《晋书》毕,联目录十四纸也。

虞预《晋书》序

《隋志》:《晋书》二十六卷,本四十四卷,讫明帝,今残缺,晋散骑常侍虞预撰。《唐志》:五十八卷。《晋书》《虞预传》:著《晋书》四十余卷。与《隋志》合,《唐志》溢出十余卷,疑有误。本传又云:预字叔宁,征士喜之弟也。本名茂,犯明穆皇后讳,改。初为县功曹,见斥。太守庾琛命为主簿。纪瞻代琛,复为主簿,转功曹史。察孝廉,不行。安东从事中郎诸葛恢,参军庾亮等荐预,召为丞相行参军兼记室。遭母忧,服竟,除佐著作郎。大兴中,转琅邪国常侍,迁秘书丞,著作郎。咸和中,从平王含,赐爵西乡侯。假归,太守王舒请为谘议参军。苏峻平,进封平康县侯,迁散骑侍郎,著作如故。除散骑常侍,仍领著作,以年老归,卒于家。

未另发表。据手稿编入。

初未收集。

117

四月

一日

日记 晴。午后同夏司长,齐寿山,戴芦舲赴前青厂观图书分馆新赁房屋,坐少顷出。又同齐,戴至青云[阁]饮茗。

二日

日记 上午得二弟信,二十九日发(20)。下午收廿七八《越铎》各一分。

三日

日记 下午子英来。

四日

日记 昙。上午得朱可铭信,南京发。午后雨。收《教育部月刊》第一卷第一二册各一册。晚复可铭信。赠图书馆,夏司长,戴芦舲,许季上《小学答问》各一册。

五日

日记 昙。午寄二弟及二弟妇信(二十一)。下午赴留黎厂,买得《旧五代史》,《旧唐书》各一部共八函四十八册,价银六元;又《秋浦双忠录》一部六册,三元;又索得《越中古刻九种》石印本一册,因是王氏止轩所集,聊复存之。晚收二十九日《越铎》一分。

六日

日记 晴,风。上午收三十一日及本月一日,二日《越铎》各一分。午后许季上来。下午得二弟信附所抄《意林》四叶,三十一日发(21)。王懋熔(字佐昌)来,赠《小学答问》一册。是日星期。

七日

日记 昙,风。许季上赠《劝发菩提心文》一册,《等不等观杂录》一册。午后协和还十元。

八日

日记 晴。国会开会,放假。午后往留黎厂闲步,购得《三辅黄图》一部二册,价二元,书是灵岩山馆本,后并入《经训堂丛书》中。又代张梓生购《养鸡学》一册,九角;《养鸡全书》一册,七角。访子英,不在,其使者叔钧出应,云晨八时即为许先生呼去。下午谷青来。

九日

日记 昙。晨得二弟信,五日发(22)。上午寄二弟书一包,内《古学汇刊》第三期两册,《养鸡学》,《养鸡全书》各一册。午后得羽太家信,云祖母病亟,三日发。收四日《越铎》一分。

十日

日记 晴。上午寄二弟信(二十二)。午后得相模屋书店葉书,三日发。得羽太家函,告祖母于四日八时逝去,四日发。下午昙。

十一日

日记 昙,风。午后往日本邮局寄羽太家信附银三十元。下午寄二弟及二弟妇信(二十三)。

十二日

日记 晴。上午得羽太家信,又得相模屋葉書,并六日发。下午往留黎厂购得《陶山集》一部捌册,一元六角;《华阳国志》一部四册,二元;《后知不足斋丛书》一部三十五册,十一元。收六日《越铎》一分。

十三日

日记 昙。星期休息。上午得二弟信,八日发(23)。得李霞卿信,九日南京发。午后子英来。下午往临记洋行购领结及饼饵。访遏先不遇,在协和处坐少顷。

十四日

日记 晴。无事。夜风。

十五日

日记 午前寄二弟信(二十四)。午后同夏司长及戴螺舲往图书馆。收七至九日《越铎》各一分。

十六日

日记 上午谢西园来。得二弟及二弟妇信,十一日发。收十至十二日《越铎》各一分。下午得二弟所寄 *Der Nackte Mensch in der Kunst* 一册,十日付邮。

十七日

日记 无事,惟闻参事与陈总长意不合,已辞职。

十八日

日记 昙,下午雨。天气骤冷,归时受寒大嚏。

十九日

日记 晴。上午钱允斌来,名聘珍,旧杭州师范博物科学生。收十三日《越铎》一分。下午至临记洋行买饼饵。至留离厂游步,又入书肆买得叶氏《观古堂汇刻书并所著书》一部,十元;又《赵似升长生册》一部二册,二角,此书本无足观,以是越人所作,聊复存之。晚朱遏先,马幼舆来。宋汲仁来。得二弟信,十六日发(25)。

二十日

日记 星期。上午寄二弟信(二五)。得本部通知,云陈总长以中央学会事繁,星期亦如常视事,遂赴部,则无事。午后散出,不得车,步归。途中见书摊有《会稽王氏银管录》一册,以铜圆八枚买之。晚收十四至十六日《越铎日报》各一分。

二十一日

日记 昙。午后复李霞青信。晚楼春舫来。

二十二日

日记 微雨终日。闻董次长辞职。晚钱允斌来。夜月出。

二十三日

日记 昙。下午收十九日《越铎》一分,晚又收十七及十八日报各一分。夜濯足。

二十四日

日记 雨。无事。

二十五日

日记 晴。上午寄二弟信(二十六)。寄钱允斌信。下午陈子英来,晚季市邀同饭于广和居。朱遏先,沈君默,马幼舆,钱稻孙来。寿洙邻来。

二十六日

日记 上午得阮立夫绍兴来信。午后往寿洙邻寓,又同往财政部介于陈公猛。归途过临记洋行买饼饵少许。往海昌会馆访戴芦舲,见沈君默,朱遏先,而马幼舆亦在。芦舲为取来本月俸二百四十元,即以四十还之。下午收二十日《越铎》一分。夜风。

二十七日

日记 晴。星期休息。晚社会教育司同人公宴冀君贡泉于劝业场小有天饭馆,会者十人。得二弟信,二十一日发(26)。

二十八日

日记 下午寄一小包与二弟,内储『笔耕园』一册,《白阳山人花鸟画册》一册,《罗两峰鬼趣图》二册,《雅雨堂丛书》十五册(粗本),《赵似升长生册》二册,镊子十枚。晚稻孙来,季市呼饮于广和居,小醉。夜风。

二十九日

日记 上午子英来,云便将归去。午后得羽太家信,三月廿四日发。

三十日

日记 上午得二弟信,二十六日发(27)。午前寄二弟信并月用五十元(二十七)。下午晦,雷,大风,微雨少顷止。晚食蒸山药,生白菜,鸡丝。

五月

一日

日记 晴。上午寄二弟《雅雨堂丛书》一包十三册,此二十八日所寄之余。午后赴劝业场理发并饮茗。晚子英来,招之至广和居饮,子佩同去。夜齿大痛,不得眠。

二日

日记 陈总长去。午后得羽太家寄来羊羹一匣,与同人分食太半。下午齿痛。往花枝胡同访子英,未遇,以其明日归越,托以一小包寄家,内《纂[籑]喜庐丛书》一部,《赵[李]龙眠白描九歌图》一帖,棉衣一袭。假子佩十元。

三日

日记 午前与部中人十余同赴董次长家,速其至部视事。午后赴王府井牙医徐景文处治牙疾,约定补齿四枚,并买含嗽药一瓶,共价四十七元,付十元。过稻香村买饼干一元。

四日

日记 星期休息。上午董恂士,钱稻孙来,饭于季市处,午后去。下午往留离厂旧书肆阅书,无所得而归。

五日

日记 晨寄二弟信(二十八)。上午往徐景文处治牙。午同徐[齐]寿山,戴芦舲往海天春午餐。下午同许季市往崇效寺观牡丹,已颇阑珊,又见恶客纵酒,寺僧又时来周旋,皆极可厌。得二弟信,初一日发(28)。收三十日《越铎》一分。宋紫佩往天津。

六日

日记　昙。下午收二日《越铎》一分。晚钱允斌来,索去十元,云学资匮也。夜风。

七日

日记　晴。下午收三日《越铎》一分。晚稻孙以柬来招饮于广和居,赴之,唯不饮酒,同坐有朱遏先,沈君默,张稼庭,戴芦舲。夜小雨。

八日

日记　晴。下午与齐寿山往戴芦舲寓,拟同游法源寺,不果。收四日《越铎》一分。晚阮和孙来。

九日

日记　晴,风。下午得宋紫佩天津来信。收初五日《越铎日报》一分。

十日

日记　晴。晨得二弟信,六日发(29)。寄二弟信(二十九)。午后以法源寺开释迦文佛降世二千九百四十年纪念大会,因往瞻礼,比至乃甚嚣尘上,不可驻足,便出归寓。收六日《越铎》一分。晚往徐景文处治齿,归途过临记买饼饵一元。得戴芦舲简。夜大风。

十一日

日记　星期休息。赙邵伯迥一元。上午得戴芦舲简招往夏司

124

长寓,至则饮酒,直至下午未已,因逃归。收七日《越铎》一分。晚往徐景明[文]寓补齿毕,付三十七元。

十二日

日记 昙。上午收八日《越铎》一分。午后往琉璃厂买《古学汇刊》第四编一部二册,一元。商契衡来,并偕旧第五中校生三人,一王镜清,二人忘名。阮和孙来,并携二客,一邹一张。夜小雨。

十三日

日记 晴。上午寄二弟信(三十)。午后昙。下午收九日《越铎》一分。夜微雨,旋即月见。

十四日

日记 晴,风。下午收十日《越铎》一分。谢西园来。晚沈衡山来。

十五日

日记 晴。晨得二弟信,十一日发(30)。得杨莘士信,九日西安发。收十一日《越铎日报》一分。

十六日

日记 上午收十二日《越铎》一分。午后同夏司长赴图书馆,又步什刹海半周而归。夜风。

十七日

日记 午后赴西升平园浴。下午许诗荃偕童亚镇,韩寿晋来,均在大学,托为保证,并魏福绵,王镜清二人,许之,携印去。阮和孙于明日赴热河，来别。致何燮侯信。致宋紫佩信。夜收十三日《越铎》一分。

十八日

日记 晴，风。星期休息。上午田多稼来，名刺上题"议员"，鄙倍可厌。收十四日《越铎》一分。午前寄二弟信(卅一)。午后往琉璃厂买《七家后汉书补逸》一部六册，一元；《赏奇轩四种》一部四册，四元；《乐府诗集》一部十弍册，七元；《林和靖集》一部二册，一元。下午收二弟所寄德文《近世画人传》二册，十三日付邮。晚黄于协字元生来。夜王铁渔来谈。季市移去。

十九日

日记 晴。晚得宋紫佩信，十八日发。收十五日《越铎》一分。

二十日

日记 下午得二弟信，十六日发(31)。收十六日《越铎报》一分。

二十一日

日记 上午寄二弟书两包，计《乐府诗集》十二册，《陶庵梦忆》四册，《白华绛跗阁诗集》二册，《古学汇刊》第四编二册。下午收十七日《越铎》一分。

二十二日

日记 下午收十八日《越铎》一分。夜王铁如来谈。

二十三日

日记 上午寄二弟信(三十二)。得二弟信，十九日发(32)。午后同夏司长，戴芦舲往前青厂图书分馆。下午得二弟所寄二弟妇及丰丸写真一枚，亦十九日发。夜收十九日《越铎》一分。

二十四日

日记　午后赴劝工场，欲买皮箧，无当意者。过稻香村购饼饵肴馔一元。下午收二十日《越铎》一分。得二弟所寄小包一，乃以转寄东京者，十四日发。

二十五日

日记　晴。星期休息。午前雷，骤昙，雨一陈即霁。午后得二弟寄来残本《台州丛书》十八册，二十一日付邮。

二十六日

日记　晴。上午收二十二日《越铎》一分。午后赴东交民巷日本邮局寄小包一。晚吴君秉成来。

二十七日

日记　午后收本月俸二百四十元。下午王铁如来。收二十三日《越铎》一分。

二十八日

日记　上午寄二弟信(三十三)并本月家用五十元。下午同许季上往观音寺街晋和祥饮加非，食少许饼饵。得二弟信，二十四日发(33)。收二十四日《越铎》一分。

二十九日

日记　午后同齐寿[山]，戴芦舲往图书馆，借得《绀珠集》四册，钞本残《说郛》五册归。下午得陈子英信,二十五日发。收廿五日《越铎》一分。童亚镇,韩寿晋来还印章。夜阅《说郛》,与刻本大异。

三十日

日记 晴。下午得宋子佩天津来信,二十八日发。

三十一日

日记 上午寄二弟信(水)。午后往观音街晋和祥买食物两元。下午收二十六,二十七日《越铎日报》各一分。晚商契衡,王镜清,魏福绵,陈忘其名,共四人来,要至广和居夕食,夜十时去。

六月

一日

日记　晴。星期休息。上午收二十八日《越铎》一分。午后昙，风,天气甚热。昨今两夜从《说郛》写出《云谷杂记》一卷,多为聚珍版本所无,惜颇有讹夺耳,内有辨上虞五夫邮一则甚确。

《云谷杂记》跋

右单父张淏清源撰《云谷杂记》一卷,从《说郛》写出。证以《大典》本,重见者廿五条,然小有殊异,余皆《大典》本所无。《说郛》残本五册,为明人旧抄,假自京师图书馆,与见行本绝异,疑是南村原书也。《云谷杂记》在第三十卷。以二夕写毕,唯讹夺甚多,不敢轻改,当于暇日细心校之。癸丑六月一日夜半记。

未另发表。据手稿编入。

初未收集。

二日

日记　上午得二弟信,五月二十九日发(34)。收廿九日《越铎》一分。下午同夏司长,戴芦舲,胡梓方赴历史博物馆观所购明器土偶,约八十余事。途次过钟楼,停车游焉。

三日

日记　下午收三十日《越铎》一分。夜小雨。补写《台州丛书》两叶。

四日

日记　雨,晚霁。夜补写《台州丛书》阙叶四枚。

五日

日记　小雨。上午寄二弟信(三十五)。午后寄宋紫佩信。赴夏司长家商量图书分馆事。下午收五月卅一日及六月一日《越铎》各一分。晚黄元生来,对坐良久,甚苦。夜补写《台州丛书》两叶。

六日

日记　晴。上午得相模屋书店葉書,询子英所在。午后同关来卿先生往图书馆并还所假书,别借宋本《易林注》二册。晚商生契衡来,云将归去。夜写《易林注》。

七日

日记　晴。晨许铭伯来访。得二弟信,三日发(35)。午后县。往琉璃厂买四川刻本《梦溪笔谈》一部四本,三元;书肆又赠《红雪山房画品》一册。往晋和祥购饼饵一元五角。收初二日及初三日《越铎》各一分。晚宋紫佩自天津来。夜写《易林》。

八日

日记　星期休息。终日大雨。终日写《易林》。夜大风。

九日

日记　旧端午。上午小雨即止。复相模屋书店信。下午收四日,五日《越铎》各一分。夜写《易林》残本卷三卷四一册毕。

十日

日记 晴。上午得二弟信附芳子笺一枚,六日发(36)。寄二弟信(卅六)。下午收六日《越铎日报》一分。晚得杨莘耜所寄玩具一匣,五月九日西安发。夜抄《易林》少许。

十一日

日记 晨谢西园来,假去十元。下午往许季上及胡梓芳家。收七日《越铎》一分。夜录《易林》。

十二日

日记 晴,午后昙。寄陈子英信。寄相模屋信,代许季上索杂志目录。下午关来卿先生来访。收八日《越铎》一分。夜抄《易林》卷第十三毕。

十三日

日记 晴,燠。午后得羽太家信,福子所作,七日发。下午收九日《越铎》一分。夜抄《易林》。

十四日

日记 上午寄二弟信附答芳子笺一枚(三十七)。午后同沈商耆,戴芦林往齐寿山家看石竹。晚许诗荃来,又偕一范姓者,未问其字。夜抄《易林》。

十五日

日记 小雨。星期休息。上午收十日及十一日《越铎》各一分。

下午写《易林》卷第十四毕。买得旧皮箧一只,令作绉布套,共银五元。

十六日

日记 晴。午同齐寿山,戴芦舲往海天春饭。下午得二弟信,十一日发(37)。晚季市来邀至其寓晚饭,夜归。收十二日《越铎》一分。宋汲仁来,即去。夜雨一阵。

十七日

日记 晴。得卢润州信,十三日镇江发。得金剑英信,十二日开封发。午后同沈商耆赴夏司长家午饭,关来卿,戴芦舲亦在。下午收十三日《越铎》一分。作归计,制一箱夹,价一千;又买摩菰六斤,价十元;平果脯桃脯四斤,价二元,拟持归者也。

十八日

日记 上午寄二弟信(三十八)。复卢润州信。复金剑英信。下午赴劝业场理发。赴晋和祥买糖饵,齿磨,提包等,共四元。收十四日《越铎》一分。

十九日

日记 上午收十五日《越铎》一分。午后理行李往前门外车驿,黄元生,宋紫佩来送。下午四点四十分发北京,七点二十分抵天津。寓泰安栈,食宿皆恶。

二十日

日记 晴。上午十点二十分发天津。车过黄河涯,有孺子十余人拾石击人,中一客之额,血大出,众哗论逾时。夜抵兖州,有垂辫之兵时来窥窗,又有四五人登车,或四顾,或无端促卧人起,有一人则提予网篮而衡之,旋去。

二十一日

日记 上午一时发兖州,下午一时抵明光。车役一人跃车不慎,仆于地,一足为轮所碾,膝已下皆断,一足趾碎。三时抵滁州,大雨,旋止。四时半顷抵浦口,又大雨,乘小轮舟渡长江,行李衣服尽湿。暂止第一楼,楼为扬州人所立,不甚善。往润昌公司买毛毡,烟卷等七元八角。夜往沪宁车站,十时半发南京,盖照旧日早半小时云。车中对坐者为一陈姓客,自云杭人,昔在杭州中学与杨莘士同事云云。

二十二日

日记 昙。上午七时抵上海,止孟渊旅舍,尚整洁,惜太忙耳。令役人往车站取行李不得,自往取之,理事者云,以号数有误,故非自往认者不与。午后往中华书局交戴芦舲所寄物。往虹口日本饼饵店买饼饵二匣,一元八角。往归仁里西泠印社购景宋本《李翰林集》一部六册,又《渠阳诗注》一部一册,《宾退录》一部四册,《草莽私乘》,《鸡窗闲话》,《蕙榜琐记》各一部,各一册,《董解元西厢记》,《元九宫词谱》各一部,各二册,共价十元二角八分,后二书拟以赠人。下午在寓大睡至晚。夜出三马路买巴且实一房,计二十八斤,价一元半。

二十三日

日记 昙。晨赴沪杭车站,七时三十分发上海。上午雨,少顷霁。午后十二时四十分抵南星。有兵六七人搜检行李,取纸包二三破之。雇轿渡钱江,水涨流急,舟甚鲜,行李迟三小时始至,遂由俞五房雇舟向绍兴,舟经萧山,买杨梅,桃实食之。夜雨一陈。

二十四日

　　日记　　晴。晨七时半到家。午后伍仲文来。

二十五日

　　日记　　上午陈子英来。午后子英以名刺邀至成章女学校，少顷伍仲文至，冯季铭，张月楼从焉，同览学校一周。夜招仲文饭。

二十六日

　　日记　　晨同三弟至大路浙东旅馆，偕伍仲文乘舟游兰亭，又游禹陵，归路经东郭门登陆步归。仲文于晚八时去越云。夜小雨旋止。

二十七日

　　日记　　昙，夜雨。

二十八日

　　日记　　晴。上午同三弟往大街闲步，又往第五中学校访旧同事，出过故书肆，取《说铃》前集一部十册，以清旧款。午后刘楫先来。夜雨。

二十九日

　　日记　　雨。上午书贾持旧书来，绝少佳本，拣得已蠹原刻《后甲集》二册，不全明晋藩刻《唐文粹》十八册，以金六圆六角买之。

三十日

　　日记　　晴。上午钱锦江，周子和，章景鄂，叶谱人，经泰来，蒋庸生来。午后书贾王晴阳来，持有《质园集》一部，未买。宋紫佩之兄来，送茶叶笋干等，报以摩菰一包。

七月

一日

日记 晴。晨小舅父返安桥头。上午得伍仲文信,二十九日杭州发。书贾王晴阳来,持有童二如《画梅歌》诸家评本一部,共三册,有二如自题面,未买。午后同二弟往南街施医局看芳叔,又至成章女校看校长郭某,未询其字,云是蔡国卿之妻兄也。

二日

日记 午前陈子英来。夜不能睡,坐至晓。

三日

日记 丰丸伤风,往诊陆炳常。上午得戴芦舲函并银百五十元,二十七日发。

四日

日记 雨。搭凉棚。午后延陆炳常来诊母亲,芳子,丰丸。

五日

日记 昙。晨寄戴螺舲信。午后同二弟三弟往大街明达书庄买会稽章氏刻本《绝妙好词笺》一部四册,五角六分;又在墨润堂买仿古《西厢十则》一部十本,四元八角。并购饼饵玩具少许。由仓桥街归,道经蒋庸生家,往看之。下午小舅父至。夜大雨。

六日

日记 小雨。午后陆炳常来诊。

七日

日记　小雨,下午晲。

八日

日记　昙。午前得宋子佩信,三日发。下午陆炳常来诊。

九日

日记　雨。无事。

十日

日记　昙。晨小舅父归安桥。午后车耕南来。晚小雨即止。补绘《於越三不朽图赞》三叶,属三弟录赞并跋一叶。

十一日

日记　晴。晨车耕南来。下午朱可铭来。

十二日

日记　晴,热。午后小舅父至。下午陆炳常来诊。

十三日

日记　晴,热。下午往绍兴教育会。同二弟至奎元堂看旧书,买得《六十种曲》一部八十册,王祯《农书》一部十册,共银二十六元。归途经秋官第,为丰丸买碗四枚。

十四日

日记　晴,下午大雨动雷,旋止。小舅父大病,三弟守视之,夜不睡,予亦同坐至三点钟。

十五日

日记　晴,下午暴雨,小有雷,少顷止。小舅母来。

十六日

日记　晴。晨得戴芦舲信,十一日北京发。上午宋知方来。下午陆炳常来诊。晚小雨。

十七日

日记　小雨。上午李霞卿来。

十八日

日记　昙,晚雨。无事。

十九日

日记　晴,午雨。下午寄戴芦舲信。

二十日

日记　雨。无事。

二十一日

日记　晴。晨小舅父、小舅母归安桥。上午孙福源来。

二十二日

日记　晴。城中有盗百余人,军士搜捕,城门皆阖,欲行未果。

二十三日

日记　晴,热。城门仍未开。

二十四日

日记　无事。下午寄戴芦舲信。

二十五日

　　日记　城门悉启。

二十六日

　　日记　晴,甚热。晨因丰丸发热,往诊陆炳常。夜不睡。

二十七日

　　日记　丰丸热减。下午乘舟向西兴。以孑身居孤舟中,颇有寂聊之感。

二十八日

　　日记　晨抵西兴,作小简令舟人持归与二弟。即由俞五房雇轿渡江至南星驿。午后车发,即至拱宸,登大东公司船向上海。

二十九日

　　日记　晨抵嘉兴,遂绕朱家角,抵沪时下午五时。当舟至码头时,绝无客栈招待,舟人车夫又朋比相欺,历问数客店,均以人满谢绝,遂以重值自雇二车至虹口松崎洋行投宿。夜以邮片一寄二弟,告途中景况。

三十日

　　日记　昙。终日在旅店中。午后小雨即止。下午寄二弟一葉书。

三十一日

　　日记　昙。仍终日枯坐旅馆中,购船票又不得,闷极。

八月

一日

日记 雨,上午晴。旅店为购得向津房舱票一枚,价十元。舟名"塘沽",明日四时发。

二日

日记 晴。午后购日译都介纳夫著《烟》一册,银一元四角。二时登"塘沽"船,房甚秽陋,有徐翘字小梦者同居,云至青岛。寄二弟一邮片。四时舟发。

三日

日记 晴。在舟中。夜十二时抵青岛。

四日

日记 晴。在舟中。下午三时发青岛。

五日

日记 晴。在舟中。下午三时抵大连。

六日

日记 晴。在舟中。上午九时发大连。

七日

日记 晴。上午八时半抵天津,寓富同栈。寄二弟邮片一枚。

下午二时赴天津西站登车,二时半车发,六时半抵北京,七时到寓。得二弟三十日所发邮片,云丰丸热已渐退。朱焕奎来,又邀往便宜坊晚饭,并呼其弟来,字石甫。

八日

日记 晴。晨寄二弟一葉書。赴部。收相模屋书店信,六月二十六日发;又小包一个,内德文《印象画派述》一册,日文『近代文学十講』一册,『社会教育』一册,『罪と罚』前篇一册,七月二十六日发。午后许季上来假去《法苑珠林》三函。下午往季市寓,缴出沈寿彭托寄食物两种,协和亦在,晚饭后归。夜宋子佩来。收七月二十九至三十一日《越铎报》各一分。

九日

日记 上午收一日《越铎》一分。以《元九宫词谱》赠沈商耆,《董解元西厢记》赠戴芦舲。收七月俸二百四十元,又六月俸余资七十四元,由芦舲交与。钱稻孙赠《史目表》一册,念敏先生作,又高士奇《元书画考》写本二册,是春间托朱逷先在浙江图书馆雇人写出者。下午寄二弟信(一)。以茶叶一匣火腿一方馈黄元生。往神州国光社买《古学汇刊》第五编一部,一元五分;《神州大观》第二集一册,一元六角五分。又往晋和祥买糖饵两种,共一元。得二弟葉书,二日发。

十日

日记 晴,热。星期休息。午后收二日《越铎》一分。

十一日

日记 雨,上午风,小雨,午后止。宋子佩来。下午得二弟信,四日发(1)。夜季市来。

十二日

日记 昙。晨寄二弟信(二)。上午往交民巷日本邮局寄羽太家信并银二十圆,又寄相模屋书店信并银五十元,又代子英五十元,代协和,季市各十元。午后同戴芦舲,许季上游雍和宫,次至历史博物馆。往晋和祥买食物二元。至升平园浴。收三日《越铎》一分。晚关来卿先生来访。

十三日

日记 晴,热。上午寄陈子英信。

十四日

日记 午后收六至八日《越铎》各一分。晚子佩来。续写宋残本《易林》起。

十五日

日记 上午寄二弟信并七月分家用五十元(三)。午后昙,旁晚雨一陈。夜得二弟信,九日发(2)。夜半雨。

十六日

日记 小雨,上午霁。午后往琉璃厂,在广文斋买古泉十八品,银一圆。

十七日

日记 雨。星期休息。终日在馆写书。

十八日

日记 昙,午后晛。收十日《越铎》一分。往琉璃厂广文斋买古泉二十一品，银二元六角。又赴直隶官书局买《古今泉略》一部十六册，十二元;《古金待访[问]录》一部一册，四角。晚何燮侯以柬招饮于广和居，同席者吴雷川，汤尔和，张稼庭，王维忱，稻孙，季市。

十九日

日记　昙，午后晴。收十一日《越铎》一分。下午宋子佩来。晚季天复来，又同至其寓，小坐归。

二十日

日记　晴，大热。上午寄二弟信（四）。下午得二弟信，十四日发(3)。晚大风，少顷雷雨，旋即止息。夜收十三，十四日《越铎》各一分。咳，似中寒也。

二十一日

日记　晴。晨得二弟所寄 E. W. Bredt: *Sittliche oder Unsittliche Kunst?* 一册，十四日付邮。还稻孙代付《元[书]画考》传写费三元。午后访蔡谷清，病方愈。旁晚闲步宣武门大街，遇戴芦舲，同归谈少顷。

二十二日

日记　晴。无事。夜半风，大雨。

二十三日

日记　雨。上午寄二弟『文学十講』一册。午后晴。赴前门临记洋行买饼饵一元八角，又往观音寺街晋和祥买牛肉二罐，直八角。下午得车耕南信，十八日杭州发。

二十四日

日记　晴。星期休息。晨得二弟信,十八日发(4)。上午寄二弟信(五)。下午往青云阁理发,次游琉璃厂,复至宣武门外,由大街步归,见地摊有"崇宁折五"钱一枚,乃以铜圆五枚易之。

二十五日

日记　晴。夜续钞《易林》毕,计"卷七之十"四卷,合前钞共八卷。

二十六日

日记　上午得相模屋书店信,十八日发。得羽太家信,十九日发。晚风,小雨。

二十七日

日记　昙,上午寄二弟信(六)。收本月俸百七十元,余七十元为公债票,未发。午后小雨。补写《台州丛书》中之《石屏集》起。晚宋紫佩来还银十圆。

二十八日

日记　昙。天气转凉。午后小雨旋止。得二弟信,二十二日发(5)。

二十九日

日记　晴。上午同沈商耆往中国银行换取见银。复车耕南信。下午有名刺题陈治格者来,听其谈论,似是小舅父之婿。往吴兴会馆访杨莘士,未遇。夜风。

三十日

日记　上午得杨莘士柬并玩具十二事,皆山陕所出,又唐塑印佛象一枚,云得之陕西。午后风。晚许季市来,十时半去。

三十一日

日记　晴。星期休息。上午寄二弟信(七)并本月家用百元。晚访季自求于南通县馆。

本月

艺术玩赏之教育[*]

〔日本〕上野阳一

一　序　说

美的态度,有制作方面与玩赏方面。小学教育中,主属于制作方面之学科,为图画唱歌体操(舞蹈)作文(原名缀方),然在普通教育,初不以养成制作艺术之专家为目的也。例如图画一科,以"使儿童于所见通常形体具正确摹画之能而兼养其美感"为要旨,此在文字上即为明言。而艺术的学科之教授,虽以制作为主,其目的要在借此以丰富精致其玩赏艺术之力,使其图画通常形体之能,实无疑也。然人苟非专为艺术家,则其制作之机会,要不若其玩赏之机会为多,此吾侪自省诸日常生活而可知者。试就音乐而论,人之自歌乃其偶,不如听乐为其常。由是以观,教授虽以制作为主,而目的上,盖欲使其玩赏力发达。故为制作之教授也,且不独是也,即在制作艺术之专门教育,亦决不仅以制作为毕事,而必使多接于杰作之艺术品。如美术学校,类于既成之佳作,尽力研究解释,其故可思矣。

更由教育原理方面论之。自近人以机能的研究精神以来,以为意识上,惟运动感觉二者为重要,而感觉与运动相为循环。凡所感受,非曾现于运动者,不为精神所真有,故有闻必使口述,有见必使笔载。今如图画之教授,其学科性质,主在制作,即主在运动者也。则以此机能的观之,既已偏于运动,即宜援近时所谓运动教育主义之例。而于图画科,有所谓感觉教育主义之主张矣。以不佞所见,凡为美的制作者,必宜先察蓝本之美,为美的玩赏。然此美的玩赏之力,不能于放任中期其发达,必须相当之理解于修练。故制作之教授,断宜先以玩赏之教育。

抑又思之,凡对于人文产物之艺术品,而绝不能感得趣味者,实为国民之一大耻辱,教育之一大缺陷。教育者,所宜造作人人使为Dilettantism(赏玩艺术之热心家)者也。苟国民玩赏力而上进,要即大艺术出现之基。然必何等态度,乃为美的玩赏之态度,此固不易轻言。但今既标"艺术玩赏教育"之目,则对于艺术之态度如何而可谓美的态度,是不可无研究。盖于美的玩赏之态度,首立标准,复就未有素养未经发达之人,察其对于艺术品之态度何若,然后引此道外人之态度,以进于道中人之态度。斯则美的玩赏之教育所宜注目者也。

今兹所论,殆略偏于造形美术,尤偏于绘画,盖他若文学音乐,大抵无不可通也。

二 在绘画玩赏上轮廓与色彩之位置

(一)由心理学上所观察之形与色 据兰格(Konrad Lange)之说,婴儿初仅慊意于无色之画。迄于四岁,示之以绘,所注意者犹在其轮廓,对于色彩,殆无感觉,盖于所绘之内容多注兴味,而不遑他及。即此可见形之感觉,发达在先,而色彩之感在后也。今以心理学言之,则视觉习于生物图存之目的,而于通常知觉物体之时,其轩轾空间的形体与色彩之间,洵非所得已。吾侪之维持吾生,凡物体之色,光度之差,皆弗若形体如何之必需知觉。譬如敌至,吾所以知其为敌者,非尽以色,实在乎形。故色彩之感,后形觉而发达,此说甚可通也。在视觉未具之初,色彩无由辨识,仅以筋觉触觉,辨知空间之形体。次则有知光而不知色之一时期。更次又有感得青黄,而不知有赤碧之一时期。今日吾侪,则舍紫外线而外,众色陆离,莫不可辨矣。此可验于视野计者也。闻尝测得吾右目之视野(此处原有图今省略),其辨赤碧之部分最小,次为青黄,而白光最广。网膜全部,殆无不能感光之点,色彩则甚少,赤碧之色则尤少。故质言之,吾侪视觉,直全部为形之知觉,而色觉其一部分耳。舍此一部分以外,实盲于色也。色盲之事,尝详论之,兹可略述焉。

言乎色盲,则赤碧盲最多,此其理有当然。盖凡动物,在进化段阶所最近得之构造,最易生缺陷,亦最易灭亡。今色盲之所以最多赤碧盲者,即以感觉赤碧之网膜要素,发达于最近故也。

如上所论,则形之兴味,先色之兴味而发达,且根柢深于色之兴味,其理甚著。以有形无色之写真,与有色无形之表相较,则孰为有利于人生,可以喻也。盲人以触觉筋觉,得知形体,而无以知色,然于生活初无障碍。若反乎是,但能辨色,而不能知形,则其生活当大不易。故儿童以线描人犬,又见极简之线,画成物体大概之轮廓,即可喻其意味,纵无彩色,但于线画,已能再认其原物也。此就个体发生而论者,即论系统发生,要亦相同。据先史期人种学所研究,而推测太古之事,则最初状态,亦但以显明之轮廓,描画自然而已。虽然,上云差别,乃主就学龄期之儿童之言。若在初生儿,则无论对于色之兴味尚未发达,即对于形之兴味,亦未尝具,但知光有明暗之差,故常注意于光明之处耳。

（二）艺术玩赏与彩色　　推上述原理于艺术之玩赏，则浅人玩赏之法，主在事物之空间形象。认识其形，较重于玩赏其色，乃发生次第所必然之倾向。顾此倾向，又因美的经验而愈著。吾侪自幼年所经验之造形美术，以手法上之关系，每于形态轮廓，多所重视。例如建筑，吾国舍神社佛阁而外，大抵无色，而主乎形相。神社佛阁，因其天然之背景为绿色，故曩者尝通用朱色，其他建筑，虽非绝然无色，要皆沉淡，决无欧美建筑之艳丽。

今有物焉，形甚判明，而色亦至美，色之美且著于形；吾兹先注意于形，则将欲色之侵入吾意识，甚非易事。此吾侪意识之特征也。故玩赏者之态度，非次第发达，至于舍弃旧来方法，而别为进取者，必以形为主。至其他色彩光度之美，但为从属而已。此必然之次第也。譬若仑伯兰（Rembrandt）之侪，与印象派诸画家，咸不欲轮廓判明，如曩昔之古典派与文艺复兴期诸作（此处原有仑伯兰自画像，原版已甚模糊，今不复制）。盖所主在色与光度之差，而以事物之形为从者。故使玩赏非素养之人睹此，则见其与向所赏玩者不能一致，遂不能变化自己态度，以为顺应。此因其人向于绘画，恒美其形态之完具，故于仑伯兰辈之作品，形态不分明者，不能满足也。

近世绘画，渐无分明之形。非全无形也，但借端于形，而形以外之美，皆显然者。道中人对于如此作品，自知更变其玩赏之态度。故在此辈，实于形以外，别开一美之新世界矣。绘画至此，形相仅为附著，而作家所发挥其能技者，即在于此附著施以色与光。日本画所谓无线描法，置形而主于明暗色彩之美者，亦此类也。

印象派者，近世发达于法国之一流派，欲摄瞬闪所见，即写为图者也。此派所重视，在色与光之变化，如轮廓者，殆所弃置不顾，不问事物之为何，但以事物之色为主，故甚至屏弃形相者，时或有之。诚哉，自然初无示轮廓之线也。轮廓之线，实吾侪由复杂之经验所意造，而不见于直接印象者也。所见于直接印象者，洵若印象派所绘漠无轮廓，而主于色与光者耳。去秋文展会有今村氏所绘《近江八景》即能写此印象的之色者,斯其近于印象派也。

此形与色之关系,合之音乐,则形态之美当其旋律,色美当其音色之效果。由是以观,则以西洋乐器奏越后狮子之曲而赞美者,去道外人尚未远也。

印象派中,又有所谓后印象派,欲聚色彩之点,以表现一切者。亦曰点彩派。兹图其一例(原图不能复制无已从略)即可见美的玩赏之态度,变化如何。不佞对于绘画以其与吾旧来态度,因缘太远,亦遂莫悟其美,异哉。

论述至此,吾于成人及儿童之教育,得一说焉。曰教育,宜使玩赏者,知所变化其态度,以顺应于作家之新态度也。譬如以色为主之作,能悉领会,此其玩赏态度,即合于作家之态度。如是于玩赏之力新有所得,则向所未知之美世界,豁然开展于前,而感受快感之范围,即忽然广矣。此不独于艺术美为然。即于自然美之玩赏,其感美之范围,亦必较先为广。不仅能玩有色之形,而亦能味有形之色。则不必名景胜地,亦无往不遇自然之美。盖所谓名胜,以形之发展为主;而但视所取态度如何,纵在形不甚美之地,亦可细玩其色彩与光度之美也。例若都会夜景,殆其类也。

三 模仿与艺术玩赏之关系

(一)模仿与艺术制作　为艺术起源之说者凡四:曰模仿说,曰表情说,曰装饰说,曰游戏说。四者固皆为艺术发生之要素,而造形美术中,绘画与雕刻之起源,模仿实占其太半。今以模仿为本,而考察夫赏画态度之发达,则道外人观画,必取其肖真者赏之,即味其模仿之巧也。此其愉快,在与见画同时所为再认实物之活动。幼童喜画,态度正同。夫绘画淘宜近似,然谓模仿至肖,即符美之条件乎,未也。著色写真,宁可为最高之绘画。譬有林檎之画,至巧乱真,观者因发取而食之之念,则已不得谓之艺术。艺术者,必与实世界划然畛别,孟斯德倍(Munsterberg)所谓必自宇宙一切孤离(Isolate)也。绘画有范,雕刻有座,演剧有台,即所以明其区别。然此皆外面的孤离,于事犹未足,必亦画家之笔,先孤离之。设有海岸风景之图,可令观者作"此必某处海岸矣""循此途以往必有旅宿乎""避暑于此当至不恶"种种寻思,则此非艺术,以其未能由实世界孤离也,以为避暑地之广告或可,而于艺术条件,未为当也。此即所以必出乎模仿以上著色写真以上之理由也。然而幼童与玩赏力未能发达之人,固多于此模仿饶有兴味矣。

(二)模仿的艺术品之玩赏 以模仿为主之艺术品,其玩赏可分二类。有即画作实物观,以意识的自己错感之态度,而为玩赏者,其一类也。又有自立于批评地位,以作品与事实相比评,见其相似,而喜其手法之巧妙者,又一类也。睹美女之画,如见其人,展夜月之图,如入其境者,自己错感之类也。观左甚五郎之猫,以为与实物无异,而赏其技者,批评的玩赏之类也。以谨严论之,则斯二者,皆非真正之美的态度。然而幼儿与道外人之态度,固多如是。此教育上所不可不知也。

(三)画家之个性与模仿 昔伊藤公尝乞狩野法厓为之画鹰,悬于宅。一日,客至,指摘其画之异乎实物。公以语法厓而让之。法厓以为但因不肖而不能满足者,未足与言画也,遂夺之。今闻其画存美术学校。夫画之生命,不在模仿实物,观画而喜其肖真者,是观写真之法也。拘于此肖真之见者,遇其异于实物之画,必以为无意味而轻蔑视之矣。凡画之本务,不在模仿自然之忠,苟能利用自然蓝本,而别作世界,使与实世界绝然离立,自具特有之形与色者,实艺术之主眼也。故欲玩味大家之作品者,必练习其用心,俾由此作品之中,别寻世界。"将欲知作品之精神,须知一切艺术均非自然之写本,乃是变形自然之自由创造。"此伏尔克曼(Volkmann)于《观视之教育》中所言也。若模写自然,不爽秋毫,则其中多有吾侪享乐所不必需,甚且有为妨害者,是必先芟除而后乃择要著之为画。盖自然至为纷杂,写其纷杂,非艺术也,必有赖乎作者之删削矣。

既如上论,绘画乃作家各以手腕所变形之自然,则作家自己个性,自宜显见。同一形式,同一画题,以作者观察不同,而所成辄绝异,此作者主观之显征也。日常遭逢之事物,因其观察之法,忽然可以感得深趣。艺术家者,即能摄此映于主观之趣味,而登之于所作,是以有个性之显见也。譬如诗歌,所咏人事景物,至为平庸,而一旦得会心人印其主观,则将歌思哭怀,个性遂为之著,于内容形式外,作者人格,且彰彰可观矣。能领此味,则玩赏之一要件也。

(四)艺术之种类与模仿　虽然,模仿非可一切屏除也,绘画雕刻所起源,尤以模仿为要素。故模仿实物,以起人再认之活动,亦有所取。然因艺术种类,或有置模仿于不重,亦有并模仿痕迹,几不可寻者。例如油画中肖真一派,则一见自起再认之感。而日本画如四条派者,虽至重写生,其模仿已不若油画之真纯,笔也,色也,绢地也,均可辨见,光线布置,亦未如真景,故与模仿实未为近,而所味乃兼在形与色。若光琳派,则愈为近于图案,去实物甚远。譬其《水边老梅》一图(原图略),颇用写生之笔,而所画水,几若华纹,更窥于图案,则骤睹且不知所模为何形,赋色亦绝异于实物,模仿痕迹,几无由见。至于张壁之纸,衣锦之纹,则仅存形线色彩之趣,而此形此色,全无意味,模仿痕迹,乃渺焉无存矣。此冯借实物,而化其形与色为模样华纹之事,所谓便化是也。

音乐者,用音为材料,而借以起吾侪之怡情为目的者也。故其艺术本来之性质,与模仿绝少因缘,信矣。或以由良助能惊于剑锷之音而破梦也,则以丝弦作为剑锷之声矣。八阵馆亦以他种乐器模作鼓音矣,亦肖雨声而为自然界之模仿矣。又如雷曲,亦模仿风雨之声矣。顾此决非音乐之本质,而玩味声音变化之趣者,乃音乐本来之真性质也。

观夫舞踊,亦有以模仿为主者。有不然者,例如歌至曲中"山"字,则舞者或举手以状山之形,或作势以见望山之态。前者直示其意,纯为模仿派。后者作势以间接表示当前之有山,则于品为高,顾以其不模仿不写真也,遂非浅人所能玩赏。

总之模仿非可弃绝,而艺术之味,在于模仿以上。使知夫此,则艺术玩赏之教育所当用意者也。

四 形式美之玩赏

观画而味其形式之美,道外人亦所优为,顾与道中人大有殊异。其一,凡画之事物形式,决无孤立,周围万象,莫不影响。而道外人观之,多不合观全体,惟一一视其部分。其二,事物形态,随观者所处地位而异,又随其姿势运动之情状,在在不同,至事物外观,不过无穷变态之中一偶相耳。而道外人多不取直观的态度,惟以概念的态度观之。若兹二言,或嫌杜撰,请申言之。则道外人观画,辄一一思画中各物同类通有之特性,而不能寻味所画特殊之相耳。

(一)部分的玩赏与全体的玩赏 浅人观雕刻绘画,多注意其中一部分,见画中一手一足为美,辄离自全身,而赏兹一部。殊不知此至美之一手一足,乃所以作成一浑然艺术的全体的外观,而各部分相调和,实为尤高之美,此不能见,宁无作者之经营。故道中人必于其周围相互之关系视之。凡绘画中部分之美,非其目的,必与较大之全体相关联。部分但为全体之部分,全体法则,无许或背,美学家所谓"多样之统一"不可不味也。幼儿浅人,无论于制作,于玩赏,咸不能如此多样之统一,即以全体中一一部分之美为目的。若以心理学言之,是其注意所及之范围狭也。当其观画,注意不能同时普及于全幅,必一一由小部分递为转移,由甲点移至乙点之时,甲点已不复在意识之中。观其所制作,尤为显证。例如此六龄幼儿所绘(第一图),当其画人之首,除一首以外,皆非所注意。画及腕掌,则首状如何,已不复存留于意识。故首可如是其小,腕可如是其尤细,而掌乃若是其大也。幼儿所作,实不啻一一分画,然后联合为一图者。

又如天狗诽谐,视其一一部分,未始绝无意趣,然合观全体,则无有多样之统一,故不调也。此仅言其制作,顾玩赏亦何独不然。纵使其见至不调和不统一之图,惟其一一由小部分递赏,故初不觉其不美。又虽亲睹名作,亦惟赏其一一部分,不能味其统一之趣。部分美在作家不过取为造成全体之一手段,而浅人分离视之,是直置作家苦心于不顾矣。

此事在音乐亦然。彼客之玩赏程度不高,故寄席(有如清客串落子馆之类)之演义太夫也,不全演其一段,仅取浅人所最乐闻之一节,而略其首尾,且讲说为多。盖客但知部分美,而于各部分美之如何发挥为浑然一全体美,决不领会也。渐入道中,则仅此一节,不足引起兴感,非自首自尾全段悉备者,必以为不能味其全体之印象,而不满足矣。

(二)概念的态度与直观的态度 浅人观画,恒取概念的态度,而不取直观的态度。例如见画为犬,辄思凡为犬者通具如何性质,多不能味兹所绘犬之特殊相。具体之犬,相各各殊,亦刻刻殊,乃由此万千殊相之中,自作一共通之表象为标准,以律众犬,则表象者先非自有,固一一皆由直观得之,然视此表象为一全体,执而观画,已非直观的态度矣。如是以概念的态度观物,在吾侪知性发达上固极重要,必概念发达,然后外围之状况,与自有之外观,虽极变殊,总不失知其为犬。是在美的玩赏以外之范围中,故不可阙,顾在美的玩赏,苟注意所趋,太拘于共通一类之固定的属性,势必有破坏之虞。一以概念的观画,便不能合于领会作品特色之态度。欲作此共通于一类而不能直观之美,尤非艺术如绘画者所能。设于作品求知是之美,即先铸一大错矣。伯乐评马,但以马为心,故骏者斯美,不论其刻刻变化之姿态运动,与夫观者地位如何,美即无时而不美。在艺术家之态度则不然,价虽至高,不必恒美,作者所取,仅在一时之外观。冯其人所怀至复杂之目的,以权此一一外观之价值,乃择为画。是故限义于此,则谓一切作家,皆是印象派,亦无不可。马价不必高,即濒死老马,亦有时为美之对象。无论如何事物,苟其瞬闪间之外观,能触动作者之琴弦而美,要无不可发为画题。玩赏者于此,非自舍弃概念的态度,而取直观的态度,以玩味其一一特殊之相者,不能与之赏美,同其步趋也。

上之所述,证于同一作家以同一画题所为种种殊异之作,益可显见。例如拉法爱尔氏(Raffaello)所画圣母(Madonna),数且二十本。所画皆同一圣母,而拉法爱尔于画此圣母之时,心神中所构见,一一有特殊之形态与性质,即一一有所企于解决之问题。在道外人见之,将惊叹于其所画圣母之多,始亦以为美。终因递视各图,无非圣母,遂生厌倦。此其故由于不能洞见各图之特色也。兹就拉法爱尔所作圣母画中重要者,试著其说,大体可分三期。

第一期=属于恩勃里亚(Umbria)期者(1)司答法将军家藏本(Madonna dellacasa connestabile della Staffa)(2)大公本(Madonna del Granduca);

第二期=属于佛棱次(Firenze)期者(肖真派)(3)喀特里诺(义大利语鸟名)本(Madonna del Cardellino)(4)拔达丌诺(义大利语神坛之谓)本(Madonna del Baldacchino);

第三期=属于罗马(Roma)期者(戏曲派)(5)阿尔拔家藏本(Madonna della casa alba)(6)舍地亚(义大利语坐也拉尝饮于村酒家例以酒桶为坐积欠资无以偿即所坐桶底作此画为赠酒家因大富而画遂以坐名)本(Madonna della Sedia)(7)圣昔司笃本(Madonna di San Sisto)。以下逐图详之。

(1)司答法家藏本(第二图见别纸)此为初期所作圣母画中一杰作。幅才六寸方,四隅有饰,约成方形。优慈之感,溢于图表,母子皆神相,有逸出人间之趣。

(2)大公本(第三图见别纸)此在由恩勃里亚期将入佛棱次期时之作。圣母基督(Christus)皆甚统一,允洽宗教膜拜之对象,骨格整然,筋肉咸有生气,表情颇近人间。玛利(Maria)隐含忧虑,貌若豫知吾子将苦于十字架者;而幼儿貌至平静,腰缠柔软之薄绸,置手于母肩胸间,姿势适见不重堕之感。此画辗转相传,为大公爵弗尔第男第三(Ferdinando Ⅲ)之秘藏,故名大公本。

(3)喀特里诺本(第四图见别纸)此图基督立圣母膝间,约翰(Johannes)捕得小鸟,趋示基督。小儿神情,毕传无遗,筋肉之迫真,与圣母之神相,及背景之悠闲,合为全图风调。约翰捕鸟奔至,出示基督,情态生动,恰于圣母之神容静淑,成一愉快之对照。构图略如三角形,当顶点处见圣母面貌,为全图之中心。(此图尝坏于地崩,今正中见细隙即坏后接合之痕。)

(4)拔达丌诺本(第五图见别纸)此为广七尺修九尺之大作。初画于圣灵寺(Chieas del Santo Spirito 寺在佛棱次)神坛之板,未竟而氏赴罗马,遂未卒业。虽为残篇,又有后人补笔,要为氏所作之优秀者。圣母端坐神座,耶稣(Jusus)目顾使徒彼得(Petrus),状至亲挚,景哲倍萧狄多(Benedictus)白衣蒙自颅顶,与景哲约谷(Jacobus)均面向彼得,奥古斯丁(Augustinus)则外向,以手指圣母,若指示于观画者然。凡此诸人,头骨面相之情态,胥至周洽。盖氏于此期所画人物,首皆如是作也。神座下有天使,鸠首读手捧之纸上文字,亦臻优秀。当时纯画小儿之绘,咸莫若此之神且美云。又氏画天使甚多,此实嚆矢。

(5)阿尔拔家藏本(第六图见别纸)此氏于一五零八年迁至罗马后之作。全幅所用之色与背景,均极类上述佛棱次期之圣母,然兹图圣母神貌威严,又其省简直观要素之倾向甚著,为罗马期诸作之特色。(上文尝论观画者必于部分美以外,视其全体美,今观此图,各部分固皆甚美,而全体统一,殆达理想。图中三人,手足位置与运动方向,姿势至纷,洵不易综合贯通,而今兹此图,略不见错乱,是其大手腕处。厄尔弗林所著《古典艺术》曰:"画家之事,不在应俗。面貌之美,肢体曲折之迫真,尚非要事。而综合各群于全体,使四肢躯干之种种运动方向,条贯不紊,乃最要。"兹事既详上文,此图尤显著

154

于多样之统一,故又附详之。)

(6)舍地亚本(第七图见别纸)此其一五一二年所作。写实生动,迥异后此之圣昔司笃本,而尤不类恩勃里亚期诸作。虽以画面为圆形,不免稍稍迫促,左膝姿势,又略高于寻常,然而声誉初不亚于圣昔司笃本。至于竖膝抱儿,毕传慈母之情,戏弄踵趾,亦曲尽婴孩之致,亲切近著,略无幽玄笔意。以较最前两图,断可见其殊趣矣。

(7)圣昔司笃本(第八图见别纸)此其一五一四年之作。圣母至是,复见神貌,超越人间,高莫能接。氏画圣母,此实第一。由是观之,同一圣母,而所画各殊相,胥有别趣,画题无改,意味迥殊。能味乎此,斯足语于直观的态度矣。

更申一言:则概念的态度者,以知识之眼观之;直观的态度者,以印象的观之。二者区异,要不外此。譬如仑伯兰之名作《夜巡》一图,炬光穿暗,照物皆作黄色,是其重视印象之处。设身处境,刹那所感,洵觉世界悉黄。而道外人于此等特殊之相,所感印象,不能入胜知识之先主,但见人衣白衣纵被炬光。映作黄色,仍必以为白。故不习于观此一时的外观者,无以味彩色之美如此画也。此理又可征于幼儿所作画而知。例如兹七岁童所画人物(第九图见别纸),透冠可以见发,即由于但冯知识作画,不以所得印象为主。又家屋可同时并见两侧面,亦以不画其所见,而画其所知也。此固夫人而知其拙矣。

五　内容美之玩赏

(一)内容之二种　艺术有以显出表象的内容为主者,有以显出感情的内容为主者。若演剧文学绘画雕刻之属,皆关于表象的内容者。反是若音乐建筑之属,则以感情的内容为主,务使人能生一种特殊之心影。然此仅就大体之区分,非谓二者可以缺一,而全偏于一方也。即就音乐考之，二者亦但有消长之殊，或者胜于事实，或者胜于心影。譬若寻常谈话，几纯以事实之表出为目的，进为白词，已微有异，不仅以通意，亦以兴心影。更进为谣（非童谣之谣乃谣曲日本一种歌曲），则形式之美顿重，而情节居次。尤进为歌，更进为乐曲，则表象的内容，几退至零点，而所味殆专在形式之美，即在从音之调节旋律所生一种心影。倘有闻长呗或义太夫而以不解文句为乏味者，是其人兴味所趋，重在内容之事实故也。又听落语（如俗所谓笑话而微有异）而以一回为犹未足者，亦其人兴味在于话中情节故也。如进一步，则兴味不独注重情节，亦必趋向于感情的内容，而味其心影矣。就雕刻论，同一作品，必有二种内容。例如西乡之铜像，彼南洲被敝衣，荷猎铳，牵狞犬，是其表象的内容已著。若乃容貌沉著，岩然不动于物，则别有一种镇定之心影，是其感情的内容之见也。此以空间形式见心影之例。若在绘画，则以色线光度见之。例如村家晚炊之画，可以见老农一日劳作方毕，荷锄来归，行将乐享食事，安息疲劳，此其表象的内容也。至于炊烟淡绿，林树幽黝，茆屋斜光，水天色映，则心影愉快，怡情忘我，此其感情的内容也。

由玩赏发达上观之，道外人必多注意于表象的内容，程度不高，仅以引起前述之错感而为娱乐者，多以表象的内容为重于感情的内容，无论观画听乐，恒视作事实之报告。然而艺术所穷，初不在是。表象的内容，原不可无视，要必能味夫感情的内容所表出之心影，方为真谛。顾竟蔑视表象的内容，以为非若装饰美术者，不得谓之美术，则又非正论。装饰美术，诚无表象的内容，而仅以线与色表出其特殊之生命矣。然艺术本旨，庸止于此，所谓道中道外之分，亦如兹图所示孰者为主而已，非谓孰者足取也。幼儿玩赏，恒主味其表象的内容，故宜次第指导，使亦玩赏乎心影。

（二）实验　图画教师亚尔平（Albin）者，尝受牟伊曼氏（Meumann）之指导，以表示心影之画，与表示事实之画，使幼儿选择其一，则取心影画者之数，以年龄之比例为增云。不佞亦尝验之，且使述所以取之理由。选择比例,洵如亚氏所验。顾所述理由,谓其心影愉快而取者至少。最奇者,大多数皆逸出于美的态度之外,或则以树木宜于卫生故取之,或则以空气可宝故取之,类多怀有利用之思。吾于是深有所感,以为非力开其玩赏艺术之眼不可。而幼儿玩赏的态度之低,亦从可见矣。牟伊曼又尝示机椅镜台之属于儿童,询其所悦。则初年级生,多不注意于美的形式,与装饰之附属物,而类皆注意于其物之合适性。此事盖理之自然,凡器具装饰,要多缺于表象的内容,是宜不入儿童注意之中矣。又美国教授婀西亚(Osia)尝令儿童画工艺品,其结果凡年幼者,悉脱漏艺术的附属物不画,而仅绘日用品之本体。八岁以上,始有并画装饰之意者,约五〇％。至十七岁以后,乃得八七％云。

(三)两种内容与形式之关系　首察表象的内容与形式之关系如何,则二者非不可离者。以美术以外之例明之。今欲表"石"之意义,则无论形式如何均可,或为片假名,或为平假名,或为"石",甚或为"Ishi"或为"Stone"。或为"Stoin",要无不可通。然察夫感情的内容与形式之关系,则迥不若是其弛缓。亦以美术以外之例明之。严肃如法律之文,必以片假名书之,流动如书简文,必以平假名书之,反道而施,则法律不见其严,书简徒乏于情矣。可知感情的内容与形式,不可不合,必形式能表心影之内容,夫然后对象与感情能融合也。若建筑音乐之属,主在表出感情的内容者,名曰心影之艺术,职是故也。

更就绘画论之。凡为绘画,必有表象的内容,苟非徒求装饰,莫不有事实之表象。而其感情内容,与特殊之形式不相融合者,非艺术画也。介乎形与色所表见而无有特殊之努力心影可感者,徒为华纸而已。然则表象的内容与感情的内容有不可同时表出者乎,非也,二者无"内的"关系也。此何以故,感情的内容,固必与形式相融合,而表象的内容与形式,初无不可离之关系也。例如仑伯兰所画《参孙(Samson)被抉目》一图。图为仑氏三十岁杰作,图面重幕自上下垂，中露一区，强光自左方射入幕中，引观者眼光于图之中央，则二主人翁在焉。主人翁者，一即参孙，为非利士人（Philisthiim）所压，横倒地上。而参孙之下，又有一非利士人为参孙所压。背此方向，有狂喜驰去而迥顾参孙者，为妓女大利拉（Dalila）。光线所射，观者首见此二人，下为参孙，匕首方刺入目，上为大利拉，发光辉眩。图之中央，有巨人足踝，若狂于痛苦者。此二种绝不相类之动作，胥因构图之技术，色彩之配合，光线之布置，而巧相结合。全图七人，惟使此二人特为著目，是此图之形式也。（原图不能复制）

此图所表之表象的内容，出于景经。昔（纪元前一一三七年顷）以色列人（Israel）为恶，触神怒，而居非利士人治下。有参孙者，以色列之武夫，以神惠有强力，在亭讷（Thamnatha）之葡萄园，尝杀猛狮如屠羔羊。后迷于妓女大利拉，于是非利士人欲介大利拉而死参孙。大利拉乃枕参孙以膝，剃其发七绺，发为参孙神力所自出。至是非利士人骤入，抉其目，系以铜锁，投之牢狱。是此图之表象的内容也。

此表象的内容，非与此形式有不可离之关系者。欲表出此节事实，初非必借如此构图，如此色彩，如此光线，即以他种形式，亦未尝不可表出此段情节。而即此形式，又可以表出绝不类似之事实也。例如同为仑伯兰所作，《达奈》（Danae）一图（第十图见别纸）亦有重幕下垂，中开一区，光线由此间射入。而幕内有华丽之床，上卧裸体之女，左手支体，右手上举，对于由幕隙来人，示欢迎之意。幕凡二重，上为冷线色，下有辉煌之金色者。床褥白于雪，而裸女温体，横于其上，光色薄暗，至有生气，此温此生气，皆借光线表出可见（图事出希腊神话）。由是可见同一形式，亦能表绝不相同之表象的内容。顾如上所述，乃表象的内容与感情的内容，绝不相关之例，即事实与心影不相干涉之例也。玩赏者之心，而注于一方，即他方可以弃置不问也。意识性质，动辄专一，固不得已之事实。而由教育言之，抑由艺术之本质言之，皆宜指导于心影一方，而不宜任其偏于表象。

例如裸体之画，而止在表出表象的内容者，则图裸体之女，暴露其一体而立可耳，此何得云艺术，抑何可有此等艺术。艺术者，盖重在感情的内容，在于线之美，色之调和，光线之巧布，合而表出其心影。故味此心影，乃玩赏艺术之极致。若徒止于表象的内容之玩赏，则动必陷于 Statuenschanderei（亵渎艺术）矣，可不慎哉。

上文所详，乃著表象的内容之形式与表出感情的内容之形式不必一致之例也。若更论其一致者，譬有"亻"字所以表"i"音之一符号，"i"音为兹字之表象的内容，"亻"字乃其形式，今兹"亻"字，舍表象的内容以外，原无所谓感情的内容。顾有感觉敏锐者，或习之既久者，一见此字形式，无不立忆"i"音，至于终局，竟觉表"i"音者，舍"亻"形而莫属。于是表象的内容与感情的内容，遂若均与形式有内的一致者然。若在艺术作品，得有形式与内容相一致者，则斯作可谓造形美术之造极。而"古典"之所以可贵，亦即在是矣。此事不独于造形美术为然，在声乐之类，则此"一致"尤为显著。

要之表象的内容之表出，必赖于形式；而色线光度之表出，亦必赖于内容，然后乃能有孟德斯倍之所谓"孤离"，而克飨吾侪以完全之慰藉与满足也。氏又言曰："艺术所志之最高阶级，必至于内容之特殊表出，与色线之特殊选择，互相一致，而合乎完全统一之条件。"亦即言表象的内容之表出，宜与感情的内容之表出相一致也。更即孟氏所引喻详之。画牧场之图者，宜赋温柔之色，宜作婉曲之线。非然者，牧场虽可表出，而牧场之闲静温和，不可见也。表象的内容，一一可以各别之形式表出之。崛直之线，峻锐之角，强烈之光，激刺之色，以作树枝，作岩石，作茅舍，作羔羊，都无不可。而聚此树石屋舍羔羊于一图，即未尝不可见为牧场。又此锐线烈色，亦未始不可配合甚美。然自全画观之，则失于调和矣。其故维何，锐线烈色所见之心影，与此牧场之内容，不相调和，所谓表象的内容与感情的内容不相一致也。傥画峻岳巨川，烈风暴雨之状，则此线此色，固所适宜。若用于田舍风景之平和，则无当矣。

（四）玩赏指导之标准　综合上文,则美育上所宜指导彼艺术玩赏者之标准,当既明了。再申言之,则玩赏艺术之态度,要必使表象的内容,居于意识之下流,而色线光度诸形式所生之感情的内容,宜居于上。彼画报之画,任务在报告,故表象的内容,恒占重位。若艺术之画则不然。古来名作,类多沿袭旧题,或取神话,或取景经,又或取类型的之故事,即所以减少表象的内容之效果,而多求心影之表见,即感情的内容之显著也。更易言之,则毋任表象的内容,夺吾注意,斯可耳。

果其如是能味心影之美,则玩赏之区域顿见展扩。即于自然之美,虽世俗以为至平凡之景,亦必能发见有心影之美矣。况近世以来,人皆困于生活之烦,不有慰藉。何以解脱,慰藉何来,扩其玩赏之境而已。苟其能取上述之新态度而为玩赏,则虽云至暂,要必可得一时之解脱也。

犹有利者,感情的内容之玩赏,较于表象的内容之玩赏,为能永续。譬有《潇湘八景》之图,论其表象的内容,不过支那江南潇湘之山水而已,长悬壁间而日睹之,宁不厌观。顾其光度色彩之味,无有穷尽,寻索全画心影,不啻日展新图也。又若须田汀广濑中佐之铜像,方其初成,或忆记闭塞队之往事,而有寻思其表象的内容之趣味。洎夫今日,则忆想既倦,往事厌闻,然对于此像所占空间形式,犹有滋味。过其前而仰观之,则此形式,此背景,咸印象于吾心,玩赏之表,但有此印象,若闭塞队陈迹,则沉伏下流,不复见于表面矣。是故若此艺术,苟其无背景之调和,无形态之美,即不啻无价值。而赏玩者无味此形式美之力,则其人于表象的内容,既减趣味,复不能味其感情的内容,亦与道傍顽石,几何有异。

六　结　论

前此所论,亦言道外人与道中人各有偏重而已,非谓二者迥然分别,有根本之殊也。道外人之态度,生来素朴,任彼素朴,固非教育之宜;而尽斥不容,要亦非是。所冀应时施教,化其态度,俾渐发达耳。果其如是,则全美世界,可开放于国民,而使其与作家取同一态度,以为玩赏矣。

又上文所论,乃取幼儿之趣味,与既发达之成人趣味,两两比较而立言。如是论究,在教授实际上,首与选择教材,至有关系。如唱歌图画之属美的学科者,配当教材,必宜应于被教育者玩赏力发达之次第,欲应其序。厥有二事,(一)宜选合乎幼儿之趣味者。以成人之趣味律幼儿,不可为训,必循幼儿美的判断之发达,而变所赋与。彼第一学年至于六学年间,读本插画,绝不变其画风笔法者,宁非不用意之甚乎。(二)因教育而赋与之美的印象。宜恒较幼儿目前之趣味,略进一步,庶使逐渐上进,是则不佞所谓艺术玩赏之教育也。

谨案此篇论者,为日本心理学专家。所见甚挚,论亦绵密。近者国人,方欲有为于美育,则此论极资参考。用亟循字迻译,庶不甚损原意。原文结论后半,皆驳斥其国现用"新定画贴"之语。盖此论实由是而发,然兹译用意,在通学说,故从略。

又原注参考书目,兹删其一二,而仍其余:(1)K. Groos: *Zum Problem der ästhetischen Erziehung.* (*Zeitschrift für Aesthetik und Allgemeine Kunstwissenschaft* Bd. I. 1906.)(2) H. Münsterberg:*Princples of Art Education*, *A Philosofical*, *Aesthetical and Psychological Discussion of Art Education.* 1904. (3) Müller-Freienfels: *Affekte und Trieb in Künstlerischen Geniessen.* (*Archiv für die Gesamte Psy.* XⅧ. Bd. 1910.)(4)野上,上野:实験心理学講义. 1909. (5)*Kunsterziehungstages in Dresden* am 28, und 29. Sept. 1901. 1902. (6)E. Meumann:*Vorl. Zur Einführung in die experimentalle*

Pädagogik 2te Aufl. 1911.

原载 1913 年 8 月《教育部编纂处月刊》第 1 卷第 7 册。

未署名。

初未收集。

九月

一日

日记 晴。无事。

二日

日记 上午得二弟信,八月二十二日发(6)。旧同学单新斋来谋生活无著,劝之归,送川资十元,托燮和,仲文持去。午同齐寿山出市,食欧洲饼饵及加非,又饮酒少许。晚马幼舆来,略坐即去。夜宋子佩来,十时半去。

三日

日记 无事。天气转温,蚊子大出。

四日

日记 昙。上午从稻孙索得《文始》一册,是照原稿石印者。午约王屏华,齐寿山,沈商耆饭于海天春,系每日四种,每人每月银五元。下午小雨,旋止。晚王惕如来谈。

五日

日记 晴。上午得二弟信,八月三十日发(7)。寄二弟信(八)。杨莘士赠《诸葛武侯祠堂碑》拓本一枚。齐寿山赠《说戏》一册,其兄如山所作。午后步小市,买古泉三枚。夜写《石屏集》序目毕。王惕如来谈。

六日

日记 午后游步小市。下午出部无车,缓缓步归。

七日

日记 晴,风。星期休息。下午至青云阁,又赴留黎厂买古泉六种,共银二元。

八日

日记 昙,午晛。下午得二弟信并古泉目录二纸,二日发(8)。晚黄元生来。夜小风。

九日

日记 小雨。晨得寿洙邻柬招饮。上午寄二弟信(九)。下午霁。

十日

日记 晴,风。晚寿洙邻来,同至醉琼林夕餐,同席八九人,大半忘其名姓。得二弟所寄旧小说译稿三本,又《童话略论》一篇,三日付邮。

十一日

日记 上午以《教育部月刊》第一至四期寄与二弟。胡孟乐贻山东画像石刻拓本十枚。

十二日

日记 下午得二弟信,五日发(9)。晚风。

十三日

日记　大风。上午寄二弟信（十）。下午至留黎厂清秘阁买纸墨。得陈子英信,六日发。晚与黄元生信。关来卿先生来访。

十四日

日记　晴。星期休息。晨黄元生来,未见。上午本立堂书贾来,持去破书九种,属其修治,豫付工价银二元。晚王佐昌来。

十五日

日记　晨关来卿先生来。上午总长汪大燮到部,往见之。下午得二弟信,八日发（10）。蔡谷卿以电话来要晚餐,遂至其寓,同坐者为其家属及王惕如、倪汉章。饭毕欲归无车,乃同王惕如步至宣武门外,始呼得之。途次小雨,比到大雨。今日是旧中秋也,遂亦无月。

十六日

日记　晴,风。上午寄二弟书籍两卷,计《教育部月刊》第五至第七期共叁册,《劝发菩提心文》,《等不等观杂录》各一册,《说戏》一册,西藏文二年历书一册。下午昙,晚小雨一陈即止。夜影写《石屏诗集》卷第一毕,计二十七叶。

十七日

日记　晴。上午寄二弟信（十一）。下午昙,夜雨。

十八日

日记　雨。海天春肴膳日恶,午间遂不更往,沈商耆见返二元五角。下午霁。得二弟信,十二日发（11）。张协和馈煮栗一瓯,用以当饭,食之不尽。晚关来卿先生来访。

十九日
日记 晴,风。上午本立堂书贾来。晚宋紫佩来。

二十日
日记 晴,大风。无事。

二十一日
日记 晴,风。星期休息。晨得宋子方信,十四日临海中学发。上午寄二弟信(十二)。寄陈子英信。午前许季上来谭。午后邑馆行秋祭,倪汉章,许季市,蔡谷清见过。

二十二日
日记 午前往察院胡同伍仲文寓,饭后归。下午得二弟信,十六日发(12)。

二十三日
日记 上午寄二弟信(十三)。下午往留黎厂搜《嵇中散集》不得,遂以托本立堂。复至文明书局买《南湖四美》一册,价九角,皆吴芝瑛所藏,画止四帧。晚关来卿先生来。朱遏先送《文始》一册。

二十四日
日记 下午写《石屏集》卷第二毕,计二十二叶。

二十五日
日记 上午寄宋知方信。下午忽昙忽睨,旁晚雨一陈。

二十六日

日记 晴。下午收本月俸银一百七十元,其公债券七十元,云于下月补发。得二弟信,式拾日发(13)。晚许季市来,即去。宋紫佩来,十时去。

二十七日

日记 上午寄二弟信(十四)。午后往观音寺街买什物。晚商契衡来,复送火腿一只。赴广和居,稻孙招饮也,同席爕侯,中季,稼庭,遏先,幼渔,莘士,君默,维忱,又一有人未问其名,季市不至。

二十八日

日记 星期休息。又云是孔子生日也。昨汪总长令部员往国子监,且须跪拜,众已哗然。晨七时往视之,则至者仅三四十人,或跪或立,或旁立而笑,钱念敏又从旁大声而骂,顷刻间便草率了事,真一笑话。闻此举由夏穗卿主动,阴鸷可畏也。归途过齐寿山家小坐。路遇张协和方自季市寓出,复邀之同往,至午归。下午小睡。晚国子监送来牛肉一方。紫佩来,即去。

二十九日

日记 午前稻孙持来中季书,索《或外小说》。午后往中国银行换取见银。

三十日

日记 上午以《或外小说集》二册交稻孙,托以一册赠中季,一册赠黄季刚。

十月

一日

日记 晴。上午寄二弟信并九月分家用百元(十五)。午后往图书馆寻王佐昌还《易林》,借《嵇康集》一册,是明吴匏庵丛书堂写本。下午得二弟信,二十四日发(14)。夜抄《石屏集》卷第三毕,计二十叶。写书时头眩手战,似神经又病矣,无日不处忧患中,可哀也。夜风。

二日

日记 晨祁伯冈来。下午王镜清来,未遇。

三日

日记 昙,上午大雨,下午霁,天气转凉。得二弟信,二十八日发(15)。

四日

日记 晴。午后往留黎厂神州国光社买《神州大观》第三集一册,一元六角五分。又至观音街晋和祥买饼饵二元。晚许季市招饮于广和居,同席共十一人,皆教育部员。

五日

日记 昙,冷。星期休息。上午晲。寄二弟信(十六),又寄饼饵一匣以与丰丸。午后昙,时时小雨。往留黎厂李竹斋观古泉,买得"齐小刀"二十枚,价一元;"平阳币"二枚,"安阳币"一枚,"夕昃"一枚,共一元;又史思明"得壹元宝"一枚,价二元。往本立堂问所订书,大半成就。见《嵊县志》一部,附《剡录》,共十四册,以银二元买之,令换面叶重订。下午魏福绵,王镜清来,又持茗一裹见赠。夜雨大降。车耕南来,云下午抵此,居中西旅馆。

六日

日记 昙,上午晛。耕南移入邑馆,交来家所托带火腿一方,又赠茗一瓶,饼干一罐。

七日

日记 晴。上午得二弟信,三日发(16)。得陈子英信,二日发。午邀张协和同往瑞蚨祥买狐腿衣料一袭,獭皮领一条,共三十六元。晚送季市,协和火腿各一方。

八日

日记 昙。上午以昨所购裘作小裹寄越中。午后寄魏福绵信。晚宋子佩来。

九日

日记 昙,冷。上午寄二弟信(十七)。下午商契衡来。夜钞《石屏集》卷四毕,计二十叶。夜半雨。

十日

日记 雨。国庆日休假。上午雨止。寄许季上信,又自寄一信,以欲得今日特别纪念邮局印耳。午闻鸣炮,袁总统就任也。下午大雨,天候转冷,卧片时。得许季上所寄一邮片一函。

十一日

日记　晴。得昨所自寄书。午后游小市,自部步归。下午王镜清,韩寿谦来。夜写《石屏集》第五卷毕,计十一叶。

十二日

日记　星期休息。上午得二弟信,八日发(17)。本立堂持所修书籍来,与工直六元讫。午前寄陈子英信。晚许季上来还《法苑珠林》三函,谈至夜去。

十三日

日记　昙,午后大雨即霁。下午往日邮局寄东京羽太家信并银十五元。晚雨旋止。

十四日

日记　晴,风。上午寄二弟信(十八)。午后雨,夜见月。

十五日

日记　晴,风。无事。夜以丛书堂本《嵇康集》校《全三国文》,摘出佳字,将于暇日写之。

十六日

日记　午后寄王镜清信。下午得二弟信,十二日发(18)。晚韩寿谦来。夜译日文论。

十七日

日记　上午陶冶一至部来访。晚关来卿先生来,宋紫佩亦来,少顷偕去。夜译。

170

十八日

日记　昙，午后霁。晚许季上来。夜译论毕，约六千字，题曰《儿童之好奇心》，上野阳一著也。

儿童之好奇心

[日本]上野阳一

好奇心云者，为心之动作，致意于新异之谓。若就发达具足之状言之，其界域颇极显著。第逆溯发达初期，则界域亦从而愈晦，有不知究为好奇心之始与否者矣。今先述好奇心之见于动物生活者，其状若何，为参考焉。

一　动物生活中所见之好奇

斯事研究，尚不甚深，故未能言其成果。罗麦纳斯尝以精神发达之度，别动物之等级，而拟之于人。其第三级为昆虫及蜘蛛之属，洎乎是级，乃始见好奇心之作用，有如昆虫每见光辉，辄欲飞集，即其证也。然其就之也，岂诚起于好奇，抑趋明之动，属于生象，则未能决之矣。若在人类，赤子初育，往往向明，然不得谓好奇，第见撄于光，遂起生象上之反射而已。至第四级，是为鱼类，能见光而赴，众皆知之。惟究为好奇，抑缘生象，仍所未喻。更进为鸟类，乃灼然见精神发达之征，有好奇心，已甚彰著。昔曾有人以时表示鹦鹉而考验之，鸟闻其音，生好奇心，有研究状。猫犬与鹿，此心尤著。狩猎之术，多利用之。人若就牧场卧而作声，无何，必见牛羊群聚，环立其侧。猫犬遇能动之物，辄肆敖戏，盖亦好奇心之发见也。而猿尤甚，尝有学者以墨涂篋之内侧，纳诸笼中，猿遂徐至而详审之，怵惕触之,终复取而启之,箧盖顿开,乃复舍之而逸,则恐怖之心生也。第其好奇之心,即制恐怖,遂复取之,或嗅或啮,更探以手,终戴于首矣。猿之好奇,于此可见。

审是,可知动物之级愈上,则好奇之本能亦弥彰,然其冲动则较弱。任何动物,凡有本能,无亢进胜于此者。惟仅用此能,无所制御,则又易蹈于危殆。盖每生此心,便欲近物施以诊查,而危事亦从而多也。故好奇之外,复有恐怖以为控制,使远于危。

好奇之与恐怖,初为生物之天禀,亦本能之一也。惟此二能,往往偕作。譬如犬之遇蛙,见其腾跃,便即好奇,然亦恐怖,第虽恐怖,又欲审观,二者交争于中,在状可见。即方作敖戏之势,而又有遁逸之形是也,谚谓可怖者渴于视(此日本之谚),大足见此二能之交斗。有如婴儿初能辨人,倘见生客,则啼而匿于母之怀抱,俄复反顾,然又大啼,亦即恐怖与好奇之交争耳。要而言之,则好奇之心,是生近就物体之运动,而恐怖之情,则生远之之运动者也。

二 儿童好奇之发达阶级

言童子好奇始于何时,殆属至难之事。今就学者之所研肄,述其大较如次。

一 最简单者,为撄之以光则凝视也。惟此仅属注视,而目睛不向于光耀,是时两目未能协同,第作无律之动,倘见有光,辄即留目,其状甚愉。速者生八九日,即见斯象。虽仅生象上之反映,然亦与精神作用偕,将来展发,则求智之萌芽。美国有女子沁者,深究童稚之事。其大母尝言婴儿所视,不当碍之,设不然,虑有妨注意之力也。以今日教育上之理论证之,亦复甚合。如以练习注意之运动机关,为教育低能童子之要义是矣。盖婴儿由于受动,而凝视一物至数秒时,实知识生活所由昉,亦至要之时期也。

二 其次,则幼儿遇有兴味之物体,辄运目以向之。其事约始于生后四五星期，最所注意，则为视觉之撄，如有光者，能动者，明暗对照之著者，均足发其兴趣。至听觉之撄，则生一星期后，已能见之。惟音之所感，多觉不愉，虽非恐怖，似受激动也。

凡自动之观物，始于一龄。其时不以徒观为足，而渐欲触握嗅味，或翻图书，或检抽屉，凡扃缄者，莫不动其好奇之心，观所未见之念，日益汗漫，而本柢亦甚深，似与统系发生相系属也。盖动物以至原人，必须求食，故每趋险履危，搜索隐伏，以是因缘，遂见于童子个体发生之际耳。日本童子，大抵善翻火钵户棚之屉，设使申禁，则失其所以为孺子之地，纵令狼藉，亦不过一二月而止，诚不若任之之善也。若知成人以后，凡研究室中之研索，两极探检之壮图，惟此实其萌蘖。则仅是略扰一室，又何当禁绝之耶。

三　当自动观物时，初止审谛，进乃实验。实验云者，谓故意自为之也。实验之始，多属调筋，次第展拓，乃及他觉。其时虽有不愉，或感苦痛，亦反以为研究之启发也。触味及听觉之实验，二龄而著。其验听觉也，有为成人之耳所难堪者。验味稍迟，虽生后四月，已能持物近口，味觉之质，亦稍发达。乳牙既露，咀啮随之。而实验于味，则二龄方始。据培尔言，童子所味之品，多至百八十二种，凡可持之至口，或以口就之者，殆为天地间物，无所不有。又据或人报告，诞生十四月之男儿，尝食肥皂，越三星期，又复食之，迨至其后，始知不可食云。

七龄至十龄时，关于味之好奇心，尤为著明。或思茹生，或以糖杂盐而食之。时亦有本非食品，或至不洁之物，而因好奇之心，辄欲尝试。至于成人，则故食人之所憎，以自夸于众者有之。

吸烟之欲，亦当八龄至十龄而见。此之欲求，非关生象，谨缘好奇，尤在识味。烟草之外，亦食他物。培尔所言，凡至七十一种。此皆因童子嗜异，冀得新觉，故纵令食之不愉，亦复实验而不肯止。

复次，则由于好奇心之外观残酷，尚当一言之也。人见童子生拔蝉翼，或断蜻蜓之尾，则每以为天禀甚忍矣。然大非也。所以然者，一由无智，一由好奇，爰生实验之要求，而此特其发露而已。又如儿童之挤猫子于水者，亦非加苦于猫，溺之为乐也。探索动机，殆缘疑此猫当如金鱼，能泳于水，故试之耳。夫童子所行，固非无残酷之分，函于其中，第外观若酷之事，则往往好奇之所使，而研究亦寓焉尔。

四　复次，童子言语既渐发达，是生种种问题。此不独由于好奇，亦借以识精神生活之涯略，益切要事也。凡所发问，若相度内容，区而别之，可得五类，一曰关于天力者，二曰关于机力者，三曰关于生命由来者，四曰关于神明者，五曰关于死者。

(甲)右五类中，关于天力者最多，约得全问之半，如日月星云风雨雷电水火动植等皆隶之。所问之语，多为谁氏所造，何物所成。苦穷其母，时令不耐，然若应以不当之辞，或竟拒而不理，是则此种问端，为将来知识生活之基础者矣。

(乙)凡关于机力之问，斯即对于运动之好奇心矣。假以应用机力之玩具，授之儿童，则好奇之心，与恐怖并起。在猫亦然，逮少惯习，恐怖遂尽，然能感兴味者，究莫胜于鞠丸。而在童子，亦复如是。若玩具繁复，纵加审察，亦难了然，则甚非童子所乐，无宁易于分析又易于合成者之为善也。第使仅供观瞻，乃又不宜于孺子。试察弦乐纸鸢，必经童子之手，始生动作者。斯亘古今东西，无不愉悦之矣。至关于机力之问，则如时表汽车。因何而动是也。

(丙)关于生命由来之问，以六七龄为最盛。至其答言，则教育者所当审究也。譬如或问我何自来，而答则曰汝生于木，虽甚谩扡，顾童子亦安之。然亦每缘答辞之谬，而令关于滋殖之观念，不能纯洁者有之。故当择适宜之言，定其思虑。否者或因报章放僻之辞，而于滋殖之事，独驰想象，终以赤子诞生，与罪恶羞耻秘密相系合，则不可拯救之弊作矣。

(丁)宗教之问，多曰神祇为谁，佛陀安在。日本童子虽不若泰西之多，然亦时时有之。美国女子曰海伦开罗者，以盲聋而博学。当十龄时，即有孰造世界之问；与以诠释，则又问孰造神明，此新世界何缘而作，唯水与土何所从来，最初物种与夫动物，何自而得，神居何处，孰曾见之等。非废疾者，当亦如之。凡此诸问，宜用何答，俾于崇信有所裨益，则亦所当研究者也。

（戊）三龄至七龄之童子，对于死之态度，多因好奇。其初见死，盖在家畜，或目击虫鸟之骸，是时不生悲哀，惟有好奇之心。爰作诸问，因人所答，而感情亦从而定焉。观童子于死，初无怖畏，终乃见尸而惧，足知应答如何，其关系为甚大矣。

五　童子好毁物，而于玩具为尤。自成果言之，毁物诚非佳事也，故凡父母，常施斥责。然其毁也，亦缘好奇，冀睹内景，以为研究耳。虽凡毁物，非必好奇，而其泰半。固由于此，音之与动，最撄童心，故时表乐器，受毁独众。若其毁机力玩具者，乃欲究其运动。而坏偶人者，乃欲谛观内景也。

此毁坏性，以四龄至八龄为最烈。凡发达正当之童子，决无久藏机力玩具，绝不毁损者，必因好奇，思见内景而毁之矣。故依理想言，则造作玩具，可不劳毁坏而能悟运动之理，乃最简物理之力者，盖不可缓也。

六　以好奇心发动，故遂有旅行之欲。如是见象，多为青年。凡友朋之所谭言，游记之所载述，均有以致之。有所谓彷徨之癖者，殆即此心发育偏著，复由他故，相俟而成者也。依据统计，则逸去最多者，实惟春日。案动物有移住本能，入春而发，此或与之相系欤。

三　无益之好奇

以上所言，第依好奇心发达次第，自显见之状，区分为六，加以研肆耳。若就已发达者审之，则有害而无益者，固亦有之也。

一　童子好奇，不为有益，历览前论，足以知之。惟其启发求知,乃独有利耳。故即起好奇之心,亦有无关于知识者,又有不宜于德行者。

凡童子遇感觉攫动,辄生好奇之心,且其注意展转无定。然若教育不全,或未经教育,则虽已成人,为状亦无殊童稚。即局于现在,限于目前,而对于他事,绝无好奇之心是也。此于愚妇所萃之井边会议,可以见之。其所致意,不外狭巷陋室之中所生细故,而日日会议,更无已时。凡如此者,因好奇心未能发达,中路滞着,宛如婴儿,后日成果,则为肤末之见,事虽琐屑,妄行扰攘。又如车驿公园,众所往来之地,必见多人,徘徊瞻顾,而初无切身之事,此盖好奇心之至不当者也。都会人士,偶入村落,辄瞠其目,以为新奇。即在东京,亦每见外人行路,而众人尾随,状至浅陋。虽曰用心肤末,都人居多,然夷考其实,则殆缘人数繁多,遂至于此。凡有社会,若教育未敷,则此种好奇之心,固未有不极彰著者也。

复次,又有对于感觉攫动之好奇心,独著于一事者。如在东京有火灾狂,一闻警钟,则舍弃一切奔赴观之。彼所谓纵火病者,缘其乐观纷纭,不恤纵火。此虽未至故焚人室,而或闻火灾,必不远十里而至,倘其后时至而火熄,辄乃惘然失望,如未及聆父母之遗教,是诚刺谬之甚者矣。

二 好奇心发现之无用者,有搜集癖,即妄聚一物是也。第斯事之中,亦有聚敛标本,稍含科学研究之意者。若其偏至,则为滥集之病。今此所言,乃又在二者之间。即尚非精神之疾,而其搜集,又无目的,亦无意义,仅因嗜异,爰成热中。甲既厌矣,更移于乙。如搜罗邮票,虽由好奇,然可审知异域,又作票帖,彙而理之,亦足养秩序之习,固亦有益也。至昔腓立大王有烟草合子千五百,若绝无正鹄,而徒以斗靡夸多是务,则欲不谓之有害不可矣。又有不特好奇,且又求奇于所集之物者。如燧合之纸,亦加收录,偶会希见,购以重金。此皆绝无价值,凡所措置,第由好奇。夫勤劳至此,何为不用之有益学术,或有裨趣味者乎。佳事至多,当非不可觅也。又尝有人专在车驿,聚敛茗壶(日本驿中卖茗连器饮已往往弃之),或则聚电车回数券册子之面,至厚五寸,后乃有收买故物者,愕然以二十文购之耳。又如收藏书画,网罗写本,业诚善矣。然若专重稀有,仅尚珍奇,则自就堕落已耳。凡买图籍,无间古今,固为好奇上品,而流别亦颇多,有意在文饰,专择美异者;有好收孤本,为世罕见者;有不问何书,专取初印以自憙者。如斯收集,均非遴选内容,特为藏书家而已。

三　更就较殊别者言之,则若好奇之心动,而不轨于正,乃见蛮野之戏。纪元前二六四年,罗马有斗戏,其法甚残。佣人被甲持械而战,用示于众,盖全因好奇,甚非文明之戏也。是戏之式至多,有曰安达巴提(Andabatae)者,面甲无孔,目不得视,执持剑刃,而妄相击。倘有创败,则或即休止,或仍战斗,迄于顾殒,惟观者之命是听。斯诚残酷之好奇,近于兽性者矣。设有民族教育敷及,而趣味发达者,当不乐此。而渊雅之希腊人,乃果不乐此也。斗戏之作,在纪元前。人或将谓此古民之所好,而近世之所无者欤,亦非也。西班牙有国技曰斗牛,虽人兽有差。而残酷不逊此,然举国竞观之。斗牛之长,受民赞叹,有逾国王。一八九九年,此戏入法国,法国以法律禁之,而大撄国民好奇之心,几不能制。其在日本,则伊豫南北宇和郡亦有斗牛,以角互觝,虽二三十分至一小时而止,而头腹见血,为状亦至惨也。

与此残酷之好奇心性质有相类者,则有好观决狱之事。讼之与己,绝无犯干,而必趋往观听,借快其意,甚者乃日日集法廷之门,略见佚事,便入听之。夫事而至于讼,其非可乐之事,审矣。此虽不如斗戏斗牛,能直接以残酷相感,而以观听他人之苦闷为乐,用慰好奇之心,则一也。巴黎有列尸之地,若道死不知名氏者,陈之于此,又克日以示人。则每日必有绝无关系,仅因好奇而趋来观览者云。

四　以缄闭之箧与猿,即生好奇心,来启其盖,已见前例矣。凡动物以至于人,而遇局结隐闷,则莫不动好奇之心,渴欲审知函实。以宝函贻浦岛,嘱以勿启,则好奇而启之矣(此日本相传童话)。命亚当勿食果实,则又好奇而食之,为罪人矣。由此审之,可知禁止之事,于教育不为有效,而或反足以加损也。凡书之禁售,亦足动人好奇之心,或用作多得读者之方术。盖其读也,非为受禁之书,内函佳胜也,第欲观此受禁者而已。童子逾五龄,于本身利害,渐就明晰,则好奇心即作种种形以显于外,如窃听父母之言,窥觇箧笥之物,或乐探他人隐密,更以告语于人。若在女儿,逾轨尤众,盖有以刺人隐事更述于人为业者矣。彼约翰菩儿之喜剧,曰《保罗普来》,所记剧主普来,生无恒业,而专以探索他人,施以干涉为务。此亦即好奇之心,偏动于他人行事之一例矣。

汽车及电车中,有见邻客读书阅报,而窃觇之者,其心理亦同此,君子不当有此态也。

四 好奇之变态

变态为词,虽与常态对立,而两者区别,颇难了然。常态者,殆如几何学之点线,不具面积,即仅表理想之式而已。至案之事实,乃适合此式者,几乎绝无。惟距此稍近者,谓之常,较远斯谓之变。故若研究变态,则所谓常态诸人中,亦复时见其缺憾。例如清洁症为精神病之一征,而常态者亦每有洁癖,假使就食他处,有非审视皿椀,拭以素纸,则不食者。第素纸之不洁,则不复措意矣。是故言好奇变态,亦颇足裨益常人,用作参考。今分为二端而论述之。

一 好奇心之缺乏者,可别为三。甲曰纯全白痴。其人殆无意识现象,仅具植物性反射性之机能,无可型性,即绝不能施以教育是也。凡如此者,虽加搅动,而终不生好奇之心。乙曰轻度白痴。其人略有意识现象,示以烈光大声,亦稍注意。惟学校教育,乃所难能。丙曰痴。注意之发,绝无自动,仅有受动,而其赓续又不久长。学校教育,虽尚可为,然必待特别之设备。

二　好奇心之过度者，可别为二。一为荒唐之知识欲。夫求知之心，虽云甚盛，而此则希冀吊诡，不能自知，必无之事，妄行究治，如炼金之术是矣。术者之意，殆谓铅之与金，成分无别，所不同者，第由内函不纯物而已。倘得哲人之石，去其不纯，则铅成黄金，易若反手。故昔人于此哲石，尝尽心力以求之。按此事业，虽实促化学之进步，顾自今日视之，则悠谬已甚矣。然在今世，乃尚有出于好奇，密设协会而加以研究者，凡三种也。又如欲知未来而归心占卜者，亦可以好奇之变态视之。

好奇心既越常轨，则有成质问之症，就人滥行质问者。此症有二，一曰强迫观念性质问症。其强迫观念，作质问之形，显见于外，问无意义，纯由强迫，偶会细故，偏起斯念。所问略如风何故而吹，几何以四足之类，咸极愚陋。亦有因此自感强迫，颇极不快者。若其细别，则成意而未成言者，为穿索症；至妨常道之决断及行为者，为疑惑症也。二曰观念奔逸性质问症。是缘观念联合，过于迅捷，遂成问端，显为病态，童子往往有之。大抵顿生众念，艰于解释，因发诸问。譬如偶然当风，便问风自何来，又将何往，灵物在天，何质所造，展转推究，而其心则不觉强迫。但因求知，殊极活泼。惟一问既出，辄不俟答，竟便即移易及于他事。此在低能儿童，时时见之。

右二症中，童子之患甲症者少，有之则善后亦不易，每转为偏执之疾。乙症较多，善后亦易，然亦愚钝之征，或小儿精神病之征也。夫童子好问，固知识发达之始基，顾近于非常，又非良朕。惟常与非常之间，颇有似者，加以析分，实为要义。即健康童子，虽出疑问，若与解答，便即释然，或则别作新问，然与前问心相联贯，可以推寻。设为病者，纵施明答，亦无微效。即在强迫性时，则每受联想强迫之影响，仅一疑问而反复不止。在奔逸性时，则虽聆诠释，亦续发诸问，与旧题不相系属也。

要而言之，今兹所当图惟者，特在居缺乏与过度之两间，即健全好奇心之发达而已。

五 文明与好奇心

一 自此当别依文明与社会之进步,审好奇心而一论之。往古之人,见自然人事一切现象,是生叹异,则为宗教起因之一,世既以为允矣。然则好奇之心,当为宗教发达之要素,亦即社会中保存力之一也。然此好奇,又为社会进步之动因,而负重任,斯又当知之耳。

盖本能中之好奇,即思辨及科学倾向之本。缘有此能,而哲理科学,咸以上达。是故察其倾向,即知社会文明之度,并文明进步之因。征诸往史,亦见思辨与科学极盛之时,适社会进化最速之际。例如亚理士多德时,其社会一面亦甚展发,是也。盛世既往,爰生滞着,故思辨及科学,亦仅有绍述而止。例如孔子以后,则生祖述之学者。亚理士多德以后,爰有亚氏宗徒,及注释之士。康德以后,有康德哲学宗徒,是也。

文明进步,至如今兹,谓由于好奇,赓续而成,殆无不当。例如探险南极,即缘深嗜觚奇,非文明人不生是念矣。吾侪偶履生地,辄欲知其户口,而文化浅者,决无此心。曾有英人欲得统计资材,致书以属突厥一吏,得所答复,则云所嘱之事,于予为难能,亦复无用。予虽日居此土,而于户口初未历数,盖世事莫善于信神,星有绕星而行者,有曳其尾者,施以研究,徒劳而已。可知吾侪所欲知者,在彼辈或绝无趣味。前者引台湾蕃族,历游东京,人若揣测,必以为凡有闻见,蔑不惊怪矣。而实不然。第见巨炮快枪,杀人之具,似颇动好奇之心,而他事乃极冷淡,至文饰之事,则尤为漠然,若无关也。盖彼我文明,相越过远,故能起吾侪好奇之心者,于彼乃无所感耳。

二 思辨倾向,既缘好奇之本能为基础而发达矣。推言究竟,则归于因果概念之进步。今复寻求其迹,析之为三,一曰幻术级,二曰超自然级,三曰科学级。

甲　幻术级者。由人类欲左右天力而生，而于外缘势力之性质，则所未喻，然亦微觉宇宙万有，互相关联。譬如阴雨，天力之一也，乃时因私意，希其晴霁。夫今之科学，固知阴雨非人力所能止矣。而属此级者，所思不尔，于是作日照偶人，悬之为禳。其所思惟以为天地间物，当有连络，故降雨之与日照偶人，必亦如斯，因彼偶人，可得开朗。此其意中，虽于以上理致，未能明言，而析分行事，则实如此。至于关联之法，乃意极汗漫，故当希冀挽回天力之际，所操方术，亦甚漠然。凡禁厌之方，莫不同此。如云遇犬吠时写虎字于掌握之则止。或谓儿脐突出，以始出行脚者之杖按之则愈。夫儿脐突出，与用为方术之初出行脚者之杖，自今日吾侪视之，其绝不相关，审矣。而此级之人，则信以为神效也。又有编菓象人，以钉钉之，用作禁厌者，亦属此类。

幻术之事，驱使人心者久，至于今日，遗风犹存。虽小学儿童间，时或用之。此禁厌中若颇关于精神者，亦时因深信有效之暗示力，而适见验。顾不验者自亦极多，于是操术之人，渐生觖望。譬如造作日照偶人，至于无数，而终不得晴霁也，则遂弃其旧术以移于次级。

乙　入超自然级者，由好奇之冲动，逞其想象。以为霖雨不已，当有违反我心而司其事者，于是对此致雨之力，益加崇敬。凡有事故。皆祈于神。假如降雨，则更不造作偶人，而惟祈晴于神明矣。

然此二级，莫能画分，使不混杂。纵令全群大众，多入宗教一级，而是中若干人，尚有不以超自然之解释为然，终留甲级崇信怪幻者。惟其方术，乃弥益繁复，颇见进步。此亦好奇所驱，欲于左右造物之力，特见神效，故渐加以增益也。凡如是者，为人心已进，而此独尚泥于古，如幻人术士炼金星占之俦，即其成果矣。顾属于乙级之宗教家，则斥为异端外道，加以排除，或迫害之。

丙　至科学级，则万有问题，无不取决于科学。譬如晴雨之事，知非偶人亦非祈禳所能左右，则假物理上之力，如电气者，案诸科学，以立诠解。此盖尊保守之宗教状态，与尚进行之研究状态，两相抵触，至于今时，遂获成果，得斯进步。如今日者，盖以科学理法慰吾侪好奇心之时代也。

若好奇心之教育，亦臻此境。使此本能对于社会进化为有力之一要素，则诚当务之急矣。

原载 1913 年 11 月《教育部编纂处月刊》第 1 卷第 10 册。未署名。

初未收集。

十九日

日记　星期休息。上午关来卿先生来。张协和来。寄二弟信（十九）。午蔡谷青来。午后大风。韩寿谦，寿晋来。晚宋子佩来。夜续校《嵇康集》。

二十日

日记　晴，风。夜校《嵇康集》毕，作短跋系之。续写《石屏集》第六卷。

《嵇康集》跋

右《嵇康集》十卷，从明吴宽丛书堂钞本写出。原钞颇多讹敚，经二三旧校，已可籀读。校者一用墨笔，补阙及改字最多。然删易任心，每每涂去佳字。旧跋谓出吴匏庵手，殆不然矣。二以朱校，一校新，颇谨慎不苟。第所是正，反据俗本。今于原字校佳及义得两通者，仍依原钞，用存其旧。其漫灭不可辨认者，则从校人，可惋惜也。细审此本，似与黄省曾所刻同出一祖。惟黄刻帅意妄改，此本遂得稍稍胜之。然经朱墨校后，则又渐近黄刻。所幸校不甚密，故留遗佳字，尚复不少。中散遗文，世间已无更善于此者矣。癸丑十月二十日镫下记。

未另发表。据手稿编入。

初未收集。

二十一日

日记　午后通俗图书馆开馆，赴之。以译文付《教育部月刊》。晚得二弟十七日发(19)信。

二十二日

日记　晚至同丰堂就宴，诗荃订婚，季市代铭伯招也，同席约十余人。

二十三日

日记　上午寄二弟书一卷，内《教育部月刊》第八期一册，《会稽王氏银管录》一册。晚许季上来。

二十四日

日记　晴，大风。上午寄二弟信(二十)。晚宋子佩来。

二十五日

日记　上午忆农伯至部见访。下午至青云阁理发，又买加菲薄荷糖。往西河沿同升客寓访忆农伯，坐少顷，同至邑馆，晚往广和居，夕餐后别去。得二弟所寄《绍兴教育会月刊》五册，二十一日发。

二十六日

日记　星期休息。上午董恂士来，午去。下午往留黎厂神州国光社购《国学汇刊》第六编一部二册，价一元五分，第一集竣矣。往前青厂图书分馆访关来卿先生，见之，子佩外出。晚得二弟信，二十二日发（20）。夜大冷。

二十七日

日记　上午寄二弟《古学汇刊》第五六编共四本。午后收本月俸银一百七十元，其公债券七十元仍未发。晚许季市来，贻以《绍兴教育会月刊》一本。

二十八日

日记　上午寄二弟信（二十一）。以《绍兴教育会月刊》一册贻钱稻孙。午后戴芦舲往中国银行，托以支券换取纸币。夜风。写《石屏集》卷六毕，计四十六叶。发热，似中寒，服规那丸。

二十九日

日记　晴，风。在部终日，造三年度豫算及议改组京师图书馆事，头脑岑岑然。

三十日

日记　晴。王仲猷将结婚，贺二元。下午往前青厂图书分馆，交撤旧馆员回本馆函一件。得东京羽太家信,二十四日发。夜服规那丸一。

三十一日

日记 下午得二弟信,二十七日发(21)。晚许季市来。宋紫佩来。夜著棉衣。写《石屏诗集》第七卷毕,计十八叶。服规那丸一。

十一月

一日

日记 昙,上午晴。寄二弟信并十月家用百元(止)。午后同夏司长往什刹海京师图书馆。下午往观音寺街升平园浴,又至稻香村买香肠,熏鱼。夜录《石屏集》卷八毕,计六叶。

二日

日记 雨。星期休息。午后王仲猷在铁门安庆会馆结婚,往观,礼式以新式参回教仪式为之。

三日

日记 晴。下午得二弟信,十月三十日发(22)。得忆农伯信,二日保定发。季市贻煮鸭一碗,用作夕肴。晚季市来。夜腹小痛,似食滞。

四日

日记 午同钱稻孙饭于益锠,食牛肉,面包,略饮酒。下午得二弟所寄书一束,内《急就篇》一册,写本《岭表录异》及校勘各一册,又《文士传》及《诸家文章记录》缉稿共二册,十月三十一日付邮。

五日

日记 昙,午后雨。夜车耕南,王铁如来谈。夜半大风。

六日

日记 晴,风。上午寄二弟信(二十三)。午后同稻孙布置儿童艺术品。

七日

日记　午同钱稻孙出市买饼饵，饮牛乳以代饭。夜写《石屏集》卷九毕，计二十五叶。

八日

日记　上午得二弟信，四日发（23）。午后赴留黎厂有正书局买石印《傅青主自书诗稿》一册，三角半；《金冬心自书诗稿》一册，三角；又至稻香村买食物一元。晚商契衡来。季市来。

九日

日记　晴，风。星期休息。午后宋子佩来。黄元生偕其一友来。张协和来。蔡谷青醉而来，睡至晚起去。夜季市来。

十日

日记　无事。

十一日

日记　上午寄二弟信（二十四）。得二弟信，七日发（24）。午同稻孙至小店饭。晚王佐昌来。

十二日

日记　昙，大风。上午赴东交民巷日本邮局寄羽太家信并银四十五元，又寄相模屋书店信并银二十元。下午寄家一小包，内果脯五种。

十三日

日记　晴，大风。上午寄二弟及弟妇信（二十五）。下午赴通俗图书馆。

十四日

· 日记 晴。晚季市来。

十五日

日记 上午关来卿先生来。下午得陈子英信,十一日发。晚伍仲文招饮,以饯张仲素赴长江一带视察法政校也,同席有王君直,钱稻孙,毛子龙。夜写《石屏集》卷十毕,计三十叶。

十六日

日记 星期休息。上午得二弟邮片,十二日发(24A)。陶冶一来。朱遏先来,赠《南宋院画录》一部四册,过午去。午后赴留黎厂有正书局买宋陈居中绘《女史箴图》一册,二元四角。出青云阁至晋和祥饮牛乳买饴而归。许季上见过,不值。夜钞《石屏集》跋二叶毕,于是全书告成,凡十卷,序目一卷,总计二百七十二叶,历时八十日矣。

十七日

日记 大风。下午季市贻番椒酱一器。晚季市来。夜得二弟信,十三日发(25)。

十八日

日记 晴。上午寄二弟信(二十六)。晚得二弟所寄《绍教育会月刊》第二号五册,十四日付邮。

十九日

日记 午后收三年历书一册,本部分送。晚季市来。

二十日

日记　昙,午后晴。历史博物馆送藏品十三种至部,借德人米和伯持至利俾瑟雕刻展览会者也。以其珍重,当守护,回寓取毡二枚,宿于部中。夜许季上来谈,九时去。不眠至晓。

二十一日

日记　上午米和伯来部取藏品去。午与稻孙,芦舲饭于益锠。下午回寓,得二弟信,十七日发(26)。晚季市来,与以《越教育会月刊》第二号一册。

二十二日

日记　午后往留黎厂买《折疑论》一部二册,五角;又《郡斋读书志》一部十册,三元。次复往稻香村买食物而归。晚季市贻野禽一器,似竹鸡。夜商生契衡来。

二十三日

日记　晴,风。星期休息。午前寄二弟信(二十七)。下午王生镜清来,又一许姓,是其同学。沈后青来,名鉴史,东浦人,子英相识者。晚宋子佩来。

二十四日

日记　昙,冷。无事。

二十五日

日记　晴。下午得王镜清,魏福绵二生函。

二十六日

日记　黎明雨雪,积半寸,上午霁。许季上以《大唐西域记》一部相赠,计四本,常州新刻本也。午后收本月俸二百十六元,系九成。下午得二弟信,二十二日发(27)。

二十七日

日记　晴。午后往第六邮局易汇兑券。下午得相模屋书店信,廿日发。晚季市来。夜风。

二十八日

日记　上午寄二弟信并本月家用百元(二十八)。寄陈子英信。午后得羽太家信,二十二日发。晚王仲猷邀饮于华宾馆,席中皆同事。夜归见魏福绵留笺。始用炉火。

二十九日

日记　下午陈仲篪为阮姓者募去银一元。蔡谷青将赴杭,与季市,协和共饯之,晚饮于广和居,同席又有王惕如,陈公猛,胡孟乐。散后季市,协和来谈,十时半去。

三十日

日记　微雪。星期休息。午霁。

本月

社会教育与趣味*

[日本]上野阳一

一　文明生活

今世之文明进步,非吾人之大幸乎。顾吾心苦矣,吾神劳矣。

在昔往事，仅借口碑相传，虽远不越吾祖以上。洎文字肇兴以来，知识递进，史则推及数千年以往之事，近且远迈有史而先，悉皆讨究。地质学家复别为追溯，至于几亿万年有生以前大地之状，即此犹得云先吾以往之事。若气象学，天文学，则明日天气何似，风雨何来，后今几百十年，某星当见于何方，过此几何日之何时何分何秒，必有日蚀月蚀，莫不豫告。又以空间而论，则方吾今朝盥漱之时，大秦突厥，尝以干戈相见。其事距吾所居数万千里，而午晌未终，传报已达吾耳。举凡若此，古今纵横之事，刻刻刺吾感官，无或间断。由是吾心神凛凛覆张，遂不敢须臾弛解，此心神之覆张，古之人所未尝知，而吾今之所苦也，然而文明之象也。

心神既张，不遗余力，则思念之志汗漫不专。试观今所谓报章，咸夸炫其辞，诡异其事者，何为哉。铅字之巨，色彩之绚，又何为哉。盖世人无意求思，即无心下读。于是作者务以骇词刺人感觉，俾触之者情不容已而读之。故今一简之端，一书之表，无不大书专家姓名，篇章签题，亦必力作惊奇之句，鼓人耳目。然而文未数行，章节断落，才翻数页，篇幅尽矣。彼美国者，号为文明最进之邦，以常理度之，文明愈进，读书者当有加无已。乃闻统计家言，近三十年中其国书贾之数，视前实三分减二。此其故盖由于累帙宏编，世人不读也。虽然此世人之不读欤，未易罪也。试思日出而作，终昼劳形，及暮来归，憩息未遑，畴堪索想，然则伊谁咎欤。又今之为教，大异于昔，古之教者，不问不诰，叩之大者，则大鸣，叩之小者，小鸣而已。凡使学者，努力自求。乃今之教者，务利诱导，刺以兴味，谆谆复详，与彼报章之尚巨字奇文，同厥涂辙。其所以变迁至此者，思念不专故也。思念不专者，无自进求之志，必待强刺外来，乃勉应对。此则古之人所不敢为，而吾今之所习也，然而文明之象也。

求思不专者，牵于外事，周围激刺，心摇如旌，左激则左向，右刺则右趋，劳极心形，徒为外役。近今流行有所谓 Chewing-gum（义犹咀胶）者，取树胶（墨西哥产）如拈米，调以甘味，施之芬芳，咀含口中,徐徐而化。今之绅士,奔走东西,宜其不暇,而电车中恒咀此品,则似亦可以已者。然苟不咀此,便厌无聊。又有安乐椅者,椅足有横木如弓,制若雪中橇,坐之者前后倾摇,以为安乐。夫劳而后息,宜无动矣,然苟不为此,辄转不乐。此皆徒动其形之例也。吾亦徒动吾心,若怀急事而假道电车,则车中似可静默,少安吾神矣。乃必左右流目,或凝视车掌,或顾盼市景,有新客入乘,辄思此人尚未买券,又环睹众客,揣测此者何业,彼者何往,种种无为之思,辘轳无定。古之贤者,必不如是,其教吾后人诸修养之法,如静坐类,良可思也。凡此无为之劳,古之人皆所自制,而吾今之所肆也,然而文明之象也。

古人不为徒劳,而吾所以劳者,吾感敏于古人,而吾应速于古人也。大抵世愈进者,时人之感报愈速。即同在一时,而繁地与僻壤较,则亦居繁地者感应为速。以京居人视乡居人,必嗤其钝于反应,而疑其充耳不闻,熟视无睹也。相传有弥次北者(弥次北者,躁急而好事之托名,亦曰弥次郎兵卫喜太八),旅东海道而入西京之郊,途见二人,争辩既哄,将奋拳以殴。顾未交角,先一一问名姓,询居所,毕,甲者曰:"竖子居近乃公耶,则后事自有乃公善为之谋,其安心领吾拳可也。"弥次北固江户儿(江户人多躁急,此言其躁也),旁观至是,已不耐,闻其叱已尝拳,竟成哄矣。乃睨视久之,曾不轻角,既而彼此互议,谓斗而裂衣,何如息争,哄遂解。弥次北恚之曰:"吾未尝见懦缓之争斗若是者,岂西人无气耶。"又曰:"方奋拳交争之际,而犹虑及裂衣,真可笑已。"此弥次北之评,甚可见文明生活者与田舍生活者感应敏钝之差焉。又吾侪步行,左足先出,则刺激右足,而右足感之,亦应以进。是故感应疾者,步必速。京居人虽散步逍遥,而乡居人视之,不啻趋走。然横滨人之评东京人也,又曰:"东京人有事而趋,时若游散。吾横滨则事剧,决不容如此缓步。"然则滨人与京人,其感应敏钝,又不同也。考其故,世事繁剧,而时间依旧不加长,则势非急促不可。习之成性,感应遂速,于是生活亦无裕暇矣。

此又古之人所未尝逢,而吾今之所为迫也,然而文明之象也。

吾心常张,形役无已,于是居恒不安,而其情则形于面目。今京居者,面目多闪闪牵引,痕纹满额,凡动于中,悉形于外,而乡居者颜色蔼和,不轻表见,即心神劳逸有殊也。又国与国论,亦然。北美之人面多纹皱,如罗斯福者,即面貌表情一端,已足代表其国。英人某尝评隰美人之表情曰:"美人之貌,不啻蓄电之器,苟有触者,行即爆发。吾英人则否,然而心神充满,美人不吾若也。"盖美人之心,劳于英人,而神经衰弱。彼含咀胶之绅士,所以徒自寻劳者,亦其神经衰弱,不禁激刺故也。又征于世之癫狂者,递增其数可知。一九○三年,瑞士首郡之统计局所报告,当一八七一年,其郡人口五十万一千五百有一,迨一九○二年五月一日,共增至五十八万九千四百三十三人。是三十年中,凡增百分之十七。而患精神病者,三十年前,数为二千八百有四,今三十年后,共增至五千有二十人,是三十年中所增,百分有其七十九也。在昔不过千人中五人有六分,今则千人中八人有五分矣。其故何在,文明进也,此中固各有致病原因,而大数之递高,要为文明之厚赐。此则又古之人所未蒙,而吾今之所患也,然而文明之象也。

二 劳苦原因

知识益进,心神为张。是何故欤,刺激频也。吾今徒步市中,人肩相摩,车马奔突,电车轰轰,当道不让于前,铃声铿铿,众物驱吾身后,稍一不慎,便成齑粉,于是一身筋肉毕凝,不容稍懈,而吾神终日竦然张矣。凡筋肉之凝,皆使吾心覆张。譬如凭椅,时有半倚半立,支身于足,则心神懔栗,不得安逸也。兰格氏(James Lange)言之甚至。吾今以法实验,凡人一分时中,呼吸之数大抵十六。今故鼓促,使愈二十,则吾心顿可兴奋,是吾神以筋肉之张而亦张也。故乡井优闲,人心安逸,而都市居者,心恒不定,此其物质之激刺者也。又以交通之具备，传报纷繁。而其为报，复夸张无伦，屑屑琐事，报之不下山崩地折，而吾心为之多自徒劳。昔人所闻，不过邻家阿贵鬻其祖田，里门阿富嫁其夫郎，诸缓事近闻而已。今则不然，突厥和矣，支那乱矣，报牒纷至，应接不遑，至于英京公债之腾落，咸配吾心，精神不胜其劳，而病者众矣。亦有因受激刺而自戕其身者。例有大会社之经营家，忽闻市价之顿落，或因金融之骤滞，而无以恢复其信用于资主之前，则自戕，纵不自戕，亦足以狂。吾侪常人，固未若是其甚。然劳吾心神者，刺激实致之。

又自文明以还，事事分业。昔者一人所为，今则节节分为之，分则一人所为常不变。若昔之为师者，以一人兼教众学。今则心理学有专师，物理学有专师。心理学中，复有专教感情一部者，有专教知识一部者。舍所专，非其事也。又若造针，或则司磨，或则司削，或则齐之，或则数之，节节细分，各人所为恒不变也。又自文明以来，机械制成，而吾力之用渐减。人皆多用其心，心力之用不匀，即其疲劳亦异。用力綦单，而用心弥繁，则生活至不愉快。此其不快，则分业故也。

业分则吾一人所事，即为举世之所公。例如吾之有手，巨指有其用，食指有其用，而一指不具，即为吾一人之累。吾一人之失，即举世之累也。是故业愈分，则责愈重。若掌电车，司之甚微者也，不慎而杀人，则其事甚大，责任不亦重乎。责重则心劳，而神经衰焉，精神病焉。

人生日繁，食益不足，则劳而求生之时间益加多。昔在僻野，若热地黔民，果实遍地，采食可饱，外此则御敌防兽耳，无需多时也。乃文明进步，生计日艰，不事勤劳，徒不得食。甚者有家不过供睡眠之所而已。今人所用于求生之时间，较古人不止倍蓰加增，而吾神于是苦矣。彼美之黧人（Negro），当为人奴，主人虽凶，食则无待自求，虽役无苦于心。而放奴之后，役固减矣，心则尤苦于前。于是昔在奴时，未闻患精神之病者，放奴以后，遂亦有患者矣。生计之艰，非吾劳苦之巨因欤。

三 救济方法

然则何以救之。考诸动植生物，莫不自图生存。图存为众生目的，而其事，则有存身与保种二义。饥而求食，渴而思饮，所图在一己之存，此一义也。异性相合，传继子孙，所图在种族之存，又一义也。凡为生物，皆是之图。独人为灵长，别有生活。苟生斯时，第以存身而劳作，保种而养家者，生活宁不枯寂，欲餍吾心，必丰富之，俾吾心力所有，咸得施展，乃为愉快，至于愉快，虽置存身保种，不问可也。孔子之徒，欲弘先王之大道，而箪食瓢饮不为忧，以弘道之乐于存身也。近若广濑中佐，其人终身不娶，卒以成名，以报国成名之乐于保种也。

生理学之言，愉快为感，所以促吾生理活动。故利生者快，害生者不快。例如伤身则痛，痛即不快，不快所以惊吾危险也。是以故老相戒，怒时勿进食。今生理学家心理学家，胥以实验证之。盖怒时进食，必不快，即害吾身也。今生活单纯，则不利吾之施展发挥，吾身虽存，吾心犹如无生。心之无生，身亦随损，是以不快也。旭日光华，嘉葩色艳，天然美趣，令人愉快，似乎无关生存，而吾心以涤，吾神以养，利吾生者，正匪细小。天美之外，又有艺术之人美，亦使人快。如观画则怡情，听乐则神往，尤似迂于利生。然神化情移，吾心开展，烦恼解脱，神形俱苏，岂无利生。虽彼野蛮，犹有艺术，亦职是故耳。且艺术原始于存身保种也。原人文身，恉在怖人，赤碧重塗，形色惟怪，庶敌骇畏，免于杀身，此其出自存身，而艺术之初步也。服饰肇初，又所以致媚，穿耳坠环，悬骸累前，皆以发扬美好，炫耀威武，美好引人爱悦，威武召人依归，而异性以是相诱，此其出自保种，亦艺术之权舆也。凡此虽非作意，而功用则然，故能愉快，由是推广，众艺兴焉。彼虾夷蛮族，镂盘自得（虾夷以镂盘称），舞踊为懂,农人亦植秧有歌,牧畜有诗,虽若直接无所利生,而迂则厥功亦弥远大,是故僻野鄙陋,咸自有其艺术,不可无也。

天人之美,信能优吾生活,而好美之心人皆有之矣。顾箫歌裸舞,未尽吾懂,山水画图,野人不悟,趣味高下,自有智愚。趣味高者,所美之境广大,故频逢兴快之几,心思弥展。而下者罕蒙慰安,疲罢日积,终至明昧聪塞,渐就淘汰。此自然必至之情理,而趣味所以有教育也。今更略举趣味教育之利乎。文明既开,而生计如是其艰难。处此生计艰难之势,而一己不容不活,家庭不容不养,且生活之欲,日进无穷。当吾未得食也,求有食耳,既有食矣,惜乎无居,居食备矣,宫室欲其美也,饮食欲其甘也,衣饰欲其丽也,层阶累级,不胜欲望之追。使克逃于欲望之追者,惟趣味教育为功。盖人当赏美,心必超离尘念也。教育之使其趣味上进而能随处悟美,则其慰安之功,为何如哉。以沙漠喻生,则趣味其绿洲(Oases)也,此其功在慰安者也。又趣味者,美之判断也。判断艺术之美丑者,曰趣味,而判断道德之善恶者良心也。所判有美与善之殊,而其事则同。故趣味高者,好善之心相骈亦进,彼屠戮惨怖,而观者色堵,昧于美也,而屠戮非仁也。郑卫之声鄙亵,而听者色舞,昧于美也,而鄙亵非礼也。趣味上进,则美善非不相侔也,此其功在道德者也。至于今之立国不以力,无待烦言。品物流通,优者广行,而趣味不高,所制粗劣,则己国之产,不输于外,而舶来之品,充斥市中,甚至震其称名,即谓上品,一称土物,便召厌恶,苟能趣味上进,则吾制推行外国,而输入可冀绝迹矣。此则其功,又在货殖者也,顾不伟哉。

四 趣味教育

推前之论,趣味自宜教育矣。其法如何,首曰美化。美化者,美其境遇而化之。气质迁移,多因环境,古谓居移气,养移体,又曰近朱者赤,近墨者黑。假今举国争货,闻见皆浊,吾禀本清,亦几何不同流合汙。而世风高洁,礼乐彬彬,则吾资虽陋,亦自日化,此犹人相交友之情也。推而至于器物居处之微,亦何往不然。北欧幽暗,其人多阴,山南和朗,其人豁达。室中陈设,皆美而不俗,则居者自雅。反是而俗具杂陈,笔砚恶劣,则主人虽雅,日见堕落。此吾侪所常逢,固无容疑义者也。美化之恉,即在常使世人接于美境。公园之辟,使接天美也。雕画展览,使接人美也。余若音乐演剧,艺文小说,亦无非使世人恒接美境。使昔之名雕巨画,类归豪富秘藏,世人不轻窥见,则宜公之社会,俾人人得偿之。美境既开,人皆悟美,则递高其趣,渐趋理想,此美化之所志也。顾其事深远,语不易尽,发为凡例,厥有数端。

(一)玩具 人生而有所遇之境,故美化始自儿室。儿室西国有之,东方则犹未多见,大抵不与成人分室为常,当后详居室之条。今则先言玩具。文明日进,人工益增,而天然愈隐。都会田舍,相差已远。故都会之儿与田舍之儿,所处殊异。尝询东京之小学儿童,以灵雀何如物,则什九不知。盖都会儿去天甚远,不若田舍儿为亲近自然。此其差异,影响于教育当如何。且就玩具论。凡儿生二岁,好为模仿游戏,辄效成人所为,以自嬉乐。东京所见儿童,多为电车之戏,引二线于道中,口呼叮当,身为电车,亦兼车掌,此其为戏,虽为模仿,而在儿童心境,犹如实事,所谓错感而美者也。此在成人视之,其身既不类车,车掌复不悬革囊,初无趣味。而在儿童,则正饶娱乐。至于文明增进,儿戏亦减去天然。电车之戏,已去天然远。较诸田舍儿之弄石畴间,东京儿童已有人工之玩具矣。玩具愈进,工巧益精,电车玩具,实备体而微,无异实物。当其引线为戏,儿童尚有错感,亦有想象之地,乃成人授以精工之玩具,则儿心转无所用矣。又若女儿负枕,唱保母之歌,在成人视之,未为可乐,诏以枕之未具耳目手足,而儿童初不为怪,盖其想象作用,足补枕所未逮也。若精其工作,转阻儿童想象之心矣。故自婴时,即授以精巧之玩具,于发达儿童趣味,俾将来能昧艺术,甚非利也。

（二）居室器物　此固无庸一一示例，凡器物之要件，必便用且美。便用云者，值廉在其中矣。靡巨金而用美器良不难，乃既俭复欲其美，事不易集也。吾国工作，往往失此。即几案之属，皆必于廉值之中，求其形美。近者市中墨壶，形状甚丑。曩者口出于中，今则偏于一方。偏于一方，固适于用，而形则劣矣。徒求便用，不谋形美，动成此类也。居室装饰亦然。吾日本家庭，有所谓"床间"者，此西方所无。而在日本家庭，则此为一家趣味设备之中心。家无贫富，床间必张字画，亦有陈设，并养花卉。顾田舍之家，床间尚有张石印画者。石印之画，实非甚美。民间趣味增高，必当有以代之。尝闻某县师范学校建宿舍，室皆备床。乃知事检阅，至以为学生而用床间，殊越分际，遂命悉毁。若是之徒，恐于存身保种而外，不复知有其他生活者矣，可鄙孰甚。室中又有楣额，及壁上文饰，此则尤深望于吾日本之小学。不佞曩在小学，其时绝无文饰，近幸有之矣。入应接室，大都有镜有花，梯颠亦必有绘幅矣。昔有英之教育家勋斯（Humes）者，游日本见小学校之无饰，而惊述其国之不然，于是小学乃急改途。然迄今尚未能满意。所饰类无当于美，无趣味之石印画，所屡屡见也。与其陋劣若是，宁无饰矣。然非谓必悬名家墨迹，巨子丹青，为事实所不可得也。使尽翻印名画，廉价广售，使家家有古今名画之翻本，借为赏玩，亦庶几矣。今欲师范小学与学生以玩赏艺术之机会，辄苦无可供玩赏之品。年来曰审美书院，曰美术社，颇翻名画，惜价高不易得。以吾理想，能集各派名画百页之谱，廉价沽之，则深所期望者也。

（三）建筑　不佞于此，非所专门，敢综诸专家之说。则建筑材料有木石砖铁，种目繁多，聚而别之，有植物性与矿物性二类。日本建筑，木材为主。以木材为主者，清净洁白，天真无造作，为其特色。而弊在易败，风雨所暴则败，着火则燃。此易燃之影响于吾国民情性为如何。吾民皆好洁爽，百卉之中，惟爱樱花，以其开之速，落亦骤也。木造之屋，着火即燃，既燃则悉焚无余，与吾民甚合。彼砖石之屋，不易罹火，即火矣，焚缓不快，既焚之烬，瓦砾污秽，凡此皆于国民性情，有影响者也。又木造之屋，为时至暂，此又及影响于吾民宗教之观。《方丈记》载京都大火，有曰："人力所营皆愚，中尤以京中之造屋伤财耗神，更无意味。"此建筑材料之不耐久长，故助长来世之观，而起厌世心也。今东京砖石之屋日增，民情必有迁易矣。又日本建筑之式，在今可谓混沌时代。时或纯粹之日本式，时或纯粹欧式，又时或折衷东西之式。专家所言，世界建筑之风，将来归宿，必为日本趣味之欧式。大致从欧风所不免也，欧服者日增，屋亦自趋欧式。近闻建筑家言，自来欧筑，大都皆郭脱式（Gothic），复兴式（Renaissance）。此等建筑，构造与外观不相一致，是为特征。例在构造有柱，上支巨重之处，外加文饰，隐不使见，或构造原无用柱之处，转立柱以示支重，凡使构造不见于外观。近德国有分离派（Secessionisten）者，欲取无关构造之式，一切屏去，例如郭脱派之筑屋，上有小塔，虽无此塔，屋非不成，又如柱但直立，无不支重，乃必上下施以繁复曲线为饰。分离派者欲尽去此类，材欲其本色，不施塗垩。例如木上塗漆，则自外观之，漆色而已，木理隐不可见，凡此皆非所喜也。今吾帝国剧场之式颇旧，某西人评曰："此筑多饰，悉蔽构造，与西方新法，绝相背驰。"吾虽不必徒追流行，顾屏去无为之饰。正合吾民洁净淡泊之趣味，亦见西方建筑之渐近吾风矣。建筑形式，于美化亦至可研究者也。更论建筑之色，其别有二，曰材料之色，曰表塗之色。积砖之色，材料之色也。塗木以漆，则表塗之色也。表塗之色，分离派所不尚，亦反于日本趣味者也。木之文理，惟吾民能赏之。即以美化论，当思色之影响于人心者如何，先定建筑之目的，然后择取相宜之色。例如酒家色宜悦人，疯颠病院色宜沉静，又若剧场何宜，学校何宜。建筑之用不同，色亦当异，何宜何忌，当考之心理学。近电车易塗青色，传闻动机发于青油之价廉，而青色之悦人，此其于便用而兼美之用心，甚可崇赞也。建筑于美化相关如是，故今世社会美育中，有关于建筑者数事。其一，推行通俗之建筑图书,使世人皆有建筑之知识,则造屋者必取为参考,或言建筑之材,或叙建筑之式,使世人皆知建筑之美恶。其二,于既成之建筑,以美学为之批评,亦足使世人增建筑知识。黑田文学士尝评银座通之建筑,若此之类,皆于趣味之社会教化,大有益也。其三,建筑法规,宜参美学。吾日本无建筑专律,惟于民法及府县令中偶有规定,顾所规定,皆所有权也,防火也,卫生也,邻壁也,于建筑之美,初无用意。今后若制专律,宜取美学为参考者也。

（四）人体　吾人体具有天然之美者也。近者德国谓小学之有体操,非独以运动之美为目的,亦不仅以卫生为目的,使吾体美发挥,亦其一也。故于体操一事,研究方盛,请言其概。（1）骨格似不易矫矣,然用之则长,无殊筋肉也。先论身长最美,如何为度。西人所究,则便于动作即美,不过高,不过小。凡利于动作之长,约在一迈当六五乃至七五之间,即五尺五至八寸为最,此则西人之度也。日本虽未为此精密研究,自古称"五尺五寸为上男",较西人短二三寸,是为最美。身长既有准矣,调和如何。凡儿童与成人,非仅比例增长,儿童肢短而躯长也。盖初生之儿,无所用手足,饮乳而已,故躯腹之用频。又啼泣之力,出自脏肺,故手足发育,迟于躯干。渐长则比例递加,如一图所示：（甲）乍生之儿,头长占全身四分之一。（乙）二岁则减为五分一。（丙）六岁六分一。（丁）十五岁而七分一。（戊）长成至二十五岁,则八分一矣。又观婴儿之举其手也,肘不为曲,所动在肩,故臂之发育,肩肘之间为早。三岁至六岁,臂与躯略相若矣。更长而成人,则垂手过腰,以其手之多用也。成人之中,手足宜长于躯之比,所谓手逾膝,贵相者也。二图之右为善比,头居八分一,手长于躯。左为不良,躯长于手。手之短者,未发达无异儿时也。又男女相较,女躯自长于男,股亦长于胫。盖女子与小儿为近,惟其骨格之不良,故必衣隐其短,裙宜高系掩其长躯,使长裙曳地,补所不足。虽然,此衣饰以蔽短,法如建筑之文质不调,裙虽至长,折腰则露矣。故又宜于体操谋补救。有某统计家谓北美男子,身长与下肢之比，为四十七分有三，日本男子，四十五分有一，北美女子，四十七分有七，日本女子，四十四分云，差殊远矣。吾日本自古女子以柔为美，顾柔之为义，非不发达之尚也。例如支那女子，缠足以阻其发达，遂使步步婷袅，见者危其踬跌，而支那固以为美也。西方妇人以腰索（Corset）强索腹部，蜂腰欲折，西人固以为美也，而皆非美也。吾日本人则女手纤纤，指欲如"银鱼"，亦非美也。吾固非谓宜若芋虫，第欲其若银鱼，遂深藏不用，无使发达，则指中筋肉退化，正不美矣。人手发育，距动物前肢甚远。手之为物，初非臂端之装饰，自有莫大之天职。达其天职，谓非宜乎。猿掌与人手相较，猿指至细，大指且有皱襞，人而欲其手不长，自冀其近猿耳。（2）筋肉之重，乍生一年间，占全体重百分中之二十一。成人则得半。全体重，自初生至成人，凡长十九二十倍。故筋之长，实三十五乃至四十倍也。惟筋之发育为至速，其迟速之率，与用力为正比。初生之儿，肤体浑圆，不辨筋肉。三四岁时，即见肩上有三角筋形。至于成人，肤下筋肉，一一可辨，一身皆筋，壮力可见，则貌至美。苟圆长如粉傅之偶，丑不可言矣。体操所宜留意者也。（3）皮肤者被于筋上，中有脂肪灭吾生之棱线者也。脂肪有缺，则人皆骨立，而过多则又不美。凡脂肪之贫富，由于食物，亦因遗传。故宜运动吾身，节制脂肪，使无过多，且匀配全身，无使丛聚一处。男子饱食终日，不事劳作，则下腹便便，其态可厌。便腹者重心偏于前，累累可倒也。女子脂肪，聚于腰臀，且骨盘宽大，故女子过富脂肪，则臀突。男子期于女子之态者不正，遂使今之女子，脂肪务聚于后。此犹不足，加之腰索，夸其对比，以显高臀，是不美之至。而西人腰索，固自是始也。（4）次则有姿势之美。三图之左为直脊，吾人脊吕屈曲不直，正其殊异乎兽，乃直其脊柱，形斯下矣。直脊者，大柢体质羸弱，幼时久久仰卧，或则生而有疾，仰卧多所致。又运动不足，亦减脊曲直。厉者则为橐驼。吾国妇人，此姿最夥。驼者臂垂于前，而侧见其背，在常理，背不当侧见也。凡此皆姿势不美，姿势不美，令见者联想病弱慵惰，与意志薄弱,所谓不见精采,与姿势相关甚密。姿势萎靡,则精神不振,精神惰弱,姿势亦颓。故寻常姿势,不宜葳蕤。(5)次为运动之美。坐立之次,人格显著。举动温娴,其心自静。中心暴躁,动措失宜。故人格与运动相关亦密。今小学所为体操,未足为运动美也。体操不仅在健身,所重宁在运动之美。女子体操为尤。然今女学生遍街走,大都肖武士为步操,是不知运动之美也。起立而袖拂落杯,骤坐而震动几案,皆运动之不美也。古来舞乐之教,即此运动美之教育。坐立有节,雅静温和,疾趋跳跃,皆所戒禁。运动之美,非教不至也。惜乎舞乐今衰矣,体操可不用意乎。吾国古来,又有"煎茶"之事,此固修养精神之法,亦运动美之教育也。今所谓女士,多鄙弃不为,宁胜慨叹。

(五)言语 语言之美有三端,一曰音节之美,二曰措词之美,三曰辞令之美。远藤博士尝就常语妇人语与工人语三者,比较五母音之多少。则"A"音于妇人语最多,"E"音于工人语最多,"E"实鄙陋之音也。例如莱菔一语,音为"Daikon",工人言之则为"Deikon",品斯下矣。子音之中,亦有美丑。例如"Se"之音,出于齿相摩,摩音尖利,不美于耳。若西京大阪柔和之地,往往易以柔和之音。例如无有,在东京曰"Arimasen",京阪则言"Arimahen"。又"Sa"之音亦然。东京呼姊曰"Anesan",而京阪则言"Anehan"。京阪之音柔于东,故其言美。此音节之美也。措词亦有美不美焉。如称酱油曰"Shyoyu",则常语,闻者辄思其咸味与臭。易曰"Murasaki",厥谊为紫,联想不恶矣。食之字,方言有曰"Kuu"者,其声甚鄙。上之则曰"Teberu",犹未尽美。更上而曰"Itadaku",则为最矣。又有易其字而美其义者,例若"豆腐滓"易曰"卯之花"(卯之花色白相似也),则品高矣。孔子曰,辞达而已。凡义可通者,宁取其美。此措词之美也。音节美矣,而辞令不善,情意不尽也。今小学儿童,在教室中用语,若出一型,情意不达,但通指义而已,未为美也。同一意义,同一词句,出之以直,通义而已,婉以申之,情乃洽也。语言所以表情,故辞令欲其能达情意,此辞令之美也。要之人有言语,所以传吾思想感情。教育之,使能明晰固所宜,而亦必欲其美。修辞文学,自希腊罗马降及中古,皆所重视。乃至近世,转付等闲,实可憾惜。今之当道,位居人上,而往往发表所思,不能明晰而美,第为朗读代其演说者,正不乏人。凡此不能善表己思者,皆学校教育不顾美言语之罪也。

上之数端,犹未尽括。他若文学音乐,以及衣饰之事,要在皆与美化有关,一一言之,当无尽期。要所会味,无不欲其美,而不欲似是而非之美。此何以辨,至美与至善,初不相背,苟其美而不善,即非美也。准此以推,无不通已。

五 余 论

趣味之教,大致明矣。今吾犹有二三时论。则为政者所宜施设者,若建筑之宜颁专律,上既言之。他若市区改正,亦宜用意于美化。例若新宿前之银世界,毁于瓦斯会社,是损市街之美也。又历史宜尊,凡史所传,皆有文化。一旦破坏,且旧美且不保存,遑言新美。例如电车延长于鸟飞山,遂伐榎木,使古来相传里程之标,毁不可复见,皆可痛哭者也。又博物馆展览会音乐会博览会之节目与说明书,今失于简。世人未有专门素养,读此简文,何由索解。博物馆宜设公开讲义之类,定期日为讲话,告吾民以所陈列,收益当不浅。凡游博物馆展览会者,无不因载刺过多,不遑细味。民不之解,徒使展览,功效不著也。昔年尝游文部所开展览会,其时频见持报纸所评,与实物相引证,参此以寻味者。吾于是深感新闻可利用于文化,大抵赏画者必先有知,虽赏画出于情,而先无其知,不能赏也。新闻于此,大可利用。所冀者,无任妄人妄评,必积学之士为之执笔,则庶几有利耳。

又世有所谓流行。流行非趣味也,其机发于好奇,其心出自虚荣,暂而不常,忽盛忽衰。趣味则永久上进,断无回归。惟流行追逐,足见国民趣味之未定,若以流行为趣味,不可与言美矣。

　　按原文本非学说,顾以我国美育之论,方洋洋盈耳,而抑扬皆未得其真,甚且误解美谊,此篇立说浅近,颇与今日吾情近合,爰为迻译,以供参鉴。然格于刊例,无可编类,故附"学说"之后。阅者谅之。

　　　原载 1913 年 10 月、11 月《教育部编纂处月刊》第 1 卷
　　第 9、10 册。未署名。
　　　初未收集。

十二月

一日

日记 晴。上午得二弟信,二十六日发(28)。夜风。

二日

日记 晴,风。晚季市来。

三日

日记 上午寄二弟信(二十九)。得二弟信,二十九日发(29)。晚宋子佩来。得季市笺。夜许铭伯先生来访,前日自天津归云。

四日

日记 上午寄二弟信(三十)。寄东京羽太家信。晚雷志潜来,名渝,桂阳人,旧图书馆员也。商生契衡来言明年假与学费事。

五日

日记 上午以《观古堂丛书》寄二弟,计三十二册,分作四包。

六日

日记 昙,午后晛。赴留黎厂买书,无可者,以一元购《宝纶堂集》一部而归,又至临记洋行买饼饵面包半元。晚往季市寓访铭伯先生,谈三小时。

七日

日记 昙。星期休息。午后寄二弟书二包,内《式训堂丛书》一部三十二册;又小包一,内摩菰一斤,古泉二十四枚:"齐小刀"十二,"明月泉"一,"小泉直一"一,"常平五铢"二,"五行大布"一,"周元厌胜泉"一,"顺天""得壹"各一,"建炎""咸淳"各一,"绍兴"二也。下午楼客来,忘其字。赴留黎厂,欲补《唐文粹》残本不得。买得《越缦堂骈体文》附《散文》一部四册,一元,板心题《虚霩居丛书》,其全书未见,当是未刻成,或已中辍矣。晚关来卿先生来访。

八日

日记 昙,风。上午得二弟信,四日发(30)。午后寄二弟信(三十一)。顾养吾赠《统计一夕谈》一小本,稻孙绘面。晚许铭伯先生来访。

九日

日记 晴。无事。

十日

日记 无事。晚雷志潜来。

十一日

日记 上午寄二弟信(卅二)。下午访铭伯先生,未遇。晚与协和,季巿饮于广和居。

十二日

日记 大风。上午许铭伯先生来。晚陶书臣自越来,交至二弟函,前月三十日写。陶云来应法官试验而不知次第,乃为作书,令持以询蔡国亲,少顷返云,托病不见,但予规则一册。

十三日

日记 上午得二弟信,九日发(31)。午前陶书臣来部,为托沈商耆作书介于徐企商,俾讯应试各事。下午赴临记洋行买饼饵齿磨等。铭伯先生将赴黑龙江,晚在广和居饯之,并邀协和,季市,饭毕同至寓居,谈二小时而去。

十四日

日记 星期休息。午后往留黎厂神州国光社买《黄石斋手写诗》一册,二角。又至有正书局买《释迦谱》一部四册,七角;《虞世南汝南公主墓志铭》一册,七角;又《东庙堂碑》一册,五角;《元明古德手迹》一册,三角。晚铭伯,季市招饮于寓所,赴之,席中有俞月湖,查姓忘其字,范云台,张协和及许诗苓,九时归。夜雪。

十五日

日记 雪。上午寄二弟信(三十三)。晚协和饯许铭伯先生于玉楼春,亦赴其招,并有季市,夜归。

十六日

日记 晴,风。晚宋紫佩来。

十七日

日记 下午寄马幼舆书,索《艺文类聚》。

十八日

日记 上午收《艺文类聚》三十二册。下午得二弟信,十四日发(32)。晚许季上来谭,饭后去。夜宋守荣送其自著书十余册来,欲令作序。

十九日

日记 上午寄东京羽太家家信。下午留黎厂本立堂书估来取去旧书八部，令其缮治也。夜季市来，即去。续写《嵇中散集》。夜半微雪。

二十日

日记 晴。上午寄二弟信(三十四)。午后往王府井大街徐景文医寓，令修正所补三齿。归途过临记洋行买饼干三匣，拟托宋子佩寄家。晚雷志潜来。

二十一日

日记 星期休息。午后祁柏冈来招饮，谢去之。得陈子英信，十六日发。往徐景文医寓理齿讫，酬以二元。往留黎厂买《徐骑省集》一部八册，二元五角。夜宋紫佩来，假去二十元。夜半风起。

二十二日

日记 午后陶望潮来函假十元，交陈墨涛转付。晚季市来。

二十三日

日记 上午陶书臣留书辞行，晨已启行向越。得二弟信，十九日发(33)。晚齐寿山来。商契衡来。宋紫佩来。

二十四日

日记 上午得二弟所寄《绍兴县教育会月刊》第三期五册，十九日发。紫佩昨云午后启行往越中，乃遣人携一书箧并一函托其寄家，箧内图籍二十七种一百四十三册，帖四种二十二枚，饼干三合，果脯二合，旧衣裤各一件。午自至益锠吃饭及点心。下午宋守荣忽遣人来索去其书。晚季市贻烹鸠一双。

二十五日

日记 上午寄二弟信（三十五）并《萝庵游赏小志》一册。教育部令减去佥事，主事几小半，相识者大抵未动，惟无齐寿山，下午闻改为视学云。

二十六日

日记 午后收本月俸二百十六元，仍实发九成也。下午雷志潜来函，责不为王佐昌请发旅费，其言甚苛而奇，今之少年，不明事理，良足闵叹。晚又有部令，予与协和，稻孙均仍旧职，齐寿山为视学，而胡孟乐则竟免官，庄生所谓不胥时而落者是矣。

二十七日

日记 午后往交通银行为社会教育司存款，遇季市，协和，遂同赴劝业场广福楼饮茗，将晚散出。沈后青于下午来访，未遇。得二弟信，二十三日发（34）。夜车耕南来谈。

二十八日

日记 星期休息。午后往崇文门外草厂九条横胡同访沈后青，未遇。往观音寺街晋和祥买饼饵，饴糖，牛肉，科科等等共三元。往留黎厂神州国光社买钱谦益《投笔集笺注》一本，五角；又《神州大观》第四期一册，一元五角，邮费一角五分。又至清秘阁买信笺信封等共五角。下午祁柏冈来招饮，谢不赴。沈后青来。许季市，张协和来。夜大风。黄元生来，其论甚奇，可笑。

二十九日

日记 晴，小风。上午寄二弟信并本月家用一百元（三十六）。

晚留黎厂本立堂旧书店伙计持前所托装订旧书来,共一百本,付工资五元一角五分,惟《急就篇》装订未善,令持归重理之。夜大风。

三十日

日记 晴。上午赠钱稻孙《绍教育会月刊》第三期一册。晚许季市来,即去,赠《绍教育会月刊》第三期一册。夜写《嵇康集》毕,计十卷,约四万字左右。

三十一日

日记 上午寄陈子英信。雷志潜来部,言王佐昌病卒于宝禅寺,部与恤金百元。午后赠通俗图书馆《绍兴教育会月刊》第一至第三期各一册。晚季市,协和各赠肴二品。头微痛,似中寒,服规那丸三粒。夜伍仲文馈肴一器,馒头一盘。

癸丑书帐

全唐诗话八册　五·〇〇　一月四日

水经注汇校十六册　一·〇〇　一月十二日

寒山诗集一册　一·〇〇

樊南文集补编四册　三·〇〇

功顺堂丛书二十四册　四·〇〇　一月十八日

贯休画十六应真象石刻十六枚　钱稻孙所赠　一月二十八日

一四·〇〇〇

尔雅翼六册　一·〇〇　二月二日

墨池编六册印典二册　一〇·〇〇　二月八日

陶庵梦忆四册　一·〇〇

佩文斋书画谱三十二册　二〇·〇〇　二月九日

湖海楼丛书二十二册　七·〇〇

画征录二册　〇·三〇　二月十二日

神州大观第一集一册　一·六五

中国学报第三期一册　常毅箴所贻　二月十九日

瓯钵罗室书画过目考四册　一·〇〇　二月二十日

笔耕園一册　三五·〇〇　二月二十四日

正倉院誌一册　〇·七〇

陈白阳花鸟真迹一册　一·〇〇

嘉泰会稽志并续志十册　二〇·〇〇　二月二十一日起孟在越买得

　　　　　　　　　　　　　　　　　　　九八·六五〇

六艺纲目二册　〇·八〇　三月一日

法苑珠林四十八册　一一·〇〇

初学记十六册　二·二〇

姚惜抱尺牍四册　游允白所赠　二月二日

白华绛跗阁诗集二册　〇·五〇　二月八日

古学汇刊第三期二册　一·〇五〇　二月十一日

翻汲古阁本十七史一百七十四册　三〇·〇〇　二月二十六日

邵亭知见传本书目十册　一四·〇〇　　　　　　　六〇·〇〇〇

秋浦双忠录六册　三·〇〇　四月五日

翻聚珍本旧唐书旧五代史共四十八册　六·〇〇

越中古刻九种石印本一册　索得

劝发菩提心文一册　许季上赠　四月七日

等不等观杂录一册　同上

三辅黄图二册　二·〇〇　四月八日

陶山集捌册　一·六〇　四月十二日

华阳国志四册　二·〇〇

后知不足斋丛书三十五册　一一·〇〇

赵似升长生册二册　〇·二〇　四月十九日

观古堂汇刻书及所著书三十二册　一〇·〇〇

会稽王氏银管录一册　〇·〇八　四月二十日　　　　　三五·八八〇

古学汇刊第四编二册　一·〇〇　五月十二日

七家后汉书补逸六册　一·〇〇　五月十八日

赏奇轩四种四册　四·〇〇

乐府诗集十二册　七·〇〇

林和靖诗集二册　一·〇〇　　　　　　　　　　　一四·〇〇〇

成都刻本梦溪笔谈四册　三·〇〇　六月七日

红雪山房画品十二则一册　书肆贻

景宋本李翰林集六册　二·八〇　六月二十三日

魏鹤山渠阳诗注一册　〇·七〇

宾退录四册　四·二〇

草莽私乘一册　〇·二一〇

蕙榜杂记一册　〇·二一〇

鸡窗丛话一册　〇·二一〇

后甲集二册　〇·六〇　六月二十九日

残明晋藩本唐文粹十八册　六·〇〇　　　　　　　一七·九三〇

绝妙好词笺四册　〇·五六〇　七月五日

仿古西厢十则十册　四·八〇

汲古阁六十种曲八十册　二四·〇〇　七月十三日

王桢[祯]农书十册　二·〇〇　　　　　　　　　　三一·三六〇

史目表一册　钱稻孙所与　八月九日

古学汇刊第五编二册　一·〇五

神州大观第二集一册　一·六五

古今泉略十六册　一二·〇〇　八月十八日

古金待问录一册　〇·四〇　　　　　　　　　　　一五·一〇〇

文始一册　从钱稻孙君索得　九月四日　后转赠子英

212

诸葛武侯祠堂碑拓本一枚　杨君莘士持赠　九月五日

武梁祠画像佚存石拓本十枚　胡君孟乐赠　九月十一日

南湖四美一册　〇·九〇　九月二十三日　　　　　〇〇·九〇〇

神州大观第三集一册　一·六五〇　十月四日

嵊县志附剡录十四册　二·〇〇　十月五日

国学汇刊第六编二册　一·〇五〇　十月二十六日　　　四·七〇〇

傅青主自写诗稿一册　〇·三五　十一月八日

金冬心自写诗稿一册　〇·三〇

南宋院画录四册　朱遏先赠　十一月十六日

陈居中女史箴图一册　二·四〇

折疑论二册　〇·五〇　十一月二十二日

郡斋读书志十册　三·〇〇

大唐西域记四册　许季上所赠　十一月二十六日　　　六·五五〇

宝纶堂集八册　一·〇〇　十二月六日

越缦堂骈文附散文四册　一·〇〇　十二月七日

黄石斋手书诗卷一册　〇·二〇　十二月十四日

释迦谱四册　〇·七〇

虞世南汝南公主墓志铭一册　〇·七〇

初拓虞书东庙堂碑一册　〇·五〇

元明古德手迹一册　〇·三〇

徐骑省集八册　二·五〇　十二月二十一日

投笔集笺注一册　〇·五〇　十二月二十八日

神州大观第四期一册　一·七五　　　　　　　　　九·一五〇

　　总计三一〇·二二〇

　　　本年共购书三百十元又二角二分,每月平匀约二十五元八
角五分,起孟及乔峰所买英文图籍尚不在内。去年每月可二十
元五角五分,今年又加增五分之一矣。十二月卅一日灯下记。

一九一四

一月

一日

日记 晴,大风。例假。上午徐季孙,陶望潮,陈墨涛,朱焕奎来,未见。杨仲和馈食物,却之。午后季巿来。往敫家胡同访张协和,未遇,遂至留黎厂游步,以半元买"货布"一枚,又开元泉一枚,背有"宣"字。下午宋守荣来,未见。晚得二弟信,去年十二月二十八日发(35)。

二日

日记 晴,风。例假。上午郑阳和,雷志潜来,未见。午后得二弟所寄《亼社》杂志一册,去年十二月二十八日付邮。晚五时教育部社会教育司同人公宴于劝业场小有天,稻孙亦至,共十人,惟许季上,胡子方以事未至。

三日

日记 晴。例假。午前寄二弟信(一)。午后童杭时来。下午至东铁匠胡同访许季上,未见。往留黎厂买《听桐庐残草》一本,一角,亦名《会稽王孝子遗诗》;又《陆放翁全集》一部,内文稿十二册,诗稿附《南唐书》二十四册,共三十六册,十六元,汲古阁刻本也;又以银二角买《纪元编》一册,以备翻检。

四日

日记 晴。星期休息。午后许季上来。得二弟信,去年十二月三十一日发(36)。下午张协和来。戴芦舲来。晚商契衡来谈,言愿常借学费,允之,约年假百二十元,以三期付与,三月六十元,八月十二月各三十元,今日适匮,先予十元。

五日

日记　始理公事。上午九时部中开茶话会,有茶无话,饼饵坚如石子,略坐而散。午后汤尔和来部见访,似有贺年之意。下午陶望潮至部见访,归前借款十圆。夜风。

六日

日记　晴,大风。晨教育部役人来云,热河文津阁书已至京,促赴部,遂赴部。议暂储大学校,遂往大学校,待久不至,询以德律风,则云已为内务部员运入文华殿,遂回部。下午得二弟所寄写书格子纸两帖,可千枚,二日付邮。

七日

日记　晴,风。上午得二弟信,三日发(1)。午同人以去年公宴余资买饼饵共食之。

八日

日记　晴。上午寄二弟信(二)。赙陈乐书银二元。

九日

日记　无事。夜车耕南,俞伯英来谈。耕南索《绍兴教育会月刊》,以三册赠之。

十日

日记　上午得二弟并二弟妇信,六日发(2)。午与齐寿山,徐吉轩,戴芦苓往益昌食面包,加非。过石驸马大街骨董店,选得宋元泉十三枚,以银一元购之。下午往晋和祥买牛舌,甘蔗糖各一器,一元一角。

十一日

日记　星期例假。午后往青云阁理发,又至留黎厂神州国光分社买《古学汇刊》第七期一部二册,一元五分;又至本立堂,见《急就章》已修讫,持以归。

十二日

日记　上午寄二弟书籍二包,计《宝纶堂集》一部八册,《越缦堂骈文》附散文一部四册,《听桐庐残草》一册,《教育部月刊》第十期一册。寄上海中华书局函并二弟译稿《劲草》一卷。夜季市来。

十三日

日记　昙,上午晛。寄二弟并二弟妇信(三)。得东京羽太家信,六日发。得陈师曾室汪讣,与许季上,钱稻孙合制一挽送之,人出一元四角。晚风。得二弟所寄书籍四包,计《初学记》四册,《笠泽丛书》一册,《会稽掇英总集》四册,石印张皋文《墨经解》,蒋拙存书《续书谱》,竹坨抄《方泉诗》,《傅青主诗》各一册,《李商隐诗》二册,八日付邮。

十四日

日记　晴,风。下午得二弟及二弟妇信,又明信片一,并十日发(3)。

十五日

日记　晴,风。上午寄二弟及二弟妇信,又与宋紫佩笺一枚,属转寄(四)。下午得二弟所寄《西青散记》散叶一包,十日付邮。晚许季上来,同至广和居饭。作书夹五副。

十六日

日记 昙。晚顾养吾招饮于醉琼林,以印二弟所译《炭画》事与文明书局总纂商榷也,其人为张景良,字师石,允代印,每册售去酬二成。同席又有钱稻孙,又一许姓,本部秘书,一董姓,大约是高等师范学堂教授也。得蔡谷清母讣。闻季市来过,未遇。夜得宋子佩信,十二日发。写《舆地纪胜》中《绍兴府碑目》四叶。

十七日

日记 晴。晨寄二弟信(五)。上午得关来卿先生信,十三日杭州发。又寄二弟信(五甲)。午后往交通银行,又至临记洋行买食物。下午访许季上。蓟若木赴甘肃来别,未遇,留刺而去。晚季市来。

十八日

日记 星期例假。上午得二弟信,十四日发(4)。午后往留黎厂有正书局买《六朝人手书左传》一册,四角;《林和靖手书诗稿》一册,四角;《祝枝山草书艳词》一册,三角;《吴谷人手书诗稿》一册,四角。又至神州国光社买唐人写本《唐均残卷》一册,一元,并为二弟购《江苏江宁乡土教科书》共三册,五角。下午昙,有雪意。晚得二弟所寄《百孝图》下册一本,会稽俞葆真辑,属访其全书,亦十四日付邮也。

十九日

日记 晴,风。上午寄二弟《乡土教科书》三册。下午赙蔡谷青三元。

二十日

日记　上午寄二弟信(六)。晚许季上来。饭后去。夜季市来。

二十一日

日记　晚童杭时招饮,不赴。朱焕奎来并送食物二包,辞之不得,受之。季市来。

二十二日

日记　张阆声,钱均夫到部来看。晚复关来卿先生函,又复宋子佩函。夜濯足。

二十三日

日记　午后收本月俸银二百十六元。教育部欲买石桥别业为图书馆,同司长及同事数人往看之。下午得二弟信(5)并《绍兴教育会月刊》第四期五册,并十九日发。夜绍人沈稚香,陈东皋来,持有二弟书,十八日写。风。

二十四日

日记　晴,大风,午后止。往前门临记洋行买饼饵,五角,又至留黎厂买《元和姓纂》一部四册,一元;《春晖堂丛书》一部十二册,四元,内有《思适集》可读。

二十五日

日记　晴。星期休息。上午寄二弟信(七)。午前丁葆园来。得黄于协信,又中华书局信,云寄回《劲草》一卷,未到。陈东皋及别一陈姓来者来。季自求来,午后同至其寓,又游小市。沈后青来,未遇。祁柏冈来,贻食物二匣。许季上贻粽八枚,冻肉一皿。今是旧历十二月三十日也。夜耕男来谈。得二弟信,二十二日发(6)。

二十六日

日记 晴。旧历元旦也。署中不办公事。卧至午后二时乃起。下午关来卿先生来。

二十七日

日记 上午得中华书局寄回《劲草》译稿一卷。得二弟所寄英译显克微支作《生计》一册,又《或外小说》第一第二各四册,并二十二日发。午后赴部,仅有王屏华在,他均散去,略止,即往游留黎厂,无可观者,但多人耳。入官书局买得《徐孝穆集笺注》一部三本,三元。

二十八日

日记 上午童鹏超来。寄二弟信(八)。晚季市来,赠以《绍教育会月刊》第四期一册。

二十九日

日记 上午得二弟信,二十五日发(7)。赠稻孙《绍月刊》四期一册。为徐吉轩保应试知事者曰计万全,湖北人,他二保人为吉轩及沈商耆。

三十日

日记 许季上之女三周岁,治面邀赴其寓,午后往,同坐者戴芦舲,齐寿山及其子女四人。下午得二弟所寄旧文凭两枚,二十五日付邮。夜雪。

三十一日

日记　昙。上午童鹏超送食物三事,令仆送还之。午后同徐吉轩游厂甸,遇朱遏先,钱中季,沈君默。下午魏福绵同一许姓名叔封者来,乞作保人,应知事试,允之,为签名而去。晚许季市来。夜邻室王某处忽来一人,高谈大呼,至鸡鸣不止,为之展转不得眠,眠亦屡醒,因出属发音稍低,而此人遽大漫骂,且以英语杂厕。人类差等之异,盖亦甚矣。后知此人姓吴,居松树胡同,盖非越中人也。

二月

一日

日记 晴。星期休息。上午寄二弟信并正月家用百元(九)。午后访季市未见,因赴留黎厂,盘桓于火神庙及土地祠书摊间,价贵无一可买。遂又览十余书店,得影北宋本《二李唱和集》一册,一元;陈氏重刻《越中三不朽图赞》一册,五角,又别买一册,拟作副本,或以遗人;《百孝图》二册,一元;《平津馆丛书》(重刻本)四十八册,十四元。沈后青,童鹏超来访,未遇。晚季市贻烹鹜一皿。季市来。

Heine 的诗[*]

一

余泪泛澜兮繁花,余声悱亹兮莺歌。少女子兮,使君心其爱余,余将捧繁花而献之。流莺鸣其嘤嘤兮,傍吾欢之处恖。

二

眸子青地丁,辅颊红蔷薇,百合皎洁兮君柔荑。吁嗟芳馨兮故如昨,奈君心兮早摇落。

录自 1914 年 2 月 1 日《中华小说界》月刊第 2 期周作人
《艺文杂话》。

初未收集。

224

二日

日记　午后来雨生至部来访。晚季市来，赠以《三不朽图赞》一册。夜得二弟函，三十日发(8)。

三日

日记　昙。上午来雨生至部来访，为保任惟贤，任陛两人，均萧山人。下午为徐吉轩保周琳，李缵文两人，均湖北人。晚童亚镇来。得季市函。夜宋芷生来访，持有子佩书。

四日

日记　昙。上午同事凌煦来保去余瑞一人。午后童亚镇来保去杨凤梧一人，诸暨人也。下午宋芷生来部，为保之。晚季市来。

五日

日记　晴，风。上午季市将其大儿世瑛来开学。午前为许季上保翟用章一人，山西人，为冀醴亭所介绍。下午为齐寿山保刘秉鉴一人，直隶人。王镜清来。夜得二弟及二弟妇信，二日发(9)。

六日

日记　上午寄二弟信(十)。午后王镜清来部，为保徐思旦一人，上虞人。下午许季市来。许季上来，饭后去。

七日

日记　大雪竟日。午后得胡孟乐函，即复之。夜得朱舜丞函并馅儿饼一盘。有一不知谁何者突来寓中，坚乞保结，告以印在教育部，不甚信，久久方去。

八日

日记　晴。星期休息。午前朱遏先来谈，至午，食馅儿饼讫，同至留黎厂观旧书，价贵不可买，遇相识甚多。出观书店，买得新印《十万卷楼丛书》一部一百十二册，直十九元，其目虽似秘异，而实不耐观，今兹收得，但足以副旧来积想而已。童鹏超来，未见。下午沈后青来。许季上来，谈至晚。

九日

日记　昙。午前得童鹏超函。午后奠王佐昌三元，寄参谋部第五局卢彤代收。晚许季市来，约明日晚餐。

十日

日记　昙。午前寄二弟信（十一）。晚赴季市寓晚餐，见其仲兄仲南，方自邓县来。同坐者又有协和，诗苓。夜得二弟信，七日发（10）。

十一日

日记　晴。无事。

十二日

日记　晴。纪念日休息也。上午祁柏冈来，未见。夜得谦叔信，十日南京发。

十三日

日记　无事。晚宋芷生来，谈至夜半去。

十四日

日记　上午寄二弟及二弟妇信（十二）。夜得陈子英信，十一日发。

十五日

日记 星期休息。午后略晷。宋守荣来,不之见。下午季自求来。晚车耕南来,云明日往浦口。夜得二弟信,十二日发(11)。写孙志祖谢氏《后汉补逸》起。

十六日

日记 晷,下午雨,今年第一次雨也。晚宋紫佩自越至,持来二弟书,初五日写。

十七日

日记 雨雪杂下,午后止。晚宋紫佩来。

十八日

日记 雪,映午止。复伯㧑叔信。赴图书分馆访关来卿先生,未见,返部遇之。

十九日

日记 晷。午前寄二弟信(十三)。午后晛。下午得二弟信,十五日发(12)。晚宋子佩来。

二十日

日记 晴。上午寄二弟信(十四)。夜车耕南来,云明日决往浦口。陈仲簏来。

二十一日

日记 晴。汪大燮辞职,严修代之,未至部前以蔡儒楷署理。下午晷。许季市来。

二十二日

日记　星期休息。午后小旻。下午季自求来。许季上来。晚马幼舆,朱遏先来。夜得二弟信并所译《儿童之绘画》三叶,十九发(13)。得沈养之信,十九日发。

二十三日

日记　晴。下午商生契衡来。

二十四日

日记　晴,小风。晚魏生福绵,王生镜清来。夜风。

二十五日

日记　上午寄二弟信附与蔡国亲笺一枚,令转寄(十五)。下午许季市来。晚子佩来。夜得伯扮叔信,二十二日南京发。紫佩还旧假款十元。

二十六日

日记　下午收本月俸银二百十六元。晚宋守荣寄书来,多风话。

二十七日

日记　下午得二弟及三弟信,又《儿童之艺术》译稿二叶,二十三日发(14)。得宋知方信,十九日台州发。夜许季市来。

二十八日

日记　午后往通俗图书馆,又往稻香村买物。复宋知方信。晚宋子佩来。

三月

一日

日记 晴。星期休息。午后寄二弟及三弟信（十六）。下午出骡马市闲步，次至留黎厂，买小币四枚，曰"梁邑"、"戈邑"、"长子"、"襄垣"，又"万国永通"一枚，共二元。夜风。

二日

日记 昙。晨往郢中馆要徐吉轩同至国子监，以孔教会中人举行丁祭也，其举止颇荒陋可悼叹，遂至胡绥之处小坐而归，日已午矣。夜小雨即霁，见星。得二弟信并所译张百仑《儿童之绘画》三叶，全篇已毕，二十七日发(15)。

三日

日记 晴。上午寄商契衡信附致蔡谷青一函。晚许季上来谭，饭后去。

四日

日记 无事。

五日

日记 雨。午后取得国库券三枚，补去年八月至十月所折俸者也。晚风，仍雨。

六日

日记 雨，大风。上午寄二弟信（十七）。寄文明书局张师石信,又英译显克微支小说一册。午后霁。得二弟所寄《绍兴教育会月刊》第五期五册,二月二十一日付邮,途中延阁至十四日,可谓异矣。晚寄二弟明信片一(十七甲)。夜雨。

七日

日记　晴,大风。无事。

八日

日记　晴。星期休息。上午得二弟及二弟妇信,四日发(16)。下午往看夏司长,不值。

九日

日记　上午赵汉卿来,未遇。午后昙。往日本邮局寄羽太家信并月用等二十五元。又为许季上寄藏经书院五角买《续藏经目录》,为二弟寄丸善一元买本年『学燈』。下午同戴芦舲往夏司长寓,饭后归。夜风。得雷[来]雨生招饮柬。

十日

日记　昙。无事。

十一日

日记　昙。上午寄二弟及二弟妇信(十八)。复伯挼叔信。夜季市来。宋子佩来。

《云谷杂记》序

《云谷杂记》,宋张淏撰。《宋史》《艺文志》,《文献通考》,《直斋书录解题》皆不载。明《文渊阁书目》有之,云一册,然亦不传。清乾隆中,从《永乐大典》辑成四卷,见行于世。此本一卷,总四十九条,传自明钞《说郛》第三十卷,与陶珽所刻绝异。刻本析为三种,曰《云谷杂记》,曰《艮岳记》,曰《东斋纪事》,阙失七条,文句又多臆改,不足据。《大典》本百二十余条,此卷重出大半,然具有题目,详略亦颇不同,各有意谊,殊不类转写讹异。盖当时不止一刻,曾有所订定,故《说郛》及《大典》所据非一本也。渎字清源,其先开封人,自其祖寓婺之武义,遂为金华人。举绍兴二十七年进士,补将仕郎,主管吏部架阁文字,举备顾问。绍定元年,以奉议郎致仕。又尝侨居会稽,撰《会稽续志》八卷,越中故实,往往赖以考见。今此卷虽残阙,而厓略故在,传之世间,当亦越人之责邪!原钞讹夺甚多,校补百余字,始可通读,间有异同,辄疏其要于末。其与《大典》本重出者,亦不删汰,以略见原书次第云。甲寅三月十一日会稽周作人记。

未另发表。据手稿编入。借署周作人。
初未收集。

十二日

日记 雨雪杂下。上午得张师石信,九日上海发。午后雪止而风。夜见月。

十三日

日记 晴,风。下午得二弟及二弟妇信,九日发(17)。晚季市遗火腿一方。

十四日

日记 晴。午后赴留黎厂游良久,无所买。下午关来卿先生来。傍晚写谢氏《后汉书补逸》毕,计五卷,约百三十叶,四万余字,历二十七日。夜风。

十五日

日记 星期休息。午后赴留黎厂托本立堂订书,又至荣宝斋买纸笔共一元。又至文明书局买《宋元名人墨宝》一册,六角;《翁松禅书书谱》一册,四角;《梁闻山书阴符经》一册,一角五分。

十六日

日记 上午寄二弟信(十九)。转寄李霞卿函于宋子佩。晚录《云谷杂记》起。

十七日

日记 午与齐寿山,钱稻孙,戴螺舲至宣南第一楼午饭。下午得二弟函附芳子笺,十三日发(18)。芳子于旧历二月四日与三弟结婚,即新历二月二十八日。晚紫佩来,并持来李霞卿信,八日所作。

十八日

日记 小风。脱裘。午与钱稻孙,戴螺舲至宣南第一楼午食,齐寿山踵至,遂同饭。下午得三弟与芳子照相一枚,初七日付邮。

十九日

日记 上午寄陈子英信。寄伯扴叔信。复李霞卿信。

二十日

日记 下午蔡国青来,未遇。魏福绵,王镜清来言互汇用费,付二百元。夜风雨。

二十一日

日记　昙。上午寄二弟信附与芳子信(二十)。午后晴。赴劝业场理发,并买食物二种共八角。从王仲猷家分得板篦一具,付直七角。得经子渊母讣,赙二元。

二十二日

日记　晴。星期休息。上午得二弟信,十八日发(19)。得伯㧑叔信,十八日发。午前许季上来。杜海生来。下午季自求来。陈公侠来。晚楼春舫来。夜写张清源《云谷杂记》毕,总四十一叶,约一万四千余字。

二十三日

日记　昙。晚宋子佩来还十元。夜风。

二十四日

日记　风,雨雪,午前霁。下午得东京羽太家信,十七日发。往细瓦厂看蔡谷青,陈公侠,不值。

二十五日

日记　晴,大风。上午得二弟信,二十一日发(20),云已收到魏生汇款二百元,是为本月及四月分月费。复伯㧑叔函。下午与稻孙往宣南第一楼餐。晚童亚镇来。夜许诗荃来。

二十六日

日记　晴。上午寄二弟信(二十一)。收本月俸二百十六元。午与稻孙至益锠午饭,又约定自下星期起,每日往午食,每六日银一元五角。下午许季上来。晚季自求,刘立青来。夜风。

二十七日

日记　下午得东京羽太家信,转来藏经总会与许季上葉書一枚。得二弟所寄《绍兴教育会月刊》第六期五册,二十三日付邮。

二十八日

日记　上午往东交民巷日邮局寄羽太家信并银十元,托买物。午同季市,协和往益锠饭。午后往留离厂本立堂取所丁旧书。下午蔡国青来。晚商契衡来取去学费五十元。

二十九日

日记　星期休息。上午得二弟及二弟妇信,二十五日发(21)。午后往留黎厂买得《小万卷楼丛书》一部十六册,四元五角。祁柏冈来,未遇。下午昙,雷,风雨。

三十日

日记　晴。上午寄二弟及二弟妇信(二十二)。蒋抑厄来,未遇。下午许季市来。晚童亚镇,韩寿晋来取去学费三十元,云汇还家中。

三十一日

日记　上午寄二弟信(二十三)。下午昙,风,夜雨。

四月

一日

日记 晴。上午往长巷二条来远公司访蒋抑卮，见蒋孟平，蔡国青，往福全馆午饭后同游历史博物馆，回至来远公司小坐归寓。下午昙，风。晚魏福绵来。夜微雨成雪，积数分。

二日

日记 昙。午[上?]午寄大学豫科教务处信，送童亚镇，韩寿晋二生保结。

三日

日记 昙。下午得二弟信附三弟妇信，三十日发（22）。

四日

日记 晴，风。午后往留黎厂神州国光社买《古学汇刊》第八期一部，一元五分，校印已渐劣矣。又至直隶官书局买《两浙金石志》一部十二册，二元四角。至前青厂图书分馆。夜季市来。

五日

日记 晴，风。星期休息。午寄二弟信（二十四）。午后许季市来。下午往季市寓，坐少顷。魏福绵取知事试验保结去，已为作保而忘其名。晚关先生来。

六日

日记 上午寄上海食旧廛旧书店函，向乞书目也，店在新北门外天主堂街四十三号。得戴芦舲天津来信,昨发。向齐寿山借得二十元。汤聘之持来雨生绍介信来属为作保,以适无印章,转托沈商耆保之。夜坐无事,聊写《沈下贤文集》目录五纸。

七日

日记 晴,大风。无事。夜写《沈下贤集》一卷。

八日

日记 上午得二弟信,四日发(23)。得宋知方信,二日台州发。晚魏福绵来保去一人徐思庄,五日所保者冯步青云。夜季市来。

九日

日记 上午得羽太重久葉書,二日发,已入市川炮兵第十六联队第四中队。晚季市遗青椒酱一器。夜写《沈下贤集》第二卷了。

十日

日记 昙。上午寄二弟信附与三弟妇笺一枚(二十五)。晚紫佩来。夜小雨。

十一日

日记 昙。上午得羽太重久信,三日发。下午杜海生来,十一时去。夜写《沈下贤文集》第三卷毕。

十二日

日记 昙。星期休息。上午得二弟信,八日发(24)。下午晴。写毕《沈集》卷第四。季自求来。晚得上海食旧廛寄来书目一册。

十三日

日记 晴。上午得羽太家信,六日发。

十四日

日记 晴,大风。上午赴交通银行以百元券易五元小券。赴日本邮局寄羽太家信并银十五元,为重久营中之用;又寄相模屋书店信并银二十元,又代张协和寄五元。下午邓国贤来属保知事,未持印,转托齐寿山代之。晚宋紫佩来,为保宋芷生去,又携一人曰徐益三者来,亦为保之。

十五日

日记 晴,大风。上午寄二弟信(二十六)。下午至孔社观所列字画书籍一过。晚王屏华来,保去一人谢晋,萧山人。许季上来。朱舜丞及其弟来,邀往便宜坊饭。

十六日

日记 晴。傍晚写《沈下贤集》卷五毕。夜风。

十七日

日记 晴,风。下午得二弟信,十三日发(25)。晚季市遗火腿烹鸡一器。夜大风。写《沈下贤文集》卷第六毕。

十八日

日记 晴。下午往有正书局买《选佛谱》一部,《三教平心论》,《法句经》,《释迦如来应化事迹》,《阅藏知津》各一部,共银三元四角七分二厘。

十九日

日记　晴。星期休息。午后往有正书局买《华严经合论》三十册,《决疑论》二册,《维摩诘所说经注》二册,《宝藏论》一册,共银六元四角又九厘。晚宋子佩来。夜小风。写《沈下贤文集》卷七毕。

二十日

日记　上午寄二弟信(二十七)。夜裘君善元来谭。

二十一日

日记　上午得二弟信,十七日发(26)。午后一时全国儿童艺术展览会开会。下午得羽太重久葉书,十四日发。

二十二日

日记　昙。夜裘君善元来谭。

二十三日

日记　晴。晚访许季市,无可谭而归。夜写《沈下贤文集》卷第八毕。

二十四日

日记　无事。晚许季上来,夜去。

二十五日

日记　昙。上午寄二弟信(二十八)。晚风。

二十六日

日记　晴。星期。上午仍至教育部理儿童艺术展览会事,下午五时始归寓。得二弟信,二十二日发(27)。夜裘君来谭。

二十七日

日记　小雨,上午霁。收本月俸二百十六元。得相模屋书店葉书,二十日发。午后稻孙持来文明书局所印《炭画》三十本,即以六本赠,校印纸墨俱不佳。夜写《沈下贤文集》卷第九毕。

二十八日

日记　晴。上午赠通俗图书馆《炭画》一册,又张阆声一册。下午得二弟信,云已收童生亚镇家汇款一百七十元,二十四日发(28)。夜寄二弟小包二个,其一《炭画》十册,其一《百孝图》二册,《释迦如来应化事迹》三册。

二十九日

日记　上午寄二弟信(二十九)。晚宋子佩来。

三十日

日记　下午得东京羽太家信,二十三日发。晚徐吉轩招饮于其寓,同席者齐寿山,王屏华,常毅箴,钱稻孙,戴螺舲,许季上。晚得二弟所寄《绍兴教育会月刊》第七期五册,二十六日付邮。夜裘善元君来谈。

五月

一日

日记 晴。《约法》发表。下午童生亚镇来取去汇款一百四十元讫。晚访季市。

二日

日记 上午代社会教育司寄日本京都藏经书院信。

三日

日记 星期。上午得陈子英信,廿八日发。得二弟信并论文一篇,廿九日发(29)。访季自求,坐少顷。访许季上,未遇。午后仍赴展览会理事至晚。夜俞雨苍来,自云魏福绵之友,住本馆中。

四日

日记 晴,风。晨寄二弟信(三十)。上午教育总长汤化龙到部。晚陈公侠来。

五日

日记 上午赠季市《炭画》二册,托以其一转赠铭伯。晚裘君同董仿都来,名敦江,某校长。

六日

日记 无事。

七日

　　日记　无事。晚许诗荃来,假去《无机质学》一册。

八日

　　日记　昙。下午得二弟信,四日发(30)。夜季市来。大风,朗月。

九日

　　日记　晴。上午寄二弟信(三十一)。晚夏司长治酒肴在部招饮,同坐有齐寿山,钱稻[孙],戴螺舲,许季上,八时回寓。

十日

　　日记　星期。上午仍至展览会办事,晚六时归寓。得伯扬叔信,七日发。魏生福绵来假去十五元。

十一日

　　日记　晴,风。无事。

十二日

　　日记　昙。上午次长梁善济到部,山西人,不了了。午后小雨即霁。下午大发热,急归卧,并服鸡那丸两粒,夜半大汗,热稍解。

十三日

　　日记　昙,风。热未退尽,服规那丸四粒。午后会议。下午得二弟信又文稿两篇,并是初九日发(31)。夜许季市来。

十四日

　　日记　晴。晨寄二弟信(三十二)。服规那丸一粒。赴西长安街同记理发。上午至石驸马大街池田医院拟就诊,而池田他出,遂至其邻北京医院,医士为侯希民,云热已退,仍与药两瓶,一饮一嗽,资一元三角,又诊资一元。晚戴螺舲在其寓招饮,别有齐寿山,钱稻孙,徐吉轩,常毅箴,王屏华,许季上六人,出示其曾祖文节公画册并王奉常,王椒畦仿古册,皆佳品,夜九时归寓。夜风。

十五日

日记　晨至丞相胡同第一女子小学答访董仿都,未遇留刺。往观音寺街买草冒一顶,一元八角。往留黎厂文明书局买《般若灯论》一部三册,《中观释论》一部二册,《法界无差别论疏》一部一册,《十住毗婆沙论》一部三册,总计一元九角一分一厘也。下午服规那丸二粒。晚宋紫佩来。许季市来。裴善元来。

十六日

日记　上午得羽太重久葉书,三日日本千叶发。晚间季市遗肴一皿。夜风。

十七日

日记　星期。上午仍至展览会治事,下午六时归寓。关卓然来过,未遇。晚大风。夜写《沈下贤文集》第十卷毕。送裴善元《炭画》译本一册。

十八日

日记　雨,上午住。得二弟信,十四日发(32)。

十九日

日记　晴。上午寄二弟信并补本月家用三十元(三十三)。下午赴留黎厂国光社买《神州大观》第五期一册,一元六角五分。晚小风。

二十日

日记　下午四时半儿童艺术展览会闭会,会员合摄一影。晚童亚镇来假去银五元。许季市来,十一时去。

二十一日

日记　午后会议。夜圈点《劲草》译本。

二十二日

日记　上午往察院胡同访胡绥之,未遇。午后昙。晚雨一陈,动雷。夜大风,星见。

二十三日

日记　晴,风。上午开儿童艺术审查会。午后赴留黎厂有正书局买《中国名画》第十七集一册,一元五角;又《华严三种》一册,一角四厘。赴青云阁买牙皂手巾等一元。晚许季上来,饭后去。得二弟及三弟信,十九日发(33)。

二十四日

日记　星期休息。上午寄二弟及三弟信(三十四)。寄钱稻孙信。写《沈下贤文集》第十一卷毕。午后大风。裴子元来谈。夜写《沈下贤文集》第十二卷并跋毕,全书成。

二十五日

日记　上午得钱稻孙信。下午大风,入夜益烈。

二十六日

日记　昙。上午得二弟信并《希腊牧歌》一篇,绎希腊小说二篇,二十二日发(34)。午前动雷。午后收本月俸二百十六元。下午大风。季市来寓,赠以《绍兴教育会月刊》第六,七期各一册。寄钱稻孙信。

二十七日

日记　晴。下午得二弟所寄《绍兴教育会月刊》第八期五册,二十三日付邮。

二十八日

日记　上午寄二弟信(三十五)。寄伯执叔信。午后昙,大风。晚朱舜臣来,持赠卷烟两匣,烧鸡两只,角黍一包,以角黍之半转馈裘子元,半之又半与仆人。夜小雨。

二十九日

日记　晴,风。旧历端午,休假。晨常毅箴来,未见。上午裘子元来。午季市贻烹鹜,盐鱼各一器。下午许季市来,赠以《绍兴教育会月刊》第八期一册。许季上来,并赠莓一包,分一半与季市。

三十日

日记　晨许季市来。往日本邮局寄相模屋信,并代子英汇书资三十元,合日本币二十七圆。午后寄袁文薮《炭画》一册。下午同陈仲谦往图书分馆,又同关来卿先生至豫章学堂看屋。晚常毅箴招饮其寓,同席徐吉轩,齐寿山,许季上,戴芦舲,祁柏冈,朱舜丞,九时归邑馆。夜风。

三十一日

日记 雨。星期休息。晨寄陈子英信。上午得二弟信,二十七日发(35)。午后雨住风起,天气甚凉。往有正书局买《思益梵天所问经》一册,《金刚经六译》一册,《金刚经心经略疏》一册,《金刚经智者疏》,《心经靖迈疏》合一册,《八宗纲要》一册,共银八角一分。晚晴。

六月

一日

日记 晴。上午寄二弟信(三十六)。下午雨,晚晴。许诗荃来。夜许季市来,并还旧欠三十六元五角,诸有出入讫,九时去。裘子元来,夜半方去。

二日

日记 微雨,上午晴。与陈师曾就展览会诸品物选出可赴巴那马者饰之,尽一日。下午雨。

三日

日记 晴。上午得二弟信,五月三十日发(36)。下午往有正书局买佛经论及护法著述等共十三部二十三册,价三元四角八分三厘,目具书帐。夜裘子元来。许季市来。写《异域文谭》讫,约四千字。

四日

日记 上午得钱稻孙信。寄许季市信并《异或文谈》稿子一卷,托转寄庸言报馆人。晚季市来。夜寄稻孙信。

五日

日记 无事。夜裘子元来。

六日

日记 晴。上午寄二弟信(三十七)。午后往西升平园浴。往留

黎厂李竹泉家买圆足布一枚,文曰"安邑化金";平足布三枚,文曰
"戈邑",背有"仐"字,曰"兹氏",曰"閖";又"坦"字圆币二枚,共三元
五角。往清秘阁买信纸信封,五角。往有正书局买《心经金刚经注》
等五种六册,《贤首国师别传》一册,《佛教初学课本》一册,共计银九
角九分三厘。下午昙,大风,夜雨。

七日

日记　晴。星期休息。上午得二弟及三弟信,又丰丸画一枚,
三日发(37)。午后风。祁柏冈来。下午魏福绵,王镜清二生来,魏还
银十五元。

八日

日记　上午得王造周函。

九日

日记　晴,风。上午寄二弟书籍一包,内《释迦谱》四本,《贤首
国师别传》一本,《选佛谱》二本,《佛教初学课本》一本。午后陈师曾
贻三叶虫僵石一枚,从泰山得来。夜许季市及诗荃来谈,十一时
半去。

十日

日记　上午寄二弟信(卅八)并古泉拓片三枚。得相模屋书店
葉书,四日发。下午发明信片一枚答王造周,寄杭州。晚宋紫佩来。
夜许季市来。

十一日

日记　晴,午后昙。下午小雨即霁。

十二日

日记　上午得二弟信，八日发(38)。

十三日

日记　下午同王维忱往看钱稻孙病，已愈，坐少顷出。至沈君默斋中，见其弟及马幼舆，少顷钱中季亦至，语至晚归。风。

十四日

日记　小雨。星期休息。将午霁。午后往观音寺街晋和祥买饼饵，一元。下午商生契衡来。晚许季上来，饭后去。

十五日

日记　晴，热。上午寄二弟信(三十九)。

十六日

日记　上午得二弟信，十二日发(39)。晚大雨一陈即霁。

十七日

日记　晴。下午寄马幼舆书，向假《四明六志》。夜胃小痛。

十八日

日记　大热。无事。晚马幼舆令人送《四明六志》来，劳以铜元二十枚也。

十九日

日记　无事。晚大风，小雨。

二十日

日记　晴。上午寄二弟信（四十）。午后雨一陈，下午大风。晚许季市来赠写真一枚，在团城金时栝树下照也，又贻笋干一包。夜王惕如来。

二十一日

日记　晴。星期休息。晨蔡垕卿来，未见。上午得二弟信，十七日发（40）。下午访许季上，以季市之笋干少许赠之，又欲访季自求，未果。

二十二日

日记　晚车耕南来。魏福绵，王镜清二生来，将回越，托汇银百五十元，为本月及七月费用，又僵石一枚与三弟。季市来。

二十三日

日记　晴。上午寄二弟信（四十一）。下午大雷雨，向晚稍霁，俄顷又雨终夜。

二十四日

日记　小雨。上午得三弟信，十九日发。下午晴。晚韩寿晋，童亚镇二生来，假去二十元，寄存讲义一包，考毕欲回越也。

二十五日

日记　昙。上午赴交民巷日邮局易为替券五十圆。下午晴。

二十六日

日记　晴。上午收本月俸二百十六元。下午昙。得二弟信并旧日本邮券一帖,二十二日发(41)。晚小雨。夜宋紫佩来。

二十七日

日记 晴。下午访董恂士,不值。晚韩生寿谦来假去十五元。夜小雨。

二十八日

日记 晴。星期休息。上午黄元生来,未见。午寄二弟信并银六十元,合前托王镜清汇越者共二百一十元,内百元为本月家用,百十元还李赋堂,又为替券一枚五十元,令转寄东京,又附与三弟笺一枚,文明书局印行黄[?]《炭画》约言一分(四十二)。下午张协和来。季自求来,赠以《炭画》一册。

二十九日

日记 昙,上午小雨,午霁。与稻孙出买馒头食之。

三十日

日记 晴,午后昙。下午得二弟信并所录《会稽记》,《云溪杂记》各一帖,二十六日发(42)。晚小风雨,夜大雨。

七月

一日

日记 晴。自本日起部中以上午八至十一时半为办公时间。上午寄二弟信(四十三)。午后理发。下午小睡,起写《典录》至夜。

二日

日记 昙。午同齐寿山至益锠,饭已往许季上寓,约之同游畿辅先哲祠。下午得二弟所寄《绍兴教育会月刊》第九期五册,六月二十八日付邮。

三日

日记 晴。午同陈师曾往钱稻孙寓看画帖。夜许季市来。

四日

日记 昙。上午得二弟信并丰丸画一枚,六月三十日发(43)。午后赴留黎厂买《四十二章经等三种》一册,《贤愚因缘经》一部四册,共七角二分一厘,又买《国学汇刊》第九期一部二册,一元五分。下午小雨。许季上来。

五日

日记 小雨。星期休息。午后寄二弟书一包,计《起信论》两本,僧肇《宝藏论》一本,护教诸书七本,共十本也。下午晴。晚宋紫佩来。

六日

　　日记　晴。上午寄二弟信(四十四)。

七日

　　日记　昙,午小雨,下午大雨,顿凉。

八日

　　日记　雨。上午得重久葉書,言已退队,一日东京发。午后晴。下午许季上来。

九日

　　日记　晴。无事。晚雨。夜邻室博簺扰睡。

十日

　　日记　小雨。上午得二弟信并日本邮券一帖,五日发(44)。又得二弟信,言弟妇于五日下午十一时生一女,又附《会稽旧记》二叶,六日发(45)。得钱稻孙信。下午霁。晚许诗荃来。夜小雨。

十一日

　　日记　昙。上午寄二弟信(四十五)。午后赴晋和祥买糖二瓶,又往有正书局买阿含部经典十一种共五册,六角四分;《唐高僧传》十册,一元九角五分。

十二日

　　日记　晴,大热。星期休息。下午访董恂士。夜裘子元来。

十三日

　　日记　晴,午后大雷雨,下午霁。无事。夜又大雨。

十四日

日记 雨,午后霁。夜裘子元来。又雨。

十五日

日记 昙,上午晴。得二弟信并所录《会稽先贤传》一纸,十一日发(46)。

十六日

日记 小雨,上午晴。寄二弟信(四十六)。下午盛热。夜雷电,大雨。

十七日

日记 昙,上午晴,盛热,下午风。往升平园浴,又至晋和祥买食物,一元。晚小雨,夜雷电,大雨一陈,热亦不解。

十八日

日记 昙,风。午大雨一陈,午后霁。晚细雨,夜大雨。

十九日

日记 昙。午前许季上来。午后小雨。裘子元来。今日星期休息也。

二十日

日记 昙。上午得二弟信并邮券一帖,十六日发(47)。晚宋子佩来。

二十一日

日记 晴。上午寄二弟信(四十七)。午前同沈商耆往看筹边学校房屋可作图书馆不。夜许季市来,赠以《绍兴教育会月刊》第九期一册。

二十二日

日记　晴,热。下午往留黎厂买古泉不成,购《曹集铨评》二册归,价一元。

二十三日

日记　大热,晚大风,下少许雨。腹写。

二十四日

日记　雨,午后晴,下午又雨一陈。

二十五日

日记　雨。上午得二弟信,二十一日发(48)。夜大雨。

二十六日

日记　晴。星期休息。上午寄二弟信(四十八)。午往季市寓,晚归。

二十七日

日记　昙。上午收本月俸二百四十元。捐入佛教经典流通处二十元,交许季上。午雨一陈即晴。下午许季市来。晚雷,大风雨,少顷霁。

二十八日

日记　晴。上午朱舜丞来。下午得许季市笺并《大方广佛华严经著述集要》一夹十二册,《十二门论宗致义记》一部,《中论》一部,《肇论略注》一部,各二册,从留黎厂代买来,共直三元二角二厘。

二十九日

日记　上午寄二弟书籍三包:一,《贤愚因缘经》四本,《肇论略注》二本;二,《大唐西域记》四本,《玄奘三藏传》三本;三,《续高僧传》十本。托许季上寄金陵刻经处银五十元,拟刻《百喻经》。午前同钱稻孙至观音寺街晋和祥午饭,又至有正书局买《瑜伽师地论》一部五本,二元六角;《镡津文集》一部四本,七角八分;梁译,唐译《起信论》二册,一角五分六厘。夜邻室大赌博,后又大净,至黎明净已散去,始得睡。

三十日

日记　晨得二弟信,言重久已到上海,二十六日发(49)。

三十一日

日记　上午寄二弟信并本月家用一百元(四十九)。下午宋守荣来,其名刺忽又改名宋迈而字洁纯云。访许季市还买经钱,并借《高僧传》一部归。晚杜海生来。夜雷电大风雨,良久止。

八月

一日

日记 晴。下午往晋和祥及稻香村,共买食物二元。夜小风。

二日

日记 晴。星期休息。王书衡寄其父讣,赙二元。上午访季自求于南通馆,贻以日本邮券十余枚。游留黎厂书肆,大热便归。下午小雨。

三日

日记 昙,上午晴。无事。

四日

日记 晴。晨得二弟信,言重久已入越,七月三十一日发(50)。下午刘历青来,晚同至广和居饭,以柬招季自求,未至。夜雨少许。

五日

日记 晴。上午寄二弟信(五十)。

六日

日记 晴,下午昙。无事。夜胃痛。

七日

日记 雨,下午晴。访许季市还《高僧传》,借《弘明集》。胃痛。

八日

日记 昙,上午晴,下午复昙。往有正书局买宋明《高僧传》各一部十册,《续原教论》一册,共银一元九角三分七厘。又至观音寺街买食物,五角。

九日

日记 晴,风。星期休息。上午得二弟信并虞世南文一叶,五日发(51)。下午许季上来。寿洙邻来。得二弟所寄《越中文献辑存》书四本,又日译显克微支『理想鄉』一本,均三日付邮。夜九时季上去。

十日

日记 上午寄二弟信(五十一)。晚又寄一邮片,告以书籍已至。夜雨。

十一日

日记 雨,上午晴。得重久邮片,七月二十七日上海所发,今日始达,共阅十六日。佣剃去辫发,与银一元令买冒。午季市遗食物二品,取鸳还梅糕,以胃方病也。下午得朱遏先信,问启孟愿至太学教英文学不。夜大风雨。

十二日

日记 晴。午后一时至三时有行政方针讨论会,自本日起为社会教育司也。下午寄许季上信。晚复朱遏先信。夜宋子佩来。齿痛。

十三日

日记 晴,大热。上午寄伯扬叔信南京。夜范芸台,许诗荃来。

十四日

日记 晴,大热。上午得二弟信,十日发(52)。下午风雨一陈。

十五日

日记 上午寄二弟信(五十二)。午后昙,雨大降,旁晚少霁。

十六日

日记 昙。星期休息。上午晴。午前季自求来,下午同至宣武门外大街闲步。晚往观音寺街买食物,二元。夜宋子佩来。风,大雷雨。

十七日

日记 晴。下午钱稻孙来。

十八日

日记 午前见策令,进叙四等。理发。下午同徐吉轩至通俗图书馆小坐,次长亦至。夜雷,大风雨。写《志林》四叶。

《志林》序

《晋书》《儒林》《虞喜传》:喜为《志林》三十篇。《隋志》作三十卷,《唐志》二十卷,并题《志林新书》。今《史记索隐》,《正义》,《三国志》注所引有二十余事,於韦昭《史记音义》,《吴书》,虞溥《江表传》多所辨正。其见于《文选》李善注,《书钞》,《御览》者,皆阙略不可次第。《说郛》亦引十三事,二事已见《御览》,余甚类小说,盖出陶珽妄作,并不录。

十九日

日记 昙。下午得二弟信,十五日发(53)。许季上来。晚得朱舜丞信。夜许季市来,即去。

二十日

日记 晴。上午寄二弟信(五十三)。答朱舜丞信。部令给四等奉。晚沈生应麟来,旧绍府校生,名刺云字仁俊,假去银二十元。夜陶书臣来谭。

二十一日

日记 昙。上午得伯扬叔信,十八日南京发。午后小雨。

二十二日

日记 昙。上午得二弟信,十八日发(54)。午后许季市来,同至钱粮胡同谒章师,朱遏先亦在.坐至旁晚归。雨。

二十三日

日记 晴,风。星期休息。上午寄二弟信(五十四)。午后往留黎厂有正书局买《老子翼》四册;《阴符道德冲虚南华四经发隐》合一册;又石印《释迦佛坐象》,《华严法会图》各一枚,《观音象》四枚,共银一元八分。

二十四日

日记 晴。午后行政方针研究会讫。观象台送月刊《气象》一册。始食蒲陶。下午杜海生来,晚同至广和居饭。

二十五日

日记　下午季市来。

二十六日

日记　上午收本月奉银二百八十元。夜季市来。

二十七日

日记　晨得二弟信,二十三日发(55)。上午裱糊居室,工三元。午后赴邮政局,又至临记及稻香村共买食物一元,下午往升平园浴。往留黎厂直隶官书局买《墨子闲诂》一部八册,三元;《汪龙庄遗书》一部六册,二元;《驴背集》一部二册,六角。

二十八日

日记　上午寄二弟信并本月家用百元(五十五)。下午常毅箴来保去投考知事者一名,王櫆,山阴人。晚朱逷先来。

二十九日

日记　昙。午前至图书分馆借《资治通鉴考异》一部十册。下午往留黎厂买栗壳色纸二枚,锥一具。又至观音寺街买牛肉火腿各四两。夜子佩来。

三十日

日记　晴,星期休息。上午得二弟信并儿童学书目录二纸,二十六日发(56)。午后访许季市,与以书目,在客室坐少顷归。晚大风,又雷电而雨,良久止也。

三十一日

日记 晴。上午寄二弟信并《闺情》译文一篇，新希腊人蔼氏作，其所旧译，云将入《众社杂志》，故还之（五十六）。夜许诗荃来。

本月

《范子计然》序

《唐书》《艺文志》：《范子计然》十五卷，范蠡问，计然答。列农家。马总《意林》：《范子》十二卷。注云"并是阴阳历数也。"《汉书》《艺文志》有《范蠡》二篇，在兵权家，非一书。《隋志》亦不载计然，然贾思勰《齐民要术》已引其说，则出于后魏以前，虽非蠡作，要为秦汉时故书，《隋志》盖偶失之。计然者，徐广《史记音义》云范蠡师也，名研。颜师古《汉书》注云：一号计研，其书有《万物录》，著五方所出，皆直述之。事见《皇览》及《中经簿》。又《吴越春秋》及《越绝》并作计倪。此则倪，研及然，声皆相近，实一人耳。案本书言计然以越王鸟喙，不可同利，未尝仕越。而《越绝》记计倪官卑年少，其居在后，《吴越春秋》又在八大夫之列，出处画然不同。意计然，计倪自为两人，未可以音近合之。又郑樵《通志》《氏族略》引《范蠡传》：蠡师事计然。姓宰氏，字文子。章宗源以辛为宰氏之误。《汉志》农家有《宰氏》十七篇，或即此，然不能详。审谛逸文，有论"天道"及"九宫""九田"，亦时著蠡问者，与马总所载《范子》合。又有言庶物所出及价直者，与师古所谓《万物录》合。盖《唐志》著录合此二分，故有十五篇，而马总，颜籀各举一分，所述遂见殊异，实为一书。今别其论阴阳，记方物者为上下卷，计倪《内经》亦先阴阳，后货物，殆计然之书例本如此,而二人相椆,亦自汉已然,故《越绝》即计以计然为计倪之说矣。

《魏子》序

《隋志》:《魏子》三卷,后汉会稽人魏朗撰。《唐志》同。马总《意林》作十卷,当由后人析分,或"十"字误。朗字少英,上虞人,桓帝时为尚书,被党议免归,复被急征,行至牛渚自杀。见《后汉书》《党锢传》。

《任子》序

马总《意林》:《任子》十二卷,注云,名奕。《御览》引《会稽典录》:"任奕,字安和,句章人。"又《吴志》注引《典录》:朱育对王朗云,近者"文章之士,立言粲盛则御史中丞句章任奕,鄱阳太守章安虞翔,各驰文檄,晔若春荣。"罗濬《四明志》亦有奕传,云今有《任子》十卷。奕书宋时已失,《志》云今有者,盖第据《意林》言之,隋唐志又未著录,故名氏转晦。胡元瑞疑即任嘏《道论》,徐象梅复以为临海任旭。今审诸书所引,有任嘏《道德论》,有《任子》,其为两书两人甚明。惟《初学记》引任嘏论云:"夫贤人者,积礼义于朝,播仁风于野,使天下欣欣然歌舞其德。"与《御览》四百三引《任子》相类,为偶合或误题,已不可考。今撰写直题《任子》者为一卷,以存其书。

未另发表。据手稿编入。

初未收集。

《广林》序

《隋志》:梁有《广林》二十四卷,《后林》十卷,虞喜撰,亡。《唐志》《后林》复出,无《广林》。杜佑《通典》引一节,书实尚存,又多引虞喜说,大抵杂论礼服或驳难郑玄,谯周,贺循,与所谓《广林》相类。又有称《释滞》,《释疑》,《通疑》者,殆即《广林》篇目。《通疑》以难刘智《释疑》。余不可考。今并写出,次《广林》之后。

未另发表。据手稿编入。

初未收集。

九月

一日

日记　晴。自本日起教育部以上午十时至下午四时半为办公时间。午同齐寿山至益锠饭。下午陈仲骞赠《泛梗集》一部,吴之章著,排印本。

二 日

日记　昙。上午得二弟信,八月二十九日发(57)。颇燠,夜有雷。

三日

日记　昙。午前得相模屋书店邮片,八月二十八日发。夜小雨。

四日

日记　昙。晨至交通银行换钱券,又至交民巷日邮局寄东京羽太家信并月用钱二十元,又寄相模屋书店信并书籍费四十元,一·二七换,共需七十六圆八角。上午齐寿山赠深州桃一枚。午同陈师曾至益昌饭。夜子佩来。旧七月十五日也,孺子多迎灯。月食。

五日

日记　昙。上午寄二弟信(五十七)。下午直睡至晚。童亚镇,王式乾,徐宗伟来,童贻茗二罐,又还旧所假二十五元。夜雨一陈,俄又大雨。

264

六日

日记 晴。星期休息。上午许季市来。午后至琉璃厂买《十二因缘》等四经同本一册,《起信论直解》一册,《林间录》二册,共五角五分二厘;又买明南藏本《大方广泥洹经》,《般涅槃经》,《入阿毘磨论》各一部,各二册,共一元五角;严氏《诗缉》一部十二册,一元五角。下午访季市,还《宏明集》,借《文选》。晚大风,雷,小雨。

七日

日记 雨,上午晴。得二弟信,三日发(58)。下午同许季上至琉璃厂保古斋买得《阿育王经》一部,阙第二三两卷,又《付法藏因缘经》一部,阙第一卷,共十册,价二元。晚陶望潮来。

八日

日记 昙。晚童亚镇来。夜寄陈公侠信。以《大方等泥洹经》二册赠季上。

九日

日记 昙,大风。晨童亚镇,王式乾,徐宗伟来,各贻以《炭画》一册,又同至工业专门学校为作入学保人,计王,徐二人,又徐元一人。午后晴。

十日

日记 风。上午寄二弟信(五十八)。午后游小市,无所买。下午得陈公侠信。

十一日

日记 晴。午往许季上寓。下午韩寿晋来并还银十五元,其兄寿谦所假也。

十二日

日记　晨得二弟信，七日发(59)。上午寄陶望潮信，附介绍于陈公侠之函一封。寄二弟书籍两包，一：《过去见在因果经》一，《镡津文集》四，《老子翼》四，《阴符等四经发隐》一，共十本。一：《宋高僧传》八，《明高僧传》二，《林间录》二，《续原教沦》一，共十三本。午后至有正书局买憨山《老子注》二册，又《庄子内篇注》二册，共五角九分。又至保古斋买《备急灸方附针灸择日》共二册，二角。次至稻香村买食物三品，五角也。下午与宋紫佩信，还《通鉴考异》，借《两汉书辨疑》及《三国志注补》，共十七册。晚紫佩来。

十三日

日记　昙。星期休息。上午许季上来。午前雨一阵即晴。下午往图书分馆还昨所借两书，又至临记洋行买饼饵一元，途中又遇大雨一阵，又即晴。夜风，雷电又雨，少顷复霁。从季上借得《出三藏记集》残本，录之，起第二卷。

十四日

日记　晴。上午许季上赠木刻印《释迦立像》一枚，梵书"唵"字一枚。午后以去年所得九，十两月国库券二枚买内国公债一百八十元。下午昙。夜大雷雨。

十五日

日记　晴。上午寄二弟信(五十九)。下午昙。晚商契衡，王镜清来。

十六日

日记　晴。以总统生日休假一日。晨得二弟信，十二日发

(60)。下午往琉璃厂买《长阿含经》一部六本,《般若心经五家注》一本,《龙舒净土文》一本,《善女人传》一本,共银一元五角三分四厘。得许季上信,借去《付法藏因缘经》五本,《金刚经六译》及众家注论共八本。

十七日

日记 昙。上午得相模屋书店邮片,十日发。午后许季上自常州天宁寺邮购内典来,分得《金刚经论》一本,《十八空百广百论合刻》一本,《辨正论》一部三本,《集古今佛道论衡》一部两本,《广弘明集》一部十本。晚朱舜丞来,即去。夜季市来,索去《或外小说集》第一第二各一册。

十八日

日记 大雷雨,上午稍止。晚风,夜顿凉,著两夹衣。

十九日

日记 昙。上午寄二弟信(六十)。从许季上分得《菩提资粮论》一册。下午晴。商契衡来,付与学资六十元,本年所助讫。夜食蟹。陶书臣来谭。

二十日

日记 晴。星期休息。上午得二弟信,十六日发(61)。午后陶望潮来。

二十一日

日记 上午寄二弟信(六十一)。

二十二日

　　日记　晴，风。下午往图书分馆借《晋书辑本》等九册。晚沈衡山来。

二十三日

　　日记　上午还许季上经钱三元。下午收到文官甄别合格证书一枚。夜许季市来。宋子佩来。风。

二十四日

　　日记　晴。上午得东京羽太家信，十九日发。夜风。

二十五日

　　日记　晴。晨得二弟信，二十一日发(62)。

二十六日

　　日记　昙。晨寄二弟信(六十二)。上午收本月俸钱二百八十元。下午晴。同许季上往有正书局买佛经，得《大安般守意经》一部一册，《中阿含经》一部十二册，《阿毗达磨杂集论》一部三册，《肇论》一册，《一切经音义》一部四册，共银四元二角六分二厘。又至晋和祥行买帽一，价二元七角。

二十七日

　　日记　昙。星期休息。上午得沈尹默，戡士，钱中季，马幼渔，朱遏先函招午饭于瑞记饭店，正午赴之，又有黄季刚，康性夫，曾不知字，共九人。下午在书摊买《说文发疑》一部三本，铜元六十枚。写《出三藏记集》至卷第五竟，拟暂休止。

二十八日

    日记   晴。无事。

二十九日

    日记   昙,午后小雨即晴。下午往西什库第四中学,其开校纪念日也,小立便返。

三十日

    日记   晴。上午得二弟信,二十六日发(63)。得陈子英信,二十五日发。晚得朱舜丞来函假去四元。不甚愉,似伤风,夜服金鸡那小丸两粒。

十月

一日

日记 晴。上午寄二弟信并九月家用百元(六十三)。寄日本东京乡土研究社银三元。午后走小市一遍。晚服规那丸二粒。夜许季市来。

二日

日记 昙,午后风。本部开会,为作文以与新闻事也。晚服规那丸二粒。

三日

日记 昙。午至益锠饭。午后又开会仍是昨事。下午雨。夜服规那丸三粒。

四日

日记 雨。星期,又旧历中秋也,休息。午后阅《华严经》竟。下午霁。许季上来。许季市贻烹鹜一器。晚服规那丸二粒。

生理实验术要略[*]

一 骨之有机及无机成分

切兽骨作细片,煮之,则胶质出于水中,所余者为无机成分。或煅去其有机分亦可。

用磷盐酸,浸骨片于中,历数日,则无机分溶解,所余者为有机成分。

二　横纹肌之纹

取肌束一,切去其腱,次去肌膜,用针徐徐分析,逮得极细之系,乃就显镜(三百倍)检之。无纹肌亦然。

三　食素检出素

(一)卵白质　加密伦氏液,则成赤色。(密伦氏液制法:用汞一克,溶解于硝酸二克,次加水一倍,以漓薄之。)或先加苛性钾水溶液,次注入极薄之硫酸铜水溶液,则呈紫色。

(二)含水炭素

甲　溶蒲萄糖于水,加菲林氏(Fehling)液,则呈赭色。(菲林氏液制法:①硫酸铜二五克,加水一〇〇克;②酒石酸钠一克,苛性钠〇·四克,加水一〇〇克。次取①一立方生密,②二·五立方生密,混合之即成。)

乙　取蔗糖溶解于水,加硫酸少许,即成蒲萄糖。可用前术试之。

丙　取淀粉入水中,注入碘之酒精溶液,则呈蓝色。

四　唾之糖化作用

取淀粉和水,纳试管中,煮令成糊。注以碘液,即成紫色。次又加水令薄,滴入唾液少许,置四十度温水中,当见紫色渐褪。若注入菲林氏液,即呈蒲萄糖之反应。

五　胃液之卵白消化作用

煮卵白令凝，切作立方形，投入工胃液（取市肆所售沛普敦二五克，加盐酸一〇克，水二五〇〇克即成）中。加温（摄氏三十六七度）至数十分时，当见立方之角，渐益浑同，知已成沛普敦，溶解于液。故加密伦氏液，则呈赤色。

六　膵液之糖化作用

取兽膵，置空气中一日，即浸于四十％之酒精中。数日后，滴以无水酒精，则其 Steapsin, Ptyalin, Trypsin 皆沉淀，是名 Pancreatin。可用此试淀粉之糖化，术与第四则同。

七　膵液之脂肪分解作用

用中性脂肪，（用肆中所售之阿列布油，加重土水，煮之令沸；逮冷，即浸诸以脱；数日以后，以脱中已函中性脂肪，可蒸发以脱而得之；若普通之脂肪，则其中已函脂酸，故不堪用）加 Pancreatin，并插入青色试纸，则脂肪分解，成格里舍林及脂酸，故试纸转为赤色。

八　血之固体及液体成分

用新血入玻瓈管中，外围以水，（马血则不需此，）靖立良久，血汁及血轮二者，即渐离析。

九　系素

用新血入皿中，急搅以箸，则系素渐多，绕于箸端。所余者为血清,不能凝固。糸素虽作赤色,以水涤之,即成纯白。

十 血 轮

（一）赤血轮　作〇·六五％之食盐水,滴于左手无名指背侧之端,取锐针贯水刺之,则血出即入水中,不触空气。乃置玻瓈片上,以显镜检之,当见其浮游液中,均作镜状。次加水令淡,则展如板状。加盐令浓,则收缩如荔支。

（二）白血轮　用极细玻瓈管,吸入新血,吹酒灯之火,封其两端,就显镜检之即见。

十一 血之循环

用薄板或原纸一枚,大如掌,一侧作一小孔。次以 Chloroform 醉蛙（须二十分时,或用针破其小脑亦可）令卧于板,剖腹展其肠间膜,蒙于孔上,四围固定以针（或树刺）,令不皱缩。乃就显镜视之,可见循环之状。赤血轮在中央,白血轮则循管壁。倘历时久,则宜略润以水,俾勿乾。

十二 呼出之气内含炭酸

用新制石灰水,（旧者不可用;制法为浸生石灰于水,少顷,取上部之澄明者纳瓶中,加盖待用,）置器中。又取玻瓈管一,一端入水,一端衔于口吹之,则澄明之水,即变白如乳,成炭酸石灰。$[(HO)_2Ca + CO_2 = CO_3Ca + H_2O]$

十三 生物失空气则死

取鼠或小鸟入排气钟内,去其空气验之。

十四 脑及脊髓之作用

用以脱醉蛙，取锯切开头骨，去其大脑。置半身于水，察其举止。当见姿势不失，其他器官，亦无障碍，而意志已亡，任置何处，决不自动，惟反其身，令腹向上，或直接加撄，乃运动耳。

次去其小脑及延髓，则姿势顿失，呼吸亦止。然以脊髓尚在，故取火焚其足，则举足以避。或用醋酸滴于肤，亦举足欲除去之。此其反射作用也。

次更以针纵贯脊髓，则上述作用，一切俱亡。（然因神经及肌肉未能即死，故直接加撄，亦尚呈反应，特甚微耳。）

原载 1914 年 10 月 4 日《教育周刊》。署名周树人。

初未收集。

五日

日记　昙。上午得二弟信，一日发(64)。下午又开会，仍是前日事也。夜服丸二粒。宋紫佩来。夜半雨，大雷电，一辟历。

六日

日记　晴。上午寄二弟信(六十四)。得二弟所寄《出三藏记集》一本，二日付邮。下午本司集会，讨论诸规程事起。晚王屏华来，假去十元。服规那丸二粒。

七日

日记　晴，风。午后寄南京刻经处印《百喻经》费十元。晚服规那丸二粒。夜齿痛。

八日

日记 晴。上午得二弟信,四日发(65)。午后理发。

九日

日记 午后游小市。下午至留黎厂买纸笔,又买《中心经》等十四经同本一册,《五苦章句经》等十经同本一册,《文殊所说善恶宿曜经》一册,共银三角八分八厘。

十日

日记 昙。国庆日休息。下午晴。至留黎厂宝华堂买《丽楼丛书》一部七册,《双梅景暗丛书》一部四册,《唐人小说六种》一部二册,《三教源流搜神大全》一部二册,共银七元。夜审《会稽典录》辑本。

虞预《会稽典录》序

《隋书》《经籍志》:《会稽典录》二十四卷,虞预撰。《旧唐书》《经籍志》,《新唐书》《艺文志》同。预字叔宁,余姚人。本名茂,犯明帝穆皇后讳,改。初为县功曹,见斥。太守庾琛命为主簿。纪瞻代琛,复为主簿,转功曹史。察孝廉,不行。安东从事中郎诸葛恢,参军庾亮等荐预,召为丞相行参军兼记室。遭母忧,服竟,除佐著作郎。大兴中,转琅邪国常侍,迁秘书丞,著作郎。咸和中,从平王含,赐爵西乡侯。假归,太守王舒请为咨议参军。苏峻平,进封平康县侯,迁散骑侍郎,著作如故。除散骑常侍,仍领著作。以年老归,卒于家。撰《晋书》四十余卷,《会稽典录》二十篇。见《晋书》本传。《典录》,《宋史》《艺文志》已不载,而宋人撰述,时见称引,又非出于转录。疑民间尚有其书,后遂湮昧。今搜缉逸文,尚得七十二人。略依时代次第,析为二卷。有虑非本书者,别为存疑一篇,附于末。

最初印入 1915 年 2 月绍兴木刻刊行本《会稽郡故书杂集》。

初未收集。

十一日

日记 晴。星期休息。上午寄二弟信(六十五)。高等师范附属小学开二周年纪念会,下午赴观,遇戴螺舲,至晚回寓。

十二日

日记 昙,午后晴。下午得二弟信,八日发(66)。得陶望潮信,即复之。

十三日

日记 晴。改作皮袍,工三元。

十四日

日记 昙。无事。晚宋紫佩来。

十五日

日记 晴。上午寄二弟信(六十六)。与宋紫佩简并还前所借图书馆《晋纪辑本》等九册。得二弟所寄《绍县小学成绩展览会报告》四册,四日付邮。下午出律师保结二:冀贡泉,郭德修,并山西人。

十六日

日记 晴。上午得二弟信,十二日发(67)。

十七日

日记 晨赴日邮局寄羽太家信并银三十五元,托制儿衣。下午收观象台所送民国四年历书一本。晚寄陈子英信。

十八日

日记 昙,风。星期休息。上午得宋知方信,十一日台州发。午小雨。寄二弟信(六七)。本馆秋祭,许仲南,季市见过。下午季自求来,见雨大降,逸去。夜风。

十九日

日记 晴,大风。季自求昨遗落一烟管,晨往还之。

二十日

日记 晴,风。无事。夜甚冷。

二十一日

日记 晴。上午得二弟信,十七日发(68)。

二十二日

日记 上午寄二弟信(六十八)。寄宋子方信台州。

二十三日

日记 午后同常毅箴游小市,又至戴芦舲寓。

二十四日

日记 昙,午晴。同钱稻孙至小店饭。下午与许仲南,季市游武英殿古物陈列所,殆如骨董店耳。晚张协和来。

二十五日

日记　晴。星期休息。上午得二弟信,廿一日发(69)。得青年会函。午后至留黎厂直隶官书局买陈昌治本《说文解字附通检》一部十册,是扫叶山房翻本,板甚劣,价二元。又至有正书局买《大萨遮尼乾子受记经》一部二册;《天人感通录》,《释迦成道记注》各一册;《法海观澜》一部二册;《居士传》一部四册,共银一元六角七分二厘。又石印《谢宣城集》一本,二角五分。下午陶望潮来。晚往许季市寓。夜胃小痛。

二十六日

日记　晴。上午寄二弟书籍一包,内《宿曜经》一,《释迦成道记注》,《三宝感通录》,《龙舒净土文》,《善女人传》各一,《佛道论衡实录》二,《辨正论》二共十册。收本月俸钱二百八十元,即买公债百元,抵以旧有之国库券,不足,与见钱。王屏华还十元。齐寿山与药饼三十枚,是治呼吸器病者也。晚陶书臣属作保人。

二十七日

日记　雨。上午寄二弟信(六十九)。赠钱稻孙《绍教育会月刊》六至十共五册。

二十八日

日记　晴。无事。夜杜海生来。

二十九日

日记　雨。上午得二弟信,二十五日发(70)。午后晴。夜雨。

三十日

日记　晴。晚宋紫佩来。

三十一日

日记　　昙。上午寄二弟信并本月家用一百元(七十)。午后雨。

十一月

一日

日记　雨。星期休息。夜风。

二日

日记　雨。晨得二弟信，上月廿九日发(71)。晚风。

三日

日记　晴，大风。午与张仲素，齐寿山，钱稻孙就小店饭。

《会稽郡故书杂集》序

《会稽郡故书杂集》者，冣史传地记之逸文，编而成集，以存旧书大略也。会稽古称沃衍，珍宝所聚，海岳精液，善生俊异，而远于京夏，厥美弗彰。吴谢承始传先贤，朱育又作《土地记》。载笔之士，相继有述。于是人物山川，咸有记录。其见于《隋书》《经籍志》者，杂传篇有四部三十八卷，地理篇二部二卷。五代云扰，典籍湮灭。旧闻故事，殆鲜孑遗。后之作者，遂不能更理其绪。作人幼时，尝见武威张澍所辑书，于凉土文献，撰集甚众。笃恭乡里，尚此之谓。而会稽故籍，零落至今，未闻后贤为之纲纪。乃刜就所见书传，刺取遗篇，彚为一衺。中经游涉，又闻明哲之论，以为夸饰乡土，非大雅所尚，谢承虞预且以是为讥于世。俯仰之间，遂辍其业。十年已后，归于会稽，禹勾践之遗迹故在。士女敖嬉，瞬眄而过，殆将无所眷念，曾何夸饰之云,而土风不加美。是故叙述名德,著其贤能,记注陵泉,传其典实,使后人穆然有思古之情,古作者之用心至矣!其所造述虽多散亡,而逸文尚可考见一二,存而录之,或差胜于泯绝云尔。因复撰次写定,计有八种。诸书众说,时足参证本文,亦各最录,以资省览。书中贤俊之名,言行之迹,风土之美,多有方志所遗,舍此更不可见。用遗邦人,庶几供其景行,不忘于故。第以寡闻,不能博引。如有未备,览者详焉。太岁在阏逢摄提格九月既望,会稽周作人记。

原载 1914 年 12 月《绍兴教育杂志》第 2 期。借署周作人。

初收 1915 年 2 月绍兴木刻刊行本《会稽郡故书杂集》。

四日

日记 晴,大冷有冰。上午寄二弟书一包,《丽楼丛书》七册,《唐人小说六种》二册,《三教搜神大全》二册,《驴背集》二册,共十三册也。晚始持火炉入卧室。陶书臣来。

五日

日记 上午寄二弟信(七十一),又《功顺堂丛书》一部二十四册,作一包。午后同齐寿山,常毅箴,黄芷涧游小市,买"大泉五十"两枚,"直百五铢","半两"各一枚,直一百五十文。

六日

日记 晴,大风。上午得二弟信,二日发(72)。午后同齐寿山,常毅箴游小市。乞桂百铸画山水一小帧。《之江日报》自送来。夜胃小痛。

七日

日记 晴。午后至小饭店午膳。同去者有齐寿山,许季上,钱稻孙,主人张仲素。下午同许季上往留黎厂买《复古编》一部三本,银八角。又《古学汇刊》第十编一部二册,银一元五分。

八日

日记 昙。星期休息。上午寄二弟信并刻书条例一纸(七十二)。晚诗荃来借《化学》。

九日

日记 晴,风。午后与钱稻孙游小市。晚童亚镇来假去银三十元。

十日

日记 晴。上午寄二弟书籍二包,计《古学汇刊》第七至第十编八册共一包;《居士传》四册,《复古篇》三册,《会稽郡故书杂集》草本三册共一包。下午昙。晚宋紫佩来。夜雨雪。

十一日

日记 昙。午后得二弟信,七日发(73)。又得陶念卿先生信,亦七日发。

十二日

日记 昙。上午寄二弟信(七十三),又书籍一包,计憨山《道德经注》二册,《庄子内篇注》二册,《天人感通录》一册,《会稽郡故书杂集》初稿三册。

十三日

日记　昙，午后晴。下午自部至许季上家小坐。得宋紫佩来信。

十四日

日记　晴，大风。午后往城南医院访毛漱泉。

十五日

日记　晴。星期休息。下午往留黎厂，途遇季自求方来，因同往，至宝华堂买《说文校议》一部五册，《说文段注订补》一部八册，共价四元。归过南通馆坐少顷，持麻糕一包而归。夜得二弟信，十二日发(74)。

十六日

日记　晴，午同齐寿山之市饭。

十七日

日记　上午寄二弟信(七十四)。午后同常毅箴，黄芷涧之小市。夜雨。

十八日

日记　晴。午后游小市。夜得二弟信，十五日发(75)。

十九日

日记　昙，上午晴。午后同齐寿山之市饭。

二十日

日记　晴。午后之小市买古泉七枚，直铜元三十，有"端平折三"一枚佳。晚季市送肴一器。

二十一日

日记 晴。上午寄二弟信（七十五）。午后之小市。夜韩寿晋来假去二十元。

二十二日

日记 晴。星期休息。上午得陈子英信，十八日发。午后刘立青来，捉令作画。季自求来。许季上来，借《阅藏知津》去。魏福绵来。晚至广和居餐，同坐有程伯高，许永康，季自求，而立青为主。

二十三日

日记 晴，风。上午得二弟信并柳恽诗二叶，十九日发(76)。午后之小市，因大风地摊绝少。晚宋紫佩来。

二十四日

日记 晴。无事。

二十五日

日记 午后得羽太福子函，十六日发。夜许季市来。

二十六日

日记 昙。上午寄二弟信（七十六）。答陶念钦先生信。得二弟所寄书籍两束，计《小学答问》二部二册，《文史通义》一部六册，《慈闻宧记》一册，二十二日付邮。午后至东交民巷寄相模屋书店信，代子英汇书款日金三十圆，需中银至四十元。下午得妇来书，二十二日从丁家弄朱宅发，颇谬。晚童亚镇来，言已汇款百元于家，因即付之,复除下前所借之三十元,与之七十。

二十七日

日记 晴。上午得二弟信,二十三日发(77)。夜译《儿童观念界之研究》讫。

儿童观念界之研究

[日本]高岛平三郎

儿童观念界之研究,殆为儿童研究最初之一事,盖此种研究,为教育上所必要,又较简而多端。惟自昔以来,虽久经学者之考索,而迄今尚无秩然之结果,足以满吾人之意,斯则甚足怪讶。然退而思之,是事从表面以观,虽若甚简,而案其实则綦难,盖儿童各自所有之观念界,即彼等各自主观,倘无方术表而出之,使之适当而显著,则不能谓已识其全体也。昔之方术,其类甚多,然能就属于各儿童主观之观念及其结合之趣旨,各令显见,无有余蕴者,则未之有也。

昔之方法如左:

一、撰定问题若干,质之儿童,乃就其答语而观测之。

二、使之举示天然物及社会上之关系,或属于一定范围之事物。

三、导致儿童于天然界或人事界中,乃令就其观察记忆之事物,以口语或文章答之。

四、使儿童随意说明其所知之事物。

数年以来,余尝就是中之一或其二三,以试验儿童之观念界矣,后乃欲就儿童之绘画而研究之。于是或就家庭,或就学校,与以纸笔,令于随意之时作随意之画,分类而计之,略用为推测儿童观念界内容之一助。此虽未足尽知全体,与前法同,而对于儿童,不施干涉，故于彼等意识有大势力之事物，其所举为较多，则可以深信者也。以是之故，余特选定绘画为儿童观念界研究之一法，且不止为观念界之研究而已。如：

一、概念内包之进化状态。

二、儿童美感之研究。

三、观念联合之状态。

四、境遇之感力。

五、对于儿童之外界之兴味。

六、儿童精神界之倾向。

七、记忆之状态。

八、构成之状态等心之作用及与有影响之事情，亦得从而推究之。故试验虽止于一，而其利用则不下于十种也。次当进就诸端，一一说明而研究之。

研究第一表　武器类

下所列表，乃明治三十一年春，长野县长野市寻常小学校训导中岛与三郎应余之属，就全校各学年男女生徒三百五十二人所验之结果也。中岛氏更就生徒原画，统计其所画事物之数，复就（一）男女之别，（二）事物之类，（三）通各学年之各事物之数而统计之。（表中各学年男女下之数字为人数，后仿此）

所画事物	第一学年		第二学年		第三学年		第四学年		男	女	总计
	男	女	男	女	男	女	男	女	一六六	一八六	三五二
	四〇	三八	四三	四八	四三	五〇	四〇	五〇			
城	一五	四	七	〇	二八	〇	三一	〇	八一	四	八五
军舰	五	〇	七	〇	三一	〇	一八	〇	六一	〇	六一
军帽	〇	〇	四	〇	一七	〇	一六	〇	三七	〇	三七

〔续上〕

所画事物	第一学年 男	第一学年 女	第二学年 男	第二学年 女	第三学年 男	第三学年 女	第四学年 男	第四学年 女	男	女	总计
剑	一〇	〇	四	〇	一二	〇	九	〇	三五	〇	三五
枪	二	〇	四	〇	〇	〇	八	〇	一四	〇	一四
甲	三	〇	四	〇	五	〇	七	〇	一九	〇	一九
支那军旗	〇	〇	五	〇	七	〇	六	〇	一八	〇	一八
铳	〇	〇	〇	〇	四	〇	五	〇	九	〇	九
弓	〇	〇	〇	〇	〇	〇	四	〇	四	〇	四
炮	四	〇	四	〇	四	〇	〇	〇	一二	〇	一二
勋章	〇	〇	〇	〇	七	〇	〇	〇	七	〇	七
刀	〇	〇	一二	〇	〇	〇	三	〇	一二	三	一五

就第一表而研究之，凡属武器而现于儿童之观念者，统四学年共十二种（勋章虽不能谓之武器，而儿童常以此与武器联合，姑附此类）。最多为城，而军舰、军帽、剑等次之。其最著之现象，则为是等武器之属，殆为女子观念界中所绝无，即女子百八十六人中，画城者四，画刀者三，合之仅得七人，而第二，第四学年中，则无复有作武器者。由此观之，已足见男女之观念界，其差别为何如矣。

研究第二表　武人类

所画事物	第一学年 男	第一学年 女	第二学年 男	第二学年 女	第三学年 男	第三学年 女	第四学年 男	第四学年 女	男	女	总计
	四〇	三八	四三	四八	四三	五〇	四〇	五〇	一六六	一八六	三五二
古武人	〇	〇	五	〇	八	〇	三三	〇	四六	〇	四六
兵	二〇	〇	一八	〇	七	〇	二五	〇	七〇	〇	七〇
正成	一	〇	〇	〇	三	〇	八	〇	一二	〇	一二
支那兵	八	〇	三	〇	八	〇	七	〇	二六	〇	二六
赖光	〇	〇	〇	〇	〇	〇	五	〇	五	〇	五

〔续上〕

	第一学年		第二学年		第三学年		第四学年		男	女	总计
秀吉	○	○	一	○	○	○	四	○	五	○	五
清正	二	○	○	○	○	○	三	○	五	○	五
辨庆	二	○	○	○	○	○	○	○	二	○	二
信玄	○	○	○	○	○	○	二	○	二	○	二
义经	三	○	○	○	○	○	○	○	三	○	三
本多平八	○	○	○	○	○	○	一	○	一	○	一
黑木中将	○	○	○	○	一	○	○	○	一	○	一
大山大将	○	○	○	○	○	○	四	○	四	○	四
大寺少将	○	○	○	○	○	○	三	○	三	○	三
野津大将	○	○	○	○	○	○	二	○	二	○	二
北白川宫	○	○	○	○	○	○	二	○	二	○	二

据第二表,则儿童则发表之武人,凡十六种,就中今人居其四,北白川宫,不敢言,其他四人,皆现居职,而儿童之观念界中,已有其人,然则公辈此后言行,实影响于幼儿之理想,在上者可不戒哉!

表中最著者,则女子未尝画一武人也。凡学年益进,其摄受虽随而愈复,顾一年为六种,二年却减其叫(二)者,则殆因教授之影响使然耳。要而论之,校中儿童,皆就各种之人,综合其行实,以造就武勇忠义爱国等之概念,故此在修身教授即品性陶冶上,为尤足注意之事实也。

研究第三表　日用具类

	第一学年		第二学年		第三学年		第四学年		男	女	总计
所画事物	男	女	男	女	男	女	男	女			
	四〇	三八	四三	四八	四三	五〇	四〇	五〇	一六六	一八六	三五二
国旗	一二	〇	二八	七	〇	一八	二九	七	六九	三二	一〇一

〔续上〕

烛	○	二	○	六	五	一二	五	一一	一○	三一	四一
洋灯	○	七	○	○	○	一六	四	一○	四	三三	三七
火钵	○	三	六	七	○	七	○	○	六	一七	二三
碗	○	○	○	五	○	○	四	八	四	一三	一七
火钵与壶	○	○	○	○	○	○	○	一七	○	一七	一七
水桶	○	○	○	○	○	九	○	五	○	一四	一四
帽	五	○	○	○	○	五	○	三	五	八	一三
提灯	○	○	○	○	○	三	○	一○	○	一三	一三
升	○	○	○	○	○	一二	三	○	三	一二	一五
拂尘	○	○	○	○	○	五	○	六	○	一一	一一
乳钵	○	○	○	○	○	三	○	八	○	一一	一一
时表	○	○	○	○	三	五	○	五	三	一○	一三
砧板	○	○	○	○	○	七	○	五	○	一二	一二
洋伞	○	○	○	○	○	七	○	三	○	一○	一○
帚	○	○	○	○	○	九	○	九	○	一八	一八
屐	○	○	○	二	○	○	二	四	二	六	八
烟草盆	○	○	○	○	○	○	○	八	○	八	八
锅	○	五	○	三	○	○	○	○	○	八	八
烟草合	○	○	○	○	○	○	○	七	○	七	七
茶具	○	二	○	○	○	○	○	四	○	六	六
沸水器	○	○	○	○	○	○	五	○	五	○	五
团扇	○	○	○	○	○	○	五	六	五	六	一一
颇黎杯	○	○	○	○	○	○	二	三	二	三	五
唧筒	五	○	○	○	○	○	○	○	五	○	五
针箱	○	○	○	○	○	五	○	○	○	五	五
德利	○	○	二	○	○	○	二	○	四	○	四
杯	○	○	○	○	二	○	二	○	四	○	四

壶	○	四	○	○	○	○	○	○	○	四	四
簟笥	○	○	○	○	○	○	○	四	○	四	四
灯	○	○	○	○	○	○	○	四	○	四	四
鞄	○	○	○	○	○	三	○	三	○	○	三
账簿	○	○	○	○	○	三	○	三	○	○	三
皿	○	○	二	○	○	○	○	○	二	○	二
帘	○	○	○	○	○	二	○	○	○	二	二
厨刀	○	○	○	○	○	三	○	○	○	三	三
釜	○	二	○	○	○	○	○	○	二	○	二
草履	○	二	○	○	○	○	○	○	二	○	二
杵	○	○	一	○	○	二	○	○	○	二	三
踏台	○	○	○	○	○	○	二	○	○	二	二
烟管	○	○	○	二	○	○	○	○	○	○	二
靴	○	○	○	二	○	○	○	○	二	○	二
镰	○	○	○	○	○	○	○	○	二	○	一
手桶	○	○	○	○	○	一	○	○	○	○	一
邮便箱	○	○	○	○	○	一	○	○	○	○	一

　　第三表之最著者，以第一、第二表为武器及武人之属，故现于女子之观念界者绝少，至此则适成反比例。女子之画，为数滋多，夐非男子之所及矣。表中家具之数，总四十五种，男子所作者二十四，而女子所作者居三十三，男女共画者十二，惟男子画之者亦十二，而惟女子画之者至二十一，于此可知女子之于家具，其观念之富为如何矣。又于本表可知，年级愈进，则摄受亦益增，即在第四年级，见发表总数二十九（三十一），第三年为二十二，第二年九，第一年十一是也。

研究第四表　交通具类

所画事物	第一学年		第二学年		第三学年		第四学年		男	女	总计
	男	女	男	女	男	女	男	女	一六六	一八六	三五二
	四〇	三八	四三	四八	四三	五〇	四〇	五〇			
帆船	七	〇	〇	〇	九	一	一〇	五	二六	六	三二
汽车	七	四	四	五	〇	〇	八	〇	一九	九	二八
汽船	〇	〇	〇	〇	〇	〇	八	〇	八	〇	八
气球	〇	〇	五	〇	六	〇	〇	四	一一	四	一五
锚	〇	〇	〇	〇	四	〇	〇	〇	四	〇	四
舟	〇	〇	七	七	〇	〇	〇	〇	七	七	一四
电报	〇	〇	〇	四	〇	〇	〇	〇	〇	四	四
力车	〇	一	〇	〇	〇	〇	〇	〇	〇	一	一

本表所举事物，于男女之分，无甚违异，与历来之表同。而学年虽进，亦不见摄受之复杂，盖凡所绘画，男女所以对之之兴趣略同，故差别不著，又往往为儿童习见之物，而为数复不多，故虽学年已进，而种类之数无增益也。

研究第五表　人物人体类

所画事物	第一学年		第二学年		第三学年		第四学年		男	女	总计
	男	女	男	女	男	女	男	女	一六六	一八六	三五二
	四〇	三八	四三	四八	四三	五〇	四〇	五〇			
救火夫	〇	〇	〇	〇	〇	〇	九	〇	九	〇	九
达磨	〇	〇	〇	〇	二	四	六	七	八	一一	一九
儿雷也	〇	〇	一	〇	二	〇	四	〇	七	〇	七

〔续上〕

婴儿	○	○	○	六	○	七	三	一二	三	二五	二八
手	○	○	○	三	○	○	三	○	三	三	六
福助	四	○	○	○	○	○	三	一	七	一	八
幼女	○	○	○	○	○	七	○	一九	○	二六	二六
天神	○	○	○	○	二	○	○	○	二	○	二
桃太郎	一〇	○	○	○	二	○	○	○	一二	○	一二
李鸿章	○	○	○	○	一	○	○	○	一	○	一
人	○	一四	八	八	○	一六	○	○	八	三八	四六
吓鸦	○	○	一	○	○	○	○	○	○	一	一
按摩	○	○	一	○	○	○	○	○	○	一	一
鬼	○	○	二	○	○	○	○	○	○	二	二
支那人	○	○	○	九	○	○	○	○	○	九	九

本表与第二表武人之属，均为儿童观念界之社交及情方面即品性形成上之资料。孺子关于历史之思想，大抵由习闻此等人物之谈话，因而兴起者也。表中之救火夫及桃太郎，画者止于男子，而婴儿，幼女，则男子所不绘，即使绘之，数亦不多，两性注意之殊，于斯可见矣。至于幽鬼虚诞之形，鲜见作绘，则教育之效，妄信就泯之征也。惟余之所怪者，乃天神之绘，亦不多觏耳。盖从来绘画及玩具之类，多作天神，且亦为儿童所玩好，余以他种试验，知用之作历史修身之统觉点，实为最宜也。第此表所得，限于方隅，故或当由家庭及学校状态之影响，固不能执是以概全国儿童尔。

研究第六表　动物类

所画事物	第一学年		第二学年		第三学年		第四学年		男	女	总计
	男 四〇	女 三八	男 四三	女 四八	男 四三	女 五〇	男 四〇	女 五〇	一六六	一八六	三五二
鸟	四	〇	〇	五	一一	一七	七	一五	二二	三七	五九
犬	三	〇	五	〇	八	二	四	二	二〇	四	二四
猫	〇	〇	二	〇	〇	二	三	七	五	九	一四
马	五	〇	〇	〇	〇	〇	三	〇	八	〇	八
鱼	〇	〇	〇	〇	八	一〇	〇	八	八	一八	二六
龟	〇	四	七	〇	四	五	〇	五	一一	一四	二五
鲷	〇	〇	〇	〇	〇	〇	〇	四	〇	四	四
鲽	〇	〇	〇	〇	〇	〇	〇	三	〇	三	三
鸡卵	〇	〇	〇	〇	一	〇	〇	〇	一	〇	一
猿	〇	〇	〇	〇	〇	〇	〇	三	〇	三	三
鸠	〇	〇	三	〇	〇	〇	〇	〇	三	〇	三

生动之物，易起儿童之兴味，故占其观念界者必多。此殆教育家，心理学家之所深信也。今审本表，则数止十一，甚有寥落之感。其由来盖如下，即：（一）动物形状复杂，作绘綦难，（二）作绘之时，正动物希见之际，（三）山地儿童，罕觏海物是也。

研究第七表　植物类

所画事物	第一学年		第二学年		第三学年		第四学年		男	女	总计
	男 四〇	女 三八	男 四三	女 四八	男 四三	女 五〇	男 四〇	女 五〇	一六六	一八六	三五二
牵牛	〇	〇	〇	〇	〇	〇	七	四	七	四	一一

〔续上〕

菊	○	○	○	○	○	六	六	○	六	六 一二
梨	四	六	○	三	一一	一一	五	三	二○	二三 四三
梅	○	三	○	○	○	一四	四	五	四	二二 二六
松	八	二	三	○	三	○	三	五	一七	七 二四
苹果	七	四	○	○	○	○	三	七	一○	一一 二一
柑	○	○	○	四	○	○	二	○	二	四 六
壶卢	○	○	○	三	○	○	二	四	二	七 九
柳	六	八	五	○	○	九	○	一三	一一	三○ 四一
茄	○	○	○	○	一	○	○	七	○	七 八
桃	○	八	二	○	○	○	○	五	二	一三 一五
莱菔	○	三	○	四	○	○	○	四	○	一一 一一
芋	○	二	○	○	○	○	○	四	○	六 六
藕	○	○	○	三	○	四	○	三	○	一○ 一○
菌	○	○	○	○	六	○	○	○	六	○ 六
柿	八	四	四	○	五	○	○	○	一七	四 二一
柚	○	○	○	三	○	○	○	三	○	三
瓜	○	○	○	○	四	○	○	四	○	四
石榴	○	○	○	四	○	○	○	四	○	四
南瓜	○	○	○	二	○	○	○	二	○	二
盆栽	○	五	○	○	二	一○	四	○	六	一五 二一
樱	○	三	○	○	○	一二	○	○	○	一五 一五
竹	一	○	三	○	○	一○	○	○	四	一○ 一四
胡椒	○	○	○	四	○	○	○	○	○	四 四
蒲桃	○	二	○	○	○	○	○	○	○	二 二

　　本表植物之数，甚胜于动物者，盖有两因：一以形状单纯，一以日常屡见也。总全类二十五种中，食品如芋，藕，茄，莱菔等，绘者多属女子，而男子好作果物，此其现象，足以谛思矣。又女子多作柳，

则以柳枝柔弱而下垂，与女德之柔顺温和近似，于以见与性相肖之发表焉。且女子作绘，不特于柳树而已，即图写人物，其手亦上举者少而下垂者多，童子于无心之间，而现其天性有如此，是亦研究问题之饶有趣味者矣。

研究第八表　文具类

所画事物	第一学年		第二学年		第三学年		第四学年		男	女	总计
	男	女	男	女	男	女	男	女	一六六	一八六	三五二
	四〇	三八	四三	四八	四三	五〇	四〇	五〇			
笔	〇	〇	三	五	五	一八	八	一二	一六	三五	五一
书籍	四	〇	〇	〇	五	八	七	九	一六	一七	三三
几	〇	〇	〇	七	〇	八	五	六	五	二一	二六
算盘	〇	〇	〇	〇	〇	〇	五	五	五	五	一〇
砚	〇	〇	〇	七	三	五	三	〇	六	一二	一八
砚合	〇	〇	〇	〇	〇	〇	〇	七	〇	七	七
墨	〇	〇	〇	〇	〇	〇	〇	四	〇	四	四
石板	〇	〇	〇	四	〇	一二	〇	〇	〇	一六	一六

本表所列，无可置言，惟其间男女之作，无大差异者，则以文具之用，两性所同，故更不复有区别之存耳。

研究第九表　游戏类

所画事物	第一学年		第二学年		第三学年		第四学年		男	女	总计
	男	女	男	女	男	女	男	女	一六六	一八六	三五二
	四〇	三八	四三	四八	四三	五〇	四〇	五〇			
花火	九	〇	八	六	一六	〇	一八	〇	五一	六	五七

所画事物	第一学年 男	女	第二学年 男	女	第三学年 男	女	第四学年 男	女	男	女	总计
钓鱼	○	○	○	○	○	○	六	○	六	○	六
捣饼	四	○	○	○	○	○	五	○	九	○	九
体操	三	○	○	○	五	○	○	○	八	○	八
放纸鸢	○	○	五	○	○	○	○	○	五	○	五

本表所列庶品，其占据儿童之观念界，当亦甚多，而仅得五种，是亦因画法繁复，且复非游戏之时季也。然即此少数，亦几尽男子之所为，出自女子者，止一花火，足知女子游戏之机会，不如男子之多，故观念界中，亦几无此种之事物矣。

研究第十表　地理及风景类

所画事物	第一学年 男 四〇	女 三八	第二学年 男 四三	女 四八	第三学年 男 四三	女 五〇	第四学年 男 四〇	女 五〇	男 一六六	女 一八六	总计 三五二
富士山	○	七	三三	一八	二四	一三	二九	八	八六	四六	一三二
山与日出	○	○	○	○	○	○	一四	○	一四	○	一四
月与云	○	○	五	三	○	八	九	七	一四	一八	三二
二见浦	○	○	○	○	○	○	七	○	七	○	七
日出海	○	○	○	○	○	○	六	○	六	○	六
山	七	七	八	三	一一	一〇	五	一〇	三一	三〇	六一
池	五	五	○	三	○	○	五	○	一〇	八	一八
姨舍之月	○	○	○	○	○	○	五	○	五	○	五
雨降	○	○	○	○	○	二	三	○	三	二	五
川	○	○	二	四	一二	七	三	○	一七	一一	二八
湖	○	○	○	○	○	○	二	○	二	○	二
浅间山	○	○	○	○	○	○	二	○	二	○	二

〔续上〕

松岛	○	○	○	○	○	○	二	○	二	○	二
万里长城	○	○	○	○	○	○	一	○	一	○	一
瀑布	○	○	二	○	○	○	一	○	三	○	三
日出	七	九	四	五	一二	○	○	九	二三	二三	四六
井	○	○	○	○	○	○	七	○	七	○	七
松与雪	○	○	○	○	○	○	四	○	四	○	四
日出山	○	○	○	○	七	○	○	○	七	○	七
田	○	○	○	四	○	○	○	○	○	四	四
雪竹	○	○	○	二	○	○	○	○	○	二	二
月	○	八	○	○	○	○	○	○	○	八	八

本表所列，实为儿童关于地学（地理、地文）之基本观念，与第二，第五表之为历史基本观念者相同，此皆人类知识之本柢，至为切要者也。表中尤可注意者，为观念由来之别：一由实物；一由画图，如富士、二见、日出海、松岛、长城，皆得之于图画。而富士之绘，多至百三十人，则足见此山受国人爱重为何如矣！男女之殊，于斯可见者，为女子对于此类事物，其兴味盖不逮男子之多。又景色之中，往往有作日出山、日出海及仅图日出者，则殆由儿童方在人生之青春，Rising Generation 具有活泼壮快之精神生活与谐调 Harmonious tone 之所致耳。

研究第十一表　建筑类

所画事物	第一学年		第二学年		第三学年		第四学年		男	女	总计
	男	女	男	女	男	女	男	女	一六六	一八六	三五二
	四〇	三八	四三	四八	四三	五〇	四〇	五〇			
家	七	八	〇	一七	一〇	四〇	一〇	三八	二七	一〇三	一三〇

〔续上〕

事物	男	女	男	女	男	女	男	女	男	女	总计
桥	○	○	○	○	○	○	四	○	四	○	四
停车场	○	○	○	○	○	○	二	○	二	○	二
善光寺	○	○	○	○	○	○	一	○	一	○	一
坊	○	○	○	○	○	○	○	一○	○	一○	一○
门	○	二	○	○	○	二	○	八	○	一二	一二
绿门	○	○	○	○	五	○	○	○	五	○	五
玄武门	○	○	○	○	二	○	○	○	二	○	二
门与栅	○	○	○	○	四	○	○	○	四	○	四
窖	○	○	○	○	○	五	○	○	○	五	五
椋	○	○	○	○	○	五	○	○	○	五	五
学校	三	○	○	○	○	○	○	○	三	○	三
神宫	○	二	○	○	○	○	○	○	○	二	二

　　本表所列，一见即感其多者，人家之画是也，而在女子为尤众，都百八十六人中，不绘人家者，仅七十三人，其他如门、如窖、如椋，凡属于家者，亦为女子所独绘，且其倾向，不止于今次之试验而已，纵令境遇有殊，而所获之成果则一。殆由自昔以来，女子皆以家为本身之世界，诸有意向，无不倾注于此小世界之中，积习所遗，因而至此欤。又男子之作，如桥、如停车场、如学校，多为公共之物，此亦心理学家及教育家之特应留意者也。

研究第十二表　玩具类

所画事物	第一学年		第二学年		第三学年		第四学年		男	女	总计
	男	女	男	女	男	女	男	女	一六六	一八六	三五二
	四〇	三八	四三	四八	四三	五〇	四〇	五〇			
纸鸢	七	○	○	○	○	○	一三	○	二〇	○	二〇

〔续上〕

	第一学年 男	女	第二学年 男	女	第三学年 男	女	第四学年 男	女	男	女	总计
偶人	○	○	○	四	○	○	○	一七	○	二一	二一
球	○	○	○	八	○	一一	○	七	○	二六	二六
独乐	八	○	○	○	○	二	○	八	八	二	一○
绘板	四	○	○	○	○	○	○	四	四	○	四

（绘板者，以厚纸作圆形，上施图画，儿童击以为戏之具也。）

表中男女兴味之别，了然可知，无待诠释。惟其数则甚少，此缘作画之地，影响及于儿童之精神界，而画法亦复过于复杂故也。盖学校禁条，每不许儿童之持玩具，于教室为尤严，以是学校为地，自与玩具成反拨之势。故玩具之在平日，占儿童观念界虽甚多，儿童亦视之为至乐，而一入教室，则占据识域之力，顿有零落之概矣。

研究第十三表　货币类

所画事物	第一学年 男	女	第二学年 男	女	第三学年 男	女	第四学年 男	女	男	女	总计
	四○	三八	四三	四八	四三	五○	四○	五○	一六六	一八六	三五二
天保钱	○	○	○	○	○	○	二	○	二	○	二

男女四学年，总三百五十二人中，画货币者仅二人，可谓绝少者矣。长野县居信州之北部，有善行寺，亦有地方厅，故商业活泼，市况殷繁，而是市儿童，对于货币之兴味，其淡漠犹如此，则我国民之淡于利欲（比较而言），不难据此而察之矣。设试诸支那之童，意其作种种货币及代用品者，当不少也。

研究第十四表　装饰类

所画事物	第一学年		第二学年		第三学年		第四学年		男	女	总计
	男	女	男	女	男	女	男	女	一六六	一八六	三五二
	四〇	三八	四三	四八	四三	五〇	四〇	五〇			
栉	〇	〇	〇	七	〇	一四	〇	一八	〇	三九	三九
簪	〇	〇	〇	一六	〇	六	〇	一五	〇	三七	三七
镜	〇	〇	〇	〇	〇	〇	〇	四	〇	四	四

是表所列，为男子所不作，固不俟言。而第一年级时，男女之差，尚不甚著，故虽在女子，亦无绘装饰之物者。

研究第十五表　乐器类

所画事物	第一学年		第二学年		第三学年		第四学年		男	女	总计
	男	女	男	女	男	女	男	女	一六六	一八六	三五二
	四〇	三八	四三	四八	四三	五〇	四〇	五〇			
三弦	〇	三	〇	〇	〇	〇	〇	五	〇	八	八
月琴	〇	〇	〇	〇	〇	〇	〇	一一	〇	一一	一一
琴	〇	〇	〇	〇	〇	〇	〇	八	〇	八	八

本表所列，男子皆所不绘，即女子亦不多，而种类又特少，此盖境遇使然，罕见其器，则绘形者鲜矣。

研究第十六表　食物类

所画事物	第一学年		第二学年		第三学年		第四学年		男	女	总计
	男	女	男	女	男	女	男	女	一六六	一八六	三五二
	四〇	三八	四三	四八	四三	五〇	四〇	五〇			
面包	〇	〇	〇	二	〇	〇	〇	〇	〇	二	二

〔续上〕

汤圆	〇		〇〇		二〇		〇〇		〇	〇	二	二

本表食物之类，其数特少者，似由形不易绘，且教室之中，禁言食品故也。所作二种，皆见于教科书中，由此起其注意，因而写之。

诸表之概括

概括以上诸表，更就所含事物种类之多少，次第而表出之，则结果如左。

所画事物	第一学年 男	女	第二学年 男	女	第三学年 男	女	第四学年 男	女	男	女	总计
	四〇	三八	四三	四八	四三	五〇	四〇	五〇	一六六	一八六	三五二
日用品	三	八	五	六	六	一八	一五	二三	二九	五五	四五
植物	六	一二	五	六	三	八	九	一二	二三	三八	二五
地理风景	三	五	六	八	五	五	一五	六	二九	二四	二二
武人	六	〇	四	〇	九	〇	九	〇	二八	〇	一六
人物人体	二	一	五	四	五	四	六	四	一八	一三	二五
建筑	二	三	〇	一	四	四	四	三	一〇	一一	一三
武器	六	一	一〇	〇	九	一	九	〇	三四	二	一二
动物	三	一	四	一	五	六	四	七	一六	一五	一一
交通具	二	三	三	二	二	一	三	二	一〇	八	八
文具	一	〇	一	四	三	五	五	六	一〇	一五	八
游戏	三	〇	二	一	二	〇	三	〇	一〇	一	五
玩具	三	〇	〇	二	〇	二	一	二	四	六	五
装饰	〇	〇	〇	二	〇	二	〇	三	〇	七	三
乐器	〇	一	〇	〇	〇	〇	三	〇	〇	四	三
食物	〇	〇	〇	二	〇	二	〇	二	〇	二	二

货币	○	○○	○	○○	○	—	○	—	○	—

　　本表总计一列中，各类每行之下，所记数字，为属于其类事物之种数。假如日用品类下，总计四五者，谓合四学年男女生所作，共四十五种也；次下有二九者，谓男生一百六十六人中，绘日用品凡二十九种也。惟此仅为男生全体所画一类之种数，中多重复，自不俟言矣。故减去重复之数，反大于一类之种数者，往往有之。

　　据右总表，则儿童观念界对于各类事物之倾向，已可审察而得之，即观念发表之最多者，为日用品，而植物次之，余并如表中次第。然以发表之时，或为他事所妨，或为所助，故以是为儿童观念界精密之计算，亦所难言。惟古来于儿童观念界中之事物，概止于推测，而未有实验，得今之成果，如有据实之端倪。若取右表，更约举之，则如次：

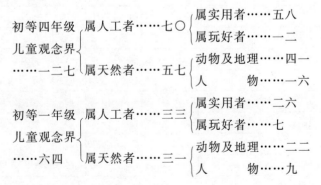

初等小学儿童观念界……一九四
　属人工者……一〇五
　　属实用者……五八
　　属玩好者……一二
　属天然者……八九
　　动物及地理……五八
　　人　物……三一

　　若更分最高四年级与最低一年级，而比较研究之，则可见儿童观念界发达之状。

初等四年级儿童观念界……一二七
　属人工者……七〇
　　属实用者……五八
　　属玩好者……一二
　属天然者……五七
　　动物及地理……四一
　　人　物……一六

初等一年级儿童观念界……六四
　属人工者……三三
　　属实用者……二六
　　属玩好者……七
　属天然者……三一
　　动物及地理……二二
　　人　物……九

此次实验,天然物中独无矿物,其事似甚奇,然实则以矿物形状,多不能起儿童之注意,而又难于图写故也。

　　夫情以与有情者会而萌,知以与无情之物接而起,意则每以本己之要求即欲望为本者也。今由儿童观念界之研究,而知人物之类,为情生之根据,而地理风景及属于人为者,则或以广其知,或以发其意,儿童精神生活之全体,其发达也,莫不由斯途矣。

　　　　原载 1915 年 3 月《全国儿童艺术展览会纪要》。未
　　署名。
　　　　初未收集。

二十八日

　　日记　　昙。上午寄陈子英信。下午至有正局买汤注陶诗石印本一册,银二角;又封套一束,五分。晚魏福绵来取去银百元,云便令家汇与二弟也。夜毛漱泉来,赠以《炭画》一册。

二十九日

　　日记　　昙。星期休息。午晴。午后往南通县馆访季自求,以《文史通义》赠之。至青云阁买牙粉一合,六角。至文明书局买仇十州绘文徵明书《燕外传》一册,一元六角;《黄瘿瓢人物册》一册,九角六分。夜风。

三十日

　　日记　　昙。上午得二弟明信片,云由童亚镇家汇款百元已到,二十六日发。夜微风。

本月

谢承《会稽先贤传》序

《隋书》《经籍志》：《会稽先贤传》七卷，谢承撰。《新唐书》《艺文志》同。《旧唐书》《经籍志》作五卷。侯康《补三国艺文志》云："《御览》屡引之。"所记"诸人事，多史传之佚文。严遵二条，足补《后汉书》本传之阙。陈业二条，足以证《吴志》《虞翻传》注。吉光片羽，皆可宝也。"今撰集为一卷。承字伟平，山阴人。吴主孙权时，拜五官郎中，稍迁长沙东部都尉，武陵太守。撰《后汉书》百余卷。见《吴志》《谢夫人传》。

钟离岫《会稽后贤传记》序

《隋书》《经籍志》：《会稽后贤传记》二卷，钟离岫撰。《旧唐书》《经籍志》，《新唐书》《艺文志》并云《会稽后贤传》三卷。无"记"字。钟离岫未详其人。章宗源《〈隋志〉史部考证》据《通志》《氏族略》以为楚人。案《元和姓纂》云："汉有钟离昧，楚人。钟离岫撰《会稽后贤传》。"楚人者谓昧，今以属岫，甚非。汉代以来，钟离为会稽望族，特达者众，疑岫亦郡人，故为邦贤作传矣。今缉合逸文，写作一卷，凡五人，仍依《隋志》题曰《传记》。

贺氏《会稽先贤像赞》序

《隋书》《经籍志》：《会稽先贤像赞》五卷。《旧唐书》《经籍志》作四卷,贺氏撰。《新唐书》《艺文志》云:《会稽先贤像传赞》四卷。其书当有传有赞,故《旧唐志》史录,集录各著其目。又有《会稽太守像赞》二卷,亦贺氏撰。今悉不传。唯《北堂书钞》引《先贤像赞》二条,此后不复见有称引,知其零失久矣。辄复写所存《传》文为一卷。《赞》并亡。贺氏之名亦无考。

朱育《会稽土地记》序

《隋书》《经籍志》史部地理篇:《会稽土地记》一卷,朱育撰。《旧唐书》《经籍志》,《新唐书》《艺文志》并作四卷,又削"土地"二字,入杂传记类。《世说新语》注引《土地志》二条,不题撰人,盖即育记。所言皆涉地理,意《唐志》以为传记者,失之。其书,唐宋以来,绝不见他书征引,知阙失已久。所存逸文,亦寥落不复成篇。以其为会稽地记最古之书,聊复写出,以存其目。育字嗣卿,山阴人,吴东观令,遥拜清河太守,加位侍中。见《会稽典录》。

贺循《会稽记》序

《隋书》《经籍志》:《会稽记》一卷,贺循撰。《旧唐书》《经籍志》,《新唐书》《艺文志》皆不载。循字彦先,山阴人,举秀才,除阳羡,武康令。以陆机荐,召为太子舍人。元帝为晋王,以为中书令,不受。转太常,领太子太傅,改授左光禄大夫,开府仪同三司。卒赠司空,谥曰穆。见《晋书》本传。

孔灵符《会稽记》序

孔灵符《会稽记》,《隋书》《经籍志》及新旧《唐志》皆不著录。《宋书》《孔季恭传》云:季恭,山阴人。子灵符,元嘉末为南谯正义宣司空长史,南郡太守,尚书吏部郎。大明初,自侍中为辅国将军,郢州刺史。人为丹阳尹,出守会稽。又为寻阳王子房右军长史。景和中,以连近臣,被杀。太宗即位,追赠金紫光禄大夫。诸书引《会稽记》,或云孔灵符,或云孔晔。晔当是灵符之名。如射的谚一条,《御览》引作灵符,《寰宇记》引作晔,而文辞无甚异,知为一人。《艺文类聚》引或作孔皋,则晕字传写之误。今亦不复分别,第录孔氏《记》为一篇。其不题撰人者,别次于后。

夏侯曾先《会稽地志》序

夏侯曾先《会稽地志》,《隋书》《经籍志》及新旧《唐志》皆不载。曾先事迹,亦无可考见。唐时撰述已引其书,而语涉梁武,当是陈隋间人。

以上七篇未另发表。
初收 1915 年 2 月绍兴木刻刊行本《会稽郡故书杂集》。

十二月

一日

日记 晴,上午昙。寄二弟信(七十七)。午后风。晚季市来。

二日

日记 晴。上午得二弟信,前月二十八日发(78)。

三日

日记 昙。上午收十一月俸银二百八十元。午后从王仲猷买得新华银行储蓄票一枚,价十元,第六十万二千四百七十五号。

四日

日记 晴。上午与季市函。

五日

日记 午后同常毅箴之小市,买古泉二枚,正书"唐国通宝"一枚,"洪化通宝"一枚,共五铜元。下午往流黎厂买《支那本大小乘论》残本七册,价二元。夜胃痛。

六日

日记 晴。星期休息。上午寄二弟信(七十八)。商契衡来。下午往留黎厂买南宋泉五枚,"庆元折三"背"五""六"各一枚,"绍定折二"背"元"字一枚,"咸淳平泉"背"三"字一枚,又一价五角。又买《神州大观》第六集一册,一元七角五分;《三论玄义》一册,一角零四厘。夜服姜饮。得二弟信,三日发(79)。风。

七日

　　日记　　晴,风。午后同齐寿山出饮加非。以支那本藏经"情"字二册赠许季上。寄商契衡信托借《类说》,不得。童亚镇来贻茗二合,假去二十元。晚子佩来。

八日

　　日记　　上午寄朱遏先函。午后同齐寿山,戴螺舲,许季上至益锠饮加非。得相模屋书店明信片,二日东京发。

九日

　　日记　　晨至交民巷日邮局寄羽太家信,附与福子笺一枚,银二十五圆,内十五元为年末之用也。午后同夏司长住留黎厂买书,自买《楷帖四十种》一部四册,《续楷帖三十种》一部四册,分装两匣,价共十六元八角五分。

十日

　　日记　　上午寄二弟信(七十九)。午后往留黎厂代部买书。陈师曾为作山水四小帧,又允为作花卉也。

十一日

　　日记　　昙。午后同齐寿山之小市。下午风。

十二日

　　日记　　晴。上午得二弟信,附芳子信又书目二纸,八日发(80)。午后邀仲素,寿山,芦舲,季上至益昌饭。得朱遏先信,本日发。晚访季市。商契衡来。

十三日

日记　星期休息。午后季市来，又同至马幼渔寓，见君默，臦士，遏先，中季，晚归寓。还幼渔《四明六志》一部。夜宋紫佩来。季市来。服药治胃。

十四日

日记　昙，下午风。买益昌饼饵两种。

十五日

日记　晴。上午寄二弟信附答芳子笺(八十)。送程伯高《小学答问》一册。下午风。晚季市送蒸鸭火腿一器。夜毛漱泉来。得陈子英信，十二日发。十二时顷小舅父自越中来，谭至二时顷，其行李在天津，借与被褥。

十六日

日记　无事。夜大风。

十七日

日记　昙。上午得二弟信，十三日发(81)。夜风一陈。

十八日

日记　晴。午后至同记理发。晚绕小市归。

十九日

日记　午同稻孙至益昌饭，又买饼饵一合，一元二角。午后同季市至劝业场。

二十日

日记　星期休息。上午寄二弟信(八十一)。午前许季上来谈。下午至留黎厂买《尔雅正义》一部十本，一元；又石印汉碑四种四册，一元二角五分；又买古竟一面，一元，四乳有四灵文。小舅父交来家托寄鱼干一合，又送牛肉两小合。

二十一日

日记　昙。午后与齐寿山至小市。夜风。得二弟信，十八日发(82)。

二十二日

日记　晨雪积半寸，上午霁。毛漱泉将返越，来别，假银二十元。午后同徐吉轩，许季上至通俗图书馆检阅小说。

二十三日

日记　冬至。休息。午后季市来，即同至马幼渔寓，晚归。伤风。

二十四日

日记　晴。午后同齐寿山至小市。夜季市来。

二十五日

日记　上午稻孙来，以《哀史》二册见借。寄二弟信(八十二)。同馆朱姓者尚无棉衣，赠五元，托陈仲篪转授。晚许诗荃来。夜风。

二十六日

日记　午后得二弟所寄印书格子纸十枚，十九日发。晚童亚镇,王镜清来。

二十七日

日记 晴,风。星期休息。午后至有正书局买《黄石斋夫人手书孝经》一册,三角;《明拓汉隶四种》,《刘熊碑》,《黄初修孔子庙碑》,《匋斋藏瘗鹤铭》,《水前拓本瘗鹤铭》各一册,共价二元五角五分。下午得二弟信附三弟妇笺,二十三日发(83)。得重久信,同日发。晚童亚镇来假去银三十元。

二十八日

日记 上午得本月俸二百八十元,托齐寿山存二百元,颁当差者八元。

二十九日

日记 昙。午后同齐寿山至益昌饭。

三十日

日记 昙。上午寄二弟信附与芳子笺(八十三)。寄陈子英信。得羽太家信,二十日发。午后至留黎厂文明书局买《文衡山手书离骚》一册,又《诗稿》一册,《王觉斯百书诗》一册,《王良常楷书论书腾语》一册,《王梦楼自书快雨堂诗稿》一册,《沈石田移竹图》一册,共价银壹元四角三分五厘。又至有正书局买《张樗寮手书华严经墨迹》一册,参角五分;《黄小松所藏汉碑五种》一部五册,一元二角。下午助湖北赈捐二元,收观剧券一枚。买清秘阁纸八十枚,笔二支,价二元。晚舅父来谈,假去十元。季市来。夜风。

三十一日

日记 晴。上午往马幼渔寓,见朱逷先,沈尹默,臥士,钱中季,汪旭初，吴[胡]仰曾，许季市，午饭后归。得陈师曾明信片。晚本部社会教育司同人公宴于西珠市口金谷春，同坐为徐吉轩，黄芷涧，许季上，戴芦舲，常毅箴，齐寿山，祁柏冈，林松坚，吴文瑄，王仲猷，共十一人。夜黄元生来。张协和送肴饵，受肴返饵。

甲寅书帐

听桐庐残草一册　　〇·一〇　　一月三日

陆放翁全集三十六册　　一六·〇〇

古学汇刊第七期二册　　一·〇五　　一月十一日

六朝人手书左氏传一册　　〇·四〇　　一月十八日

林和靖手书诗稿一册　　〇·四〇

祝枝山手书艳词一册　　〇·三〇

吴谷人手书有正味斋续集之九一册　　〇·四〇

唐人写本唐均残卷一册　　一·〇〇

元和姓纂四册　　一·〇〇　　一月二十四日

春晖堂丛书十二册　　四·〇〇

徐孝穆集笺注三册　　三·〇〇　　一月二十七日　　　　　　二七·六五〇

影北宋本二李唱和集一册　　一·〇〇　　二月一日

陈氏重刻越中三不朽图赞一册　　〇·五〇

百孝图二册　　一·〇〇

朱氏重刻平津馆丛书四十八册　　一四·〇〇

十万卷楼丛书一百十二册　　一九·〇〇　　二月八日　　　　三五·五〇〇

梁闻山书阴符经一册　　〇·一五　　三月十五日

翁松禅书书谱一册　　〇·四〇

宋元名人墨宝一册　　〇·六〇

314

大方广华严著述集要十二册　二·二六二

肇论略注二册　〇·三二七

瑜伽师地论五册　二·六〇〇　七月二十九日

镡津文集四册　〇·七八〇

起信论二种译二册　〇一五六　　　　　　　　　　　　一三·〇一八

续原教论一册　〇·一〇四　八月八日

宋高僧传八册　一·五六〇

明高僧传二册　〇·二七三

老子翼四册　〇·六五　八月二十三日

阴符等四经发隐一册　〇·一八二

定本墨子闲诂八册　三·〇〇　八月二十七日

汪龙庄遗书六册　二·〇〇

驴背集二册　〇·六〇　　　　　　　　　　　　八·三七〇

泛梗集二册　陈仲骞赠　九月一日

十二因缘四经同本一册　〇·〇五八　九月六日

起信论直解一册　〇·二〇八

林间录二册　〇·二八六

佛说般泥洹经二册　〇·五〇

佛说大方广泥洹经二册　〇·五〇　九月八日持赠许季上

入阿毗达磨论二册　〇·五〇

严氏诗缉十二册　一·五〇

付法藏因缘经五册　一·〇〇　九月七日

阿育王经五册　一·〇〇

憨山道德经解二册　〇·二八　九月十二日

憨山庄子内篇注二册　〇·三一〇

备急灸方附针灸择日编集二册　〇·二〇

长阿含经六册　一·〇一四　九月十六日

般若心经五家注一册　〇·一一七

龙舒净土文一册　　〇・二四七

善女人传一册　　〇・一五六

金刚般若密经论一册　　〇・一八七　　九月十七日

辨正论三册　　〇・三七四

十八空百广百论合刻一册　　〇・一五四

古今佛道论衡录二册　　〇・二四二

广弘明集十册　　一・七六

菩提资粮论一册　　〇・一五四　　九月十九日

大安般守意经一册　　〇・〇八四　　九月二十六日

中阿含经十二册　　二・五二〇

阿毗昙杂集论三册　　〇・五二八

肇论一册　　〇・一三〇

一切经音义四册　　一・〇〇

说文发疑三册　　〇・四六〇　　九月二十七日　　　　　　　　一五・一七八

中心经等十四经同本一册　　〇・一二　　十月九日

五苦章句经等十经同本一册　　〇・一六八

文殊所说善恶宿曜经一册　　〇・一〇〇

丽楼丛刻七册　　三・〇〇　　十月十日

双梅景暗丛书四册　　二・〇〇

唐人小说六种二册　　一・〇〇

绘图三教源流搜神大全二册　　一・〇〇

大萨遮尼乾子授记经二册　　〇・三三六　　十月二十五日

释迦成道记注一册　　〇・一〇〇

天人感通录一册　　〇・〇六〇

法海观澜二册　　〇・三三六

居士传四册　　〇・八四〇

陈氏本说文解字附通检十册　　二・〇〇

谢宣城集一册　　〇・二五〇　　　　　　　　　　　　　　一一・三一〇

复古编三册　〇·八〇　十一月七日

古学汇刊第十编二册　一·〇五

说文校议五册　二·〇〇　十一月十五日

说文段注订补八册　二·〇〇

陶靖节诗集汤注一册　〇·二〇　十一月二十八日

仇十州飞燕外传图一册　一·六〇　十一月二十九日

黄瘿瓢人物册一册　〇·九六〇　　　　　　　　　　　　八·六一〇

支那本大小乘论静至逸字共七册　二·〇〇　十二月五日
情字二册于七日赠许季上

三论玄义一册　〇·一〇四　十二月六日

神州大观第六集一册　一·七五〇

晋唐楷帖四十种四册　一〇·一五　十二月九日

续楷帖三十种四册　六·七〇

尔雅正义十册　一·〇〇　十二月二十日

泰山秦篆二十九字一册　〇·二五

汉石经残字一册　〇·二〇

东海庙残碑一册　〇·四〇

天发神谶碑一册　〇·四〇

明拓汉隶四种一册　〇·六〇　十二月二十七日

汉刘熊碑一册　〇·三〇

魏黄初修孔子庙碑一册　〇·二五

匋斋藏瘗鹤铭二种一册　一·〇〇

水前拓本瘗鹤铭一册　〇·四〇

黄石斋夫人手书孝经定本一册　〇·三〇

文衡山书离骚真迹一册　〇·三五　十二月三十日

文衡山自书诗稿一册　〇·二一

王觉斯诗册一册　〇·一四五

王良常论书賸语一册　〇·一四

正梦楼自书诗稿一册　〇·一四
沈石田移竹图一册　〇·三五
张樗寮华严经墨迹一册　〇·三五
黄小松臧汉碑五种五册　一·二〇　　　　　　　二八·七八九
　　总计一七七·八三四,较去年约减五分之二也。十二月卅一日
夜记。

一九一五

一月

一日

日记 昙。例假。午后晴。季市送二肴,转送舅父。下午得齐寿山明信片。得二弟信,去年十二月二十八日发(84)。狄桂山来访。晚季上来,饭后同至第一舞台观剧,十二时归。

二日

日记 晴。例假。上午钱稻孙来。张协和来。午后宋紫佩来。往留黎厂直隶官书局买《说文解字系传》一部八册,二元;《广雅疏证》一部八册,二元五角六分。下午王式乾,徐宗伟来,假去二十元。刘立青,季自求来,晚至广和居饭。

三日

日记 晴,风。星期例假。午后寄二弟书籍两包,《放翁文集》一部十二册一包;《诗集》八册一包。上午车耕南来。陶书臣来。晚得二弟信,十二月卅日发(85)。

四日

日记 晴。上午寄二弟信(一)。赴部办事,十一时茶话会。午后同汪书堂,钱稻孙至益昌饭。下午寄二弟书籍一包,内《阅藏知津》一部十本,《后甲集》一部二本;又发明信片一枚。夜风。

五日

日记 晴。午前全部人员摄景。下午赴交通银行取公款。

六日

日记　昙。上午得二弟信,二日发(1)。寄二弟《剑南诗稿》十六本,分作二包。寄西泠印社信并银九元,豫约景宋本《陶渊明集》二部四元,景宋本《坡门酬唱集》一部三元,《桃花扇》一部一元二角,邮费八角。午后雨雪,至夜积半寸。

七日

日记　晴。上午寄二弟信(二)。得二弟信,三日发(2)。下午刘济舟至部见访。晚刘升持来醉枣一升,取一半,与百文。宋紫佩来。

八日

日记　微雪。午后至日本邮局取『郷土研究』二十册。晚魏福绵来。

九日

日记　微雪。上午寄二弟『郷土研究』一包。

十日

日记　晴。星期休息。午前寄二弟信(三)。午后往南柳巷访刘济舟,未遇。至文明书局买《因明论疏》一部二册,四角三分;石印宋本《陶渊明诗》一册,五角。访季自求,不值。下午舅父及陈中篪移住绒线胡同板桥土地庙。晚风。

十一日

日记　昙,大风。上午得二弟信,七日发(3)。《百喻经》刻印成,午后寄来卅册,分贻许季上十册,季市四册,夏司长,戴芦舲各一册。收拾历来所购石印名人手书及石刻小册,属工汇订之,共得三十本也。夜商生契衡来取去学费三十元。

十二日

日记 晴,大风,烈寒。午后赠稻孙《百喻经》一本。

十三日

日记 晴,风,甚冷。上午寄二弟《百喻经》六本一包。午后同齐寿山至益昌饭。下午得二弟所寄《叒社丛刊》第二期一册,去年十二月二十七日付邮。

十四日

日记 昙,冷。上午许季上来。寄二弟信(四)。

十五日

日记 晴。午后同常毅箴游小市。下午韩生寿谦来。又赠稻孙《百喻经》二册,汪书堂一册。夜宋子佩来。

十六日

日记 晴,风。午后同齐寿山饭于益昌。下午至留黎厂官书局买仿苏写《陶渊明集》一部三册,直四元。得二弟信,十二日发(4)。晚约伍仲文,毛子龙,谭君陆,张协和五人共宴刘济舟于劝业场玉楼春饭店。

十七日

日记 晴。星期休息。午后季自求来,以《南通方言疏证》,《墨经正文解义》相假,赠以《百喻经》一本。往留黎厂买《观自得斋丛书》一部二十四册,直五元。晚书工来,令订《法苑珠林》及佗杂书,付资二元。

十八日

　　日记　晴。午后同汪书堂,齐寿山,钱稻孙饭于益昌。

十九日

　　日记　昙。上午寄二弟信(五)。得二弟信,十五日发(5)。赠陈师曾《百喻经》一册。

二十日

　　日记　雨雪。上午得羽太家叶书,十四日发。夜雪止,风。

二十一日

　　日记　昙。午后同稻孙之益昌饭。晚蒋抑之来,赠以《百喻经》,《炭画》各一册。

二十二日

　　日记　晴。上午寄二弟信(六)。夜最写邓氏《墨经解》,殊不佳。雨雪。

二十三日

　　日记　雨雪。午后同齐寿山至益昌食茗饵。徐吉轩举子弥月,公贺之,人出一元。下午往留黎厂。

二十四日

　　日记　晴。星期休息。上午得二弟信,二十日发(6)。夜雨雪。蒋抑之来。

二十五日

　　日记　微雪,上午晴,下午昙。

二十六日

日记 微雪。上午杨莘士自陕中归,见赠大秦景教流行中国碑额拓本一枚。下午往许季上家,乞得金鸡纳丸八粒。晚季市赠肴一皿。

二十七日

日记 晴,大风。上午寄二弟信(七),又《教育公报》七本一包。午后收本月俸银二百八十元。夜胃痛,起服重炭酸素特一匕。

二十八日

日记 晴。午后游小市,买"折二嘉熙通宝"一枚。夜杨莘士赠古泉六枚,又小铜器一枚,似是残蚀弩机。大风。

二十九日

日记 晴,大风。上午得二弟信,二十五日发(7)。得伯执叔信,由南京托一便人携来。捐与湖北水灾振捐银二元。午后同稻孙至益昌饭。

三十日

日记 晴。午后与稻孙,寿山至益昌饭,饭后游小市。下午至留黎厂买《说文系传校录》一部二册,一元;《随轩金石文字》一部四册,二元四角。晚徐吉轩招饮于便宜坊,共十三人,皆社会教育司员。

三十一日

日记 晴。星期休息。上午寄二弟信并本月费百元(八)。午前同季市往章先生寓,晚归。杜海生来。夜大风。

二月

一日

日记　晴。午后同季市至益昌饭。夜风,微雪。

二日

日记　雨雪。上午得二弟信,正月二十九日发(8)。得毛漱泉信,二十九日余姚发。午后陈师曾为作冬华四帧持来。夜王生镜清来。

三日

日记　晴,午后昙。会议学礼。晚风。

四日

日记　晴,大风。午后同齐寿山之小市。晚季市来。

五日

日记　晴,风。上午寄二弟信(九)。杨莘士赠《陕西碑林目录》一册。午后同张仲素,齐寿山,许季上至益昌饭。下午往留黎厂。晚季市送青椒酱一器。

六日

日记　昙,风。午后往交通行以豫约券易公债正券。至留黎厂买《吉金所见录》一部四本,二元;《汇刻书目》一部二十本,三元。杨莘士赠《颜鲁公象》拓一枚,又《刘丑奴等造象》拓一枚,不全。夜宋

326

紫佩来。胃痛。

七日

　　日记　晴,星期休息。上午许季上来。午后昙。得二弟信,三日发(9)。

八日

　　日记　晴,大风。午后同齐寿山之益昌饭。下午得二弟所寄《经律异相因果录》一册,正月九日付邮,历时一阅月乃至也。书工丁旧书讫,给直二元。

九日

　　日记　晴。午后至小市。得朱迪先函并《说类［类说］》十册。戴螺舲赠肴一器。

十日

　　日记　晴。上午寄二弟信(十)。夜车耕南来。陈仲篪来,先在窗外窃听良久始入,又与耕南大诤,乃面斥之,始已。

十一日

　　日记　晴,风。午后同齐寿山至小市。夜季市来。

十二日

　　日记　上午得二弟信附《会稽郡故书杂集》样本二叶,八日发(10)。得工业专门学校函,索所保诸生学费,即函童亚镇,令转催之。午后饭于益昌,稻孙出资,别有书堂,维忱,阆声,寿山四人,又同至小市。夜伍仲文送肴饵两种,取其一半。

十三日

日记　晴,大风。令木工作书夹板七副,直一元四角。午后至新帘子胡同访小舅父,坐约半时出。晚王生镜清来。祁柏冈送饼干一合,卷烟两合。

十四日

日记　晴。旧历乙卯元旦。星期休息。上午季市来,交与银三百元。午前往章师寓,君默,中季,遏先,幼舆,季市,彝初皆至,夜归。季自求,童亚镇并来过,未遇。得钱中季信。

十五日

日记　晴。补春假休息。午寄二弟信,又还《会稽书集》样本二叶(十)。午后往厂甸,人众不可止,便归。在摊上买《说文统系第一图》拓本,泉二百;宋元泉四枚,泉四百五十。下午往季市寓还旧借书三册。夜宋紫佩来。周友芝来,又送雨前一合。

十六日

日记　昙。午后同黄芷涧往小市,尚无地摊。下午得二弟信,十二日发(11)。夜季自求来。

十七日

日记　昙。下午同陈师曾往访俞师,未遇。

十八日

日记　晴。上午得童亚镇信,昨发。午后昙。往益昌饭。

十九日

日记　昙。上午寄二弟信(十二)。午后往益昌饭,稻孙亦至。

夜大风。

二十日

日记 晴,大风。午后同钱稻孙,汪书堂至益昌饭。下午往留黎厂及火神庙,书籍价昂甚不可买,循览而出。别看书肆,买《说文句读》一部十四册,价四元。晚王生镜清来言愿代汇本月月费,先付四十元。

二十一日

日记 晴。星期休息。上午舅父来假去十五元。许季上来。午后至季自求寓还《墨经正义》及《南通方言疏证》,又同至厂甸,以铜元二十枚买"壮泉四十"一枚,系伪造品。又买《纫斋画剩》一部四册,三元。至书肆买《毛诗稽古编》一部八册,景宋王叔和《脉经》一部四本,袖珍本《陶渊明集》一部二本,共银十元。夜车耕南来谈。

二十二日

日记 晴。午后同齐寿山饭于益昌。晚助人五百文。

二十三日

日记 晴,风。受五等嘉禾章。午后同汪书堂,钱稻孙之益昌饭。下午同稻孙,季市游厂甸,买"大布黄千"二枚,其直半元。夜得二弟信,十七日发(12)。

二十四日

日记 昙。上午寄二弟信(十三)。夜雨雪。

二十五日

日记 雨雪。午后季市还银五十元。夜月见。

二十六日

日记 昙。上午得二弟信,二十二日发(13)。午后收本月奉银二百八十元。夜风。

二十七日

日记 大风,霾。午后同汪书堂,钱稻孙之益昌饭。晚韩寿晋,徐宗伟,王式乾来,徐还前假银二十元。夜风定月出。

二十八日

日记 晴。星期休息。上午小风。午后往厂甸买十二辰竟一枚,有铭,鼻损,价银二元;又唐端午竟一枚,一元。又入骨董肆,买"直百"小泉一枚,似铁品;又"大平百金"鹅眼泉一枚,"百金"二字传形;又"汉元通宝"平泉一枚,共价一元。往劝业场买牙粉肥皂,稻香村买肴饵,共一元二角。下午王镜清来,付银六十元。

三月

一日

日记　晴。上午寄二弟信(十四)。季市还银五十元。午后同齐寿山往益锠午饭。晚童亚镇来还前假银五十元。夜季自求来,赠醹鼠蒲桃镜一枚,叶上有小圈,内楷书一"馬"字,言得之地摊,九时去,赠以《小学答问》一册。十时得二弟及三弟信,言三弟妇于二月二十五日丑时生男,旧历为正月十二日也,信二十六日发(14)。

二日

日记　晴。上午寄西泠印社信并银六元。午后同王维忱,汪书堂往新帘子胡同看屋,又饭于益昌。下午开教育设施要目讨论会。晚宋子佩来。

三日

日记　晴。上午寄二弟及三弟信(十五)。午后同齐寿山,钱稻孙饭于益昌,钱均夫后至。往日本邮政局寄羽太家信并银二十元,又福子学费八元,三月至六月分。往中国银行以豫约券换公债票。夜大风撼屋,几不得睡。

四日

日记　大风,霾。午后寄朱遏先信并还《类说》十本。

五日

日记　晴。午后同汪书堂,杨莘士,钱稻孙饭于益昌。夜宋子佩来借五十元。得谦叔函,三日南京发。

六日

日记 昙。得吴雷川之兄讣文,上午赙二元。午后同汪书堂,钱稻孙,齐寿山饭于益昌。下午往留黎厂买《金石契》附《石鼓文释存》一部五本,《长安获古编》一部二本,共银七元。夜宋子佩来。买版箱式。

七日

日记 昙,大风。星期休息。上午得二弟信,三日发(15)。

八日

日记 晴。上午寄二弟信(十六)。复谦叔函。寄朱遏先函。寄钱中季函。午后同陈师曾,钱稻孙至益昌饭,汪书堂亦至。饭毕同游小市。下午昙,风。

九日

日记 晴。午后理发。下午得西泠印社复信。陶望潮来。

十日

日记 晴,午后昙。赴孔庙演礼,下午毕,同稻孙觅一小店晚餐已归寓。晚车耕南来。季自求来,云十二日赴四川。

十一日

日记 昙。上午得二弟信并南齐造象拓本一枚,七日发(16)。得西泠印社所寄《越画见闻》一部三册,《列仙酒牌》一册,《续汇刻书目》一部十册。午后同常毅箴游小市,买三古泉共铜元八枚。晚子佩来。

十二日

日记　昙。上午寄二弟信(十七)。晚得钱[中]季信,即复之。夜车耕南来,言明日往山东,假去银十元。

十三日

日记　晴,风。午后同齐寿山,钱均夫至益昌饭,又游小市。子佩明日归越中,下午往图书分馆托寄二弟信一函,摩拓一匣约一斤半,古泉一匣五十三枚,书籍一篋一百七十五册,附石刻拓本十四叶。往留黎厂官书局买残本《积学斋丛书》十九册,阙《冕服考》第三第四卷一册,价银三元。晚商契衡来。夜得宋知方信,七日台州发。

十四日

日记　晴。星期休息。午后许季上来。下午陈公猛,毛漱泉来。季市来,傍晚并去。夜得二弟信,十一日发(17)。

十五日

日记　晴,午后昙。赴孔庙演礼。

十六日

日记　晴。上午寄二弟信(十八)。夜往国子监西厢宿。

十七日

日记　晴。黎明丁祭,在崇圣祠执事,八时毕归寓。上午得二弟所寄《跳山摩厓》石刻拓本四枚,《妙相寺造像》拓本二枚,十三日付邮。息一日。

十八日

日记　晴。上午赠陈师曾《建初摩厓》，《永明造象》拓本各一分。午后得福子信，十二日发。下午风。

十九日

日记　晴。上午得二弟信，十五日发(18)。午后游小市。下午从稻孙借得《秦汉瓦当文字》一卷二册，拟景写之。赴清秘阁买纸一元。

二十日

日记　晴。午后往新帘子胡同看小舅父。许季上与潼关酱芜菁二支。

二十一日

日记　昙。星期休息。上午童亚镇来假五元。寄二弟信（十九）。午后晴。往直隶官书局买《咫进斋丛书》一部二十四册，六元四角。陈伯寅于十七日病故，赙五元。下午往许季市寓，贻以《建初摩厓》，《永明造象》拓本各一分。

二十二日

日记　晴，风。无事。

二十三日

日记　晴。午后同汪书堂往小市。下午寄陈公猛《百喻经》一册。夜得二弟明信片，二十日发。

二十四日

日记　霾。上午得二弟信，二十日发(19)。夜风。徐耨仙来，持有陈子英函。

二十五日

日记 晴,风。无事。

二十六日

日记 晴。上午得宋子佩信,二十二日绍兴发。寄二弟信(二十)。午后同汪书堂,齐寿山于益昌饭,又游小市。夜季市来。

二十七日

日记 雨雪。午后同齐寿山至益昌饭。下午王镜清来托保投考知事人一名,张驿,嵊人。夜月出。

二十八日

日记 晴,风。星期休息。上午得二弟信,二十四日发(20)。午后罗扬伯来。毛漱泉来。下午胡绥之来并赠《龙门山造象题记》二十三枚,去赠以《跳山建初摩厓》拓本一枚。

二十九日

日记 晴。上午得王式乾信,昨发。得二弟所寄《汇刻书目》二十册,二十五日付邮。午后同汪书堂至小市。赠汤总长,梁次长《百喻经》各一册。夜景写《秦汉瓦当文字》一卷之上讫,自始迄今计十日。

三十日

日记 晴。午后至小市。下午王镜清来托保去万方,陈继昌二人,万,上虞;陈,新昌。夜宋芷生来。

三十一日

日记 晴。上午寄二弟信(二十一)。午后至益昌饭,共八人,朱炎之主。又往小市。下午收本月奉泉二百八十元。夜周友芷交来车耕南信。

四月

一日

日记　晴。上午得二弟信,二十八日发(21)。下午王式乾来,付与银百元,由剡中汇还家中,为三月份家用。夜风又小雨。

二日

日记　晴。上午寄二弟《教育公报》第八第九期各一册。午后之小市。夜魏福绵来托保去投考知事者四人:楼启元,萧山人;朱光祥,俞韫,赵松祥,并诸暨人。

三日

日记　昙。上午保投考知事者二人:景万禄,白尔玉,并山西人,由许季上介绍。午后往留黎厂买瓷质小羊一枚,银三角,估云宋瓷,出彰德土中;又买《古学汇刊》第十一集二册,银一元五分。下午商契衡来,交与学资三十元。又保四人:何晋荣,董尔陶,新昌人;赵秉忠,杜俊培,诸暨人。

四日

日记　晴,风。星期休息。上午寄二弟信(二十二)。寄西泠印社信并银八元。寄西安吴葆仁信并银五元,托买帖,杨莘士作札。下午之街闲步。

五日

日记　晴,大风。下午蔡谷青忽遣人送火腿一只。

六日

　　日记　晴,大风。上午得二弟信又一明信片,并二日发(22)。赠陈寅恪《或外小说》第一第二集,《炭画》各一册,齐寿山《炭画》一册。

七日

　　日记　晴,风。午后得福子信,一日发。

八日

　　日记　晴。上午寄二弟书籍一包,内《会稽掇英总集》四本,《金石契》四本,《石鼓文释存》一本。托陈师曾写《会稽郡故书杂集》书衣一叶。午后至小市。下午蔡谷青来,未遇。夜风。

九日

　　日记　晴,风。上午寄二弟信并师曾所写书衣一叶(二十三)。夜胃小痛。

十日

　　日记　晴。上午得二弟信附《永明造象记》二枚,六日发(23)。得钱中季信并《会稽故书杂集》书面一叶。得西泠印社明信片。赠张阆声《永明造象》拓片一枚。午后访俞恪士师,未遇。至清秘阁买纸笔,合一元。晚写《秦汉瓦当文字》一卷之下讫,计十二日。夜王铁如来。毛漱泉来。

十一日

　　日记　晴。星期休息。上午得宋子佩信,五日绍兴发。午后访俞恪士师,略坐出。至留黎厂买《文字蒙求》一册,《吴越三子集》一部八册,银六角;又买马曹拓片一枚,二角;磁碗一枚,一元。下午韩寿晋来还银二十元。西泠印社寄来《遯庵古镜存》二册,《秦汉瓦当存》二册,《敦交集》一册。

十二日

日记 昙,风。无事。

十三日

日记 晴。上午寄二弟信(二十四)。得二弟所寄《建初摩厓》,《永明造象》拓本各二分,九日付邮。午前龚未生到部来访。晚许季上来,饭后去。夜得二弟信附芳子笺,十日发(24)。胃痛颇甚。

十四日

日记 晴,风。上午寄西泠印社信。寄胡绥之信并《永明造象》拓片一枚。夜风。

十五日

日记 晴。上午龚未生来部。午后寄羽太家信附与福子笺二枚,又银七元,为冲买衣。晚寿洙邻暨其戚来。夜得胡绥之信。

十六日

日记 晴。上午寄二弟信附与芳子笺(二十五)。又寄《遯庵瓦当存》二本,《古镜存》二本,《二李倡和集》一本,《敦交集》一本,《教育公报》第十期一本,《儿童艺术展览会纪要》二本,分两包。午后张阆声赠所藏古陶文字拓片一枚。

十七日

日记 昙。午后往图书分馆还《秦汉瓦当文字》,并托丁书。访季上不值,留火腿二方,一转赠寿山。访毛漱泉,略坐。买胃药八角归。

十八日

日记　昙。星期休息。午后至劝业场访《文始》,得之,买一册,银一元五角。又至图书分馆取所丁书。夜得二弟信,十五日发(25)。

十九日

日记　昙。午后同陈师曾之小市,以银一元买残本《一切经音义》及《金石萃编》一束。

二十日

日记　雨。上午收西泠印社所寄《补寰宇访碑录》四册。夜得二弟信,十七日发(26)。

二十一日

日记　晴,风。上午寄二弟信(二十六)。寄陈子英信。下午赴留黎厂神州国光社买《神州大观》第七集一册,一元六角五分。又至直隶官书局买《金石续编》一部十二本,二元五角;《越中金石记》一部八册,二十元。

二十二日

日记　晴,风。午后同陈师曾至小市。

二十三日

日记　晴,风。无事。夜得二弟并三弟信,二十日发(27)。

二十四日

日记 晴,风。午后往图书分馆,又往留黎厂。夜宋紫佩从越中至,持来笋干一包,茗一包。

二十五日

日记 晴。星期休息。午后风。访许季上,祁柏冈,各送笋干一包。往留黎厂买《射阳石门画像》等五纸,二元;《曹望憘造象》拓本二枚,四角。下午往稻香村买食物。

《射阳聚石门画象》说明

射阳聚石门画象一石

高五尺,广二尺。三层,上层朱鸟,中层兽环,下层人持剑盾。

阴四周有缘,中分三层。上层孔子见老子象,题字三榜:曰老子,曰孔子,曰弟子,录书。中层建鼓、虎,二人击之,下二人舞。下层疱厨。

有包世臣题额一列,七字,行书,并记二行亦行书:

"汉射阳石门画像额 石门旧在宝应县射阳故城,乾隆五十年,江都拔贡生汪中舁归。道光十年夏,其子户部员外喜孙移置宝应学宫,泾包世臣、仪征刘文淇、吴廷飏、泾包慎言、江都梅植之同观。世臣记。"

> 未另发表。据手稿编入。
> 题目系编者所拟。

二十六日

日记 小雨。上午寄二弟信(二十七)。

二十七日

日记 昙。上午得二弟信,二十四日发(28)。收西泠印社所寄仿宋《陶渊明集》一部四册。午后至小市。收本月奉银二百八十元。下午又至小市。夜雨。

二十八日

日记 晴。上午寄二弟书籍一包,《笠泽丛书》二册,《越画见闻》三册,《列仙酒牌》一册,并有木夹。午后至邮局寄上海伊文思图书公司信并银五十元,为三弟买书。又寄西泠印社信并银十三元,自买书。下午宋紫佩还银三十元,便偿笋干价三元。从图书分馆假得《小蓬莱阁金石文字》,景写家所藏本阙叶一枚。

二十九日

日记 晴。上午与伍仲文信并笋干一包。下午季市遗鹜一器。

三十日

日记 晴,风。上午寄二弟及三弟信并本月家用百元(二十八)。

五月

一日

日记　晴。上午得二弟信,四月二十七日发(29)。午后往留黎厂买《黾池五瑞图》连《西狭颂》二枚,二元;杂汉画象四枚,一元;武梁祠画象并题记等五十一枚,八元。下午许季上来。魏福绵来假去二十元。夜毛漱泉来。

二日

日记　晴。星期休息。上午小舅父来。午后昙,大风。往图书分馆托丁书。往留黎厂买《张思文造象题记》拓本等六种十枚,银二元。往观音寺街买牙粉,袜,饼干,牛肉等共四元。车夫衣敝,与一元。

三日

日记　晴。上午寄二弟信(二十九)。下午同钱稻孙,许季上往图书分馆。

四日

日记　晴。午后理发。夜得二弟信,一日发(30)。得西泠社明信片,一日发。

五日

日记　晴,午后昙,风。无事。夜大雨。

六日

日记 晴。上午得西泠印社所寄《两汉金石记》六册,《丛书举要》四十四册,《罗鄂州小集》两册,景宋刻《京本通俗小说》二册,分三包。寄二弟信(三十)。寄西泠印社信并补邮费二角,以券代之。夜韩寿晋来。雷雨一陈。

七日

日记 昙。无事。夜雨。

八日

日记 晴。午后同齐寿山,汪书堂往小市。下午往直隶官书局买《金石萃编》一部五十册,银十四元。晚商契衡来。

九日

日记 晴。星期休息。上午得二弟信,五日发(31)。下午往留黎厂买汉石刻小品三枚,画象一枚,造象三枚,共银三元;又造象四种共七枚,银二元二角。得季自求信,四月三十日渝城发。晚得季市笺并假关中,中州《金石记》四册。夜半邻室诸人聚而高谈,为不得眠孰。

十日

日记 晴,风。晨五时起。上午寄二弟信(三十一)。午后杨莘耜交来向西安所买帖,内有季上,季市者,便各分与,自得十种,直约二元。

十一日

日记 晴,晚大风。夜季市来。得二弟信,八日发(32)。

十二日

 日记 晴。上午得车耕南信并还银十元,十日济南发。

十三日

 日记 昙。午前寄二弟信(三十二)。晚小雨。罗扬伯来。

十四日

 日记 昙。午前令部役往邮局取耕南寄款,局不肯付。下午雨。夜风。

十五日

 日记 晴。午后从邮局取得耕南款十元。夜得二弟信,十二日发(33)。

十六日

 日记 昙。星期休息。午后至留黎厂买《文叔阳食堂画象》一枚,武氏祠新出土画象一枚,又不知名画象一枚,共银二元,又买纸一元。下午晴。访许季上不值,至益昌买食物一元归。夜雨。

十七日

 日记 昙。上午寄二弟信(三十三)。下午雨。往许季上寓。晚魏福绵来。

十八日

 日记 晴。晨许季上来。下午陶念卿先生自越中至。晚往许季市寓还中州及关中《金石记》,并以景宋本《陶渊明集》赠之。

十九日

日记　晴。午后之小市。夜得二弟信,十六日发(34)。

二十日

日记　晴。下午小舅父来。夜小雨。得二弟明信片,十七日发。

二十一日

日记　晴。上午寄二弟信(三十四)。午后同钱稻孙至小市。晚季市致一看也。

二十二日

日记　晴。下午许季上来并赠酱莴苣四枚。王镜清来。

二十三日

日记　晴。星期休息。上午得二弟信,十九日发(35)。午后毛漱泉来。下午往留黎厂买济宁州画象一枚,银一元。晚买薄荷酒等一元。

二十四日

日记　昙。午后同稻孙,师曾往小市。下午得舅父信。

二十五日

日记　晴。下午往舅父寓。

二十六日

日记　晴。上午寄二弟信(三十五)。下午紫佩来还二十元。晚小雨一陈即止。魏福绵来。夜得二弟信,二十三日发(36)。

二十七日

日记　晴。无事。

二十八日

日记　晴。无事。

二十九日

日记　晴。上午寄西泠印社信并银八元。收本月奉银二百八十元。午后至小市。下午同许季市往章师寓,归过稻香村买食物一元。晚王镜清来,付百元汇作本月家用。魏福绵来,饭后去。夜交陶念卿先生六十元。重订小本《陶渊明集》四本。

三十日

日记　昙。星期休息。上午寄二弟信(三十六)。许季市来。午后得二弟所寄《汉碑篆额》一部三本,二十六日付邮。龚未生来。下午往留黎厂买《张敬造象》六枚,一元五角;又《李夫人灵第画鹿》一枚,一元;《鲁孝王石刻》一枚,五角,疑翻刻也。夜得二弟信,二十七日发(37)。

三十一日

日记　晴。无事。

六月

一日

日记 晴。上午寄二弟信(三十七)。午后昙。往国子监南学。晚雨。

二日

日记 晴,下午昙,雨一陈复霁,夜雨。

三日

日记 晴。托紫佩觅工制单马卦一件,共银五元四角。

四日

日记 晴,下午雷雨一陈。晚钱稻孙来,同至广和居饭,邀季市不至。

五日

日记 晴。上午得二弟信,一日发(38)。寄二弟书籍一包,小本《陶渊明集》一部二本,《广弘明集》一部十本。下午得蒋抑卮书并钞文澜阁本《嵇中散集》一部二册。夜修补《汉碑篆额》讫。

六日

日记 晴,风。上午徐宗伟,徐元来。陈公猛来。许季上来。寄二弟信(三十八)。下午至留黎厂买《群臣上寿刻石》等拓本三种四枚,共银二元四角。又至稻香村买食物一元。夜许季市来,假去五十元。

七日

日记 晴。上午西泠印社寄至《百汉研碑》一册,《求古精舍金石图》四册,共一包。

八日

日记 晴,下午大风。无事。夜修丁《金石萃编》讫。

九日

日记 昙,风。上午得二弟信,五日发(39)。晚许季市来。

十日

日记 晴。上午寄二弟信(三十九)又书籍一包,计《百汉研碑》一册,景宋《通俗小说》二册,《鄂州小集》二册,《教育公报》第十一十二期各一册。杨莘士从西安代买古刻拓本来,计《梵汉合文经幢》一枚,《摩利支天等经》一枚,《田僧敬造象记》共二枚,《夏侯纯陀造象记》共二枚,《钳耳神猛造象记》共四枚,共直银一元。

十一日

日记 晴。午后昙。先后令书工修书二十四本,付工直一元。夜得二弟信,八日发(40)。

十二日

日记 晴。下午得小舅父明信片,昨发。

十三日

日记 晴。星期休息。上午往小舅父寓,已集行李,云明日归。祁柏冈送茗四包。午后昙,风。往李铁拐斜街,欲卖公债票充用,不得。往留黎厂买《赵阿欢造象》等五枚,三角;又缩刻古碑拓本共二十四枚,一元,帖店称晏如居缩刻,云出何子贞,俟考。买《古学汇刊》第十二期二册,一元五分。下午许季上来。晚雷雨一陈即霁。夜齿痛失眠。

十四日

日记 雨。师曾遗小铜印一枚,文曰"周"。晚晴星见。

十五日

日记 晴,风。上午寄二弟信(四十)。向稻孙假银五十元。夜得二弟信并《魏黄初十三字残碑》拓本一枚,十二日发(41)。

十六日

日记 雨。上午寄蒋抑之信。寄羽太家信并月用十五元,九月讫,又信子买衣物费十五元,福子学费六元。铭伯先生自黑龙江归,下午往访之。晚令工往稻香村买食物一元。夜铭伯先生来。

十七日

日记 晴。旧端午,夏假。上午得二弟所寄桃华纸百枚,十二日付邮,许季上托买。寄二弟信并与二弟妇笺(四十一)。下午许季市来,并持来章师书一幅,自所写与;又《齐物论释》一册,是新刻本,龚未生赠也;又烹鹜一器,乃令人持来者。夜雨。

十八日

日记 昙,午后晴。至小市。夜雨。

十九日

日记 晴。午后同徐吉轩,戴螺舲至学校成绩品陈列室。往留黎厂买《孟广宗碑》一枚，北齐至后唐造象十二种十四枚，共值四元。许季上借《北史》二函，送与之。得二弟所寄《会稽郡故书杂集》二十册，十五日付邮，便赠念卿，子佩各一册，图书分馆一册。夜访季市，赠《杂集》一册，又铭伯先生一册。

二十日

日记 晴。星期休息。上午得二弟信，十六日发(42)。寄二弟《越中金石记》八本，《汉碑篆额》三本，均有木夹，又《龙门造象二十品》二十三枚，分作二包。午后许季市来。下午许季上来，取去《会稽杂集》二册。往留黎厂官书局买《筠清馆金文》一部五本，四元；《望堂金石》八本，六元。晚朱遏先，钱中季来，各遗《会稽杂[集]》一册，又以三册托分致沈尹默，叚士，马幼渔。

二十一日

日记 晴。上午寄二弟信(四十二)。赠陈师曾《会稽故书杂集》一册。下午同戴螺舲往南学。晚访胡绥之。夜雨。

二十二日

日记 晴。上午从齐寿山假三十元。午后理发。下午樊朝荣名铺，董恂士介绍来。夜风。得二弟信并"马卫将作"砖拓本二枚，十九日发(43)。

二十三日

日记 晴，下午雨。无事。

二十四日

日记 晴。上午寄二弟信(四十三)。寄钱中季信并《永明造象》

拓本一枚。寄朱遏先信并《建初买地》,《永明造象》拓本各一枚。送朱孝荃《建初买地记》一枚。夜商契衡来,交与《会稽郡故书杂集》一册,属转赠剡中图书馆。

二十五日

日记 晴。上午寄商契衡《儿童艺术展览会报告》一册。

二十六日

日记 晴。上午收本月奉银二百二十七元八角,自此至十月末,当扣四年度公责共二百八十元。还稻孙五十元,还齐寿山十元。午后往留黎厂代稻孙买《缪篆分均》一部,二元。下午得二弟信,二十二日发(44)。晚铭伯先生来。魏福绵来,付五十元属汇家,又赠以《会稽郡故书杂集》一册。夜得季自求信,十三日成都发。

二十七日

日记 晴。星期休息。上午致念卿先生银六十元。午后往留黎厂买《会稽掇英总集》一部四本,《魏稼孙全集》一部十四本,共八元。下午许季上送还《北史》二函。晚大风雨。

二十八日

日记 晴。上午得三弟所寄《亨达氏生物学》译稿上卷一册,二十四日付邮。寄二弟《求古精舍金石图》四本,《文始》一本,作一包。晚许诗荃来。夜王镜清来。

二十九日

日记 晴。上午寄二弟信(四十四)。

三十日

日记　晴。上午得二弟信,二十六日发(45)。下午徐宗伟来,假与二十元。

七月

一日

日记 晴。改办公时间为上午八时半至十二时。午后眠二小时。下午往留黎厂买《李显族造象碑颂》,《潞州舍利塔下铭》各一枚,共一元。又借《寰宇贞石图》六本。得福子信,六月廿五日发。晚许诗荃来。

二日

日记 昙。上午得二弟所寄《千甓亭古专图释》四本,廿七日付邮。午后晴。下午往观音寺街买履一两,一元六角,饼干一匣,一元四角。浴。

三日

日记 小雨。上午寄二弟信(四十五)。午后往留黎厂买《常岳造象》及残幢等共四枚,又《凝禅寺三级浮图碑》一枚,共银二元。还《寰宇贞石图》。

四日

日记 雨。星期休息。上午得二弟信,六月卅日发(46),又西泠印社书目及『学镫』各一册,前一日发。旁午晴。午后往留黎厂买《杨孟文石门颂》一枚;阙额,银二元;又《北齐等慈寺残碑》及杂造象等七枚,四元;又《北魏石渠造象》等十一种十五枚,并岳琪所藏,共八元。往季市寓。晚邀铭伯先生,季市及季市[上]至广和居饭。

五日

　　日记　晴。无事。

六日

　　日记　晴。午后得二弟信,二日发(47)。晚往黄子涧寓饭。

七日

　　日记　晴。上午寄二弟信(四十六)。午后会议。下午敦古谊帖店持拓本来,买《同州舍利塔额》一枚,《青州舍利塔下铭》并额二枚,共价银一元五角。

八日

　　日记　晴。午后得二弟所寄《汉碑篆额》三本,童话六篇,四日付邮。下午沈康伯来。晚许季上来。

九日

　　日记　晴。下午往许季上寓。得二弟信并《古学汇刊》散叶一包,五日发(48)。

十日

　　日记　晴。上午寄二弟信(四十七)。下午往留黎厂敦古谊买《张荣千[迁]造象记》三枚,《刘碑》,《马天祥造象记》各一枚,《岐州舍利塔下铭》一枚,共三元三角。

十一日

　　日记　晴。星期休息。上午得二弟所寄《古学汇刊》散叶一包,七日付邮。下午访许季上,归过益昌买食物一元。夜大雨。

十二日

日记 雨，上午晴。午后会议。夜风。

十三日

日记 晴。上午得二弟信，九日发（49）。下午往季市寓。夜铭伯先生来。

十四日

日记 昙，午后疾雨一陈，下午晴。

十五日

日记 雨。上午寄二弟信（四十八）。午后大雨。下午得蒋抑卮信并明刻《嵇中散集》一卷，由蒋孟频令人持来，便校一过。许季上来。晚铭伯先生来。

十六日

日记 昙。上午复抑卮信并还《嵇中散集》，仍托蒋孟频。下午晴。往中国银行取三年公责利子八元四角。晚刘历青来还经三册，往广和居饭已而去。夜得二弟信，十三日发（50）。

十七日

日记 昙。上午还稻孙《哀史》二册。下午往留黎厂买《高伏德等造象》三枚 北魏景明四 年，石在涿州 直五角；《居士廉富等造象》二种四枚 东魏兴和二年一枚，又武定 八年一枚，并河南新出土 直三元。晚小雨，夜大雨。

十八日

日记 晴。星期休息。上午往季市寓。午后雨，下午晴。季市

送一看来。晚陈仲簌作函借泉,而署其夫人名,妄极,便复却。夜刘
历青来。

十九日

日记　晴。上午寄二弟信(四十九)。午往许季上寓,其次女周
岁,食面。午后访戴芦舲。下午乔君曾劬来。许季市来,并贻笋煮
豆一合。刘历青来。夜写《百专考》一卷毕,二十四叶,约七千字。
夜雷雨。

二十日

日记　晴。上午访胡绥之,未遇。得二弟明信片,十六日发。
向紫佩假十元。下午往图书分馆。夜以高丽本《百喻经》校刻本
一过。

《百喻经》校后记

乙卯七月二十日,以日本翻刻高丽宝永己丑年本校一过。异字
悉出于上,多有谬误,不可尽据也。

题写于 1914 年金陵刻经处版《百喻经》自藏本后。
初未收集。

二十一日

日记　晴。午后会议。晚铭伯先生来。夜雷雨。

二十二日

日记 雨。午后得二弟信,十九日上海发(51)。晚晴。

二十三日

日记 晴。上午寄二弟信(五十)。下午许季上来。晚雷雨一陈。

二十四日

日记 晴。午后往徐景文寓疗龋齿。得沈康伯信。夜往季市寓。

二十五日

日记 晴。星期休息。上午访许季上。访胡绥之,未遇。午访季自求,得《鹤山文钞》一部。下午王铁如以入川来别。晚昙,雷。写《出三藏记集》第一卷讫,据日本翻高丽本。夜雨。

二十六日

日记 昙。上午收本月奉泉二百二十六元九角。午后往徐景文寓疗齿,付资十元。访胡绥之。下午得二弟信,廿二日越中发(52)。夜雨。

二十七日

日记 晴。上午得二弟寄来书籍一包,计《再续寰宇访碑录》二册,《读碑小笺》一册,《眼学偶得》一册,《唐风楼金石文字跋尾》一册,《风雨楼臧石》拓本六枚,又蝉隐庐书目一本,二十三日付邮。寄二弟信(五一)。

二十八日

日记 晴。晨得二弟信并"河平"专、"甘露"专文拓本各一枚，廿四日发（53）。上午寄二弟订定《古学汇刊》一部二十四册，两包。寄上海西泠印社信并银六元。季市还银五十元。

二十九日

日记 晴。上午寄二弟信并本月家用百元（五十二），又《脉经》四本，《汉碑篆额》三本，《千甓亭专图》四本，《续汇刻书目》十本，分作两包。午后骤雨一陈即霁，下午又大风雨一陈。

三十日

日记 晴，下午大雨，顷霁。访许季上。

三十一日

日记 晴。上午往日邮局寄相模屋函并银三十元，二弟买书直也，又代协和寄十元，季上寄二元。还齐寿山二十元。午后往徐景文寓治齿，往临记洋行买牙粉牙刷等一元。下午往留黎厂买"三字齐刀"三枚，直二元；买《垣周等修塔像记》拓本一枚，五角。下午许季上来。晚季自求来，赠以《会稽郡故书杂集》一册也。

八月

一日

日记 晴。上午得二弟信并专目乙本,前月二十七日发(54),又《交阯都尉沈君阙》拓本一枚,同日付邮。下午往留黎厂买《丘始光造象》等拓本十种共大小十四枚,直七元。大雨一陈。晚寄二弟信(五十三)。

二日

日记 昙,夜雨。

三日

日记 晴。上午得福子信,七月廿七日发。下午敦古谊帖店送来石印《寰宇贞石图》散叶一分五十七枚,直六元。

四日

日记 晴。午后开会。得二弟信,七月三十一日发(55)。

五日

日记 晴。上午寄二弟信(五十四)。寄魏福绵信。得重久信,七月二十八日东京发。季上母六旬生日送礼,午与同事往贺,既面而归。下午得西泠印社寄来《艺风堂考臧金石目》八册,《阮盫笔记》二册,《香东漫笔》一册,二日付邮。小雨即霁。晚理发。刘历青来。

六日

日记 昙。午后往徐景文寓疗齿。往留黎厂买古专拓本四枚,善业埴拓本二枚,共五角。下午得西泠印社明信片,三日发。晚冀育堂招饮于泰丰楼,同席十人。夜雨。

七日

日记 昙,午后晴。师曾为代买寿山印章三方,共直五元,季上分去一块。下午小雨。寄二弟信(五十五)。寄西泠印社信。前代宋子佩乞吴雷川作族谱序,雷川又以托白振民,文成,酬二十元,并不受,约以宴饮尽之,晚乃会于中央公园,就闽菜馆夕餐,又约季市,稻孙,维忱,共六人。

八日

日记 昙。星期休息。上午得二弟信,四日发(56)。午前往高升店访冀育堂,已行。往留黎厂。陶书臣来。下午访许季上未遇,遂游小市,又至通俗图书馆访王仲猷,假书数册而归。张协和来,未遇。

九日

日记 晴。午后会议。下午往张协和寓。

十日

日记 晴。上午寄二弟《秦汉瓦当文字》二册,《百专考》一册,古砖拓本五枚,共一包。

十一日

日记 晴。上午寄二弟信(五十六)。助广东水灾振一元。师曾为二弟刻名印一,放专文,酬二元。午后得二弟信,七日发(57)。西泠印社寄书目来,九日发。夜小雨。

十二日

日记　晴。上午往日邮局寄羽太信并银六元。寄二弟信（五十七）。下午毛漱泉来。敦古谊送造象拓本来，买三种五枚，二元三角。

十三日

日记　晴。午后往徐景文寓补齿，付三元讫，归过稻香村买中山松醪两罂，牛肉半斤。下午得二弟信，附建宁专，长生未央瓦拓片各一，初九日发(58)。得西泠印社信，十日发。夜雷雨。

十四日

日记　雨。上午寄二弟信（五十八）。师曾代购印章三块，直四元五角。

十五日

日记　晴。星期休息。上午访陈师曾。访许季上。下午往留黎厂买《张龙伯造象记》，《道冲修塔记》各一枚，共直银八角。晚雨。

十六日

日记　晴。上午得二弟信，十二日发(59)。下午许季上来。

十七日

日记　晴。上午寄二弟信（五十九）。得三弟所译《生物学》中下卷稿子二册，又芳子及冲摄景一枚，十三日付邮。下午雷雨。

十八日

日记　昙。上午得相模屋书店信，十日发。

十九日

日记 晴。午后在通俗教育研究会。夜雷雨。

二十日

日记 晴。晨得二弟信,十六日发(60)。午后往方家胡同图书馆。

二十一日

日记 晴。上午寄二弟信(六十)。午后往留黎厂。下午复往留黎厂买晋《王明造象》拓本四枚,隋比丘僧智道玩等造象四枚,共直银四元。晚颇热,赴西升平园浴。夜大风,雷,小雨。

二十二日

日记 晴。星期休息。午后陈公猛来。下午胡绥之来。寿洙邻来。

二十三日

日记 晴。上午得二弟信并泉,竟等拓片三枚,十九日发(61)。午后往留黎厂商务书馆买《贾子次诂》一部二册,一元;又《曲阜碑碣考》一册,二角,排印本也,不善。晚许季上来。

二十四日

日记 晴。上午寄二弟信(六十一)。

二十五日

日记 晴,上午雨。无事。晚晴,风。得二弟信,廿一日发(62)。

二十六日

日记 晴。上午得二弟寄来女谧摄景一枚，二十二日付邮。午后季市来。下午大风雨一陈，俄顷霁矣。

二十七日

日记 晴，风。上午寄二弟信（六十二）。午后得李霞卿函，廿二日越中发。

二十八日

日记 晴，午后雨一陈。下午许季上来。

二十九日

日记 昙。星期休息。晚小雨。

三十日

日记 晴。上午得二弟信，二十六日发（63）。收本月奉泉二百八十元。

三十一日

日记 昙。晨阮久荪来。上午寄二弟信并本月家用一百元（六十三）。寄蟫隐庐［信］并银二十二元，买书。王屏华中风落职归，助三元。午后约久荪来谈，晚至广和居饭。雨。夜胃痛。

九月

一日

日记 雨。自此日起教育部全日理公事。午后同戴芦舲往内务部协议移交《四库全书》办法。下午晴。敦古谊送汉画象拓本来，未买。

二日

日记 晴，大风。上午得重久信，浅草发。午邀白振民，吴雷川，王维忱，钱稻孙，许季市至益昌饭，仍用作宋氏谱叙款。

三日

日记 晴。上午得二弟及三弟信，三十日发(64)。托师曾刻印，报以十银。

四日

日记 昙。上午寄二弟并三弟信(六十四)。访陈公猛，未遇。往日邮局寄重久信并银十元。午后寄陈公猛信。得重久东京来信，又一葉书，廿八，廿九两日发。下午小雨。命仆买膏药，蜜饯等共七元。

五日

日记 晴。星期休息。上午许季上来。午后得二弟信，一日发(65)。往留黎厂买"至正"泉二枚，箭镞三枚，唐造象拓本一枚，共一元。买明刻本《陆士龙集》一部，《鲍明远集》一部，每四本，共五元。

买《封三公山碑》,《封龙山颂》,《报德象碑》拓本各一枚,共四元八角。

六日

日记 晴。晨陆润青来访。得蟫隐庐信,三日发。寄二弟信(六十五)并小包二,内膏药十二枚,五月五日竟一枚,蒲桃竟一枚,宋元泉三枚,印章三方,蜜果三种六斤。午后往通俗教育研究会。夜李霞卿自越中至,交来二弟函并"马卫将作"专一块,干菜一合。又已置五十元在家中,便先付与二十五元。

七日

日记 晴。上午寄蟫隐庐信并银八元。午后同师曾往小市。许季上赠《金刚经嘉祥义疏》一部二本,李正刚排印本。晚李霞青来。

八日

日记 晴。上午寄二弟信(六十六)。李霞卿来,同往大学为之作保。午后寄陈公猛信。陈师曾刻收藏印成,文六,曰"会稽周氏收臧"。

九日

日记 晴。上午得二弟信,五日发(66)。以"马卫将[作]"专贻汪书堂。以《域外小说集》二册贻张春霆。夜大风,前有测候所天气豫报,云日内有暴风,此傥是邪?阅《复堂日记》。

十日

日记 晴,风。晨得二弟明信片,六日发(67)。晚齐寿山邀至其家食蟹,有张仲素,徐吉轩,戴芦舲,许季上,大饮啖,剧谭,夜归。

十一日

日记 晴。上午寄二弟信(六十七)。午后赴文庙演礼。晚王式乾，徐宗伟来，徐还银二十元，又童亚镇所假者五元。

十二日

日记 晴。星期休息。上午许铭伯先生来。午后蒋抑卮来。下午得二弟所寄来小包一，内《秦金石刻辞》一册，《蒿里遗珍》一册。得上海蟫隐庐所寄来书籍一包，内《流沙队简》三册，《权衡度量实验考》一册，《四朝宝钞图录》一册，《金石萃编校字记》一册，《万邑西南[山]石刻记》一册，三日付邮。晚访陶念卿先生，夜就国子监宿。

十三日

日记 晴。黎明祭孔，在崇圣祠执事，八时讫归寓。上午得二弟信并《贾道贵造象》拓本一枚，铜镜拓本二枚，九日发(67)。下午风。紫佩从李霞卿处持水笔十支来，亦二弟所寄。

十四日

日记 晴。上午寄二弟信(六十八)。下午西泠印社寄来《说文古籀拾遗》一部二册。晚许季上来看《流沙坠简》。商契衡来。

十五日

日记 昙。上午得二弟信并竟拓三枚，十一日发(68)。得蟫隐庐信[明]信片。得西泠印社明信片。大雨。得重久叶书二枚，九日发。午后往通俗教育研究会小说股第一次会。下午得李霞卿信，本日发。

十六日

日记 晴。休假。上午寄二弟信(六十九)。复李霞卿信。复西泠社信。午前往留黎厂买古矢镞二十枚,银三元。下午得二弟所寄写书格子纸一千二百枚,《三老讳字忌日记》拓本一枚,十二日付邮。

十七日

日记 晴。上午得二弟信,十三日发(69)。

十八日

日记 昙,上午晴。午后得二弟所寄《绍兴教育杂志》四至九期共六册,十二日付邮。得宋知方信,十二日台州发。晚季市来,赠玫瑰蒲陶二房,又向之假得银十五元。夜寄西泠印社信并银三元,又附吴雷川先生买书帐一枚,信一函。小雨。

十九日

日记 晴。星期休息。上午寄二弟信(七十)。得龚未生夫人讣,章师长女,有所撰《事略》。下午得蟫隐庐所寄《秦汉瓦当文字》二册,《郑厂所藏泥封[封泥]》一册,书目一册,八日付邮,又别买《通俗编》八册,已寄越中。夜商契衡来,付学资四十元,又托交李霞卿银二十三元二角,所汇款清讫。风。紫佩,霞卿来,赠《会稽故书》一册。

二十日

日记 晴。晚协和为其弟定婚宴媒人,邀作陪,同坐十人。

二十一日

日记 晴。下午得二弟信,十七日发(70)。又《符牌图录》一册,《往生碑》拓本四枚,共一包,同日寄。得重久信,十四日发。周友之来。晚韩寿谦来,为作书致大学为寿晋请假。夜得沈康伯信,本日发。小雨。

二十二日

日记 昙。上午寄二弟信(七十一)。答沈康伯信。午后赴研究会。雨。

二十三日

日记 昙,风。旧历中秋也,休假。下午许铭伯先生来看《永慕园丛书》。晚季市致鹜一器,与工四百文。夜月出。

二十四日

日记 昙。向季上假十元。午后雨。

二十五日

日记 晴。上午得二弟信,二十一日发(71)。

二十六日

日记 晴。星期休息。上午寄二弟信(七十二)。复宋知方信。往钱粮胡同吊龚未生夫人,赙二元。下午徐仲苏来。

二十七日

日记 晴。上午得西泠印社信,廿四日发。收本月奉泉二百八十元,还季市十五元,季上十元。晚许季上来。

二十八日

日记 晴,上午西泠印社寄来《文馆词林汇刊》一部五本,廿四日付邮。

二十九日

日记 晴。午后赴通俗教育会。得羽太家信,二十四日发。晚高阆仙招饮于同和居,同席十二人,有齐如山,陈孝庄,余并同事。得二弟信附芳子信,二十五日发(72)。陈师曾为刻名印成。中寒不适。

三十日

日记 昙。上午寄二弟信附杂文稿四篇(七十三),又本月家用一百元,又寄小包一,内《秦金石刻辞》一册,《秦汉瓦当文字》二册,《流沙队简》并《补遗》三册,《权衡度量实验考》一册,《蒿里遗珍》一册,汉石刻拓本共十一枚,"大泉五十"一枚,"至元通宝"二枚。寄上海蟫隐庐函并银十三元。送张阆声《往生碑》拓本一枚。午后同汪书堂游小市,买得《石鼓文音释》二枚,直六铜元,拟赠季市。晚雨。夜服规那丸三枚。

十月

一日

日记 晴。午后理发。晚虞叔昭招饮于京华春，共九人，皆同事。夜有甘润生来访，名元灏，云是寿师时同学。临卧服规那二丸，觉冷。

二日

日记 晨小雨一陈。午后同师曾，书堂游小市。下午许季上来。王，魏二生来。夜得二弟信，九月廿九日发(73)。临卧服规那丸二粒。

三日

日记 昙。星期休息。下午往留黎厂买《樊敏碑》复刻拓本一枚，一元。雨一陈。

四日

日记 晴。上午富华阁送来杂汉画象拓本一百卅七枚，皆散在嘉祥，汶上，金乡者，拓不佳，以十四元购之。上午寄二弟信附与芳子笺一(七十四)。祁柏冈丁父忧，下午赙二元。

《嘉祥村画象》说明

嘉祥嘉祥村画象三石打碑人手记云：在城南五里庄南，王年山坡地内一高三尺五寸，广二尺六寸。上半三层，上二层西王母及禽兽乐舞，下层车马二；下半田猎。石后裂为二，又经妄人刻"吴王"、"二侍郎"、"齐桓公"、"公下功曹"、"管仲"等五榜。入满洲托活洛，七年二月复出，不知所往。

一高一尺八寸，广三尺。上层乐人六，下层庖厨。

一高一尺八寸，广一尺三寸。裂为二，上小半不辨可象；下大半悬三弩，下一人冯几坐，一人跪于前，侍者在后。

未另发表。据手稿编入。
题目系编者所拟。

《嘉祥孙家庄画象》说明

嘉祥孙家庄画象一石打碑人手记云：在城东南八里，庄东井上，距鲁寨一里

高一尺八寸，广四尺七寸。右半二人立，一人博虎；右半上方一羊首甚，下方残阙，惟一人坐一人踞可辨。

未另发表。据手搞编入。
题目系编者所拟。

五日

日记　晴。晨祁柏冈来。下午得李霞卿笺。夜服规那丸二。

六日

日记　晴。午后赴通俗教育研究会。

七日

日记　晴。上午寄二弟书二包,《长安获古编》二册,《郑厂所藏泥封[封泥]》一册,《万邑西南山石刻记》一册,《阮庵笔记》二册,《香东漫笔》一册,《随轩金石文字》四册,《双梅景暗丛书》四册附《杨守进自订年谱》一册,《教育公报》三册,丸善『学鐙』一册。午仍以宋氏谱序润笔延客,共九人。朱孝荃诒麻菌一合,云惟浏阳某处二十里地有之。下午得二弟信,三日发(74)。得蟫隐庐明信片,三日发。常毅箴生子弥月,贺一元。

八日

日记　晴。上午寄二弟信(七十五)。寄宋紫佩信,托呼工制衣并交材工钱十元。午后同师曾游小市。张协和之弟于十日娶妇,贺四元。

九日

日记　晴,风。补国庆假。上午念钦先生来,午同至广和居饭。晚常毅箴招饮于安庆会馆。夜许季上来。雨。

十日

日记　雨。星期休息。午后往张协和寓,观礼毕,归。

十一日

日记　晴。上午得二弟信,七日发(75)。

十二日

日记　晴。上午寄二弟信(七十六)。郭令之赠《急就章草法考》二册,《偏旁表》一册,石印大本。午后往通俗教育研究会。

十三日

日记　晴。午后赴通俗教育研究会。晚许季市来。

十四日

日记　晴。午后赴日邮局寄羽太家信并冬季月用及学费二十一元，年末用十元。夜得二弟信，十一日发(76)。

十五日

日记　晴。上午得二弟所寄《越中三子诗》,《兰言述略》,《邵亭行述》各一册，共一包，十日付邮。下午许季上来。晚许诗荃来，还《化学》一册。

十六日

日记　晴。上午寄二弟信。下午往留黎厂买《元宁造象记》二枚，《张神洛买田券》拓本一枚，共直一元。

十七日

日记　晴。星期休息。下午徐元来。晚蟫隐庐寄来《云窗丛刻》一部拾册，《碑别字补》一册，又《严州图经》,《景定严州续志》,《严陵集》各一部，部二册，用外国劣纸印之，并成恶书。

十八日

日记　昙，大风。上午寄蟫隐庐［信］并邮券五角六分。夜补书。

十九日

日记　晴，大风。换棉衣。赴通俗教育研究会。得二弟信，十

374

五日发(77)。

二十日

日记 晴。上午寄二弟信(七十八)。午后至小市。

二十一日

日记 晴。上午得二弟所寄《会稽郡故书杂集》十册,十七日付邮。

二十二日

日记 晴。上午寄马彝初《会稽故书集》一册。午后至小市。夜得二弟信,十九日发(78)。

二十三日

日记 昙。上午寄二弟信(七十九)。得福子信,十七日发。下午往图书分馆。往留黎厂买《爨龙颜碑》,《端州石室记》拓本各一枚,共值四元。

二十四日

日记 小雨。星期休息。上午蟫隐庐寄来甲寅年《国学丛刊》八册。许季上来。晚韩寿晋来。

二十五日

日记 晴。上午得二弟信,二十一日发(79)。下午龚未生到部访。

二十六日

日记 晴。上午寄二弟信并《张神洛买地券》拓本一枚(八十)。

收本月奉泉二百八十元，假季上百元。午后龚未生来，以《洪氏碑目》返之。医学专门学校三年记念，下午往观，不得入，仍回部。陆续属工订书共三十余册，晚具成持来，与资一元。

二十七日

日记 晴，大风。上午往日邮局寄福子信并银廿圆，合华银廿五元。午后赴通俗教育研究会。师曾赠"后子孙吉"专拓本二枚，贵筑姚华所藏。

二十八日

日记 晴。下午通俗教育研究大会。晚季市贻青椒酱一器。

二十九日

日记 昙。上午得二弟信，二十五日发(80)，言妇于二十四日夜十时生一女。下午张总长招见。晚同陈师曾至留黎厂游。夜风。

三十日

日记 晴，风。上午寄二弟信(八十一)，又《吴越三子集》八册，《越中三子诗》三册，"后宜子孙"专拓本二枚，《教育公报》二册，共一包。午后同寿山，书堂，稻孙游小市。下午往留黎厂买《郭氏石室画象》十枚，《感孝颂》一枚，并题名及杂题记等九枚，共银五元；又沂州画象共十四枚，银三元；又《食斋祀园画象》，《孔子见老子画象》各一枚，并旧拓，孔象略损，共二元；又《纸坊集画象》，不知名画象各一枚，共六角；又造象拓本十二种十四枚，共四元。晚念钦先生来，紫佩招至广和居共饭，李霞[卿]亦至也。

三十一日

日记 晴。星期休息。午许铭伯先生邀饭，赴之，季市，诗荃，世英,范伯昂,云台同坐,午后归。下午县。夜邵明之自杭州来,谈至十一时去,寓于中西旅馆云。

十一月

一日

日记 昙,午后晴。无事。

二日

日记 晴。上午寄二弟小包一,内《云窗丛刻》一部,浏阳麻菌两束,古镟二包,四神鉴一枚,陕西玩具十余事。晚许铭伯先生及季市邀明之饭,约往共话,协和亦来,十时半回寓。

三日

日记 晴。无事。

四日

日记 晴。上午得二弟信,三十日发(81)。寄二弟信(八十二)。上午同许季上赴孙冠华家吊。下午出江西振捐一元。夜大风。

五日

日记 晴,风。晚许季上来。

六日

日记 昙。午后往留黎厂买"白人","甘丹"刀等五枚,二元;"正光"砖拓本一枚,一元;《薛貳姬造象》拓本等五种,二元;《山右石刻丛编》一部廿四册,六元。

七日

日记 晴。星期休息。下午商契衡来。

八日

日记 晴,大风。上午得二弟信,四日发(82)。午后得羽太家信附福子笺,二日发。

九日

日记 晴。上午寄二弟信(八十三)。夜风。

十日

日记 晴,晚风。寄二弟明信片一枚,问书目。夜大冷,用火炉。雨雪。

十一日

日记 晨起见积雪可三分高。天晴。无事。

十二日

日记 昙,下午晴。得二弟及三弟信,八日发(83)。

十三日

日记 晴。上午寄二弟信(八十四)。下午往留黎厂买货布四枚,布泉一枚,又方足小币五枚,"大中折十"泉一枚,共三元。遇孙伯恒,遂至商务馆坐少顷,观土俑及杂拓本并唐人写经。

十四日

日记 昙。星期休息。下午魏福绵来。

十五日

日记 雨。上午得二弟信,十一日发(84)。向齐寿山假十元。下午许季上还百元。

十六日

日记 晴,风。上午寄二弟信(八十五)。午后诒季市货布二枚。晚陈师曾来看汉画象拓本。

十七日

日记 晴,大风。午后开通俗教育研究会。夜孙奠胥字瀚臣者来。

十八日

日记 晴。无事。夜大风。

《大云寺弥勒重阁碑》校记

大云寺弥勒重阁碑,唐天授三年立,在山西猗氏县仁寿寺。全文见胡聘之《山右石刻丛编》。胡氏言,今拓本多磨泐,故所录全文颇有阙误,首一行书撰人尤甚。余于乙卯春从长安买得新拓本,殊不然,以校《丛编》,为补正二十余所,疑碑本未泐,胡氏所得拓本恶耳。其末三行泐失甚多,今亦不复写出。

未另发表。据手稿编入。

初未收集。

《大云寺弥勒重阁碑》释文前署"乙卯十一月十八日以

精拓本校"。

十九日

日记 晴。上午得二弟信,十五日发。午后同陈师曾,何沧苇往小市。认北京冬季施粥捐三元,总长所募。

二十日

日记 晴。上午寄二弟信(八十六)。午后至清秘阁买纸三元;在敦古谊买《爨宝子碑》等拓本三种,三元;又磁州出土六朝墓志六种,三元。沈康伯将赴吉林,晚与伍仲文,张协和公饯于韩家潭杏花春,坐中又有范逸丞,稚和兄弟及顾石臣。赠朱孝荃《会稽郡故书集》一册。

二十一日

日记 晴。星期休息。上午得二弟信并"永和"专拓本一枚,十七日发(86),又『欧米文学研究手引』一册,十五日寄。云和魏兰字石生来,有未生介绍函。午范逸丞,顾石臣招饮于陕西巷中华饭庄,坐中一如昨夕。下午从协和假五元,往留黎厂买《王绍墓志》拓本一枚,银五角。

二十二日

日记 晴。上午寄二弟信(八十七)。还齐寿山十元,张协和五元,伍仲文二元二角。

二十三日

日记 晴。无事。

二十四日

日记　晴。午后赴通俗教育研究会。下午往通俗图书馆假《顺天通志》二册。晚师古斋持拓本来,选取匋斋臧汉画象残石一枚,银一元,《臧石记》未载,又《许始造象》四枚,二元。夜得二弟信并梁专拓本二枚,廿一日发(87)。

二十五日

日记　晴。午同师曾至小市。夜风。

二十六日

日记　晴。上午寄二弟信(八十八)。收本月奉泉二百八十元。午后同陈师曾至小市。晚许季上来。夜大风。

二十七日

日记　晴,风。上午杨莘耜赠《周天成造象》拓本一枚。午后往青云阁买毡履一两,银二元二角。往留黎厂式古斋视拓本,得《薛山俱薛季训薛景乡宿二百他人等造象》拓本四枚,云是日本人寄售,原石已出中国,索价颇昂,终以六元得之。又至别肆买《刘平周造象》三枚,《陈叔度墓志》一枚,银二元。晚商生契衡来,付与学资四十元。

二十八日

日记　晴。星期休息。午后往敦古谊买《白石神君碑》二枚,《郑道忠墓志》等六枚,造象二种八枚,共十三元。下午小舅父来,并交茗一合。

二十九日

日记　晴。上午得二弟信,二十五日发(88)。晚往敦古谊帖店。夜季市来。

三十日

日记 晴。上午寄二弟信,附寓中见有书目一枚(八十九)。晚韩寿谦来。

十二月

一日

日记 晴。无事。

二日

日记 昙。上午蟫隐庐寄来书目一本。夜风。

三日

日记 晴。上午得二弟信,十一月廿九日发(89)。宋紫佩之族人回越,托携回书籍一包,计《神州大观》七册,《历代钞币图录》一册,《莫郘亭行述》一册,《兰言略述》一册与二弟,又德文《植物标本制作法》一册与三弟。得寿师母讣,以呢幛子一送洙邻寓。午后同师曾游小市。

四日

日记 晴。上午寄二弟信(九十)。午后至琉璃厂买重纸十五枚,五角;又买《杜文雅造象》二枚,《苍颉庙碑》并阴,侧共四枚,二元六角;又《延光残碑》,《郑能进修邓艾祠碑》各一枚,三元。晚许季上来。夜齿痛。

五日

日记 晴。星期休息。寿洙邻设奠于三圣庵,上午赴吊。午后裘子元结婚,往贺,馈二元。下午往留黎厂买高庆,高贞,高盛碑,《关胜颂德碑》,《比丘道䂮造象记》拓本各一枚,共三元;又专拓片共十六枚,二元。添得《履和纯残碑》一枚,似摹刻。

六日

日记　昙。午后听青年会中人余日章演说。晚季市遗肴一器。夜大风。

七日

日记　晴,冷。午后由师曾持去《往生碑》拓本一枚与梁君。夜雨雪。

八日

日记　晴。上午得二弟信,三日发(90),又一信,四日发(91)。

九日

日记　昙。上午寄二弟信(九十一)。

十日

日记　微雪。无事。

十一日

日记　晴。午后至留黎厂买王僧,李超墓志共三枚,三元五角;又《无极山碑》一枚,《陈君残碑》并阴二枚,《青州默曹残碑》三枚,《孝宣公高翻碑》一枚,《标异乡慈惠石柱颂》共大小十一枚,《孙宝憘造象》等共六枚,《仲思那造桥记》一枚,共银八元六角。晚得徐宗伟信,八日发。

十二日

日记　昙。星期休息。上午得二弟信,八日发(92)。下午铭伯先生来。

十三日

　　日记　晴,大风。上午寄二弟信(九十二)。复徐生宗伟信。

十四日

　　日记　晴。晚得徐生宗伟信,本日发。

十五日

　　日记　晴。无事。

十六日

　　日记　昙。下午本部为黄炎培开茶话会,趣令同坐良久。晚大风。

十七日

　　日记　晴,风。上午得二弟信,十三日发(93)。季上匄人洒扫圣安寺,助资二元。

十八日

　　日记　晴。上午寄二弟信(九十三)。午师曾赠《爨龙颜碑》拓本一枚。午后往留黎厂买《高肃碑》一枚,《贺若谊碑》全拓一枚,《司马景和妻孟墓志》一枚,共银三元五角。晚王生镜清来。夜齿大痛,失睡至曙。

十九日

　　日记　晴。星期休息。午后至瑞蚨祥买绸六尺,二元。至徐景文处疗齿,取含嗽药一瓶。下午至流离厂买《华阴残碑》,《报德玉象七佛颂》各一枚,银二元;又《爨龙颜碑》并阴全拓二枚;于篆,时珍,李谋墓志各一枚,共十二元。念卿先生来,未遇。晚往季市寓,饭后归。

二十日

日记　晴。上午得二弟信,十六日发(94)。午后往小市。夜大风。

二十一日

日记　晴,风。上午寄二弟信(九十四),又《教育公报》二册,五年历书一册。许季上长男弥月,以绸为贺。

二十二日

日记　晴。午后开通俗教育研究会,集者止四人,辍会。

二十三日

日记　晴。冬至例假。上午陶望潮来。

二十四日

日记　下午代小舅父收由越汇款五百元。晚至徐景文寓疗龋齿。

二十五日

日记　晴。上午收本月奉泉二百八十元。午后为小舅父往中国银行取汇款,转存交通银行。赴留黎厂买《西门豹祠堂碑》并阴二枚,一元五角;《曹恪碑》一枚,二元;《宋买造象》,《张法乐造象》各一枚,一元;杂造象五枚,一元。晚得二弟信,廿一日发(95)。许铭伯先生来。

二十六日

日记 晴。星期休息。上午寄二弟信(九十五)。午周友芝来。下午往大栅阑买熏鱼,豆腐干等,共五角。往徐景文寓疗齿。晚范云台,许诗荃来,各遗以《会稽郡故书杂集》一册。

二十七日

日记 晴。上午得二弟信,二十三日发(96)。晚李霞卿来假卅元。

二十八日

日记 晴。上午王式乾,徐宗伟,徐元来,共支八十元。晚寄二弟信(九十六)。夜王镜清来假去四十元。

二十九日

日记 晴。午后理发。

三十日

日记 昙。上午得二弟信,廿六日发(97)。得李霞卿信,昨发。

三十一日

日记 昙。上午寄二弟信(九十七)。答李霞卿信。下午往留黎厂买《孟显达碑》拓本一枚,一元;《神州大观》第八集一册,一元六角五分。往徐景文寓治齿。晚张协和馈肴一合,与仆泉四百。季市遗肴一器,与仆泉二百。

乙卯书帐

说文解字系传八册　二·〇〇　一月二日

广雅疏证八册　二·五六

景宋本陶渊明集四册　二·〇〇　一月六日

景宋本坡门酬唱集六册　三·〇〇

桃华扇传奇二册　一·二〇

因明入正理论疏二册　〇·四〇三　一月十日

石印宋本陶渊明诗一册　〇·五〇

仿苏写本陶渊明集三册　四·〇〇　一月十六日

观自得斋丛书二十四册　五·〇〇　一月十七日

大秦景教流行中国碑额拓本一枚　杨莘士赠　一月二十六日

说文系传校录二册　一·〇〇　一月三十日

随轩金石文字四册　二·四〇　　　　　　　　　　二五·〇六三

颜鲁公画象拓本一枚　杨莘士赠　二月六日

吉金所见录四册　二·〇〇

朱氏汇刻书目二十册　三·〇〇

说文统系第一图拓本一枚　〇·二〇　二月十五日

说文句读十四册　四·〇〇　二月二十日

纫斋画賸四册　三·〇〇　二月二十一日

毛诗稽古编八册　七·〇〇

景宋王叔和脉诀四册　二·五〇

袖珍本陶渊明集二册　〇·五〇　　　　　　　　　二二·二〇〇

金石契四册附石鼓文释存一册　四·〇〇　三月六日

长安获古编二册　三·〇〇

越画见闻三册　二・一〇　三月十一日

列仙酒牌一册　〇・七〇

续汇刻书目十册　三・〇〇

残本积学斋丛书十九册　三・〇〇　三月十三日

咫进斋丛书二十四册　六・四〇　三月二十一日

龙门造象题记拓片二十三枚　胡绥之赠　三月二十八日

　　　　　　　　　　　　　　　　　　　　二二・二〇〇

古学汇刊第十一集二册　一・〇五〇　四月三日

文字蒙求一册　〇・二〇　四月十一日

吴越三子集八册　〇・四〇

汉马曹拓片一枚　〇・二〇

遯庵秦汉瓦当存二册　三・二〇

遯庵瓦当[古镜]存二册　三・二〇

敦交集一册　〇・七〇

文始一册　一・五〇　四月十八日

补寰宇访碑录四册　〇・七〇　四月二十日

神州大观第七集一册　一・六五　四月二十一日

金石续编十二册　二・五〇

越中金石记八册　二〇・〇〇

射阳石门画象拓本等五种七枚　二・〇〇　四月二十五日

曹望憘造象拓本二枚　〇・四〇　　　　　三七・七〇〇

武氏祠堂画象并题记拓本五十一枚　八・〇〇　五月一日

黾池五瑞图并西狭颂二枚　二・〇〇

杂汉画象四枚　一・〇〇

两汉金石记六册　六・〇〇　五月六日

丛书举要四十四册　六・〇〇

景宋京本通俗小说二册　一・二〇

罗鄂州小集二册　〇・三〇

金石萃编五十册　一四·〇〇　五月八日

汉石刻小品拓本三枚　一·〇〇　五月九日

汉永建五年食堂画象一枚　〇·五〇

宋敬业造象拓本等三种三枚　一·五〇

田胜晖造象拓本等三种六枚　一·二〇

佛象巨碑拓本一枚　一·〇〇

西安所买杂帖十种二十枚　二·〇〇　五月十日

文叔阳食堂画象等三枚　二·〇〇　五月十六日

济宁州画象一枚　一·〇〇　五月二十三日

张敬造象六枚　一·五〇　五月三十日

李夫人灵第画鹿一枚　一·〇〇

五凤二年石刻一枚　〇·五〇　　　　　　　　　　　　五一·七〇〇

群臣上寿刻石拓本一枚　〇·六〇　六月六日

裴岑纪功碑拓本一枚　〇·八〇

道兴造象并古验方二枚　一·〇〇

百汉研碑一册　三·〇〇　六月七日

求古精舍金石图四册　五·〇〇

梵汉合文经幢等五种十枚　一·〇〇　六月十日

赵阿欢造象等五枚　〇·三〇　六月十三日

晏如居缩刻古碑二十四枚　一·〇〇

古学汇刊第十二期二册　一·〇五〇

齐物论释一册　龚未生交季市持来　六月十七日

孟广宗碑一枚　二·〇〇　六月十九日

齐至后唐造象十二种十四枚　二·〇〇

筠清馆金文五册　四·〇〇　六月二十日

望堂金石八册　六·〇〇

会稽掇英总集四册　四·〇〇　六月二十七日

魏稼孙全集十四册　四·〇〇　　　　　　　　　　　　三五·七五〇

李显族造象碑颂一枚　〇·八〇　七月一日

潞州舍利塔下铭一枚　〇·二〇

常岳造象等四种四枚　一·〇〇　七月三日

凝禅寺三级浮图碑一枚　一·〇〇

杨孟文石门颂一枚　阙额　二·〇〇　七月四日

北齐等慈寺残碑及杂造象等九枚　四·〇〇

岳琪所藏造象十一种十五枚　八·〇〇

同州舍利塔额一枚　〇·五〇　七月七日

青州舍利塔下铭并额二枚　一·〇〇

张荣迁造象记三枚　一·〇〇　七月十日

刘碑造象铭一枚　一·〇〇

马天祥等造象记一枚　〇·八〇

岐州舍利塔下铭一枚　〇·五〇

高伏德等造象三枚　〇·五〇　七月十七日

居士廉富等造象二种四枚　三·〇〇

鹤山文钞十二册　季自求贻　七月二十五日

垣周修塔象记拓本一枚　〇·五〇　七月三十一日　　　二五·八〇〇

丘世光造象等十种十四枚　七·〇〇　八月一日

寰宇贞石图散叶五十七枚　六·〇〇　八月三日

艺风堂考臧金石目八册　三·七〇〇　八月五日

阮盦笔记五种二册　〇·八〇

香东漫笔一册　〇·三〇

古专拓本四枚　〇·二〇　八月六日

善业墥拓本二枚　〇·三〇

齐杨就造象拓本等三种五枚　二·三〇　八月十二日

张龙伯造象记等拓本二种二枚　〇·八〇　八月十五日

王明造象拓本四种四枚　二·〇〇　八月二十一日

比丘僧智道玩等造象拓本四枚　二·〇〇

392

贾子次诂二册　一·○○　八月二十三日　　　　　　　　二六·四○○

永初三公山碑拓本一枚　三·○○　九月五日

元氏封龙山颂拓本一枚　○·八○

李清造报德象碑拓本一枚　一·○○

霍大娘造象拓本一枚　○·一○

陆士龙集四册　二·五○

鲍明远集四册　二·五○

金刚经嘉祥义疏二册　许季上赠　九月七日

流沙坠简三册　一三·八○　九月十二日

权衡度量实验考一册　三·○○

四朝宝钞图录一册　五·二○

金石萃编校字记一册　○·五○

万邑西南山石刻记一册　○·四○

说文古籀拾遗二册　一·二○　九月十四日

通俗编八册　二·六○　九月十九日

秦汉瓦当文字二册　五·四○

郑厂所藏泥封［封泥］一册　○·三○

文馆词林汇刊五册　三·○○　九月二十八日　　　　　　　四八·三○○

樊敏碑朱拓本一枚　一·○○　十月三日

嘉祥苓散汉画象拓本一百卅七枚　一四·○○　十月四日

玉烟堂本急就章草法考二册偏旁表一册　郭令之诒　十月十二日

元宁造象记张神洛买田券拓本共三枚　一·○○　十月十六日

云窗丛刻十册　八·○○　十月十七日

碑别字补一册　○·六○

严州图经二册　○·五○

景定严州续志二册　○·四五

严陵集二册　○·五○

爨龙颜碑拓本一枚　三·二○　十月二十三日

端州石室记拓本一枚　〇·八〇

甲寅年国学丛刊八册　四·三五　十月二十四日

后子孙吉专拓本二枚　陈师曾诒　十月二十七日

郭氏石室画象并感孝颂等二十枚　五·〇〇　十月三十日

沂州杂画象十四枚　三·〇〇

食斋祠园画象一枚　一·〇〇

孔子见老子画象一枚　一·〇〇

济宁杂画象二枚　〇·六〇

杂造象十二种十四枚　四·〇〇　　　　　　　　四九·〇〇〇

正光二年砖拓本一枚　一·〇〇　十一月六日

薛貳姬造象拓本等五种七枚　二·〇〇

山右石刻丛编二十四册　六·〇〇

爨宝子碑拓本一枚　〇·八〇　十一月二十日

程哲碑拓本一枚　〇·八〇

宝梁经拓本一枚　一·四〇

磁州出土六朝墓志并盖拓本十二枚　三·〇〇

王绍墓志拓本一枚　〇·五〇　十一月二十一日

汉画象残石拓本一枚　一·〇〇　十一月二十四日

许始等造象拓本四枚　二·〇〇

周天成造象拓本一枚　杨莘耜赠　十一月二十七日

薛山俱二百人等造象拓本四枚　六·〇〇

刘平周等残造象拓本三枚　一·八〇

陈叔度墓志一枚　〇·二〇

白石神君碑并阴二枚　一·〇〇　十一月二十八日

郑道忠墓志一枚　五·〇〇

淳于俭墓志等五枚　二·〇〇

杜文雅等造象四枚　二·五〇

杜照贤等造象四枚　二·五〇　　　　　　　　三九·五〇〇

394

苍颉庙碑并阴侧共四枚　二·〇〇　十二月四日

延光残碑一枚　一·五〇

郑能进修邓艾祠碑一枚　一·五〇

杜文雅等造象二枚　〇·六〇

光州刺史高庆碑一枚　〇·六〇　十二月五日

营州刺史高贞碑一枚　〇·六〇

侍中高盛碑一枚　〇·六〇

冀州刺史关胜颂德碑一枚　〇·六〇

比丘道琮造象记一枚　〇·六〇

杂古专拓片十六枚　二·〇〇

王僧墓志并盖二枚　二·〇〇　十二月十一日

李超墓志一枚　一·五〇

标异义乡慈惠石柱颂十一枚　三·〇〇

青州默曹残碑三枚　一·五〇

无极山碑一枚　一·〇〇　案此三公山神碑也目误　十八日注

孝宣公高翻碑一枚　〇·七〇

陈君残碑并阴二枚　一·〇〇

杂造象六枚　一·〇〇

仲思那造桥碑一枚　〔〇〕·四〇

兰陵王高肃碑一枚　一·〇〇　十二月十八日

贺若谊碑一枚　一·五〇

司马景和妻孟墓志一枚　一·〇〇

华岳庙残碑一枚　一·〇〇　十二月十九日

报德玉象七佛颂一枚　一·〇〇

爨龙颜碑并阴全拓二枚　九·〇〇

李谋墓志一枚　〇·六〇

时珍墓志一枚　〇·四〇

于纂墓志一枚　二·〇〇

西门豹祠堂碑并阴二枚　一·五〇　十二月二十五日

曹恪碑一枚　二·〇〇

宋买造象并侧一枚　〇·五〇

张法乐造象一枚　〇·五〇

杂造象并舍利塔铭五枚　一·〇〇

孟显达碑一枚　一·〇〇　十二月卅一日

神州大观第八集一册　一·六五　　　　　　　　　四八·三五〇

　　　总计四三二·九六三〇　十二月卅一日灯下记。

本年

《肥城孝堂山新出画象》说明

肥城孝堂山新出画象一石

高四尺二寸,广五尺二寸,三层。上层车二乘二骑导之,又一骑在车后,榜一曰"督邮车",三人迎于前,榜一曰"亭长";第二层石醮享之事,童子中坐,旁男女各六人,有侍者,左廪;下层右廪并巨罴二,左楼阁上下坐者各二人,侍者五。

在山东肥城孝堂山郭巨石室。

未另发表。据手稿编入。

题目系编者所拟。

一九一六

一月

一日

日记 晴。例假。晨富华阁持拓本来。午后陶书臣来。许季上来。

二日

日记 微雪。例假。上午往徐景文寓疗齿。往观音寺街买绒裤二要,三元。往留黎厂买历日一本,泉五十;买《吴谷朗碑》拓本一枚,五角;又魏《李璧墓志》并阴共二枚,银乙元五角。下午童亚镇来函假资用,即答谢之。夜整理《寰[宇]贞石图》一过。录碑。

《寰宇贞石图》整理后记

右总计二百卅一种,宜都杨守敬之所印也。乙卯春得于京师,大小四十余纸,又目录三纸,极草率。后见它本,又颇有出入,其目录亦时时改刻,莫可究竟。明代书估刻丛,每好变幻其目,以眩买者,此盖似之。入冬无事,即尽就所有,略加次第,帖为五册。审碑额阴侧,往往不具,又时杂翻刻本,殊不足凭信。以世有此书,亦聊复存之云尔。

未另发表。据手稿编入。

初未收集。

三日

　　日记　晴。例假。上午得二弟信附三弟上小舅父笺一枚,十二月三十日发(98)。晚李霞卿,尹宗益来。夜风。

四日

　　日记　昙。休假。午寄二弟信(一)。午后晴。下午往留黎厂买《古志石华》一部八本,值二元。买《赵郡宣恭王毓墓志》并盖二枚,《杨苋志》一枚,《张盈志》并盖二枚,《刘珍志》并阴二枚,《豆卢实志》一枚,《开皇残志》一枚,《护泽公寇君志》盖一枚,《李琮志》一枚,阙侧,共银五元。买《宕昌公晖福寺碑》并阴共二枚,银六元。夜补写《尔雅补郭》一叶。

五日

　　日记　雨雪。赴部办事,午后茶话会并摄景。夜同人公宴王叔钧于又一村。

六日

　　日记　微雪。晚宋子佩将来《晋祠铭》并复刻本又《铁弥勒象颂》各一枚,芷生所贻。

七日

　　日记　雨雪。午后往小市,无地摊。下午往交通银行取民国四年下半年公责利子八元四角。往徐景文寓疗齿。

八日

　　日记　晴。上午得二弟信,三日发(1)。午后往羊圈胡同沈家访小舅父,则已居旃檀寺后身教场路西十九号陈宅,踪往见之,交银三百元汇去年十月至十二月家用,又从铭伯先生家转汇款二百元,又越中代汇出款五百元,共一千元,并三弟来信一枚。晚寄二弟信(二)。夜风。

九日

日记 晴,大风。星期休息。沈商耆父七十生日,上午往贺,并与同事合送寿屏。午后到留黎厂买信纸信封等共五角;买《都君开道记》旧拓本一枚,"钜鹿"二字未泐,值二元。

十日

日记 晴。午后审知《都君开道记》为重开后拓,持往还之,别易较旧者一枚,"巨鹿"二字微可辨,直减五角。买《唐邕写经碑》,《首山舍利塔碑》,《宁赞碑》各一枚,共二元五角。晚王式乾来还二十元。

十一日

日记 晴。午后游小市。

十二日

日记 晴。上午得二弟信,八日发(2)。汪书堂代买山东金石保存所臧石拓本全分来,计百十七枚,共直银十元,即还讫,细目在书帐中。

《嘉祥关庙画象》说明

嘉祥关庙画象
高二尺二寸五分,广五尺七寸。右方楼阁,楼上,女子中坐,左

403

右侍者各二;楼下,男子坐持殳,一人持节在后,一人跪于前,又三人立,其二持器。左方上半,骑者一,车马一,又一人存半;下半,辎车一,女子三人坐舞,童一人。其后民阙。

在山东历城金石保存所。

未另发表。据手稿编入。

题目系编者所拟。

《嘉祥郗家庄画象》说明

嘉祥郗家庄画象一石打碑人手记云:在城南五十里,庄南桥上

高一尺八寸,广四尺八寸。上下有缘,左端一人拱立,次荷戈人,一骑者,车马各一,马特骏伟,一人拜于车后。

今在山东历城金石保存所。

未另发表。据手稿编入。

题目系编者所拟。

《嘉祥洪家山画象》说明

嘉祥洪家山画象一石打碑人手记云:在城东北五里,天齐庙壁间

高四尺八寸,广二尺七寸。上、下、右有缘,中画二层。上层孔子见老子象,共三人;下层一马脱驾,向车而立。

今在山东历城金石保存所。

《嘉祥竹园画象》说明

嘉祥竹园画象一石打碑人手记云：在城北八里，朱氏园卧地上
高一尺一寸，广三尺，画庖厨之事。

今在山东历城金石保存所。罗正钧记云：出肥城。

十三日

日记 晴。上午得二弟所寄《校碑随笔》六本，《绍兴教育杂志》
第十期一本，八日付邮。寄二弟信（三），又蜜果二合作一包。午后与
汪书堂，陈师曾游小市，买《吴葛祚碑》额拓本一枚，铜币四。下午开通
俗教育会员新年茶话会，摄景而散。代小舅父收沈宅函，即转寄讫。

十四日

日记 晴。午后游小市。下午往徐景文寓补齿一枚，并药资共
银八元。

十五日

日记 晴。上午往交民巷日邮局寄羽太家信并银三十六圆，附
与福子笺一枚。午后游于小市。下午往留黎厂以山东金石保存所

臧石拓本之陋者付敦古谊,托卖去。买《杨叔恭残碑》并阴侧共三枚,一元五角;《张奢碑》一枚,一元五角;《高肃碑》并阴二枚,二元;《王迁墓志》一枚,四角;河南存古阁臧石拓本全分卅种四十六枚,四元。原卅二种四十九枚,价五元,今除已有者得上数,目在书帐中。

十六日

日记　晴。星期休息。上午得小舅父信,昨发。得二弟信,十二日发(3)。商契衡来。许季上来。午前小舅父来。

十七日

日记　晴。上午寄二弟信(四)。参观医学专门学校。午后往小市。

十八日

日记　晴。午后往小市。得蒋竹庄父,兄讣,与同人合送幛子,分一元五角。

十九日

日记　晴。上午得二弟信并《咸通专造象》拓本一枚,十五日发(4)。午后杨千里赠《饮流斋说瓷》二本。晚徐宗伟来取十五元。

二十日

日记　昙。上午往日邮局寄羽太家信并银十元,托买什物。午后往小市买瓷印色合一个,铜元四十二枚。吴炼百嫁女,送贺礼一元。

二十一日

日记　昙。上午寄二弟信(五)。从齐寿山假二十元。午后晴,

406

大风。

二十二日

日记　晴,大风。上午陈师曾与印泥可半合。午后往留黎厂买《响堂山刻经造象》拓本一分,共六十四枚,十六元;又晋立《太公吕望表》一枚,五角;东魏立《太公吕望表》并阴二枚,一元。晚因肩痛而饮五加皮酒。

二十三日

日记　晴。星期休息。午往陈仲骞家饭,有松花江白鱼,同坐九人。下午铭伯先生来。晚许季市来。

二十四日

日记　晴。上午得二弟信,廿日发(5)。祝荫庭丧母,赙一元。午后往小市。

二十五日

日记　晴。上午寄二弟信(六)。午后往小市,买嵩岳石人顶上"马"字拓本三枚,共五铜元,分赠师曾一枚。

二十六日

日记　晴。上午祁柏冈送磁州所出墓志拓片六枚。午后往小市。下午收本月奉泉二百八十元,便还协和十元,季市,寿山各二十元。寄徐宗伟信。晚子佩来,还李霞卿旧假款三十元。夜得二弟信并《永明造象》拓本四枚,廿三日发(6)。

二十七日

日记　晴。午后往小市。晚徐宗伟来,交与四十五元,并前付共百元,汇越中作本月家用。徐元来,交与四十元。

二十八日

日记　晴。黄芷涧丧妇,上午赴吊,又与同人合送绸幛,分一元。托朱孝荃买《维摩诘所说经》等共十册,合银一元三角二分。午后往小市。

二十九日

日记　晴。上午寄二弟信并银百元,作二月家用(七),又寄《教育公报》二册,附磁州所出墓志六枚,拟赠朱渭侠。转小舅父函一。赠张阆声《会稽故书杂集》一。赠陈师曾《唐邕写经碑》拓本一,以得鼓山全拓而縆出也。午后往小市。下午往留黎厂买《无量义经》,《观普贤行法经》合刻一册,八分;买《衡方碑》一枚,二元;《宋永贵墓志》并盖二枚,五角;买《张伻墓志》并盖二枚,一元。

三十日

日记　晴,风。上午得二弟信,廿六日发(7),又得竹纸千二百枚,砖拓片四种,《绍兴教育杂志》第十一期一册,同日付邮。裘子元来。午后往留黎厂买《三公山碑》,《校官碑》,《竹叶碑》,《王基残碑》,《韩君碣》,大小字《定国寺碑》,《造龙华寺碑》拓本各一枚,共银十一元。本日星期休息。

三十一日

日记　晴。午后往小市。

二月

一日

日记 晴。上午寄二弟信(八)。午后往小市。

二日

日记 晴。午后往小市。旧除夕也,伍仲文贻肴一器,馒首廿。

三日

日记 晴。旧历丙辰元旦,休假。午后昙。无事。

四日

日记 昙。休假。上午得二弟信,三十日发(8)。午后季市来。

五日

日记 昙。休假。上午寄二弟信(九)。许季上来。午后晴,游厂甸。下午访季市不值,见铭伯先生,谈良久归。晚饮酒。

六日

日记 晴。星期休息。午后昙。无事。

七日

日记 晴,大风。上午得羽太家信,二十九日发。得重久信,卅日发。

八日

日记　晴，风。上午得二弟信附《永明造象》拓片一枚，四日发(9)。以《永明造象》与何邕威一枚，朱孝荃一枚。从许季上乞得磁州墓志拓片六枚。

九日

日记　晴，风。上午寄二弟信(十)。肆古斋送拓片来阅，买得元演，元祐，穆胤墓志各一枚，共九元；又《寇文约修孔子庙碑》，《郭显邕造象》，《维摩诘经残石》共五枚，共三元。晚往季上家。

十日

日记　晴。上午得二弟信并"永和"专拓本一枚，六日发(10)。夜大风。

十一日

日记　晴。上午寄二弟信(十一)。寄念卿先生信。晚季上来。夜风。

十二日

日记　晴。上午得二弟所寄专拓片三枚，八日付邮。午后往留黎厂买《武平造象》，《武定残碑》拓本各一枚，共一元；又《李宪墓志》拓本一枚，一元。

十三日

日记　晴，风。星期休息。上午念卿先生来，同往广和居午饭。

十四日

日记　晴。上午得二弟信并专拓一枚，十日发(11)。晚季上过访。夜大风。

十五日

日记　晴。上午寄二弟信(十二)。

十六日

日记　晴。晚魏福绵,王镜清来。

十七日

日记　晴,下午大风。晚宋子佩来。

十八日

日记　晴。上午得二弟信,十四日发(12)。

十九日

日记　晴。上午宜古斋送拓本来,拣留《武平七年道俗百余人造象》一枚,五角;《王怜妻赵氏墓志》一枚,疑摹刻,五角;《讳堕墓志》一枚,二元。寄二弟信(十三)。下午寄王镜清信。晚往季市寓并假银二十元。

二十日

日记　晴。星期休息。上午许铭伯,季市,世英同来,即往西华门内游传心殿,观历代帝王象,又有绘书及绣少许。午后往留黎厂买《爨宝子碑》一枚,《文安县主墓志》一枚,各一元;又《兖州刺史残墓志》一枚,五角;买"宅阳"及"匋易"方足小币共五枚,一元;又日光大明镜一枚,一元。夜雨雪。

二十一日

　　日记　雨雪。无事。

二十二日

　　日记　昙。上午得二弟信,十八日发(13)。得重久信,十六日发。下午雨雪。

二十三日

　　日记　昙。午前寄二弟信(十四)。

二十四日

　　日记　晴,大风。下午韩寿谦来。赙杨月如一元。

二十五日

　　日记　昙,风。午后游小市,地摊尚甚少。

二十六日

　　日记　晴。上午收本月奉泉二百八十八元,还季市二十元。吴雷川创景教书籍阅览所,捐四元。晚商契衡来。夜铭伯先生来。

二十七日

　　日记　昙。星期休息。晨图书分馆开馆,有茶话会,赴之。午前往留黎厂买《魏郚珍碑》一枚,阙侧,银一元五角;又《高肃碑》阳换《隽脩罗碑》并阴二枚。得二弟信并专拓片二枚,二十三日发(14)。下午徐元来,付与银五十元,合前付共百卅元,汇作家用。

二十八日

　　日记　晴,风。上午得二弟所寄抱丰丸立照照象一枚,二十四

412

日付邮。午前寄二弟信(十五)。晚商契衡来,付与学资四十元,合前陆续所假,共银三百元,至今日所约履行讫。

二十九日

日记 晴。虞叔昭结婚,公送缎幛,分一元。下午往夏先生寓。

三月

一日

日记 晴。晨至交民巷寄重久信并银五元。

二日

日记 晴。上午得二弟信,二月二十七日发(15)。

三日

日记 晴,大风。上午寄二弟信(十六)。夜写《法显传》起。濯足。

四日

日记 晴,大风。午后至沈宅访小舅父,云在陈宅,复往迹得之,交银二百四十二元一角,内除旧欠及越中帖水诸费实三百元,诸汇款事并清讫。

五日

日记 晴,大风。星期休息。午后往留黎厂买《松滋公元衺温泉颂》一枚,《诸葛子恒平陈颂》一枚,《洺州澧水石桥碑》一枚,共二元五角。

六日

日记 晴,风。上午得二弟信,二日发(16)。寄王镜清信。董恂士五日卒,下午讣来,乃赴之。

七日

日记 晴。上午寄二弟信（十七）。午后往小市。晚王镜清来。

八日

日记 晴。夜子佩来谭。

九日

日记 晴。上午得龚未生信。晚王叔钧招饮于又一村，同席共十人。

十日

日记 晴。上午得二弟信，六日发（17）。得李霞卿信，昨发。致念卿先生函。

十一日

日记 雨雪积寸许，上午晴。寄二弟信（十八）。得念卿先生信。午后霁。往留黎厂买得孔庙中六朝，唐，宋石刻拓本共十四枚，价四元；又《武德于府君义桥石象碑》并碑阴，两侧拓本共四枚，一元，《萃编》所录无侧，又在敦古谊买《宇文长碑》一枚，《龙藏寺碑》并阴，侧共三枚，《建安公构尼寺碑》一枚，此碑据《金石分域编》阴，侧当有题名，缪氏《金石目》无，当别访之，三种共直三元。

十二日

日记 晴，风。星期休息。上午得二弟信，八日发（18）。得宋知方信，七日台州中学发。午后往留黎厂直隶官书局买《五代史平话》一部二册，三元六角；汪刻《六朝廿一家集》中零本五种五册，五元四角。遇朱逖先，谈少顷。往宜古斋置孔庙汉碑拓本一分十九枚,三元;《赵芬残碑》二枚,《正解寺残碑》四枚,各一元。

十三日

日记 晴。上午寄龚未生信。寄韩寿谦信。寄念卿先生信。午前寄蔡谷青信,季茀同署。晚寄二弟信(十九)。夜拔去破牙一枚。

十四日

日记 昙。上午寄宋知方信。下午得念卿先生信。夜风。

十五日

日记 晴。上午寄二弟《教育公报》第十至十二期各一本,又磁州所出墓志六种六枚,《李璧墓志》二枚,《李谋墓志》一枚。寄王镜清信。午后大风。晚往季市寓,饭后归。是日专门学校成绩展览会开会。

十六日

日记 晴,风。上午得二弟信,十二日发(19)。下午韩寿谦来,付与银百汇家用。夜写《法显传》讫,都一万二千九百余字,十三日毕。

十七日

日记 晴,风。上午寄二弟信(廿)。午后理发。

十八日

日记 晴。午后往徐景文寓治齿,付一元讫。下午小舅父来。

十九日

日记 晴,星期休息。午后往留黎厂买《嵩高灵庙碑》并阴二枚,《嵩阳寺碑》一枚,共二元;又《安喜公李使君碑》,造象残碑,李琼,寇奉叔墓志,《法懃禅师塔铭》各一枚,共三元五角。下午赴展览会场,见铭伯先生一家俱在,同至益昌食茗饵讫便归。

二十日

日记 昙。舒伯勤丧妇,讣来赙四元,与伍仲文合寄之。午后同陈师曾游小市。下午往留黎厂。得二弟所寄《绍兴教育会杂志》第十二期一册,十六付邮。晚阮和孙来。夜风。

二十一日

日记 晴,风。下午赙董恂士家十元。晚和孙来。

二十二日

日记 晴,大风。上午寄二弟信(廿一)。得二弟信,十八日发(20)。晚宜古斋送拓本来,选得《谭荣墓志》一枚,《杜乾绪造象》一枚,共银二元。

二十三日

日记 晴,风。无事。

二十四日

日记 晴,风。上午和孙来。晚约和孙往广和居饭,夜别去,明日赴繁峙也。

二十五日

日记 晴。午后收本月奉泉三百。下午往留黎厂买《廉孝禹碑》一枚,银四元;又济宁州学所藏汉魏石刻拓本一分大小共十七

417

枚,银四元;鲁王墓前二石人题字二枚,银五角。

二十六日

日记　昙。星期休息。上午得二弟信,廿二日发(21)。赴吊董恂士。午后晴,风。铭伯先生来。下午魏福绵来。夜宋子佩来。

二十七日

日记　晴。上午寄二弟信(廿二)。董恂士出殡,部员路祭。午后往小市。

二十八日

日记　晴,夜风。无事。

二十九日

日记　晴,午后风。无事。

三十日

日记　昙。上午得二弟信,廿六日发(22)。得朝叔信,廿四日发。寄二弟《说文校议》一部五册,《湖海楼丛书》一部二十二册,分作三包。晚修订《咫进斋丛书》一部讫,凡廿四册,费工三日。

三十一日

日记　晴。上午寄二弟信(廿三)。得福子信,二十五日发。午后往东交民巷寄羽太家信并银卅五元,八月分止。下午风。

四月

一日

日记 昙。午后往留黎厂买《张迁碑》并阴共二枚,一元;《刘曜残碑》一枚,五角。下午张协和来,晚同至季市寓,饭后归。夜雨雪,积半寸。

二日

日记 晴。星期休息。上午得二弟信,三月二十九日发(23)。午后往留黎厂买《韩仁铭》一枚,《尹宙碑》一枚,二元五角;又《受禅表》,《孙夫人碑》,《根法师碑》各一枚,二元。往学校成绩展览会,少住即还。

三日

日记 晴。上午寄二弟信附答朝叔笺一枚(廿四)。午后大风。

四日

日记 晴,大风。晚仪古斋来,买得《洛州老人造象碑》,《王善来墓志》,共直二元。

五日

日记 晴。晚徐元来。夜紫佩来。

六日

日记 晴。午后紫佩回越,托寄二弟信一函,又书籍两箧,共二十八部二百六十四册。下午得二弟信,二日发(24)。晚商契衡来。

七日

日记　昙。上午寄二弟信(廿五)。得李霞卿信,即复。午后往小市。晚徐涵生来访。

八日

日记　昙。午后往留黎厂买《苏慈志》一枚,一元;又拓本付衬二十一枚成,共工直六元。夜李霞卿来假银十元,遗茗一合。

九日

日记　晴,大风。星期休息。无事。

十日

日记　晴,风。夜腹写。

十一日

日记　晴。上午得二弟信,七日发(25)。

十二日

日记　晴。上午寄二弟信(廿六)。午后往小市。晚季市来。

十三日

日记　晴。上午得宋子佩信,十日沪上发。下午往耀文堂观帖,买《邹县佳城堡画象》六枚,三元;姚贵昉藏石拓片十二枚,四元,似多伪刻;又得《莱子侯刻石》,《李家楼画象》,《张奢碑》,《鞠彦云墓志》并盖,《淳于俭墓志》,《诸葛子恒平陈颂》阴,《杜文庆造象》各一

420

枚,共银五元。晚裘子元来。魏福绵,王镜清来。

十四日

日记 晴。上午托紫佩在上海所购河南安阳新出土墓志七种寄至,计七枚,共直十元,十日付邮。午食甚闷闷。下午王式乾,徐宗伟来。晚往许季市寓,饭后乃归。夜裘子元来谈。

十五日

日记 小雨即晴。午后往神州国[光]社买《神州大观》第九集一册,一元六角。又往青云阁步云斋买履一两,亦一元六角。下午昙。得重久信。

十六日

日记 晴。星期休息。上午得铭伯先生柬,午后同游农事试验场,晚归。

十七日

日记 晴。上午寄二弟信(二十七)。得福子信。夜雨。

十八日

日记 昙。上午得二弟信,十二日发(26)。午后晴。

十九日

日记 雨。上午得二弟所寄邮片,十四日午发(27)。晚晴。韩寿晋来。

二十日

日记 晴。上午得宋子佩信,十五日杭发。晚裘子元来。

二十一日

日记 昙。上午寄二弟信(廿八)。晚周友芝来。钱均夫来。

二十二日

日记 雨。下午许季上来假《艺文类聚》。

二十三日

日记 晴。星期休息。上午得二弟笺,十七日发(28)。午后往留黎厂买《嵩山三阙》拓本一分,大小十一枚,二元;《曹植碑》一枚,一元;又买黄石厓造象五种四枚,二元;《张角残碑》一枚,一元。下午裘子元来。许季市来。

二十四日

日记 昙。午后往留黎厂震古斋买《元氏法义卅五人造象》拓本一枚,石已佚;又《仲思那造硚碑》一枚,共二元。晚雨。

二十五日

日记 昙。上午得宋子佩信,廿日越发。寄二弟信(二十九)。午后往小市。

二十六日

日记 晴。上午寄宋子佩信。寄韩寿晋信。陈师曾赠印一枚,"周树所藏"四字。午后收本月奉泉三百元。下午同师曾往留黎厂看拓本,买得《造交龙象残碑》一枚,《邑义六十人造象颂》一枚,又二枚,似两侧,又塔颂一枚,安阳万佛沟石刻之一,共与银乙元。

二十七日

日记 晴。午后往小市。下午寄王式乾信。晚许季上来。

二十八日

日记 晴,风。上午得二弟明信片,廿一日发(29),又信,廿三日发(30)。晚王式乾来,假与银四十元,约后汇越中。

二十九日

日记 昙。上午得二弟信,廿四日发(31)。寄二弟信(三十)。午后寄蔡谷青信。往留黎厂买《石墙村刻石》一枚,《居摄坟坛刻石》二枚,《王偃墓志》并盖[阴]二枚,灵寿祁林院北齐造象五枚,《贾思业造象》一枚,《纪僧谄造象》一枚,刘思琬等残造象一枚,共银四元。夜风。

三十日

日记 昙。星期休息。上午甘君来。午后游留黎厂,历数帖店,无所可得。馆举秋祭,下午许铭伯先生,季市,寿洙邻均因便来谭,少顷去。晚魏福绵,王镜清来。

五月

一日

日记　昙。午后往小市。午后雨即止而风。

二日

日记　晴,下午大风。无事。夜得二弟明信片,廿八日发(32)。

三日

日记　晴。上午寄二弟信(卅一)。下午风。寄王镜清信。

四日

日记　晴,下午大风。无事。夜濯足。

五日

日记　晴,风。无事。

六日

日记　晴。上午得二弟信,一日发(33)。午后大风。往留黎厂买《刘曜残碑》一枚,一元;画象一枚,有题字,又二枚无字,二元;《郑道昭登百峰山五言诗石刻》一枚,二元;黄石厓魏造象六枚,二元;驼山唐造象一百二十枚,四元;仰天山宋造象十七枚,一元。下午以避喧移入补树书屋住。

七日

日记　晴。星期休息。上午寄二弟信(三十二)。午后往留黎厂以拓片付表;又买《吹角坝摩厓》一枚,二元;《朱鲔室画象》十五枚;杂山东残画象四枚,五元;杂六朝小造象十六枚,三元;又添《白云堂解易老》拓本一枚。甘君来。李霞卿来并还银十元。周友芝来,多发谬论而去。下午裘子元来。王镜清来。

八日

　　日记　晴。午后赠师曾家藏专拓一帖。蟫隐庐寄书目来。夜魏[福]绵来。

九日

　　日记　晴。上午富华阁持拓片来。寄二弟信(三十三)。下午得二弟信,四日发(34)。

十日

　　日记　晴。下午往震古斋买六朝造象四种七枚,二元。徐元来。晚铭伯先生来。送朱造五《百喻经》一册。

十一日

　　日记　晴。无事。晚许季市来。夜风。

十二日

　　日记　晴。上午寄二弟信(三十四)。得蔡谷青信,九日苏州发。

十三日

　　日记　雨。上午得二弟信,七日发(35),又明信片一枚,八日发(36)。下午往留黎厂买《鞠彦云墓志》并盖二枚,三元;《源磨耶圹志》一枚,二元;王俱等造四面象四枚,二元;泰安徂徕山磨厓二分各七枚,共五元;别有《杨显叔造象》一枚添入。表拓片三十四枚,工五元。晚晴,风。

十四日

日记　晴。星期休息。上午富华阁帖店来。寄二弟信(三十五)。审昨所买《鞠彦云志》为翻刻,午后往留黎厂易《郑休碑》并阴二枚。又买旧拓《淳于俭墓志》一枚,一元五角;《大业始建县界碑》二枚,五角。以上在震古阁。往官书局代吴雷川买《敦艮斋遗书》一部五本,二元。往富华阁买冯焕,李业,杨发,贾夜宇阙各一枚,三元;《司马长元石门题字》二枚,一元;《魏三体石经》残字一枚,三元。下午商契衡来。

十五日

日记　晴。上午以徂徕山摩厓一分赠师曾。下午昙。夜雨。

十六日

日记　昙。午后往小市。下午晴。寄蔡谷青信。

十七日

日记　晴。晨铭伯先生来。得宋子佩信,九日越中发。下午自部归,券夹落车中,车夫以还,与之一元。晚潘君企莘自越来,交起孟函并茶叶一合去,假二十元券与之,俾留见金。夜裘子元来。雷雨。

十八日

日记　昙。上午寄二弟信(三十六)。从张阆声假二十元。下午晴。往留黎厂。

十九日

日记 昙。上午得二弟信,十三日发(37)。下午晴,风。送王宅,杨宅奠金四元。

二十日

日记 晴。午后往留黎厂买《武班碑》并阴二枚,《天监井阑题字》一枚,《高进臣买地券》一枚,安阳残石四种六枚,共六元。晚往铭伯先生寓,饭后归。夜魏福绵来。

二十一日

日记 晴。上午得二弟信,十六日发(38)。寄二弟信附《高进臣买地券》拓本一枚(三十七)。往留黎厂买《李孟初神祠碑》一枚,二元;《封龙山颂》一枚,一元;《姜纂造象》旧拓本一枚,一元五角。下午李霞卿来,假与五元。晚风。星期也,休息。

二十二日

日记 晴。午后往杨仲和家吊。得徐元信,廿日发。夜雨。腹写。

二十三日

日记 昙。上午寄二弟信片(三十八)。赴王维白家吊。下午雷雨。晚晴。

二十四日

日记 晴。晚潘企莘来。

二十五日

日记 晴。午后潘企莘至部属保。下午商契衡属保其友三人。

二十六日

日记 晴,大风。上午得二弟明信片,二十日发(39)。得宋子佩明信片,二十三日沪上发。下午往王维忱寓。晚寄二弟明信片(三十九)。

二十七日

日记 晴,下午大风。得二弟妇信,二十二日发。夜烈风。

二十八日

日记 晴,大风。星期休息。上午得李霞卿信,昨发。寄二弟及弟妇信(四十)。午许季上来。赴长椿寺吊范吉陆母丧,同人合送幛子,分一元。下午往留黎厂买旧拓《武荣碑》一枚,值六元,其内二元以售去之《爨龙颜碑》款抵之。又买《帅僧达造象》一枚,五角。尹宗益来。晚甘君来。王镜清来。夜雨。背痛。

二十九日

日记 晴。上午收本月奉泉三百元。寄王镜清信。寄徐元信。还阎声二十元。下午得二弟明信片,廿四日发(40)。晚寄二弟信(四十一)。韩寿谦来假去十元。许铭伯先生来。

三十日

日记 晴。选拓本八种,下午赴敦古谊令表托。徐宗伟,徐元来假去银五十元。王维忱来。夜王镜清来代魏福绵假去三十元。背痛未除,涂碘醇。

三十一日

日记 晴。上午陈师曾示《曹真残碑》并阴初出土拓本二枚,

428

"诸葛亮"三字未凿，云仿古斋物，以十元收之。又江宁梁碑全拓一分，内缺《天监井床铭》，计十六枚，是稍旧拓本，是梁君物，欲售去，亦收之，直十六元。下午理发。师范校寄杂志一册。夜潘企莘率一谁何来。

六月

一日

日记　晴。无事。

二日

日记　晴。上午得二弟明信片,五月廿八日发(41)。

三日

日记　晴,热。上午寄二弟明信片(四十二)。下午往留黎厂买《元鸷墓志》一枚,《元鸷妃公孙氏墓志》一枚,共银三元。又取表成帖片十枚,工一元六角。

四日

日记　晴。星期休息。上午吴方侯来,名祖藩。下午昙,雷雨。

五日

日记　晴。旧历端午也,休息。上午得二弟明信片,五月卅一日发(42)。商契衡来。往季市寓午饭,下午归。夜蒋抑之来。

六日

日记　昙。上午得李霞卿函。得羽太家信附信子笺,五月卅日发。午晴。夜寄二弟信片(四十三)。寄李霞卿信片。

七日

日记　晴。午后同师曾往小市,地摊绝少。晚商契衡来。宋子佩自越中至,交来二弟函并干菜一合,又送笋干一合,新茗二包。

八日

日记 晴。夜铭伯先生来。

九日

日记 晴。上午得二弟妇信,四日发。下午得二弟信,三日发 (43),经绍卫戍司令部检过,迟到。得李霞卿信。晚商契衡来。许季 上来。

十日

日记 晴。上午寄二弟信附与弟妇笺一枚(四十四)。得二弟 信,五日发(44)。午后风。往留黎厂买汉中石刻拓本一份,除《都君 开道记》,共十二枚,直六元;又买《高湛墓志》一枚,二元。晚韩寿晋 来。甘润生来。

十一日

日记 晴,风。星期休息。上午祝宏猷庆安,尹翰周德松来。午 后昙。往留黎厂属表拓本可几十种。下午小雨即止。洙邻兄来。

十二日

日记 晴。上午寄二弟明信片(四十五)。

十三日

日记 小雨。上午得二弟信并《〈蜕龛印存〉序》一叶,七日发 (45)。

十四日

日记 小雨。上午朱孝荃贻青椒酱一器。下午大雷雨,向虞叔昭借衣。

十五日

日记 晴。晨寄二弟明信片(四十六)。上午部派赴总统府吊祭,共五人。午后往许季上寓。下午风。

十六日

日记 晴。晨尹翰周来。下午得二弟明信片,十日发(46)。得阮久孙信片,十二日繁峙发。还虞叔昭衣。卢闰州来。晚宜古斋持拓片来,撰留隋《暴永墓志》并盖二枚,直二元,云山西新出土,未详何县。

十七日

日记 晴。上午寄阮久荪信片。午后往留黎厂取所表拓片,共工泉十元。下午西泠印社寄书目一册至。夜许诗荃来。风雨。

十八日

日记 晴。星期休息。上午往留黎厂买《平等寺碑》一枚,《道兴造象》并治疾方大小三枚,《正觧寺残碑》四枚,阴二枚,共四元。又至青云阁买草冒,袜,履,共四元。午后洙邻来。下午雨一陈即晴。晚寄二弟信片(四十七)。

十九日

日记 晴。下午李霞卿来,假与银三十元。得二弟所寄《烝社杂志》第三期一册,十四日付邮。晚雨。

二十日

　　日记　晴。下午得二弟信,十四日发(47)。王式乾,徐宗伟来。晚昙,雷。

二十一日

　　日记　晴。上午寄二弟信附改定《印存序》一篇(四十八)。晚铭伯先生来。

二十二日

　　日记　晴,风。晨得二弟信,十六发(48),又信片,十八日发(49)。上午铭伯先生来属觅人书寿联,携至部捕陈师曾写讫送去。潘企莘来别,云明日归。晚有帖估以无行失业,持拓本求售,悲其艰窘,以一元购《皇甫骥墓志》一枚。夜雷雨。

二十三日

　　日记　昙,上午晴。寄二弟信片(四十九)。下午帖估来,不买。

二十四日

　　日记　晴。午后往留黎厂付表拓本三十二枚。晚李估来,买造象三种,二元。

二十五日

　　日记　昙。星期休息。上午尹翰周来,午后始去。得李霞卿信,晨发。得朝叔信,二十日太仓发。下午小雨。晚吴祖藩来。

二十六日

　　日记　昙。上午得二弟信,二十一日发(50)。下午雨。

二十七日

日记 晴。上午寄二弟信片（五十）。午雨一陈即霁，下午风。

二十八日

日记 晴，风。袁项城出殡，停止办事。午后往留黎厂。夜雷雨。

二十九日

日记 晴。上午得二弟信，二十五日发（51）。下午宜古斋来，置《暴永墓志》并盖二枚而去。仿古斋来，师曾所介绍也。夜濯足。大雷雨。

三十日

日记 昙。上午寄二弟信（五十一）。下午往留黎厂。

七月

一日

日记 晴。部改上半日办事。上午收六月奉泉三百。午后往留黎厂宜古斋买《仓龙庚午残碑》一枚,初拓本《嵩高灵庙碑》并阴,侧三枚,精拓本《白实造中兴寺碑》一枚,《栖岩寺舍利塔碑》一枚,阙额,共直五元。下午访古斋来,买《百人造象》《明范上造象》各一枚,共一元。

二日

日记 晴,风。星期休息。午后往季市寓。往留黎厂。

三日

日记 晴。晨得二弟信,六月廿九日发(52)。午陶念钦先生来。晚许季上来。

四日

日记 晴。上午寄二弟信(五十二)。晚尹翰周又来。夜风。

五日

日记 晴。上午寄二弟及弟妇合信(五十三)。午往留黎厂取所表拓本,付工直五元。又买《萧宏西阙》一枚,有莫友芝监拓图记;《菀贵造象》一枚,共银一元。夜大雷雨。

六日

日记 昙,下午雷雨。无事。

七日

日记 晴。买二木箧盛拓本,直一元五角。晚铭伯先生来。甘润生来。周友芝来。夜得二弟信附小造象拓片一枚,三日发(53)。

八日

日记 晴。上午寄二弟信(五十四)。寄朱渭侠信。下午往留黎厂。往升平园浴。往铭伯先生寓。晚陶望潮招宴,赴辞。微雨,夜大雷雨。

九日

日记 晴。星期休息。上午季市来。齐寿山来,同至季市寓,午后归。小雨。

十日

日记 昙。下午访古斋来。晚潘企莘来。感寒发热,服规那丸二枚卧。

十一日

日记 晴。午后往访古斋视拓本,得石刻十三枚,砖十枚,无一佳品,而其直七元,当戒。夜蒋抑之来。得二弟明信片,八日发(54)。

十二日

日记 昙。腹写甚。下午得蒋抑卮信。夜服撒酸铋重曹达。

十三日

日记 晴。上午寄二弟信(五十五)。往日邮局寄相模屋书店函并银三十圆。下午往留黎厂买《尔雅音图》,《汉隶字原》各一部,共六元。

十四日

日记 晴。上午寄西泠印社函并银八圆买书,午后又补寄邮券三角。

十五日

日记 晴。上午得二弟信,十一日发(55)。下午大风,雷雨一陈霁。

十六日

日记 晴。星期休息。上午寄二弟信附刘立青,林纾画各一枚(五十六)。甘润生来。午后往留黎厂买《大云寺石刻》拓本一分,大小十枚;又《淄州凤皇画象题字》二枚,共银二元。

《凤皇画象》说明

凤凰画象

摩崖刻,计三处。一刻高一尺,广一尺六寸,画一凤鸟,左方题"凤凰"二字,隶书。一刻高广各一尺八寸,作一凤,较小于前,又一凤首,左上方题小字一行云:"三月乇日凤",右方大字一行云:"东安王钦元",均隶书。一刻高五寸,广三寸,有"元康"二字可辨,隶书。

在山东沂水西南七十里鲍宅山。

未另发表。据手稿编入。

题目系编者所拟。

十七日

日记　晴。午后同陈师曾至其寓斋。

十八日

日记　晴。上午得二弟信,十四日发(56)。得羽太家信,十一日发。午后往京师图书馆。晚尹宗益来。作札半夜,可闵!

十九日

日记　晴。上午寄潮叔函并《司法例规续编》一册。寄羽太家信。寄二弟及弟妇函附与三弟及东京寄来各笺。下午潘企莘来。晚季市馈鸯一器。

二十日

日记　晴。午后得李霞卿笺。午后往季市寓。晚季上来。

二十一日

日记　昙。上午得西泠印社函并《古泉丛话》一册,《艺风堂读书记》二册,《恒农冢墓遗文》一册,《汉晋石刻墨影》一册,作一包,十九日付邮。午与徐吉轩,齐寿山,许季上共宴冀育堂于益昌。下午潘企莘来。晚铭伯先生来。夜下血。

二十二日

日记　晴。上午得二弟信,告冲十八日上午殇,其日发(57)。午后往留黎厂取所表拓本四十九枚,付工伍元。下午寄二弟信(五十八)。夜大风。

二十三日

日记　晴。星期休息。午后往留黎厂买石印杜堇《水浒图赞》

一册,铜元廿。

二十四日

日记 晴。晨得二弟信,二十日发(58)。夜下血。

二十五日

日记 晴。上午寄二弟信(五十九)。下午往留黎厂买杂汉画象二枚,《贾思伯碑》并阴三枚,《刘怀民墓志》一枚,共七元。

二十六日

日记 晴,午后风。下午得二弟信,廿二日发(59)。

二十七日

日记 晴。下午张燮和来。

二十八日

日记 晴。上午得二弟信,廿四日发(60)。得二弟妇信,廿五日发。下午昙。寄二弟及弟妇信(六十)。往留黎厂买端氏臧石拓本一包,计汉,魏,六朝碑碣十四种十七枚,六朝墓志二十一种廿七枚,六朝造象四十种四十一种[枚],总七十五种八十五枚,共直二十五元五角;又《张景略墓志》一枚,五角。往西升平园理发并浴。晚子佩来,假去十元。夜小雨。

二十九日

日记 雨,午后止。下午许季上来。夜复雨。

三十日

日记 昙。星期休息。上午得二弟信,廿六日发(61)。午后晴。往留黎厂买《沈君阙》侧画象二枚，一元。下午陈公孟来。

三十一日

日记　晴。上午寄二弟信(六十一)。下午往季市寓。晚风。

八月

一日

日记 晴。上午寄李霞卿信。夜雨。

二日

日记 昙。上午得二弟信,七月廿九日发(62)。

三日

日记 晴。上午寄二弟信(六十二)。得羽太家信,七月廿六日发。晚德古斋来。

四日

日记 晴。上[午]收七月分奉泉三百元。午后往小市。下午往留黎厂买《群臣上寿刻石》一枚,《沈君阙》二枚,共三元;《郙阁颂》一枚,二元;杂造象五种五枚,一元。得三弟信,有二弟附言并张普先砖拓三枚,《侯海志》拓一枚,七月卅一日发(63)。施万慧师居天竺费银十元,交季上。夜子佩假去十元。

五日

日记 晴。上午寄羽太家信。下午商契衡来。晚雷。

六日

日记 晴。星期休息。上午寄二弟及三弟信(六十三),又寄《汉晋石刻墨影》,《历代符牌图录》,《水浒图赞》共三册一包。得二弟信,二日发(64)。寄韩士泓信。祁柏冈来。下午寿洙邻来。雷。

七日

日记 昙。午后往北海。晚雷雨一陈霁。

八日

日记 昙。上午寄二弟信(六十四)。午后晴。下午德古斋来，续收端氏所臧造象拓本三十二种卅五枚，七元；又拓本表成卅枚，工三元。

九日

日记 晴。下午雷雨一陈，霁。得二弟信，五日发(65)。晚又小雨。

十日

日记 晴。上午寄二弟信(六十五)。下午赴留黎厂买《郝氏志》并盖二枚，一元。

十一日

日记 晴，下午雨。得二弟信，七日发(66)。得吴方侯信，子佩交来。

十二日

日记 晴。午后寄韩士泓信。下午往留黎厂，续收端氏所臧石刻小品拓片二十二种二十五枚，六元；又专拓片十一枚，一元。得二弟信，八日发(67)。裘子元来。晚寄二弟信(六十六)。全日酷热，蝉夜鸣。夜半雨。

十三日

　　日记　雨。星期休息。上午风,晴。午后复雨。许季上来。下午杜海生来。

十四日

　　日记　大雨。午后寄二弟信(六十七)。

十五日

　　日记　昙。午后大雨,下午晴。得二弟信,十一日发(68)。

十六日

　　日记　晴。上午寄二弟信(六十八)。寄吴方侯信。下午得吴方侯信。

十七日

　　日记　昙。午前得朝叔信,十三日发。下午晴,旋雨。许季上来。晚子佩来,假去银四十元,代邵。

十八日

　　日记　晴。下午得二弟信,十四日发(69)。晚铭伯先生来。

十九日

　　日记　晴。上午往日邮局寄羽太家信并银二十八圆。午后往留黎厂德古斋买六朝小造象十壹种十二枚,共一元。

二十日

　　日记　晴。星期休息。上午寄二弟信(六十九)。午后往季上寓。往留黎厂买白佛山造象题名大小共三十二枚,银四元,内二枚有开皇年号。往稻香村买食物四角。下午陈公孟来。

二十一日

日记 晴。下午得二弟信,十七日发(70)。晚寄二弟信(七十)。

二十二日

日记 晴。上午得李霞卿笺,子佩交来。

二十三日

日记 晴。无事。

二十四日

日记 晴。午汪书堂约赴四川饭馆午餐。晚往铭伯先生寓,夜归。

二十五日

日记 晴。上午得二弟信,廿一日发(71)。午后得羽太家信,十九日发。晚寄二弟信(七十一)。夜子佩来还泉二十元。大雨。

二十六日

日记 大雨,上午晴。得吴方侯信。下午得韩士鸿信。念卿先生来。

二十七日

日记 雨。星期休息。上午王子馀来。下午宋芷生寄《山右金石记》一部。

二十八日

　　日记　晴。无事。

二十九日

　　日记　昙。上午得羽太家信，廿三日发。下午得二弟信，廿五日发(72)。

三十日

　　日记　晴。晨寄二弟信(七十二)。转寄小舅父信。上午寄韩士鸿信。寄蔡谷青信。午后同汪书堂之小市。下午往留黎厂。

三十一日

　　日记　晴。上午得二弟信，廿七日发(73)。得西泠印社明信片，又《东洲草堂金石跋》一部四册，三元。午后昙，风。

本月

关于废止《教育纲要》的签注

　　案《教育纲要》虽不过行政首领对于教育之政见，然所列三项，均已现为事实，见于明令，此后分别修改，其余另定办法；在理论上言之，固已无形废弃，然此惟在通都大邑，明达者多，始能有此结果。而乡曲教师，于此种手续关系，多不能十分明瞭。《纲要》所列，又多与旧式思想相合，世人乐于保持，其他无业游民亦可藉此结合团体（如托名研究经学，聚众立社之类），妨害教育。是《纲要》虽若消灭，而在一部份人之心目中，隐然实尚存留。倘非根本取消，恐难杜绝歧见。故窃谓此种《纲要》，应以明文废止，使无论何人均不能发生依附之见，始于学制上行政上无所妨害。至于法令随政局而屡更，虽易失遵守之信仰，然为正本清源计，此次不得不尔。凡明白之国民，当无不共喻此意。一俟宗旨确定，发号施令均出一辙，则一二年中信仰自然恢复，所失者小，而所得则甚大也。

周树人注。

未另发表。据手稿编入。
初未收集。

九月

一日

日记 晴。上午寄二弟信(七十三)。答西泠印社明信片。

二日

日记 昙。上午得吴方侯信,廿九日发。子佩还邵款卅元。季上假廿元。下午风。往留黎厂看拓本,无所取,别买《中国名画》第十八集一册归,价一元五角。夜雨。

三日

日记 大雨。星期休息。表糊房舍,以三弟欲来。下午晴。季上来谭。

四日

日记 晴。上午得二弟信,八月卅一日发(74)。夜季市来。

五日

日记 晴。上午寄二弟信(七十四)。夜三弟同霞卿到,收二弟信。

六日

日记 晴。上午震古斋帖店来,买薛貮姬,公孙兴造象各一枚,共银一元。霞卿交来火腿二只,茗二包。夜齐寿山来,取去火腿一只,茗一包。

七日

日记　晴。上午得二弟信,三日发(75)。午后往留黎厂。

八日

日记　昙。上午寄二弟信附三弟笺(七十五)。表拓本三十枚成,工五元。下午震古斋来售云峰太基山摩厓刻旧拓不全本,卅一种卅三枚,值十五元。

九日

日记　昙,午后晴。往留黎厂买《白驹谷题刻》二枚,齐造象二枚,共二元。晚小雨。

十日

日记　晴,风。星期休息。上午得二弟信附三弟妇笺,六日发(76)。午前铭伯先生来。庆云堂持拓片来,买取汉残石一枚,有"孝廉司隶从□"字,价一元。同三弟往益昌,俟子佩,饭后同赴中央公园,又游武英殿,晚归。

十一日

日记　晴。上午寄二弟信附三弟笺(七十六)。下午收八月分奉泉三百。

十二日

日记　晴。旧历中秋,休息。上午得二弟信,八日发(77)。午前童萱甫来。午后同三弟出游,遇张协和,俱至青云阁饮茗,坐良久,从留黎厂归。晚又同往铭伯先生寓饭。

十三日

日记 晴。下午寄二弟信（七十七）。晚铭伯先生来。夜商契衡来。

十四日

日记 昙。上午得二弟信(78)又拓本一束三种十四枚，并十日发。

十五日

日记 晴。下午得阮久孙函，十日繁峙发。

十六日

日记 晴。上午寄二弟信附三弟笺（七十八）。复阮久孙信。午后得曾根信，八日发。下午赴汤宅吊，公送幛二，分二元。往留黎厂买《王遗女墓志》一枚，一元。得吴祖藩信，九日严州发。晚许季上来。

十七日

日记 昙。星期休息。上午徐元，宗伟，王式乾来。得二弟信，十三日发(79)。赙纪宅四元。午后往洪宅祝，同人公送屏一具，分二元。同三弟游万生园。下午微雨。晚买蒲陶二斤归。

十八日

日记 晴。上午庆云堂帖店来，买取元倪，叔孙固，穆子岩墓志各一枚，又造象一种四枚，共直八元。午后往交民巷邮局。得蔡谷卿信，十五日杭州发。得宋知方信，九日台州发。夜潘企莘来假银二十元。

十九日

日记　昙。上午寄二弟信附三弟笺（七十九）。寄吴方侯信。寄宋知方信。下午陈师曾赠古专拓片一束十八枚。

二十日

日记　昙。上午得二弟信附三弟妇笺，十六日发（80）。寄蔡谷青信。晚雨。

二十一日

日记　晴，风。上午寄二弟信（八十）。晚邀张仲苏，齐寿山，戴芦舲，许季上，许铭伯，季市在邑馆饭。

二十二日

日记　晴。上午得二弟明信片，十八日发（81）。夜商契衡来。

二十三日

日记　晴。午后往留黎厂买《师旷墓画象》四枚，王法现，陈神忻，高岭以东诸村造象各一枚，《郑道昭题刻》小种二枚，共直三元。

二十四日

日记　晴。星期休息。上午许季上来。同三弟往升平园理发并浴。至南味斋午餐，又至季上寓，同往西长安街观影戏，至晚归寓。

二十五日

日记　晴。上午得二弟信，廿一日发（82）。

二十六日

日记　晴。上午寄二弟信(八十一)并《古泉丛话》一册,《艺风堂读书记》二册,六年历书一册,作一包。晚往季市寓饭,同坐十人。夜风。

二十七日

日记　晴。午后寄二弟明信片(八十二)。晚帖估来,买晋阙魏志各一,共二元五角。

二十八日

日记　昙,冷。上午托稻孙买书,交银十元。晚帖估来,买造象二种,共乙元。

二十九日

日记　昙。上午得二弟信,廿五日发(83)。午后同师曾至小市。夜雨。

三十日

日记　晴。上午寄二弟信(八十三)。得福子信,二十四日发。下午往留黎厂。晚帖贾来,买取王曜,□显,崔暹墓志共四枚,《廉富造象》四枚,《吕升欢造象》二枚,杂造象四枚,《胡长仁神道碑》额一枚,共五元。夜同三弟往大栅阑观影戏,十一时归寓。

十月

一日

日记　晴。星期休息。午后同三弟往青云阁饮茗。下午至长安街观影戏。

二日

日记　晴。上午陶念钦先生来。

三日

日记　晴。上午得二弟信，九月廿九日发(84)。得阮和荪信，五台发。得吴方侯信。

四日

日记　晴。上午车耕南来。寄二弟信(八十四)。寄和荪信。

五日

日记　晴。上午得二弟信并专拓片三纸，一日发(85)。午后托子佩往兴业银行汇银三十元至家，并寄二弟一函(八十五)。陈仲骞母寿往贺，同人共送寿屏，分二元。晚邀子佩及三弟往广和居饭。

六日

日记　昙，风。下午章介眉先生来。

七日

日记　昙。上午寄二弟信(八十六)。得曾根信，二日发。下午雨。

八日

日记　雨。星期休息。上午季市来。得二弟信，四日发(86)。下午晴。

九日

日记　晴。上午得二弟明信片，五日发(87)。寄二弟信(八十七)。寄阮和苏信。

十日

日记　晴。国庆日，休息。上午铭伯先生来。午后往留黎厂买《神州大观》第十集一册，一元五角；又晋《太公吕望表》并碑阴题名共二枚，《廉富造象》碑阴并侧共三枚，合一元。往大荔会馆访章介眉先生，不值。晚许铭伯，季市在广和居饯三弟行，诗荃，诗英亦至。

十一日

日记　晴。休息。午后同三弟至青云阁饮茗并买饼食。晚许季上来。

十二日

日记　晴。清晨三弟启行归里，子佩送至车驿。寄回《恒农冢墓遗文》一册，《神州大观》第九第十，《中国名画集》第十八各一册，章先生书一幅。上午得二弟信，八日发(88)。晚风，小雷雨。夜大风。

十三日

日记　晴，冷。上午寄二弟信(八十八)。

十四日

日记　晴。上午得二弟信，十日发(89)。午后昙。往留黎厂买王显，羊定墓志各一枚，二元。晚得和孙信，九日发。

十五日

日记　晴，风。星期休息。上午韩寿晋来。往留黎厂以拓片付表，又买《天柱山东堪石室铭》一枚，《岁在壬申建》一枚，《白云堂中解易老也》一枚，共银二元。午后得九孙明信片，十二日发。晚寄和孙信。庆云堂帖店来，买《邓太尉祠碑》并阴二枚，二元五角；《圣母寺造象》四枚，一元五角。

十六日

日记　晴。上午得宋知方信，十三日杭州发。寄二弟及三弟信（八十九）。

十七日

日记　晴。上午得二弟信，十三日发(90)。得三弟明信片，十四日上海发。

十八日

日记　晴。晚往季市寓。

十九日

日记　晴。休假。上午往许季上寓。午后往留黎厂豫约《金石苑》一部，付券十一元。夜寄二弟信（九十）。

二十日

日记　晴。上午得三弟信，十六日家发。

二十一日

日记　晴,下午昙。无事。

二十二日

日记　晴。上午得二弟信,十八日发(91)。往张协和寓吊其祖母丧,并赙四元。午后往留黎厂,买《陆希道墓志》盖一枚,一元;杂造象三种五枚,毗上残石一枚,共二元。

二十三日

日记　昙。上午寄二弟及三弟信(九十一)。徐班侯生日赴祝之,同人公送幛子,分二元。晚敦古谊帖店来,付表拓片。王式乾来。

二十四日

日记　晴,大风。上午铭伯先生来。收九月分奉泉三百。晚往留黎厂。

二十五日

日记　晴。上午得二弟信附丰丸习字一枚,廿一日发(92)。晚商契衡来。

二十六日

日记　晴。寄二弟信(九十二)。得三弟及三弟妇信,廿二日发。

二十七日

日记　昙。上午寄实业之日本社银二元三角,定杂志。午后往浙江兴业银行汇本月家用百。得李霞卿信,晚以明信片复。

二十八日

日记　昙。上午寄二弟及三弟三弟妇信（九十三）。

二十九日

日记　晴。星期休息。上午得二弟信，廿五日发(93)。得和荪信，廿五日发。午后往留黎厂买端氏臧石拓本二十七种三十三枚，又别一枚（戴氏画象），共直八元。往观音寺街买衣二枚，五元。午后李霞卿来假去银十元，赠以《说文系统图》拓本一枚。

三十日

日记　昙。上午得久孙信，廿四日发。午后往警署。晚又往警署。久孙到寓。

三十一日

日记　晴。午前寄二弟信（九十四）。寄和孙信。得钱稻孙信，廿五日东京发。下午久孙病颇恶，至夜愈甚，急延池田医士诊视，付资五元，旋雇车送之入池田医院，并别雇工一人守视。

十一月

一日

日记 晴。下午赴池田医院。子佩代霞卿还银五元。夜铭伯先生来。

二日

日记 昙。上午得二弟及三弟信,十月廿九日发(94)。得宋知方信,十月廿八日上虞发。

三日

日记 昙。午前赴池田医院。寄二弟信(九十五)。得三弟寄来《上海指南》一册,十月廿九日发。晚往池田医院。

四日

日记 昙。晨铭伯先生来。从季市假银百。下午雨。寄钱稻[孙]信。晚往池田医院。夜寄和荪信。

五日

日记 雨。星期休息。祁柏冈葬母设奠,午前赴吊。晚往池田医院付诸费用泉,又为买药足一月服,共银三十三圆。夜风。呼工蓝德来。

六日

日记 雨。黎明起,赴池田医院将久孙往车驿,并令蓝德送之南归。给蓝德川资五十元，工泉十元，又附一函。上午寄二弟信（九十六）。下午得二弟信附芳子笺，二日发(95)。夜风。

七日

日记　昙，风，大冷。下午得二弟信，三日发(96)。晚韩寿晋来。

八日

日记　晴。上午寄二弟信（九十七）。寄和苏信。午后寄丸善书店银二元，为二弟买书。晚往留黎厂取所表拓本，付工泉五元。夜帖贾来，购取《仙人唐公房碑》并阴二枚，二元。

九日

日记　晴。上午得二弟信，五日发(97)。晚许季上来。裘子元来。夜罗扬伯来。

十日

日记　晴。上午得和苏信，四日发。往浙兴业银行汇还久荪泉百，由家转，并致二弟信（九十八）。

十一日

日记　晴。下午得稻孙葊書，即答讫。

十二日

日记　晴，风。星期休息。上午得二弟及三弟信，八日发(98)。寄二弟及三弟信（九十九）。午前往留黎厂买《章仇禹生造象》并阴二枚，《仲思那造桥碑》一枚，杂造象五枚，共二元；又端氏臧石拓本四种四枚，一元。下午念钦先生来。

十三日

日记 晴。上午寄和孙信。得吴方侯信。得王铎中信。

十四日

日记 晴。上午得久孙信,九日越中发。蓝德自越还,持来梦庚函,复与工泉十元,从季上假之。下午得稻孙明信片,八日东京发。齐寿山赠《李宝臣纪功碑》拓本一枚。

十五日

日记 晴。上午得二弟信,十一日发(99)。寄阮梦庚信。复王文灏信。下午得和孙信,十日发。夜复和森信。

十六日

日记 晴。上午寄二弟信(百)。得稻孙信,十日发。晚季市遗辣酱一器。

十七日

日记 晴。下午沈仲久来部访。得和荪信,十三日发。

十八日

日记 晴。上午得二弟三弟信,十四日发(100)。夜铭伯先生来。

十九日

日记 晴。星期休息。上午寄二弟三弟信(一百一)。往金台旅馆访罗扬伯。午后往孝顺胡同鞋店。下午往留黎厂买《上尊号奏》,《受禅表》共三枚,三元;蜡补《马鸣寺碑》一枚,一元。晚寄二弟信(一百二)又碑目一卷。

二十日

日记　晴。上午稻孙寄来《岩石学》一部二册,价八元三角,为三弟买。午后理发。收十月分奉泉三百,中券三交券七。

二十一日

日记　晴。上午还季上泉十,季市泉五十。

二十二日

日记　晴。下午得二弟信,十八日发(101)。得三弟信,同日发。

二十三日

日记　昙。上午寄二弟三弟信(一百三)。往日邮局,以祭日休息。

二十四日

日记　昙。上午往日邮局,寄羽太家信并泉四十。得稻孙明信片,十八日发。下午往留黎厂表拓本,又买汉残碑拓本,未详其名,云出河南者一枚,又《讳彻墓志》一枚,《元氏墓志》并盖二枚,端氏臧石拓片三种四枚,共泉四元;添《阳三老食堂》拓片二枚。晚子佩招饮于广和居。李霞卿来。

二十五日

日记　昙,风。上午得吴方侯信,廿日发。夜子佩还霞卿款五元。

二十六日

日记 昙,风。星期休息。上午得二弟信,廿二日发(102)。得和孙信,廿一日发。午后往留黎厂买石刻拓本,凡安阳残石四种,阙一枚,今共五枚,四元;足拓《禅国山碑》一枚,四元;隋石经残石一枚,《段怀穆造塔残石》一枚,《六十人造象》一枚,各一元;杂造象四枚,五角;《李崧残石》一枚,五角;《襄阳张氏墓志》十种十六枚,一元。下午季自求,卢闰州来,未遇。晚寄二弟碑目一卷。

二十七日

日记 晴,风。上午访季自求于南通馆。寄二弟信(百四)。晚至医校访汤尔和,读碑,乞方。得二弟信,二十三日发(103)。

二十八日

日记 晴。上午往劝业场,又至孝顺胡同鞋店。

二十九日

日记 晴。上午寄二弟信(百五)。寄和孙信。下午从齐寿山假二十元。寄念钦先生信。得二弟信,廿五日发(104)。夜得季市信。商契衡来。

三十日

日记 晴。上午陈师曾贻印章一方,文曰"俟堂"。午后往施家胡同浙江兴业银行汇家十一月十二月零用泉二百,又母亲生日用泉六十,汇泉六元五角,估谩去一元。晚往留黎厂取所表拓片,付工三元。至耀文堂内震古斋买杂六朝造象四种四枚,泉四角;又《王檠虎造象》一枚,帖估拓送,云从山东买来,已有天津丁姓客定购矣;又文殊般若碑侧题名一枚,似新拓,《校碑随笔》谓旧始有,殊不然也。

十二月

一日

日记 晴。休暇。上午铭伯先生来。季上来。张协和来,遗糖二合。午后潘企莘来。祁伯冈来,遗饼饵二合,即以一合转遗季上。寿沫邻来。下午往留黎厂,又至劝业场买鞋一两八元,盥洗杂物一元。晚卢润州来,季自求旋至,同往广和居饭,邀刘历青,适出。

二日

日记 晴。上午得二弟信,十一月廿八日发(105)。又得信子信,同日下午发(106)。寄二弟信(百六)。午后许铭伯,季市,季上,齐寿山,朱孝荃贻杯盘各二事。托齐寿山买果脯,摩菰十四元。晚至孝顺胡同为芳子买革履一两,十四元。魏福绵,王镜清来。季市来。潘企莘来。夜祝庆安来。李慎斋来,贻摩菇四合。甘润生来。陶望潮来。

三日

日记 晴。归省发程,晨八时半至前门车驿登车南行。

四日

日记 晴。夜九时到上海,住中西旅馆。

五日

日记 晴。上午往神州国光社买风雨楼所臧吉金拓本十二种十二枚,三元六角;《唐人写法华经》残卷一本,五角。至商务印书馆买《涵芬楼秘笈》第一集八册,二元四角;英文游记一册,七角四分。至中华书局买《艺术丛编》第一至第三各一册,八元四角。至爱兰百利公司买检温计二枚,二元六角。午后往宁沪车驿取行李。往虹口李宅为许季上送函并佛象,摩菰。往乍浦路梅月买饼饵四合,四元;别购玩具五种,一元。往西泠印社买《刘熊残碑》阴并侧拓本二枚,一元四角;《高昌壁画精华》一册,六元五角;印泥一两,连合三元。往东京制药会社为久孙买药三种,量杯一具,五元。

六日

日记 晴。晨至沪杭车驿乘车。午后抵南星驿,渡江雇舟向越城。

七日

日记 晴。晨到家。夜雨。

八日

日记 昙。午后同二弟至中学校访章鲁瞻,刘楫先。至元泰访心梅叔。至墨润堂买玉烟堂本《山海经》二册,《中州金石记》二册,《汉西域传补注》一册,共直三元。

九日

日记 昙。午后寄季市信。寄季上信。

致 许寿裳

季市君足下:别后于四日到上海,七日晨抵越中,途中尚平安。虽于所见事状,时不惬意,然兴会最佳者,乃在将到未到时也。故乡景物颇无异于四年前,臧否不知所云。日来耳目纷扰,无所可述。在沪时闻蔡先生在越中,报章亦云尔;今日往询其家,则言已往杭州矣。在此曾一演说,听者颇不能解,或者云:但知其欲填塞河港耳。朱渭侠忽于约十日前逝去,大约是伤寒后衰弱,不得复元,遂尔奄忽,然大半亦庸医速之矣。杭车中遇未生,言章师在外亦颇困顿。浙图书馆原议以六千金雇匠人刻《章氏丛书》,字皆仿宋,物美而价廉。比来两遭议会质问,谓此书何以当刻,事遂不能进行。国人识见如此,相向三叹。闻本年越中秋收颇佳,但归时问榜人,则云实恶,大约疑仆是南归收租人,故以相谩,亦不复究竟之矣。此颂

曼福。

仆树人 顿首 十二月九日

铭伯先生前乞致意问候,不别具。

十日

日记 昙。星期。无事。

十一日

日记 昙。午后客至甚众。

十二日

日记 晴。下午唱"花调",夜唱"隔壁戏"及作小幻术。雨。

十三日

日记 晴。旧历十一月十九日,为母亲六十生辰。上午祀神。午祭祖。夜唱"平湖调"。

十四日

　　日记　晴。晚邵明之来,饭后去。得福子信。

十五日

　　日记　晴。客渐渐散去。上午三弟妇大病,延医来。

十六日

　　日记　晴。中学校开会追悼朱渭侠,致挽联一副。

十七日

　　日记　晴。星期。无事。

十八日

　　日记　晴。上午得季上信,十四日发。下午雨。寄龚未生信。晚张伯焘来访。

十九日

　　日记　雨。无事。

二十日

　　日记　晴。上午寄季市信并《林中之宝》一篇,威尔士作,二弟译。寄宋子佩信并《或外小说》第二集一册。

二十一日

　　日记　晴。午前张伯焘来。夜三弟妇以大病卧哭,五时始睡。

二十二日

　　日记　雾。上午张伯焘来约至东浦访陈子英,晚同入城,至大路别。

二十三日

日记　晴。上午得吴方侯信,十八日发。

二十四日

日记　晴。星期。上午得宋子佩信,二十日发。得久孙信,廿一日发。夜雨。

二十五日

日记　雨。上午得吴方侯信,二十日发。夜大风,冷。

二十六日

日记　晴。上午寄许季上信。寄宋子佩信。

二十七日

日记　晴。下午寄宋成华信。

二十八日

日记　昙。上午得季上信,廿四日发。宋知方,蒋庸生来。午后寄宋成华信。宋知方贻火腿二。下午往朱宅。晚雨雪。夜陈子英来。

二十九日

日记　雨雪。午后寄许季上信。

三十日

日记　雨雪。上午得季市信,廿六日发。得宋子佩信附转宋知方信,同日发。

三十一日

日记 雨。无事。

书　帐

吴谷朗碑拓本一枚　　〇·五〇　　正月二日

李璧墓志并阴拓本二枚　　一·五〇

古志石华八册　　二·〇〇　　正月四日

六朝墓志等七种十枚　　五·〇〇

宕昌公晖福寺碑并阴二枚　　六·〇〇

晋祠铭一枚　　宋芝生寄来　　正月六日

晋祠铭翻刻本一枚　　同上

铁弥勒象颂一枚　　同上

郙君开褒余道记一枚　　二·〇〇　　正月九日　　次日还讫

郙君开褒余道记一枚　　一·五〇　　正月十日

唐邕写经碑一枚　　一·〇〇　　二十九日赠陈师曾以鼓山全拓中亦有之也

栖岩寺舍利塔碑一枚　　一·〇〇

正议大夫宁赞碑一枚　　〇·五〇

山东金石保存所藏石拓本一百十九枚　　一〇·〇〇　　正月十二日

　　　汉永和封墓刻石一纸跋一纸

　　　汉梧台里社碑额并阴二纸跋一纸

　　　汉建初残专一纸

　　　汉画象十纸跋一纸

　　　嘉祥画象十纸跋一纸

汉画象残石二纸

汉作虎函题刻一纸

梁陶迁造象并阴侧四纸

魏李璧墓志并阴二纸　　三月十五日与二弟

魏李谋墓志一纸　　同上

魏张道果造象三纸跋一纸

魏崔承宗造象一纸

魏鹿光熊造象一纸

齐世业寺造象二纸

隋开皇残造象二纸

唐天宝造老君象并阴侧四纸

唐李拟官造象一纸

周颜上人经幢八纸

石鼓旧本摹存一纸

说文统系图一纸

佛遗教经十纸　　下午赠许季上

复刻法华寺碑十纸　　已下五种于十五日付敦古谊出售

竹山连句十纸

岳侯送北伐诗一纸

陆继之摹禊帖一纸

朱氏集帖二十八纸

衡阳太守葛祚碑额一枚　　〇·〇三　　正月十三日

杨叔恭残碑并阴侧三枚　　一·五〇　　正月十五日

河南存古阁藏石拓本全分卅种四十六枚

原卅二种四十九枚
今除已有者二种三枚　　四·〇〇

姚景郭度哲卅人等造象一枚　　天统三年十月

王惠略等五十人造象一[枚]　　武平五年七月

468

王亮等造象一枚　年月缺

邓州舍利塔下铭一枚　仁寿二年四月

寇遵考墓志并盖二枚　开皇三年十月

寇奉叔墓志并盖二枚　同前

张波墓志并盖二枚　大业三年十一月

羊□墓志一枚　大业六年九月

姜明墓志一枚　大业九年二月

张盈墓志并盖二枚　大业九年三月　已有未收

张盈妻萧墓志并盖二枚　同上

豆卢实墓志并盖二枚　大业九年十月　铭还

任轨墓志并盖二枚　仁寿四年二月

薄夫人墓志并盖二枚　贞观十五年五月

齐夫人墓志并盖二枚　贞观廿年五月

李护墓志并盖二枚　贞观廿年六月

张通墓志一枚　贞观廿二年七月

王宽墓志并盖二枚　永徽五年五月

王朗墓志并盖二枚　龙朔元年四月

竹氏墓志并盖二枚　龙朔元年九月

宋夫人墓志并盖二枚　龙朔三年二月

爨君墓志一枚　龙朔九年十月

袁弘毅墓志一枚　麟德元年十一月

王和墓志并盖二枚　乾封二年十月

张朗墓志一枚　乾封二年闰十二月

康磨伽墓志并盖二枚　永淳元年四月

康盨买墓志一枚　永淳元年十月

刘松墓志一枚　天圣二年十月

刘元超墓志并盖二枚　开元六年十一月

严氏墓志盖一枚

篆楷二体孝经残石一枚

未知名碑一枚

勃海太守张奢碑一枚　一·五〇

兰陵王高肃碑并阴二枚　二·〇〇

王迁墓志一枚　〇·四〇

响堂山造象刻经拓本六十四枚　一六·〇〇　正月二十二日

晋刻太公吕望表一枚　〇·五〇

东魏刻太公吕望表并阴二枚　一·〇〇

嵩山石人冠上马字拓本三枚　〇·〇五　正月二十五日
即日分与师曾一枚

磁州所出墓志拓本六种六枚　祁伯冈赠　正月二十六日
廿九日寄越赠朱渭侠

维摩诘所说经一本　〇·一三二　正月二十八日

胜鬘经宋唐二译一本　〇·〇九

弥勒菩萨三经一本　〇·〇五四

净土经论十四种四本　〇·六二四

妙法莲华经三本　〇·四二

无量义观普贤行法二经一本　〇·〇八〇　正月二十九日

衡方碑拓本一枚　二·〇〇

宋永贵墓志并盖二枚　〇·五〇

张怦墓志并盖二枚　一·〇〇

校官碑一枚　一·〇〇　正月三十日

祀三公山碑一枚　一·〇〇

竹叶碑一枚　一·五〇

王基残碑一枚　四·〇〇

骠骑将军韩君墓碣一枚　〇·五〇

高叡修寺颂一枚　一·〇〇

高叡造象碑一枚　一·〇〇

造龙华寺碑一枚　一·〇〇　　　　　　　　　　七一·五二〇

470

磁州所出墓志拓片六枚　　从许季上索来　二月八日
　　　　　　　　　　　　　三月十五日与二弟

元祐墓志一枚　三·〇〇　二月九日

元演墓志一枚　三·〇〇

穆胤墓志一枚　三·〇〇

寇文约修孔子庙碑一枚　一·〇〇

郭显邕造象一枚　〇·五〇

维摩诘经残石三枚　一·五〇

武定残碑一枚　〇·五〇　二月十二日

邑师道略三百人等造象一枚　〇·五〇

李宪墓志一枚　一·〇〇

道俗百余人造象一枚　〇·五〇　二月十九日

王怜妻赵夫人墓志一枚　〇·五〇

讳堕墓志一枚　二·〇〇

爨宝子碑一枚　一·〇〇　二月二十日

兖州刺史残墓志一枚　〇·五〇

文安县主墓志一枚　一·〇〇

隽脩罗碑并阴二枚　以高肃碑阳换来　二月二十七日

郙珍碑一枚无侧　一·五〇　　　　　　　　　二一·〇〇〇

元苌温泉颂一枚　一·〇〇　三月五日

诸葛子恒平陈颂一枚　一·〇〇

洺州澧水石桥碑一枚　〇·五〇

孔庙六朝唐宋碑拓本十四枚　四·〇〇　三月十一日

　　宗圣侯孔羡碑一枚　黄初元年

　　鲁郡太守张猛龙清颂碑并阴二枚　正光三年

　　李仲璇修孔子庙碑一枚　兴和三年　阴侧有题名此阙

　　郑述祖夫子庙碑一枚　乾明元年

　　陈叔毅修孔子庙碑一枚　大业七年

孔颜赞残碑并阴二枚　　开元十一年　阴政和六年
　　　　　　　　　　　侧有孔昭薰题记此阙

　兖公颂碑一枚　天宝元年　侧有宋人题名此阙

　文宣王庙门记一枚　大历八年　有阴侧此阙

　新修庙记一枚　咸通十一年　侧有题名此阙

　孔勖祖庙祝文一枚　天圣八年

　祖庙祝文一枚　景祐二年

　孔子手植桧赞一枚　无年月

宇文长碑一枚　〇·八〇

于府君义桥石像碑并阴侧四枚　一·〇〇

龙藏寺碑并阴侧三枚　一·二〇

建安公构尼寺铭［碑］一枚　一·〇〇

汪刻廿一家集中零本五种五册　五·四〇　三月十二日

五代史平话二册　三·六〇

曲阜孔庙汉碑拓本十三［二］种十九枚　三·〇〇

　鲁孝王刻石并题记二枚

　乙瑛碑一枚

　谒庙残碑一枚

　孔谦碣一枚

　孔君碣一枚

　礼器碑并阴侧共四枚

　孔宙碑并阴二枚

　史晨前碑一枚后碑一枚

　孔彪碑并阴二枚

　熹平残碑一枚

　孔褒碑一枚

　汝南周君碑并题记二枚

赵芬残碑二枚　一·〇〇

472

造正解寺残碑四枚　一・〇〇

嵩高灵庙碑并阴二枚　一・五〇　三月十九日

嵩阳寺碑一枚　〇・五〇

安喜公李使君碑一枚　一・五〇

造交龙像残碑一枚　〇・五〇

李琮墓志并侧一枚　〇・五〇

法勤禅师塔铭一枚　〇・五〇

寇奉叔墓志一枚　〇・五〇

谭棻墓志一枚　一・五〇　三月二十二日

杜乾绪造象一枚　〇・五〇

廑孝禹碑一枚　四・〇〇　三月二十五日

济宁州学汉碑拓本一分共十七枚　四・〇〇

　　　永建食堂画象一枚

　　　北海相景君铭并阴二枚

　　　郎中郑固碑一枚残石一枚

　　　司隶校尉鲁峻碑并阴二枚

　　　执金吾丞武荣碑一枚

　　　尉氏令郑季宣碑并阴二枚两侧近人题刻二枚

　　　朱君长题名一枚

　　　孔子见老子画象一枚

　　　胶东令王君庙门碑一枚

　　　庐江太守范式碑并阴二枚

鲁王墓前二石人题字二枚　〇・五〇　　　　　　　　四〇・五〇〇

张迁碑并阴二枚　一・〇〇　四月一日

刘曜残碑一枚　〇・五〇

韩仁铭一枚　一・〇〇　四月二日

尹宙铭一枚　一・五〇

受禅表一枚　〇・八〇

孙夫人碑一枚　〇·八〇

根法师碑一枚　〇·四〇

洛州乡城老人佛碑一枚　〇·五〇　四月四日

王善来墓志一枚　一·五〇

苏慈墓志一枚　一·五[〇]〇　四月八日

勃海太守张奢碑一枚　〇·八〇　四月十三日

邹县焦城堡画像六枚　三·〇〇

济宁李家楼画象一枚　〇·二〇

姚贵昉臧石拓片十二枚　四·〇〇

鞠彦云墓志并阴拓本二枚　一·五〇

诸葛子恒平陈颂碑阴一枚　一·〇〇

淳于俭墓志一枚　一·〇〇

杜文庆造象一枚　〇·二〇

莱子侯刻石一枚　〇·三〇

神州大观第九集一册　一·六〇　四月十五日

安阳新出墓志拓片七枚　一〇·〇〇　四月十四日

嵩山三阙十一枚　二·〇〇　四月二十三日

张角残碑一枚　一·〇〇

黄石厓造象五种四枚　二·〇〇

曹子建碑一枚　一·〇〇

元氏法义卅五人造象一枚　一·〇〇　四月二十四日

仲思那造桥碑一枚　一·〇〇

造交龙象碑残石一枚　〇·六〇　四月二十六日

杂造象等拓本四枚　〇·四〇

隶韵六册　三·五〇　四月二十九日

石墙村刻石一枚　〇·五〇

居摄坟坛刻石二枚　〇·五〇

王偃墓志并阴二枚　一·〇〇

杂造像记八枚　二·〇　　　　　　　　　　　　四八·六〇〇

刘曜残碑一枚　一·〇〇　五月六日

汉画象三枚　二·〇〇

登百峰山诗一枚　二·〇〇

黄石厓魏造象六种五枚　二·〇〇

驼山唐造象百二十枚　四·〇〇

仰天山宋造象十七枚　一·〇〇

吹角坝摩厓一枚　二·〇〇　五月七日

朱鲔石室画象十五枚　四·〇〇

杂汉画象四枚　一·〇〇

杂六朝造象十六枚　三·〇〇

杂六朝造象四种七枚　二·〇〇　五月十日

鞠彦云墓志并盖二枚　三·〇〇　审为复刻次日还讫　五月十三日

源磨耶圹志一枚　二·〇〇

徂徕山摩厓七枚　二分共五·〇〇　五月十五日赠师曾一分

开皇年王俱造四面象四枚　二·〇〇

杨显叔造象一枚　添入

郳休碑并阴二枚　三·〇〇　五月十四日

淳于俭墓志一枚　一·五〇

始建县界碑二枚　〇·五〇

李业杨发贾夜宇阙共三枚　二·〇〇

冯焕阙一枚　一·〇〇

司马长元石门题字二枚　一·〇〇

魏三体石经残字一枚　三·〇〇

安阳残碑四种六枚　三·〇〇　五月二十日

武班碑并阴二枚　〇·六〇

天监井阑题字一枚　〇·六〇

安喜公李君碑一枚　一·五〇

高进臣买坟地券一枚　〇·三〇

封龙山颂一枚　一·〇〇　五月二十一日

李孟初神祠碑一枚　·二·〇〇

旧拓姜纂造象一枚　一·五〇

武荣碑一枚　六·〇〇　五月二十八日

帅僧达造象一枚　〇·五〇

旧拓曹真碑并阴二枚　一〇·〇〇　五月三十一日

萧梁石刻拓本一分十六枚　一六·〇〇

　　　　建陵阙二枚　萧秀东碑额一枚　萧秀西碑额一枚　萧秀西碑

　　　　阴一枚　萧秀西阙一枚　萧儋碑额一枚　萧儋碑一枚　萧宏

　　　　阙二枚　萧绩阙二枚　萧正立阙二枚　萧景西阙一枚　萧暎

　　　　西阙一枚　次日审出萧宏东阙重出一枚西阙缺一枚　七九·〇〇〇

华山王元鸷墓志一枚　二·〇〇　六月三日

元鸷妃公孙氏墓志一枚　一·〇〇

汉中石刻十二枚　六·〇〇　六月十日

高湛墓志一枚　二·〇〇

暴永墓志并盖二枚　二·〇〇　六月十六日

皇甫驎墓志一枚　一·〇〇　六月二十二日

杂造象三种三枚　二·〇〇　六月二十四日　　　　　　　一六·〇〇〇

仓龙庚午残碑一枚　一·〇〇　七月一日

嵩高灵庙碑并阴侧三枚　二·五〇

白实造中兴寺碑一枚　〇·五〇

栖岩寺舍利塔碑一枚　一·〇〇

一百人造象一枚　〇·六〇

明范上造象一枚　〇·四〇

萧宏西阙一枚　〇·八〇　七月五日

菀贵造象一枚　〇·二〇

作虎函题刻一枚　〇·五〇　七月十一日

汉画象一枚　〇·五〇

首山舍利塔碑并阴大小四枚　一·五〇

王偃墓志并盖二枚　一·〇〇

杂造象七枚　三·〇〇

杂古专拓片十枚　〇·五〇

尔雅音图三册　三·〇〇　七月十三日

汉隶字原六册　三·〇〇

淄州朋塱画象二枚　〇·五〇　七月十六日

大云寺碑拓一分十枚　一·五〇

艺风堂读书记二册　〇·九〇　七月二十一日

古泉丛话一册　〇·五〇

恒农冢墓遗文一册　二·三〇

汉晋石刻墨景一册　二·三〇

杂汉画象二枚　乙·〇〇　七月二十五日

贾思伯碑并阴三枚　一·〇〇

刘怀民墓志一枚　五·〇〇

匋斋藏石拓本七十五种八十五枚　二五·五〇　七月廿八日

张景略墓志一枚　〇·五〇

沈君阙侧画象二枚　一·〇〇　七月卅日　　　　　　六二·〇〇〇

群臣上寿刻石一枚　一·〇〇　八月四日

沈君左右阙二枚　二·〇〇

析里桥郙阁颂一枚　二·〇〇

杂造象五种五枚　一·〇〇

端氏所藏造象卅二种卅五枚　七·〇〇　八月八日

郝夫人墓志并盖二枚　一·〇〇　八月十日

匋斋藏石小品拓片二十二种二十五枚　六·〇〇　八月十二日

匋斋藏专拓片十一枚　一·〇〇

杂造象十一种十二枚　一·〇〇　八月十九日

白佛山造象题名大小卅二枚　四·〇〇　八月二十日

山右金石记十册　宋芷生寄来　三·〇〇　八月二十七日

东洲草堂金石跋　三·〇〇　八月三十一日　　　　　三二·〇〇〇

中国名画集第十八乙册　一·五〇　九月二日

薛贰姬及公孙兴造象各一枚　一·〇〇　九月六日

荧阳郑公摩厓诸刻卅一种卅三枚　一五·〇〇　九月八日

白驹谷题刻二枚　一·〇〇　九月九日

北齐造象二种二枚　一·〇〇

司隶从□残碑一枚　一·〇〇　九月十日

王遗女墓志一枚　一·〇〇　九月十六日

元倪墓志一枚　二·五〇　九月十八日

叔孙固墓志一枚　二·五〇

穆子岩墓志一枚　二·五〇

吴苹造象四枚　〇·五〇

王法现造象等三种三枚　一·八〇　九月廿三日

云峰山题刻另种二枚　〇·四〇

师旷墓画象四枚　〇·八〇

晋赵府君墓道二枚　一·五〇　九月廿七日

崔君墓志一枚　一·〇〇

六朝造象二种二枚　一·〇〇　九月廿八日

廉富造象四枚　一·〇〇　九月卅日

吕升欢造象二枚　一·〇〇

天保造象二种二枚　〇·四〇

造象残石二枚　〇·三〇

胡陇东王神道一枚　〇·三〇

□显墓志一枚　〇·六〇

王曜墓志并盖二枚　〇·八〇

478

崔暹墓志一枚　〇・六〇　　　　　　　　　　　　　　三九・〇〇〇

神州大观弟十集一册　一・五〇　十月十日

晋太公吕望表并阴二枚　〇・五〇

廉富造象碑阴并侧三枚　〇・五〇

王显墓志一枚　一・〇〇　十月十四日

羊定墓志一枚　一・〇〇

天柱山东堪石室铭一枚　一・五〇　十月十五日

白云堂中解易老也一枚　〇・二〇

岁在壬申建一枚　〇・三〇

修邓太尉祠碑并阴二枚　二・五〇

圣母寺造象四枚　一・五〇

金石苑六册　壹一・〇〇　十月十九日

陆希道墓志盖一枚　一・〇〇　十月二十二日

杂造象三种五枚　一・五〇

毗上残石一枚　〇・五〇

端氏臧石拓本二十七种三十三枚　八・〇〇　十月二十九日

　　　　　　　　　　　　　　　　　　　　　　三二・五〇〇

仙人唐公房碑并阴二枚　二・〇〇　十一月八日

仲思那造桥碑一枚　〇・五〇　十一月十二日

章仇禹生造象并阴二枚　一・〇〇

杂造象五枚　〇・五〇

端氏臧石小品四种四枚　一・〇〇

受禅表一枚　一・五〇　十一月十九日

公卿将军上尊号奏二枚　一・五〇

补本马鸣寺碑一枚　一・〇〇

河南未知名汉残碑一枚　一・〇〇　十一月二十四日

讳彻墓志一枚　一・〇〇

元买得墓志并盖二枚　一・〇〇

端氏石拓片三种四枚　一·〇〇

安阳残石四种五枚　四·〇〇　十一月二十六日

足拓禅国山碑一枚　四·〇〇

恭川李恭残石一枚　〇·五〇

六十人造象一枚　一·〇〇

隋佛经残石一枚　一·〇〇

隋段怀穆造塔残石一枚　一·〇〇

杂造象四种四枚　〇·五〇

襄阳张氏墓志十种十六枚　一·〇〇

杂魏齐造象三枚　〇·三〇　十一月三十日

隋造象一枚　〇·一〇

王磐虎造象一枚　震古斋贻

文殊般若碑侧一枚　同上　　　　　　　　　　　　　　二六·四〇〇

风雨楼臧吉金拓片十二枚　三·六〇　十二月五日

唐人写经石印本一册　〇·五〇

涵芬楼秘笈第一集八册　二·六〇

艺术丛编第一至第三集三册　八·四〇

汉刘熊残碑阴并侧拓本二枚　一·四〇

高昌壁画精华一册　六·五〇

山海经二册　二·〇〇　十二月八日

中州金石记二册　〇·六〇

汉书西域传补注一册　〇·四〇　　　　　　　　　　　二八·〇〇〇

　　　总计四九六·五二〇

一九一七

一月

一日

日记 雨。上午阮立夫来。下午雨雪。

二日

日记 昙。无事。

三日

日记 晴。上午得羽太内贺年信。夜雇舟向西兴至柯桥,大风,泊良久。

四日

日记 晴,风。午后至西兴,渡江住钱江旅馆。晚入城至兴业银行访蔡谷青,又遇寿拜耕,饭后归寓。夜寄二弟三弟信(一)。

五日

日记 晴。拂晓乘车,午后抵上海,止周昌记客店。往蟫隐庐买乙卯年《国学丛刊》十二册,价六元。下午往兴业银行访蒋抑之,坐少顷同至其家,以唐《杜山感兄弟造象》拓本一枚见赠,云是蒋孟苹藏石,去年购自陕西,价数千金也。晚归寓。夜寄二弟三弟信(二)。

六日

日记 昙。拂晓至沪宁车驿乘车向北京。午后渡扬子江换车。

七日

　　日记　星期。晴。晚至天津换车，夜抵北京正阳门，即雇人力车至邑馆。

八日

　　日记　昙。上午往季上寓，收五年十一月分奉泉三百，还齐寿山二十。到部。寄二弟信（三）。以火腿一贻季市，一贻季上。夜大风。

九日

　　日记　晴，风。上午铭伯先生来。午后往留黎厂直隶官书局取《金石苑》一部六册，去年预约。在德古斋买《安丰王妃冯氏墓志》一枚，《讳珉墓志》一枚，共一元五角。夜李霞卿来。商契衡来。

十日

　　日记　晴。上午托子佩至浙兴业银行汇家泉百十还旅费等，并与二弟函一（四）。晚韩寿晋来。夜潘企莘来。访蔡先生。

十一日

　　日记　晴。上午得二弟信，七日发（1）。张春霆赠《丰乐七帝二寺邑义等造象》二枚，《高归彦造象》，《七帝寺主惠郁等造象》各一枚，并定州近时出土。夜许铭伯先生，马孝先先生来。

十二日

　　日记　晴。上午寄二弟信（五）。贻同事土物。夜往季市寓并还泉五十。

十三日

日记 晴。上午得三弟信,八日发。夜大风。

十四日

日记 晴。星期休息。上午往留黎厂买杂造象四种十枚,二元;又《美原神泉诗》并阴二枚,一元五角。下午徐元来。祁柏冈来。

十五日

日记 晴。上午得二弟信,十一日发(2)。齐寿山贻馒首一包。

十六日

日记 晴。上午寄二弟信(六)。得吴方侯信,十一日发。

十七日

日记 晴,大风。沈商耆父没,设奠于长椿寺,下午同齐寿山,许季上赴吊,并赙二元。夜魏福绵来。

十八日

日记 晴。无事。夜得蔡先生函,便往其寓。夜风。

十九日

日记 晴。上午寄二弟《教育公报》二本,《青年杂志》十本,作一包。得二弟信,十五日发(3)。晚帖估来,购取《□朝侯之小子残碑》一枚,《唐该及妻苏合葬墓志》并盖二枚,《滕王长子厉墓志》一枚,共泉三元五角。夜风。

二十日

日记 晴。上午寄二弟信(八)。收去年十二月奉泉三百,又潘企莘还二十。晚大风。夜常毅葳来。

二十一日

日记　晴。星期休息。上午许季市来。午后裘子元来。下午游留黎厂帖店,买《郑文公上碑》一枚,二元;《巩宾墓志》,《龙山公墓志》各一枚,二元;《豆卢通等造象记》一枚,五角。夜商契衡来。

二十二日

日记　晴。春假。上午伍仲文,许季市各致食品。午前车耕南来。下午风。晚许季上来并贻食品。旧历除夕也,夜独坐录碑,殊无换岁之感。

二十三日

日记　晴。旧历元旦,休假。上午得二弟信,十九日发(4)。晚范云台,许诗荃来。

二十四日

日记　晴。休假。午后王子馀来,赠以《会稽郡故书杂集》一册。寄二弟信(九)。寄吴方侯信。

二十五日

日记　晴。上午得二弟信,廿一日发(5)。得重久信,十七日发。得蔡先生信,即答。

致 蔡元培

鹤顾先生左右:蒙　书,祗悉。商君所学系英文,其国文昔在中学校时颇能作论文,成绩往往居前列,惟入大学后,未必更留意于此。今若令作平常疏记论述文字,当亦能堪,但以授人,则虑尚有间耳。专此布达,敬请

道安。

晚周树人　谨上　一月廿五日

二十六日

　　日记　晴。上午赴京师图书馆开馆式。师曾赠自作画一枚。

二十七日

　　日记　昙。沈衡山子汝兼结昏柬至,贺银二元。晚常毅葳来。

二十八日

　　日记　晴。星期休息。上午沈仲久,甘闰生来。午后往留黎厂游一遍,在书肆买《籀高述林》一部四册,《殷商贞卜文字考》一册,《历代画象传》一部四册,共银四元。

二十九日

　　日记　晴。上午寄二弟信(十)。午后理发。

三十日

　　日记　昙。上午得二弟信,二十六日发(6)。午后至浙兴业银行汇本月家用百元。朱孝荃假银十元。夜子佩来谭。

三十一日

　　日记　雨雪。上午寄丸善书店银九圆。下午晴。寄重久信并银五圆。

二月

一日

日记 晴。上午得吴方侯信,正月廿九日杭发。

二日

日记 晴。上午复吴方侯信。

三日

日记 晴。上午寄二弟信(十一)。夜濯足。

四日

日记 晴。星期休息。上午得二弟信,正月卅一日发(7)。得宋知方信,同日上虞发。午后往季市寓,即出。往通俗教育研究会茶话会,观所列字画。下午游留黎厂,买《中国名画》第十九集一册,一元五角。晚吴一斋来。夜商契衡来。

五日

日记 晴。午往中央公园,饭已赴午门阅屋宇,谓将作图书馆也,同行者部员共六人。王叔钧持赠《李业阙》拓本一枚,《高颐阙》四枚,画象二十五枚,檐首字二十四小方,《贾公阙》一枚,云是当地刘履阶念祖所予。

六日

日记 晴,风。上午寄乡土研究社银二圆十二钱。晚往季市寓

488

饭,同坐共九人。

七日

日记　晴。上午得吴方侯信,二日越中发。

八日

日记　晴。上午寄二弟信(十二)。寄宋知方信。寄王叔钧信。晚得二弟及三弟信,四日发(8)。

九日

日记　晴。无事。

十日

日记　昙。无事。夜雨雪。

十一日

日记　昙,大风。星期休息。午后寄二弟及三弟信(十三)。

十二日

日记　晴。统一纪念日,休假。上午得二弟信,八日发(9)。得吴方侯信,七日发。午后往留黎厂,以拓片付表,又买初拓本《张贵男墓志》一枚,交通券十元。

十三日

日记　晴。上午寄二弟信并附师曾画一枚(十四)。丸善寄来《统系矿物学》一册。

十四日

日记　晴。上午得三弟信,九日发。寄三弟《矿物学》一册。寄吴一斋信。

十五日

日记　晴。上午得二弟信并《永明造象》拓本一枚,十一日发(10)。寄蔡先生信。得丸善书店信,九日发。夜商契衡来。

十六日

日记　昙。上午寄二弟及三弟信,附汇券十圆,又邮券廿钱(十五)。下午朱孝荃还泉十。收正月奉泉三百。夜风。

十七日

日记　昙,风。无事。

十八日

日记　晴。星期休息。上午得蔡先生信。洙邻兄来。午后高师校送来《校友会杂志》一本。往震古斋买《张寿残碑》一枚,《南武阳阙题字》二枚,杂汉画象五枚,共二元;《高柳村比丘惠辅一百午十人等造象》一枚,一元;《曹望憘造象》四枚,十二元;稍旧拓《朱岱林墓志》一枚,五元。

十九日

日记　晴,风。无事。丸善又寄《系统矿物学》一册至,盖错误。

二十日

日记　晴。上午得二弟信,十六日发(11)。午前观文华殿,文渊阁诸地。

二十一日

　　日记　晴。上午寄二弟信(十六)。寄蒋抑卮信。得丸善书店信,午后以《系统矿物学》一册付邮寄还。

二十二日

　　日记　晴。午后赴孔庙演礼。晚得吴方侯信,十八日杭发。

二十三日

　　日记　晴。上午得二弟信,十九日发(12)。夜至平安公司观景戏,后赴国子监宿。

二十四日

　　日记　晴。晨丁祭,在崇圣祠执事。上午寄二弟信(十七)。得三弟信,二十一日发。夜从常毅箴假《中国学报汇编》五册。

二十五日

　　日记　晴。星期休息。上午得二弟信,二十一日发(13)。下午昙。往留黎厂取所表拓本,计二十四种,工直四元。

二十六日

　　日记　昙。上午得宋知方信,廿三日杭发。下午晴。

二十七日

　　日记　晴。上午往交民巷易日币。午后往浙兴业银行汇本月家用泉百。

二十八日

日记 晴,风。上午得二弟信,廿四日发(14)。寄二弟及三弟信附泉廿(十八)。夜潘企莘来。

三月

一日

日记 晴。上午得蒋抑之信,二月廿五日沪发。夜铭伯先生来。

二日

日记 晴。午后收二月奉泉三百。

三日

日记 晴,风。午后得福子信,二月廿五日发。夜商契衡来。

四日

日记 晴。星期休息。上午得二弟信,二月廿八日发(15)。午后风。往留黎厂买《衡方碑》并阴二枚,《谷朗碑》一枚,"灵崇"二大字一枚,《王谟题名并诗刻》一枚,《庚公德政颂》一枚,共银五元。下午马孝先来,贻以《会稽故书集》一册。

五日

日记 晴。上午得宋知方信,二日杭州发。寄二弟信(十九)。寄羽太宅信附致芳子,福子笺并泉五十四。晚得李霞卿明信片。

六日

日记 晴。上午得二弟信,二日发(16)。午后往兴业银行购汇券泉九十。夜车耕南来。甘润生来,托保应文官考试人章炜。

七日

　　日记　昙。上午寄二弟信，附旅费六十，季市买书泉卅(廿)。

八日

　　日记　晴。上午得二弟信，四日发(17)。夜寄蔡先生信。大风。

致 蔡元培

鹤顷先生左右：前被　书，属告起孟，并携言语学美学书籍，便即转
　致。顷有书来，言此二学均非所能，略无心得，实不足以教人，若
　勉强敷说，反有辱殷殷之意。虑到后面陈，多稽时日，故急函谢，
　切望转达，以便别行物色诸语。今如说
　　奉闻，希
　鉴察。专此，敬请
道安。

　　　　　　　　　　　　　　　　　晚周树人　谨上　三月八日

九日

　　日记　晴，风。晚徐宗伟来假泉三十。

十日

　　日记　晴。上午得二弟及三弟信，六日发(18)。晚得丸善信。
得王式乾信。潘企莘明日归越，以德文典四本托持寄三弟。

十一日

　　日记　晴。星期休息。午后寄二弟及三弟信(廿一)。寄王式乾

信。午后往留黎厂买《僧惠等造象》并阴,侧拓本四枚,直二元。归审阴,侧是别一碑,下午复持往还之,别买《江阳王次妃石氏墓志》,《孙龙伯造象》各一,共六元。

十二日

日记　昙。无事。夜微雪。

十三日

日记　晴。上午得二弟信,九日发(19)。得芳子信,七日东京发。夜风。

十四日

日记　晴。上午寄二弟信(廿二)。

十五日

日记　晴。上午谢西园来。

十六日

日记　晴。上午得二弟信,十二日发(20)。得芳子信,十日发。

十七日

日记　晴。上午寄二弟信(廿三)。下午得吴方侯信,十三日杭发。夜商契衡来。

十八日

日记　晴。星期休息。午后往留黎厂买洛阳龙门题刻全拓一分,大小约一千三百二十枚,直卅三元;又取表成拓本十枚,付工三元。

十九日

日记 晴。上午得二弟信,十五日发(21)。午后寄羽太家信附四五月分用泉十四,又附与芳子函乙。夜风。

二十日

日记 晴。上午寄二弟信(二十四)。晚季市来,并持来代买河朔隋以前未著录石刻拓本卅种共四十八枚,顾鼎梅信云直见金廿元。

二十一日

日记 昙。上午敦古谊持来《刘懿墓志》稍旧拓本一枚,以银五元收之。寄宋知方信。寄虞含章信并泉廿,付顾鼎梅拓本之直。

二十二日

日记 微雪即霁。下午昙。谢西园来,未遇。

二十三日

日记 晴。无事。

二十四日

日记 晴。上午得二弟信,二十日发(22)。夜李霞卿来。商契衡来。

二十五日

日记 晴。星期休息。上午陶念钦先生来。得三弟信,廿一日发。许季上来。午后往留黎厂买画象拓本一枚,杂专拓本二十一枚,共银二元。下午往季市寓。

二十六日

日记 昙。上午得二弟信,廿二日发(23)。夜小雨。

二十七日

日记 昙。午后理发。

二十八日

日记 晴。上午得二弟信,廿四日发(24)。寄三弟信(乙)。夜濯足。

二十九日

日记 晴。托师曾从同古堂刻木印二枚成,颇佳。晚韩寿谦来。

三十日

日记 晴。上午得二弟信,廿六日发(25)。晚徐宗伟,王式乾来,付与泉五十,合前付卅共八十,汇作本月家用。

三十一日

日记 晴。上午铭伯先生来。得芳子,福子信,廿五日发。晚季市赠火腿一器。

四月

一日

日记 晴。午后往图书分馆访子佩。往留黎厂付表拓本,并买《泰山秦篆残石》一枚,《李氏像碑颂》一枚,《成公夫人墓志》一枚,共银二元。晚范云台,许诗荃来。夜二弟自越至,携来《艺术丛编》四至六集各一册,《古竟图录》一册,《西夏译莲华经考释》一册,《西夏国书略说》一册,均过沪所购,共泉十七元四角。翻书谈说至夜分方睡。

二日

日记 晴。请假。午后同二弟至益昌午饭。下午霞卿来。夜商契衡来。

三日

日记 晴。无事。

四日

日记 昙,风。上午得羽太家信附芳子福子笺,三月卅一日发。得潘企莘信,三月卅日发。

五日

日记 昙。上午蔡先生来。午后寄芳子蜜枣一合。夜魏福绵来。

六日

日记 晴,风。午后寄芳子信并泉廿。下午往留黎厂买房周陀,燕孝礼墓志各一枚,共银二元五角。

七日

日记 晴。上午得三弟信,二日发。下午同二弟游留黎厂,以《爨龙颜碑》易得《刁遵墓志》并阴二枚。夜许季上来。

八日

日记 昙。星期休息。上午二弟之学生从余姚寄来《三老讳字忌日记》拓本二枚。午后寄三弟信(三)。访铭伯先生。下午徐元来。夜风。

九日

日记 晴。下午收三月奉泉三百。夜同二弟往铭伯先生寓。

十日

日记 晴。上午赠师曾《三老碑》一枚。下午得王式乾信。寄潘企莘信。

十一日

日记 昙。午后往留黎厂买旧拓《白石神君碑》并阴二枚,银六元。

十二日

日记 晴。无事。

十三日

　　日记　晴。上午得三弟信，九日发（二）。

十四日

　　日记　晴。夜马孝先来，赠以重出之墓志拓本五枚。

十五日

　　日记　晴，风。星期休息。上午同二弟至留黎厂买《阎立本帝王图》一册，直一元二角。又至青云阁饮茗归。下午铭伯先生来。

十六日

　　日记　晴。上午寄三弟信并家用泉五十，附与信子笺一（六）。下午师曾赠《强独乐为文王造象》一枚，新拓本。

十七日

　　日记　霾。上午得三弟信，十三日发（四）。

十八日

　　日记　晴，大风。午后往午门。

十九日

　　日记　晴。晚季市来。

二十日

　　日记　晴。上午得芳子及福子信，十四日发。买印泥一合，三元。

二十一日

日记 晴。无事。

二十二日

日记 晴。星期休息。上午得季市信。午同二弟往广和居饭，又至留黎厂买《神州大观》第十一集一册，一元六角五分；又取所表拓本十八枚，工二元四角。下午蒋抑之来，未遇。潘企莘，李霞卿来。晚范云台，许诗荃来。夜风。

二十三日

日记 晴。上午寄丸善银十六圆五角，辰文社银三圆五角。晚同二弟往许季上寓饭，同席共七人。夜蒋抑之来。

二十四日

日记 晴。上午丸善寄来不列颠博物馆所藏《土俗品图录》一册。访协和。

二十五日

日记 晴。上午得三弟信，廿一日发（六）。

二十六日

日记 晴。上午寄三弟信（九）。得丸善书店信。夜风。

二十七日

日记 晴，大风。上午得信子信，二十三日发。得沈衡山母讣，午后邮寄赙银二元至其寓。

二十八日

日记 晴,风。上午敦古谊帖店来,购取《赞三宝福业碑》并额二枚,价乙元。芳子寄来煎饼二合。晚戴螺舲招饮,同二弟至其寓,合坐共七人。

二十九日

日记 晴,风。星期休息。午后往留黎厂德古斋,得《熹平元年黄肠石题字》一枚,《皇女残石》一枚,《高建墓志》,《建妻王氏墓志》,《高百年墓志》,《百年妻斛律氏墓志》各一枚,价六元五角,以大吉刻石,窆石残字等易取之。晚许季上来。

三十日

日记 昙。上午寄芳子信并泉十。午后往浙兴业银行汇本月家用泉百并函。下午小雨立晴。

五月

一日
日记 晴。无事。

二日
日记 晴。上午得信子笺,四月廿八日发。下午昙,晚雨。

三日
日记 雨,午后晴。无事。

四日
日记 昙,晚小雨。无事。

五日
日记 昙。上午昙。得三弟信,一日发。午后小雨,下午晴。徐宗伟来假泉廿。

六日
日记 晴。星期休息。上午同二弟往留黎厂,买《隶释》,《隶续》附汪本《隶释刊误》共八册,银十二元;《元显魏墓志》一枚,三元;六朝杂造象十一种二十八枚,共七元。午同往昌益[益昌]饭。午后风。夜得铭伯先生信片。

七日
日记 晴,大风。上午丸善寄来《波兰说苑》一册。得辰文社信。

八日

日记　晴,风。上午寄辰文社信。得意农伯信,七日磁州发。得丸善书店信。晚铭伯先生招饮于新丰楼,因诗荃聘礼也,同坐共九人。

九日

日记　晴,风。下午寄丸善信。晚季自求来。商契衡来。

十日

日记　昙。得吴雷川夫人讣,致赙二元。晚小雨。

十一日

日记　小雨。上午得信子信,七日发。午后往浙江兴业银行。

十二日

日记　晴。上午二弟就首善医院。得芳子信,五日发。下午韩寿晋来。晚致季市信并假泉卅。

十三日

日记　晴。星期休息。上午得二弟妇并三弟信,九日发,又《或外小说集》十册。齐寿山来。许季上来。下午王铁如来。二弟延Dr. Grimm诊,云是瘄子,齐寿山译。得钱玄同信,即复。夜寄鹤顾先生信,为二弟告假。

致 蔡元培

鹤顾先生左右:谨启者:起孟于前星期发热,后渐增。今日延医诊

视,知是瘄子。此一星期内不能外出受风,希

赐休暇为幸。专此,敬请

道安。

晚周树人　谨状　五月十三日

十四日

日记　晴,风。自告假。晨寄三弟并二弟妇信(十三)。上午季市来。得二弟妇信,十日发。午后潘企莘来。

十五日

日记　晴,风。自告假。晨寄三弟及二弟妇信(十四)。晚许季上来。

十六日

日记　晴。上午得杨莘耟信并鱼山书院所藏汉画象拓本一枚,十一日山东滋阳发。顾鼎梅送《琬琰新录》一本,石印《元显魏墓志》一枚,季市交来。午后自请假。下午延 Dr. Diper 为二弟诊,齐寿山来译。

十七日

日记　晴。晨寄三弟及二弟妇信(十五)。潘企莘来。

十八日

日记　晴。上午往日邮局寄三弟妇信并泉百五十。得杨莘士信,十六日曲阜发。收四月奉泉三百。午后往留黎厂买《孙辽浮图铭》,《吴严墓志》,《李则墓志》各一分共五枚,八元。下午买藤椅二

件,五元二角。李霞卿来。

十九日

日记　昙。上午寄三弟及二弟妇信并本月家用泉百。还季市泉廿。午后往留黎厂买稍旧拓《太公吕望表》一枚,三元;《张安姬墓志》一枚,一元;六朝造象四种十三枚,六元。下午风,小雨。晚徐宗伟来还泉廿。夜商契衡来。夜大风。

二十日

日记　晴。星期休息。上午得二弟妇信,十六日发。午后理发。

二十一日

日记　晴。上午得杨莘士所寄汉画拓本一束,十六日曲阜发。晚季市以菜汤一器遗二弟。夜得蔡先生函并《赞三宝福业碑》,《高归彦造象》,《丰乐七帝二寺邑义等造象》,《苏轼等访象老题记》拓本各二分。

二十二日

日记　晴。上午得丸善书店信,十五日发。寄蔡先生信。寄二弟妇信。寄忆农伯信。下午家寄来干菜一合,八日付邮。

二十三日

日记　晴。晨得三弟及二弟妇信,十九日发(十二)。胡绥之嫁女,送银一元。

二十四日

日记　晴。晨得三弟及二弟妇信,二十日发(十三)。上午寄三弟及二弟妇信(十七)。寄徐元信。代二弟寄孙福源,宋孔显信。午季市遗鱼一器。

二十五日

　　日记　晴。上午得二弟妇信,言小舅父于廿日逝去,廿一日发(十四)。晚徐元来,付与泉五十汇作本月家用。

二十六日

　　日记　晴。上午得三弟妇信,廿一日发。午后季市持药来。

二十七日

　　日记　晴。星期休息。晨得三弟信,廿三日发(十五)。寄三弟及二弟妇信(十八)。上午往留黎厂买《天统四年残碑》一枚,隋《王君墓志》盖一枚,共一元;景宋写本《薛氏钟鼎款识》一部四册,三元。夜得李霞卿信。

二十八日

　　日记　晴,风。上午得三弟信并碑签一束,二十四日发(十六)。寄李霞卿信。西泠印社寄来书目一册。季市遗肴一器。午后得丸善所寄小说二册一包。

二十九日

　　日记　晴。晚韩寿谦来。

三十日

　　日记　昙。午后微雨,大风。夜季自求来。

三十一日

日记　小雨。上午得二弟妇信,廿七日发(十七)。得三弟妇信,廿四日发。得羽太家信,廿五日发。杨莘士寄拓本一束,凡汉画象十枚,《于纂墓志》翻本一枚,造象四枚,专三枚,皆济南金石保存所藏石,卅日发。夜潘企莘来。宋子佩来。

六月

一日

日记 晴。上午得杨莘士信,廿九日济南发。午昙。

二日

日记 晴。上午得谢西园明信片,三十日苏州发。夜商契衡来。

三日

日记 晴。星期休息。上午得三弟及二弟妇信,卅日发(十八)。夜魏福绵来。

四日

日记 晴。晚季市遗肴一器。

五日

日记 晴。晨得家信,一日发(十九)。下午得三弟妇信,五月卅日发。

六日

日记 昙,午后晴。无事。

七日

日记 晴,风。上午得三弟妇信,一日发。

八日

日记　晴,风。无事。

九日

日记　晴。上午得汤尔和信并《东游日记》一册。收五月奉泉三百。

十日

日记　晴。星期休息。上午得家信,六日发(二十)。寄家信(二十一)。许季上来。午前风,小雨。和孙来,留午餐。下午同二弟往升平园浴。往青云阁买履一两。过留黎厂买《小说月报》一册归。

十一日

日记　晴。无事。

十二日

日记　晴。无事。

十三日

日记　昙,热。午后寄实业之日本社银四元,东京堂二元。

十四日

日记　晴。晨得家信,十日发(廿一)。上午往浙江兴业银行汇家用泉五十,又二弟买书泉廿并信(廿二)。午后发热,至夜不解。

十五日

日记　晴。病假。上午致戴芦舲,朱孝荃信。

十六日

日记 晴。上午就池田医院诊,云是中暑。下午病假。

十七日

日记 昙。星期休息。上午季市来。午后风,晴。往留黎厂买侯夫人,王克宽,讳直墓志各一枚,二元;六朝造象七种十三枚,四元五角;又买《函芬楼秘笈》第二集八册,二元五角。

十八日

日记 昙,午后雨。无事。

十九日

日记 大雨。上午得家信,十五日发(廿二)。午后晴。夜得蔡先生信。

二十日

日记 晴。午后和荪来。夜寄和荪信。

二十一日

日记 晴。下午徐元,徐宗伟来,假泉廿。

二十二日

日记 晴。上午魏福绵来。午后李霞卿来。夜王镜清来。

二十三日

日记 雨。阴历端午,休假。午季市遗肴二品,以饮麦酒,睡至下午。许季上来。

二十四日

日记　昙。星期休息。午后晴。许诗荃来。马孝先来。夜商契衡来。

二十五日

日记　昙。上午得芳子及重久明信片，廿一日沪发。得福子信，十六日发。得石川文荣堂函，内书帐结讫。午后念钦先生来。

二十六日

日记　晴。无事。

二十七日

日记　晴。晨得三弟信，廿三日发。上午得重久信，同日越中发。午后得东京堂书店明信片，廿日发。夜风。

二十八日

日记　晴，风。晚徐元，徐宗伟来，付泉九十，合前假泉汇作本月家用。

二十九日

日记　晴。上午得家信，廿五日发（廿四）。晚企莘来。

三十日

日记　晴。上午得东京堂所寄『露国现代之思潮及文学』一册。

七月

一日

日记 昙。星期休息。上午往留黎厂买《刘平周造象》一分共四枚,直式元;添入逢略,罗宝奴造象各一枚。少顷遭雨便归。下午晴。铭伯先生来。季市遗鱼干一器。

二日

日记 晴。上午收六月奉泉三百。钱均甫代买江苏碑拓十八枚,直九元。

三日

日记 雨。上午赴部与侪辈别。午晴。齐寿山来。

四日

日记 晴。上午铭伯先生来。下午戴螺舲,许季上来。晚协和来。

五日

日记 晴。上午念钦先生来。潘企莘遗茗一包。下午访铭伯先生。

六日

日记 晴。午后季上来。夜大风,雷电且雨。

七日

日记　晴,热。上午见飞机。午齐寿山电招,同二弟移寓东城船板胡同新华旅馆,相识者甚多。

八日

日记　阴,晚雨。

九日

日记　阴。下午发电告家平安。夜闻枪声。

十日

日记　晴。旁晚雷雨。

十一日

日记　晴。下午紫佩来。

十二日

日记　晴。晨四时半闻战声甚烈,午后二时许止,事平。但多谣言耳,觅食甚难。晚同王华祝,张仲苏及二弟往义兴局觅齐寿山,得一餐。

十三日

日记　晴。上午同二弟访许铭伯,季市,餐后回寓小句留。潘企莘来访。下午仍回新华旅馆宿。得宋知方信。

十四日

日记　晴。时局小定。与二弟俱还邑馆。

十五日

日记 星期。雨。下午王铁如来。许季上来。

十六日

日记 昙。上午赴部。得丸善及东京堂函。午后同二弟至升平园理发并浴。又自至留黎厂取所表拓本,计二十枚,付工二元。会小雨便归。夜大雨。

十七日

日记 晴。下午得三弟信,十三日发。

十八日

日记 晴。上午丸善寄来『支那土偶考』第一卷一册。夜雨。

十九日

日记 昙,午晴,夜雨。

二十日

日记 昙。寄宋知方信。午晴。下午昙。往留黎厂,逢雨归寓。复霁。夜潘企莘来。大雨。

二十一日

日记 雨。无事。

二十二日

日记 晴,风。星期休息。午后同二弟往中央公园。

二十三日

日记 昙。下午雷雨彻夜。

二十四日

日记 晴。午同张仲素,齐寿山往聚贤堂饭。夜雨。

二十五日

日记 雨。上午往浙兴业银行汇家用泉二百。

二十六日

日记 雨,下午晴,风,夜小雨。无事。

二十七日

日记 昙,下午雨。无事。

二十八日

日记 雨,午晴。无事。

二十九日

日记 昙。星期休息。上午潘企莘来,午并二弟同至广和居饭,又游留黎厂已,别去。自与二弟往青云阁啜茗,出观音市街买饼干,糖各一合归。夜雨。

三十日

日记 雨,上午霁。无事。

三十一日

日记 晴。下午同齐寿山,许季上往大学访蔡先生,晚归。夜陈师曾来。

八月

一日

日记 晴。无事。夜大雷雨,屋多漏。

二日

日记 晴,下午昙。寄徐元信,由上虞南城胡荣昌转交。

三日

日记 晴。上午寄家信(卅五)。午后收七月奉泉三百。晚雷雨杂雹子。

四日

日记 晴。下午得三弟信并帖签一束,极草率,七月卅日发。

五日

日记 晴。星期休息。上午铭伯先生来。寄蔡先生信。寄三弟信。午前同二弟往留黎厂买"家之基迈"等字残石拓本一枚,五角;又造象残石拓本一枚,无题字,象刻画甚精细,似唐时物,云其石已入日本,故拓本价一元五角也。又至青云阁饮茗并午饭。出观音寺街买饼干一合归。下午洙邻兄来。季上携第二女来。

六日

日记 昙,时复小雨。无事。

七日

日记 晴。上午得羽太家信,一日发。寄蔡先生信并所拟大学徽章。

八日

日记 晴。无事。

九日

日记 晴,大热。下午钱中季来谈,至夜分去。

十日

日记 晴,热。晚商契衡来。

十一日

日记 晴。无事。

十二日

日记 昙。星期休息。上午蒋抑之来。

十三日

日记 晴,风。上午得东京堂信并『日本一之画噺』一合五册。下午得家信,九日发(三十三)。夜得三弟所寄空白帖签一包,亦九日发。

十四日

日记 晴。夜蒋抑之来。

十五日

日记 晴。下午得蔡先生信。

十六日

日记 晴。下午李霞卿来。晚子佩来并赠茗一包。

十七日

日记 晴。午后得丸善书店信。晚钱中季来。

十八日

日记 昙。上午得丸善所寄英文书目四册。下午往留黎厂付表拓本,并买《王基断碑》一枚,五角。

十九日

日记 晴。星期休息。上午同二弟往西升平园浴已由留黎厂归。下午得李霞卿信,即答。封德三来。风。

二十日

日记 昙。上午得东京堂所寄书三册。得徐元信,十四日上虞发。晚小雨。

二十一日

日记 晨小雨。公园内图书阅览所开始,乃往视之。上午霁。晚潘企莘来。杜海生来。

二十二日

日记 雨。午后寄杜海生信。得洙邻兄信。

二十三日

日记 昙。家寄茗二包,午后令人往邮局取得。下午大雨。

二十四日

日记 晴。下午往留黎厂取所表拓本,凡三十枚,付工四元。

二十五日

日记 晴。上午朱遏先来。

二十六日

日记 昙。星期休息。上午虞叔昭来。午后端木善孚来。得吴方侯来[信]。晚许诗荃来。夜雨。

二十七日

日记 晴。晚钱中季来。夜大风雨。

二十八日

日记 昙。午后大雨一陈。晚寄沈商耆信。夜子佩来,还与茗直泉券十二枚。大雨。

二十九日

日记 晴。上午封德三来。

三十日

日记 晴。上午寄丸善书店泉廿,买书券。

三十一日

日记 晴。下午往留黎厂取所表拓本。晚季自求来。商契衡来。

九月

一日

日记 昙。午后大雨一陈,晴。晚封德三招饭于香厂澄园,与二弟同往,坐中又有季自求,姚祝卿。夜雨。下午寄家八月用泉五十,从子佩假。

二日

日记 星期休息。雨。下午封德三来。

三日

日记 小雨。上午丸善寄至英文小说二册。

四日

日记 晴。上午陶念钦先生来。得丸善书店信。

五日

日记 小雨。无事。

六日

日记 晴,风。上午寄东京堂银六圆。

七日

日记 晴。上午寄东京堂信。

八日

  日记 晴。午后收八月奉泉三百。晚敦古谊持拓本来，无可得，自捡拓片二十九种付表。夜子佩来。潘企莘来。

九日

  日记 昙。星期休息。上午同二弟访季市不遇，遂至铭伯先生家，见范云台正从汴来，见赠安阳宝山石刻拓本一分，计魏至隋刻十九种，唐刻三十三种，宋刻一种，共八十二枚。午后张协和来。商契衡来。封德三来。下午许季上来。

十日

  日记 昙。夜季市来。

十一日

  日记 晴，风。下午往留黎厂。晚访季市不值。

十二日

  日记 晴。夜李遐卿，宋子佩来。

十三日

  日记 晴。午后往浙江兴业银行寄家泉五十，补八月分。得宋知方信，九日发自杭州。夜许季市来。

十四日

  日记 昙。上午得丸善信，六日发。晚雨。

十五日

  日记 晴。午后理发。

十六日

日记 晴。星期休息。上午王式乾来。季市来。夜雨。

十七日

日记 雨。上午得徐元信,绍发。得吴方侯信,严州发。

十八日

日记 雨。上午丸善寄来书籍二册。午后晴。晚往季市寓。

十九日

日记 昙。上午得丸善所寄书券二枚并函。夜子佩来。

二十日

日记 晴。晚许季上来。

二十一日

日记 晴。午后往留黎厂买《曹真碑》并阴二枚,一元;《方法师等岩窟记》并刻经二枚,二元。得黄子涧之兄讣,赙一元。下午得封德三信,十八日上海发。夜季市来。

二十二日

日记 晴。午后往图书分馆借《涅槃经》,复往留黎厂。夜商契衡来。得忆农伯信,十六日磁州发。雨。

二十三日

日记 晴,风。星期休息。午后访铭伯先生不值,以书券二枚置其家,为诗荃贺礼。访季市不值。下午蒋抑之来。夜季市来。

二十四日

日记　晴。上午铭伯先生来。得福子信，十八日发。夜钱中季来。

二十五日

日记　晴。午后丸善寄来契诃夫小说英译一册。

二十六日

日记　晴。上午得丸善信。夜商契衡来。寄季市信。

二十七日

日记　昙。午后雨。寄商契衡信。捐顺直水灾银二元。

二十八日

日记　雨。上午寄意农伯信。寄钱中季信。寄宋知方信。

二十九日

日记　晴。下午收本月奉泉三百。至图书分馆访朱孝荃。访季市不值。得钱玄同信。夜商契衡来。

三十日

日记　晴。星期休息。上午杜海生来。季市来。潘企莘来。下午得封德三信，廿三日申发。洙邻兄来。朱蓬仙，钱玄同来。张协和来。旧中秋也，烹鹜沽酒作夕餐，玄同饭后去。月色极佳。铭伯，季市各致肴二品。

十月

一日

日记 晴。补秋假。上午铭伯先生来。午后子佩来。

二日

日记 晴。上午东京堂寄来陀氏小说三本,高木氏童话二本,共一包。

三日

日记 晴。午后寄福子信。

四日

日记 晴。晨富华阁持拓本来。下午宋迈来笺并《藤阴杂记》二部,每部二册。夜常毅葳来。

五日

日记 昙。午后访杜海生,交泉百,下午至浙江兴业银行付泉五十五,并汇作九月家用。至留黎厂买《章武王太妃卢墓志》,《临淮王墓志》各一枚,《敦达墓志》并盖二枚,《元倪妻造象》一枚,共泉六元。季市持来专拓片一枚,"龙凤"二字,云是仲书先生所赠,审为东魏物,字刻而非印,以泉百二十元得之也。夜复宋迈信。

六日

日记 昙。上午寄季市信,午后得复。

七日

日记　晴。星期休息。上午同二弟至王府井街食饼饵已游故宫殿，并观文华殿所列书画，复游公园饮茗归。李退卿来过，未遇，留笺并还泉二十，赠茗二合去。下午铭伯先生及季市来。

八日

日记　晴。晚子佩来。钱玄同来。

九日

日记　雨。无事。

十日

日记　晴。国庆日，休假。午后往观音寺街买饼干二合，又往留黎厂买《陶贵墓志》一枚，即南陵徐氏臧石，或以为翻本者，价二元；又高建及妻王，高百年及斛律墓志盖共四枚，价一元。晚雷鸣并小风雨。

十一日

日记　晴，风。休假。午后商契衡来。

十二日

日记　晴。午后同齐寿山访季上。得二弟妇信，二日发。晚寄季市信。

十三日

日记　晴。晚钱玄同来。

十四日

日记　晴。星期休息。上午许诗荃来。午后往留黎厂买魏《安乐王元诠墓志》一枚,十二元;魏《关中侯苏君神道》一枚,一元。夜子佩来。

十五日

日记　晴。上午寄丸善泉廿。得潘企莘信,九日越中发。午后昙,夜雷雨。

十六日

日记　晴。上午寄季市信。丸善寄来『古普林说选』一册。

十七日

日记　晴。上午得丸善信。夜商契衡来。

十八日

日记　晴。上午寄商契衡信。晚许诗荃来并赠《元钦墓志》一枚。子佩来。夜季市来。商契衡来。

十九日

日记　晴。午后往问许季上疾。晚铭伯先生来,假泉二百。夜濯足。

二十日

日记　晴。上午季市来,并同二弟游农事试验场。午得东京羽太家信,十二日发。下午往留黎厂买《荀岳墓志》一枚,《五百余人造象记》并阴二枚,寇凭、臻、演墓志各一枚,共泉十五元,内五元以重

527

出拓本付与抵当讫,见付十元。又取所表拓本大小二十二枚,付工五元。

二十一日

日记 昙。星期休息。午后李退卿来。晚至铭伯先生家饭,二弟同往也。

二十二日

日记 晴。午后往浙江兴业银行汇还子英泉百五十,子佩泉五十。晚在协和家饭,二弟亦至。夜蒋抑之来,未遇。

二十三日

日记 晴。午后同齐寿山游小市。

二十四日

日记 雨。午后往视许季上病。晚得李退卿信,即复。夜蒋抑之来。

二十五日

日记 雨。晚子佩来。

二十六日

日记 雨。上午寄季市《饮流斋说瓷》二册,还《少年兵团》一册。下午收本月奉泉三百。振直隶水灾十一元。晚得李退卿信并帖签四枚。得伯㧑叔信,二十二日南京发。

二十七日

日记 昙。午访季上并交所代领泉。晚雨。

二十八日

日记 晴,大风。星期休息。上午李遏卿来。杜海生来。午后往留黎厂付表拓本,又买晋《冯恭墓志》,《杨范墓志》各一枚,共四元;又《姚纂墓志》一枚,极漫漶,云出曲阳,一元;又取《柉禁图》一枚,端氏木刻本也。

二十九日

日记 晴。午后同齐寿山游小市。

三十日

日记 晴。无事。

三十一日

日记 晴。午后同齐寿山游小市。晚季市来。夜往视季上病。

十一月

一日

日记 晴。午后往视季上病。托齐寿山买外衣一,泉廿。

二日

日记 晴。上午买窒扶斯豫防药一瓶,一元。得东京堂信并『文芸思潮論』一册。

三日

日记 昙。午前同齐寿山往中央公园。下午买羊皮褂料一袭,泉廿。晚大风。

四日

日记 晴,风。星期休息。午后往留黎厂买《张敬造象》一分六枚,五元;吴兴姚氏所藏六朝造象十种十三枚,六元;《贺长植墓志》一枚,二元。往大册阑买卫生衣二套十元,饼饵等三元。晚庄铁炉一具九元。夜子佩来。冰。

五日

日记 晴。午后往视许季上病。直隶振券开采,得烟卷四合。

六日

日记 晴。上午命部役往邮局取得家所寄茗一包。

七日

日记 昙。上午修缮屋顶。午后微雪。寄蔡先生信,代季上辞校课,寿山同署。

八日

日记 晴。上午往视季上病。

九日

日记 晴,大风。无事。

十日

日记 晴,风。休假。午前同二弟往图书分馆访子佩。往瑞蚨祥买御冬衣冒被褥,用泉券百廿。午后在青云阁饮啖。往留黎厂德古斋买汉画象拓本二种,一元,拓活洛氏旧藏,近买与欧人,有字,伪刻;又买《寇治墓志》拓本一枚,三元。

十一日

日记 晴。星期休息。上午往杜海生寓交泉百,合前由二弟所交百泉,均汇越中,作上月及本月家用。视季上病,渐愈。季自求,刘历青来。下午往铭伯先生寓。潘企莘来。夜得三弟信,言芳子于六日午生一女。

十二日

日记 晴。午后往高等师范学校听校唱国歌。晚铭伯先生来,还银百五十,作券二百。夜钱玄同来。

十三日

日记 晴。上午往浙兴业行存泉。

十四日

　　日记　晴。下午寄许骏甫信。晚风。

十五日

　　日记　晴。上午复伯执叔信。复吴方侯信。

十六日

　　日记　晴。午同齐寿山，戴螺舲至店饭。下午理发。晚子佩来。

十七日

　　日记　晴。上午丸善寄书三本来。午同朱孝荃,齐寿山往视许季上病,已稍愈。夜商契衡来。风。

十八日

　　日记　昙。星期休息。上午风,晴。韩寿晋来。午同二弟往观音寺街买食饵,又至青云阁玉壶春饮茗,食春卷。又在小店买北魏杂造象六枚,北周《张法师碑》一枚,共三元。出留黎厂至德古斋买《萧瑒墓志》并盖二枚,二元五角;《宋买造象》四枚,一元。又至敦古谊取所表拓片三十枚,工五元。

十九日

　　日记　晴。阮和孙来未遇,留名刺去。夜风。

二十日

　　日记　晴。下午往留黎厂付表拓本。

二十一日

日记 晴。午后游小市。晚和孙来,交家所寄笋菜干一合。

二十二日

日记 晴。午后往视季上病。

二十三日

日记 晴。上午丸善寄来《矿物学》一册。夜风。

二十四日

日记 昙。上午以《矿物学》寄三弟。丸善来信。夜风。

二十五日

日记 晴。星期休息。午前同二弟往留黎厂买张阿素,耿氏墓志各一枚,三元。又《魏宣武嫔司马氏墓志》一枚,以重出拓本五种十四枚易得,作直四元。午在青云阁中食。出观音寺街买肴食一元,胃药四元。午后二弟妇寄与绒袜一两并笺,十日付邮。下午潘企莘来。

二十六日

日记 晴,风。午胃药一合寄家。晚得二弟妇信,廿三日发。

二十七日

日记 晴。上午东京堂来蕖书。下午寄二弟妇信附二弟函去。和荪来,未见已去。夜子佩来。

二十八日

日记 晴。上午得李退卿信。

二十九日

　日记　晴。上午假遐卿泉十元，二弟将去。

三十日

　日记　晴。无事。

《欧美名家短篇小说丛刊》评语*

　　凡欧美四十七家著作，国别计十有四，其中意，西，瑞典，荷兰，塞尔维亚，在中国皆属创见，所选亦多佳作。又每一篇署著者名氏，并附小像略传，用心颇为恳挚，不仅志在娱悦俗人之耳目，足为近来译事之光。惟诸篇似因陆续登载杂志，故体例未能统一。命题造语，又系用本国成语，原本固未尝有此，未免不诚。书中所收，以英国小说为最多；唯短篇小说，在英文学中，原少佳制，古尔斯密及兰姆之文，系杂著性质，于小说为不类。欧陆著作，则大抵以不易入手，故尚未能为相当之绍介；又况以国分类，而诸国不以种族次第，亦为小失。然当此淫佚文字充塞坊肆时，得此一书，俾读者知所谓哀情惨情之外，尚有更纯洁之作，则固亦昏夜之微光，鸡群之鸣鹤矣。

　　原载 1917 年 11 月 30 日《教育公报》第 4 年第 15 期"报告"门。未署名。
　　初未收集。

534

十二月

一日

日记 晴。上午寄中西屋信。午后往视季上病。晚蔡谷青来。

二日

日记 晴,大风。星期休息。午后洙邻兄来。下午谷清来。蔡先生来。

三日

日记 晴。上午得二弟妇笺,廿九日发。东京堂寄来书籍四本,即以一本寄越中。

四日

日记 晴。午后往浙江兴业银行汇上月家用泉百并附函。晚谷清来。

五日

日记 晴。夜子佩来。风。

六日

日记 晴。上午得二弟妇信,二日发。午后往视许季上病。

七日

日记 昙,风。午后微雪即霁。无事。

八日

日记 晴。上午得李退卿信。午后往留黎厂取所表拓本,工三元。又买《食斋祠园画象》一枚,宫内司杨氏,乐陵王元彦墓志各一枚,《尹景穆造象》并阴二枚,佛经残石二枚,共直六元;又添《永元三年梁和买地铅券》,《延兴三年王君□专墓志》拓本各一枚,盖并伪作。夜商契衡来。风。

九日

日记 晴,大风。星期休息。上午许诗荃来。夜潘企莘来。

十日

日记 晴。无事。

十一日

日记 昙,晚微雪即止。齿小痛。

十二日

日记 晴。上午得三弟及三弟妇信,八日发。得宋知方信,九日杭州发。下午得宋迈信。晚蒋抑之来。

十三日

日记 雨雪积寸余。午后丸善来信。晚铭伯先生遗肴二品。夜风。

十四日

日记 晴,大风。上午中西屋来信。丸善寄来《德文学之精神》一册,英文,二弟买。下午收十一月奉泉三百,银一券九。往季上家视其病,并交代领之泉。晚宋子佩来。

十五日

日记 晴。无事。

十六日

日记 晴。星期休息。从李匡辅分得红煤半顿,券五枚。下午往留黎厂买《祀三公山碑》阴一枚,《石门铭后题记》一枚,《范思彦墓铭》一枚,《临淮王象碑》一枚,共六元。又至大册阑买食物归。夜杜海生来。

十七日

日记 晴,风。午后视午门图书馆。夜韩寿晋来。

十八日

日记 晴。汪书堂母寿,贺二元。张仁辅父故,赙一元。夜豸来。

十九日

日记 晴。上午东京堂来信。下午复往午门图书馆。

二十日

日记 晴。无事。

二十一日

日记 晴。午后寄羽太家信并泉卅,明年正至三月分。夜王式乾来,付泉廿五。

二十二日

日记　晴。冬节休息。上午铭伯先生来。

二十三日

日记　晴。星期休息。上午同二弟往留黎厂以拓本付表，并买孔庙杂汉碑七枚，《校官碑释文》一枚，《赵法现造象》二枚，共五元；又魏人墓志六枚，十五元；又齐魏人墓志五枚，云是浙江王氏藏石，直十元。遂至青云阁饮茗并午食讫，买饼饵少许而归。晚钱玄同来谈。

二十四日

日记　晴。上午寄家蜜枣，芥末共一合。得季巿信，十九日发。霞卿还泉十。

二十五日

日记　晴，大风。纪念日休假。晚戴螺舲，齐寿山先后至，同往圣安寺，许季上夫人逝后三日在此作法事也。礼讫步归，已夜。

二十六日

日记　晴。午后捐南开中学水灾振四元。夜风。

二十七日

日记　晴。上午得二弟妇信。夜魏福绵来。夜风。

二十八日

日记　晴，大风。上午得东京堂书籍三册。午同齐寿山及二弟在和记饭。

二十九日

日记 晴。午后同朱孝荃,齐寿山往视许季上病。下午以齿痛往陈顺龙寓,拔去龋齿,付泉三元。归后仍未愈,盖犹有龋者。

三十日

日记 晴。星期休息。午前同二弟至青云阁富晋书庄买《古明器图录》一册,《齐鲁封泥集存》一册,《历代符牌后录》一册,共券十九元。复至陈顺龙寓拔去龋齿一枚,付三元。出留黎厂在德古斋小坐,购得周库汗安洛造象石一躯,券二十四元,端匋斋故物也。文字不佳,象完善。下午昙。

三十一日

日记 昙。上午寄家信并本月用泉五十,附与二弟三弟妇笺各一枚,又寄《广陵潮》第七集一册。晚收奉泉券三百。收答诸贺年信函。夜濯足。

书　帐

乙卯年国学丛刊十二册　　六·○○　　正月五日

唐杜山感兄弟造象拓本一枚　　蒋抑之赠

魏安丰王妃冯氏墓志一枚　　一·○○　　正月九日

隋讳珉墓志一枚　　○·五○

丰乐七帝二寺邑义造象二枚　　张春霆赠　　正月十一日

高归彦造象一枚　　同上

七帝寺主惠郁等造象一枚　　同上

杂造象四种十枚　　二·○○　　正月十四日

美原神泉诗并阴二枚　一·五〇

□朝侯之小子残碑一枚　二·〇〇　正月十九日

唐该墓志并盖二枚　一·〇〇

滕王长子厉墓志一枚　〇·五〇

郑文公上碑一枚　二·〇〇　正月二十一日

巩宾墓志一枚　一·〇〇

龙山公墓志一枚　一·〇〇

豆卢通等造象记一枚　〇·五〇

籀高述林四册　一·六〇　正月廿八日

殷商贞卜文字考一册　〇·四〇

历代画象传四册　二·〇〇　　　　　　　　　　　二三·〇〇〇

中国名画第十九集一册　一·五〇　二月四日

李业阙一枚　王叔钧赠　二月五日

高颐阙大小五十三枚　同上

贾公阙一枚　同上

张贵男墓志一枚　一〇·〇〇　二月十二日

张寿残碑一枚　〇·五〇　二月十八日

平邑皇圣乡阙题字二枚　〇·五〇

杂汉画象五枚　一·〇〇

高柳村比丘惠辅等造象一枚　一·〇〇

曹望憘造象四枚　一二·〇〇

朱岱林墓志一枚　五·〇〇　　　　　　　　　　　三一·五〇〇

衡方碑并阴二枚　二·〇〇　三月四日

谷朗碑一枚　一·〇〇

灵崇二大字　〇·五〇

王谟题名并诗刻一枚　〇·五〇

庚公德政颂一枚　一·〇〇

江阳王次妃石氏墓志一枚　六·〇〇　三月十一日

孙龙伯造象一枚　添入

龙门全拓大小乙千三百二十枚　三三·〇〇　三月十八日

河朔石刻卅种四十八枚　二〇·〇〇　三月二十日

刘懿墓志一枚　五·〇〇　三月廿一日

汉画象一枚　〇·五〇　三月廿五日

杂专拓片[二]十一枚　一·五〇　　　　　　　　　　　七一·〇〇〇

泰山秦篆残石一枚　〇·五〇　四月一日

李氏象碑颂一枚　〇·五〇

成公夫人墓志一枚　一·〇〇

房周陀墓志一枚　一·五〇　四月六日

燕孝礼墓志一枚　一·〇〇

刁遵墓志并阴二枚　三·〇〇　四月七日

白石神君碑并阴二枚　六·〇〇　四月十一日

阎立本帝王图一册　一·二〇　四月十五日

强独乐造象一枚　陈师曾赠　四月十六日

神州大观第十一集一册　一·六五　四月廿二日

赞三宝福业碑并额二枚　一·〇〇　四月廿八日

熹平元年黄肠石题字一枚　〇·五〇　四月廿九日

字皇女残石一枚　二·〇〇

高建墓志一枚　一·〇〇

高建妻王氏墓志一枚　一·〇〇

高百年墓志一枚　一·〇〇

高百年妻斛律氏墓志一枚　一·〇〇　　　　　　　　二三·八五〇

隶释隶续八册　一二·〇〇　五月六日

元显魏墓志一枚　三·〇〇

六朝造象十一种廿八枚　七·〇〇

鱼山书院汉画象一枚　杨莘士寄　五月十六日

孙辽浮图铭一枚　二·〇〇　五月十八日

吴严墓志并盖二枚　三・〇〇

李则墓志并盖二枚　三・〇〇

齐太公吕望表一枚　三・〇〇　五月十九日

张安姬墓志一枚　一・〇〇

六朝造象四种十三枚　六・〇〇

天统残碑一枚　〇・八〇　五月二十七日

隋王君墓志盖一枚　〇・二〇

景宋薛氏钟鼎款识四册　三・〇〇

汉画象十枚　杨莘士寄　五月卅一日

翻本于纂墓志一枚　同上

杂造象四种五枚　同上

杂专文三枚　同上　　　　　　　　　　　　　　　四四・〇〇〇

侯夫人墓志一枚　一・〇〇　六月十七日

王克宽墓志一枚　〇・五〇

讳直墓志一枚　〇・五〇

意瑗法义造佛国碑四枚　一・五〇

潘景晖等造象三枚　一・〇〇

杂造象六枚　二・〇〇

涵芬楼秘笈第二集八册　二・五〇　　　　　　　九・〇〇〇

刘平周造象四枚　二・〇〇　七月一日

杂造象二枚　添入

江苏梁碑十五枚　五・〇〇　七月二日　九月以抵表工估六元

禅国山碑一枚　二・〇〇

萧宏碑画象一枚　一・〇〇

墓阙残字九枚　一・〇〇　　　　　　　　　　　一一・〇〇〇

家之基迈残石一枚　〇・五〇　八月五日

唐刻佛象拓本一枚　一・五〇

王基断碑一枚　〇・五〇　八月十八日　　　　　二・五〇〇

安阳宝山石刻拓本六十二种八十二枚　范云台赠　九月九日

曹真残碑并阴二枚　一・〇〇　九月二十一日

方法师等造石窟记并经二枚　二・〇〇　　　　　　　　三・〇〇〇

藤阴杂记二部四册　宋洁纯赠　十月四日

龙凤专拓本一枚　陈仲书先生赠　十月五日

卢太妃墓志一枚　二・五〇

临淮王墓志一枚　二・五〇

郭达墓志并盖二枚　〇・八

元倪妻买造象铭一枚　〇・二〇

高建墓志盖等四枚　一・〇〇　十月十日

陶贵墓志一枚　二・〇〇

安乐王元诠墓志一枚　一二・〇〇　十月十四日

关中侯苏君神道一枚　一・〇〇

元钦墓志一枚　许诗荃赠　十月十八日

荀岳墓志一枚　二・五〇　十月二十日

包义五百余人造象并阴二枚　五・〇〇

寇凭墓志一枚　二・五〇

寇演墓志一枚　二・五〇

寇臻墓志一枚　二・五〇

冯恭墓志一枚　二・〇〇　十月廿八日

杨范墓志一枚　二・〇〇

姚纂墓志一枚　一・〇〇　　　　　　　　　　四二・〇〇〇

张敬造石柱佛象六枚　五・〇〇　十一月四日

姚氏臧杂造象十种十三枚　六・〇〇

贺长植墓志一枚　二・〇〇

汉画象残石二枚　一・〇〇　十一月十日

寇治墓志一枚　三・〇〇

北魏杂造象六枚　二・〇〇　十一月十八日

张法师碑一枚　一・〇〇

萧瑒墓志并盖二枚　二・五〇

宋买造象四枚　一・〇〇

耿氏墓志一枚　一・五〇　十一月二十五日

张阿素墓志一枚　一・五〇

魏宣武嫔司马墓志一枚　四・〇〇　　　　　三〇・五〇〇

食斋祠园画象一枚　一・〇〇　十二月八日

宫内司杨氏墓志一枚　一・〇〇

元彦墓志一枚　二・〇〇

尹景穆造象并阴二枚　一・五〇

造佛经残石二枚　〇・五〇

三公山神碑阴一枚　一・〇〇　十二月十六日

石门铭后题记一枚　一・〇〇

范思彦墓铭一枚　一・〇〇

临淮王象碑一枚　三・〇〇

孔庙杂汉碑六种七枚　三・五〇　十二月二十五[三]日

校官碑释文一枚　〇・五〇

赵法现等造象二枚　一・〇〇

魏墓志六种六枚　一五・〇〇

　　　东安王太妃陆　　文献王元湛　　文献王妃冯

　　　文献王妃王　　　元均　　　　　元显

魏齐墓志五种五枚　一〇・〇〇

　　　窦泰　　窦泰妻娄　　元悰

　　　元宝建　　石信

古明器图录一册　一〇・〇〇　十二月三十日

齐鲁封泥集存一册　六・〇〇

历代符牌后录一册　三・〇〇　　　　　　　六一・〇〇〇

　　　总计三六二・四五〇　十二月卅一日灯下记之。

544

本年

会稽禹庙窆石考

此石碣世称窆石，在会稽禹庙中，高虑俿尺八尺九寸，上端有穿，径八寸五分，篆书三行在穿右下。平氏《绍兴志》云：康熙初张希良以意属读，得二十九字，寻其隅角，当为五行，行二十六字。王氏昶《金石萃编》云："惟'日年王一并天文晦真'九字可辨"。此拓可见者第一行"甘□□□□□王石"，第二行"□乾夕并□天文晦彳"，第三行"□□言真□□黄□□"，十一字又二半字。其所刻时或谓永建，或又以为永康，俱无其证。《太平寰宇记》引《舆地记》云："禹庙侧有石船，长一丈，云禹所乘也。孙皓刻其背以述功焉，后人以皓无功可记，乃覆船刻它字，其船中折"。阮氏元《金石志》因定为三国孙氏刻。字体亦与天玺刻石极类，盖为得其真矣。所刻它字，今亦不见。第有宋元人题字数段，右方有赵与陞题名，距九寸有员峤真逸题字，左上方有龙朝夫诗，颇漫患。王氏辨五十八字。俞氏樾又审刌其诗，止阙四字，载《春在堂随笔》中。今审拓本，复得数字，具录如下："□□□□□九月□一日从事郎□□□□□□□□□□龙朝夫因被命□□□□瞻拜禹陵□此诗以纪盛□云　沐雨栉风无暇日　胼胝还见圣功劳　古柏参天□元气　梅梁赴海作波涛　至今遗迹衣冠在　长□空山魑魅号　欲觅□陵寻窆石　山僧为我剪蓬蒿"。上截旧刻灭尽，有清人题字十余段，旧志所称杨龟山题名，亦不可见矣。

碣中折，篆文在下半。《绍兴志》云："下截为元季兵毁"，殊未审

545

谛。《舆地志》言长一丈，今出地者几九尺，则故未损阙矣。《嘉泰会稽志》引《孔灵符记》云："始皇崩，邑人刻木为像祀之，配食夏禹庙。"又云："东海圣姑从海中乘石船张石帆至，二物见在庙中。"盖碣自秦以来有之，孙皓记功其上，皓好刻图，禅国山，天玺纪功诸刻皆然。岂以无有圭角，似出天然，故以为瑞石与？晋宋时不测所从来，乃以为石船，宋元又谓之窆石，至于今不改矣。

未另发表。据手稿编入。
初未收集。

《□肱墓志》考

右盖云"齐故仪同□公孙墓志"。志云：君讳肱，勃海条人。祖，仪同三司，青州使君。父，骠骑大将军，开府仪同三司，中领军。君以皇建二年终于晋阳第里，时年九岁。天统二年葬于邺北紫陌之阳。众家跋文，多以"公孙"为氏，因疑肱是略孙。然略，人，与志言"勃海条人"者不合。志盖"公"字上有空格，似失刻其姓。原文当云"齐故仪同某公孙墓志"也。按北齐天统以前，勃海条人为领军者，天保间有平秦王归彦，天统初有东平王俨。《魏书·高湖传》云：归彦，武定末，骠骑大将军，开府仪同三司，徐州刺史，安喜县开国男。又云：父徽，永熙中赠冀州刺史，则与志之"青州使君"不合。又《北齐书·归彦传》云：以讨侯景功，封长乐郡公，除领军大将军，领军加大，自归彦始。而志云"中领军"。《北齐书·武成帝纪》云：河清元年秋七月，冀州刺史，平秦王归彦据土反，诏大司马段韶，司空娄叡讨擒之。乙未，斩归彦并其三子。而志云"威名方盛"，皆不合。俨，亦领军大将军，又武成帝子，更非其人。《魏书·高湖传》又有

546

仁,吞,皆赠仪同三司,青州刺史。仁子贯,不可考,入齐以后不可知。吞子永乐,弼,《北齐书》有传,皆不云为中领军。然志云"勃海条人",又云"龙子驰声",又云"终于晋阳","葬于邺",皆似北齐帝室。其时之领军归彦以河清二年二月解,俨于天统二年始见于史,其间四年史阙,不知何人。故终疑肱为高氏,而史阙有间,不能得其祖父之名,姑识所见于后,以俟深于史者更考焉。

未另发表。据手稿编入。

初未收集。

《徐法智墓志》考

志,其名惟云"字法智,高平金乡人也";姓在首行,存下半,似徐字。《元和姓纂》有东阳徐氏,云"偃王之后,汉徐衡徙高平,孙饶又徙东阳",则法智似即其后。惟又云"徐州牧,金乡君馬 骆王之后,晋车骑大将军司徒公三世之孙,秦骠骑大将军驸马都尉之曾孙,孝文皇帝国子博士之少子",所举先世诸官,求之史书,乃无一高平徐氏,所未详也。次多剥蚀,大略述其平生笃于佛教,中有"□冨轻人"语。"轻人",非美德,当有误字。次云"宣武 皇帝(泐六字)","悟玄眇□用旷野将军石窟署(泐九字)","君运深虑于嶮峰抽□情于□□"。又云"及其奇形异状□□君之思□"。又云正光六年正月□□日"终于营福署则以其月廿七日坐□伊阙之□"。按《魏书·释老志》:"景明初,世宗诏大长秋卿白整准代京灵岩寺石窟,于洛南伊阙山,为高祖,文昭皇太后营石窟二所。""至正始二年中,始出"。"永平中,中尹刘腾奏为世宗复造石窟一,凡为三所。从景明元年至正光四年六月已前,用功八十万二千八百六十六"云云。"石窟署"

盖立于景明初，专营石窟，法智与焉。官氏之旷野将军，诸署令六百石已上者第九品上阶，不满六百石者，从第九品上阶，则"署"下所泐，当是"令"字。石窟以正光四年毕，法智卒于六年，故在营福署，是署所掌不可考，要亦系于释教，置于伊阙，故法智卒，便葬其地。垄即葬字，或以为癸，甚非。次云"余不以管见孤文敢陈陋颂"，则撰者逊让之词，然不著其名，亦不知何人也。

未另发表。据手稿编入。

初未收集。

《郑季宣残碑》考

郑季宣碑，今存上截。额字灭尽，翁方纲见穿左有直纹一线，知是阳文。碑文行存十七字，以《隶续》所载文补之，每行三十一字至三十八字不等。盖所注阙字之数转刻有误，碑又失其下半，无以审正。今可知者第十二行"卒亏"至"是路"间，洪云阙四字，碑实阙五字。第十七行"赖祉"至"达"字间，洪云阙六字，碑实阙七字。铭辞宁成为韵，四字为句，则"达"至"显奕世"间当阙六字，而洪云五字。又第七行"据"洪作"折"，第九行"仈燠"洪作"叹偄"，第十三行"亏"洪作"号"，并误。其旧拓可见而《隶续》所阙者：第四行"邧"半字，第五行"郎中"二字，第六行"帝"字"特"字，第七行"未"字"波"字，第十行"沈"字，第十二行"徽"字，"能惠"二字阙半，第十三行"辛"字"约殁"二字，第十六行"庭"字，第十七行"卅洪"二字，凡多得十六字又二半字也。碑阴，洪写作二列，跋云四横，今存上二列，列廿人，与《隶续》所载前半略相合。惟第二列第十七行"□□□□邯郸□□□"，洪作"（阙三字）邵训（阙）张"，颇不同。第三横，当亦二十

548

人,则洪云末有"直事干"四人,正在第三列之末。最后有"(上阙)音伯字"三字,当即造碑者所识文。然则第四列当为"直事小史"三人,"门下小史"一人也。

未另发表。据手稿编入。

初未收集。

编按:以上三篇写作时间不详,暂系于此。